A Rogue by Any Other Name
by Sarah MacLean

偽りのあなたに真実の誓いを

サラ・マクリーン
辻早苗・訳

ラズベリーブックス

A ROGUE BY ANY OTHER NAME
by Sarah MacLean

たいせつな姉のメガンへ

ロンドンの舞踏室でひそひそとささやかれる四つの醜聞。

上流社会から追放され、ロンドンの闇世界の王族となった四人の貴族。

闇を手なずけてしまうほど強く……

堕《お》ちた天使たちを光の世界に連れ戻すほど強い四つの愛。

〈堕ちた天使〉四部作の幕開けです。

偽りのあなたに真実の誓いを

主な登場人物

ペネロペ・マーベリー……………………………ニーダム‐ドルビー侯爵令嬢。
マイケル・ローラー ………………………ボーン侯爵。
トマス・アレス…………………………………ラングフォード子爵の息子。
ラングフォード子爵…………………………トマスの父。
チェイス………………………………………〈堕ちた天使〉の共同経営者。
クロス…………………………………………〈堕ちた天使〉の共同経営者。
テンプル………………………………………〈堕ちた天使〉の共同経営者。
オリヴィア・マーベリー ………………………ペネロペの妹。
フィリッパ・マーベリー ………………………ペネロペの妹。
ニーダム‐ドルビー侯爵 ………………………ペネロペの父。
ニーダム‐ドルビー侯爵夫人…………………ペネロペの母。
ミセス・ワース…………………………………ボーンの屋敷の家政婦。

ボーン

一八二一年　冬
ロンドン

彼はダイヤの8で破滅した。

6だったら助かっていたかもしれない。7だったら、三倍の財産を手にその場をあとにできていたかもしれない。

若きボーン侯爵が見つめるなか、鮮やかな緑の羊毛布《ベーズ》が張られたテーブルの上をカードが飛び、表を上にしたクラブの7の横に彼をあざけるように向かってきた。彼は目を閉じ、部屋の空気が一気になくなるように感じた。

二十と二《ヴァン・エ・ドゥ》。

二十一《ヴァンテアン》を超えてしまった。

すべてを賭《か》けたのに。

指先でカードの動きを止める彼の耳に、周囲の息を呑《の》む音が聞こえた。その場に居合わせた人々は悲劇が起こるのを目にし、悲惨な運命に見舞われたのが自分でなかったのを喜んだ。

そして、ざわめきはじめた。

「彼は全財産を賭けたのか？」

「限嗣《げんし》相続の財産をのぞいてすべてだ」

「若気の至りだな」

「だが、これでもう分別がついただろう。こんな目に遭《あ》えばだれだってあっという間におとなになるというものだ」

「ほんとうにすべてを失《うしな》ったのか？」

「なにもかもだ」

侯爵は目を開け、テーブルの向かい側に座っている男を見た。生まれたときから知っている、冷酷な灰色の目をひたと見つめる。ラングフォード子爵は、隣人であり友人でもあった先代のボーン侯爵が跡継ぎの後見人にとじきじきに指名した男だ。ボーンの両親の死後、侯爵領を守り、財産を十倍に増やして繁栄を確固たるものにしたのはこのラングフォード子爵だった。

そして、それを奪った。

隣人ではあるかもしれない。だが、友人ではけっしてない。

裏切られたという思いが若き侯爵の身を焼いた。「仕組んだな」彼は二十一年の人生ではじめて自分の声のなかに青くささを聞き取り、それがたまらなくいやだった。

相手はなんの感情も表わさないまま、テーブルのまん中に置かれている証書を手に取った。

そこに賭けの内容が記されていた。ボーンは横柄に書き殴った自分の署名――すべてを失ったという証拠――を目にしてたじろぎそうになるのを懸命にこらえた。

「きみが自分で決めたことだ。失いたくないものまで賭ける道を選んだのはきみだ」

まんまとしてやられた。ラングフォードはしつこく迫ってボーンをのめりこませ、負ける気がしなくなるまで勝たせ続けた。古くさい手口だったが、ボーンは若すぎて気づけなかった。のめりこみすぎて。視線を上げた彼は、怒りと悔しさのあまりまともにしゃべれないほどだった。「そしてあなたは勝つことを選択した」

「私がいなければ、勝って手に入るものもなかったのだぞ」子爵が言った。

「父上」子爵の息子でありボーンの親友でもあるトマス・アレスが震える声で言った。「こんなことはやめてください」

ラングフォードはゆっくりと時間をかけて証書をたたんで立ち上がった。息子を完全に無視し、ボーンに冷ややかな目を向けた。「若いときにこれほど貴重な教訓を得られたのを感謝するんだな。いま着ている服と空っぽの領主館しか残らなかったのはかわいそうだが」

彼はテーブルに積み上げられた硬貨に一瞥《いちべつ》をくれた――今夜勝った分の残りだ。「金《かね》は置いていってやろうか？　餞別《せんべつ》みたいなものだと思えばいい。考えてみれば、きみを丸裸で放り出しては父上に申し訳が立たないからな」

ボーンは椅子を倒す勢いで立ち上がった。「あなたに父のことを口にする資格はない」

感情を爆発させたボーンに対してラングフォードは片方の眉を上げ、しばらくのあいだ沈黙を破ろうとはしなかった。「ふむ、やっぱり金は持っていくとしよう。このクラブの会員権も。さあ、出ていくんだ」

子爵のことばが頭にしみこんできて、ボーンの顔がまっ赤になった。クラブの会員権までとは。領地、使用人、馬、服、なにもかもすべて。奪われなかったのは、屋敷とちっぽけな地所と爵位だけだ。

いまや不名誉なものとなった爵位。

ラングフォードは片方の口角を上げてあざけりの笑みを浮かべ、ギニー金貨を一枚放った。ボーンは反射的に手を伸ばし、〈ホワイツ〉のカード室の明るい照明を受けて光る金貨をつかんだ。「賢く使うことだ、坊主。私からやるのはそれが最後だからな」

「父上」トミーがもう一度説得しようとした。

ラングフォードが息子に向きなおる。「それ以上言うな。彼のために懇願するなど許さん」

幼なじみは悲しげな目をボーンに向け、どうしようもないという風に両手を上げた。トミーは父親を必要としている。父親の金を。父親の援助を。

いまのボーンにはないものばかりだ。

憎しみがかっと燃え上がったが、冷徹な決意がすぐにその炎を消した。ボーンは金貨をポケットにしまい、貴族仲間とクラブと生まれたときから知っていた世界に背を向けた。

復讐《ふくしゅう》を誓って。

1

一八三一年一月初旬

部屋のドアが静かに開け閉めされても、彼は身じろぎもしなかった。暗がりのなかに立つ彼の姿は、ロンドン一高級な賭博場の大広間を見下ろす彩り鮮やかな窓の前で影になっている。下からは、その窓はすばらしい芸術作品――大天使ルシファーの堕天《だてん》を描いた壮大なステンドグラス――以外のなにものにも見えない。神の軍によってロンドンの闇世界へ追いやられ、賭博室へ向かって転落する巨大な天使――平均的な男性の六倍の大きさ――があでやかな色合いで描かれている。

堕《お》ちた天使。

それはクラブの名前であるだけでなく、そこに足を踏み入れてベーズ張りのテーブルに賭け金を置き、象牙のさいころをふり、ルーレットがまわって色と誘惑がにじむのに見入るときに覚悟しなければならない危険を思い出させてくれるものでもある。

そして、〈堕ちた天使〉がいつもどおりに勝ったとき、客はこのステンドグラスによって自分がどこまで堕ちたかを思い知らされるのだ。

ボーンは賭博室奥のピケットのテーブルにちらりと視線を向けた。「クロワは限度額を引き上げてもらいたがっているんだな」

賭博室の責任者は経営者用の部屋を一歩入ったところから動かなかった。「そうです」

「一生かかっても返済できないほどの借金をすでにしているのにか」

「そうです」

ボーンは顔をめぐらせ、もっとも信頼をおいている従業員の目を見た。「なにを担保にすると言っている？」

「ウェールズにある二百エーカーの地所です」

ボーンは問題の貴族に目をやった。頼みが聞き入れられるかどうかの判断が下されるのを、汗をかき、そわそわと落ち着かないようすで待っている。

「限度額を引き上げてやれ。負けたら追い出せ。会員権を剝奪《はくだつ》する」

ボーンの決断に異議が唱えられることはめったになかったし、従業員からともなると皆無だった。賭博室の責任者は来たときと同じように静かに出ていこうとしたが、その直前でボーンに呼び止められた。「ジャスティン」

無言。

「地所を取り上げてからだぞ」

ドアがそっと閉まる音だけが、賭博室の責任者がいた証拠だった。

じきにジャスティンが階下に姿を現わし、彼からディーラーに合図が送られるのをボーンは見ていた。カードが配られ、伯爵が負けた。またもや。

さらにもう一度。

そして、もう一度。

理解に苦しむ者もいるだろう。

賭けごとの経験のない者は。勝つ快感を味わったことのない者は。あともうひと勝負、もう一手、もう一回と自分をごまかし、それが百になり、千になり、一万になり……。

テーブルが刺激に満ちていて、夜は自分たちのもので、一枚のカードですべてが変わると知っている、甘美で陶酔的で比類のない感覚を味わったことのない者にはわからないだろう。

クロワ伯爵が座り続け、すべてを失うまで何度も何度も次から次へと賭けるのがなぜなのか、賭けごとに無縁の人間にはけっして理解できないだろう。伯爵は性懲《しょうこ》りもなくふたたび賭ける。まるでその賭け金が自分のものではないかのように。

ボーンには理解できた。

ジャスティンがクロワに近づき、破滅した男に目立たぬように耳打ちした。クロワはふらふらと立ち上がった。眉間《みけん》にしわを寄せ、怒りと気まずさに後押しされて責任者に向かっていく。

それがまちがいだった。

ボーンには声は聞こえなかったが、その必要はなかった。これまでに何百回と耳にしてきたことだからだ――何人もの男たちが金《かね》を失い、それから〈堕ちた天使〉相手に、ボーン相手に、烈火のごとく怒り出すのを見てきたからだ。

ボーンが見ていると、ジャスティンが両手を上げて落ち着くようにという万国共通のしぐさをした。彼の唇が動き、相手をなだめようとして失敗した。ほかの客たちがもめごとに気づきはじめ、巨漢の共同経営者のテンプルが殴り合いになるのを期待して渦中に入っていく。

ボーンがやっと動いた。壁のスイッチを引いて滑車とレバーが複雑に組み合わされた仕組みを作動させ、ピケットのテーブル下に配された小さな鈴を鳴らしてディーラーに合図した。今夜はテンプルに喧嘩《けんか》をさせてはならないという合図だ。

この一件はボーンのものだという合図。

ディーラーは怪力の持ち主のテンプルをことばで押しとどめ、次の展開がどうあれ、それを楽しみにしながら見ているボーンとルシファーのほうに顎《あご》をしゃくった。

テンプルは黒い瞳をステンドグラスに向け、小さくうなずいたあとクロワを連れて人混みをかき分けはじめた。

ボーンはふたりと合流すべく経営者用の部屋から出て階下に行き、クラブの大広間から離れたところにしつらえられた小部屋に向かった。波止場の船乗りのように悪態をついていたクロワは、部屋に入ってきたボーンに憎悪の目を向けた。

「悪党め。こんなことが許されるわけがない。私のものを奪われてなるものか」

ボーンは分厚いオーク材のドアにもたれて腕を組んだ。「あんたは自分で自分の墓を掘ったんだ、クロワ。家に帰れ。いただいて当然以上のものをおれが取り上げないのをありがたく思うんだな」

　クロワがいきなり飛びかかってきたが、ボーンはだれにも予想がつかないほど機敏に動いて彼の腕をつかんでねじり上げ、顔をドアに押しつけて一度、二度と揺さぶった。「次の行動を起こす前によく考えるんだな。さっきまでは寛大な気分だったが、いまはそうじゃなくなった」

「チェイスに会わせてくれ」オーク材のドアに顔を押しつけられているせいで、クロワのことばは不明瞭だった。

「悪いが、あんたが会うのはおれたちだけだ」

「私は〈堕ちた天使〉ができたときからの会員なんだぞ。私に恩義があるだろう。彼は私に借りがある」

「その逆だ。あんたのほうがおれたちに借りがある」

「私はこの賭博場に多大な投資を……」

「よく言うな。帳簿を持ってこさせて、あんたがうちにまだどれくらい借金をしているかたしかめようか？」クロワはぴたりと動かなくなった。「ほう。どうやらようやく理解しはじめたらしいな。あんたの領地は〈堕ちた天使〉のものになった。朝になったら事務弁護士に譲渡証書を持ってこさせろ。そうしなければ、おれがじきじきにあんたを探し出す。わかったか？」ボーンは返事を待たずに下がり、伯爵を放してやった。「失《う》せろ」

　クロワは慌てふためいてボーンに向きなおった。「領地はやる、ボーン。だが、会員権は……会員権は取り上げないでくれ。もうすぐ結婚するんだ。花嫁の持参金は借金を返しても釣《つ》りがくるほどなんだ。会員権だけは頼む」

不安のこもった声で泣いてすがられるのがボーンは大嫌いだった。クロワは賭けに手を出さずにいられないだろう。勝てるかもしれないという誘惑に抗えないはずだ。

ボーンに同情心のかけらでもあったなら、なにも知らない花嫁をかわいそうに思ったかもしれない。

だが、ボーンは同情などとは無縁の男だ。

クロワは目を大きく見開いてテンプルに向きなおった。「テンプル、お願いだ」

テンプルは黒い眉を片方上げ、たくましい腕を大きな胸の前で組んだ。「それだけたっぷり持参金があるのなら、うちほど高級でない賭博場なら喜んであんたを迎え入れてくれるんじゃないか」

もちろんそうなるだろう。人殺しや詐欺師《さぎし》であふれているような賭博場ならば、この虫けらと彼の運のなさを大歓迎するだろう。

「柄の悪い賭博場などお断りだ」クロワが吐き捨てるように言った。「みんなになんと言われると思う？　どうすればいい？　倍……いや、三倍払う。婚約者には金がたっぷりあるんだ」

ボーンは根っからの実業家だった。「結婚して利息をつけて借金を返済したら、会員権を返してやろう」

「それまでのあいだ、どうすればいいんだ？」クロワの泣き言は不快きわまりなかった。

「節制してはどうだ」テンプルがさらりと言う。

安堵《あんど》のせいでクロワは口をすべらせた。「やっぱりきみは話がわかる。きみがなにをしたか、みんなが知っているよ」

テンプルが体をこわばらせ、どすの効いた声で言った。「みんなはおれがなにをしたと言ってるって？」

恐怖がわずかな知性さえも抑えこみ、クロワはとっさに殴りかかったが、テンプルは大きな手でその拳《こぶし》をつかみ、自分より小さな相手をぐいっと引き寄せた。よからぬことを企んでいるらしい。

「おれがなにをしたって？」しつこくたずねる。

クロワ伯爵は赤ん坊のようにめそめそしはじめた。「な、なんでもない。すまない。そんなつもりではなかったんだ。頼むから、私を痛めつけないでくれ。殺さないでくれ。出ていくから。いますぐに。お願いだ……わ、私を殴らないでくれ」

テンプルは吐息をついた。「あんたを殴ったって力のむだになるだけだ」そう言って伯爵を放した。

「出ていけ」ボーンが言った。「おれが力をむだにしてもいいと思う前に」

伯爵は慌てて逃げ出した。

ボーンはその姿を見送ってから、チョッキとフロックコートを整えた。「おまえにつかまれたとき、彼が失禁するんじゃないかと思ったぞ」

「クロワが最初でもない」テンプルは座面の低い椅子に腰を下ろして脚を前に伸ばすと、ブーツ履きの足首を交差させた。「どれくらいかかるかと思ってた」

ボーンは上着から半インチほど覗《のぞ》いているシャツの袖口をさっと払い、まっすぐになっているのをたしかめてからテンプルに視線を戻した。質問の意味がわからないふりをする。

「なにをするのに？」

「服を完璧に整えるのにだよ」テンプルの口角が片方上がり、からかいの笑みになった。

「女みたいだな」

ボーンは大柄な男をにらみつけた。「最高の右フックをくり出せる女か」

テンプルがにたにた笑いになると、鼻の三箇所の骨折痕《こん》がきわだった。「おれを倒せると言っているわけじゃないだろうな？」

ボーンは手近の鏡でクラバットがきちんとしているかをたしかめた。「まさにそう言っているんだよ」

「ボクシングに誘ってもかまわないのか？」

「いつでも受けて立つぞ」

「だれもリングに上がらせない。とくに相手がテンプルだったら」部屋の奥の隠し扉から声がして、ボーンとテンプルはふり向いた。〈堕ちた天使〉の三人めの共同経営者、チェイスがふたりを見ていた。

テンプルはそのことばを聞いて笑い声をあげ、ボーンに向きなおった。「ほらな？　チェイスはおまえがおれの相手にならないとわかっているんだ」

チェイスはサイドボードに置かれていたデカンターからスコッチを注《つ》いだ。「ボーンは関係ない。石造りの要塞《ようさい》みたいな体つきのきみにはだれもかなわないさ」皮肉っぽくつけくわえる。「私は例外だが」

テンプルは椅子に背中を預けた。「いつだってリングで相手になるぞ、チェイス。予定を空けておいてやる」

チェイスはボーンのほうを向いた。「クロワを丸裸にしたな」

ボーンは壁に沿ってゆっくりと歩いた。「赤ん坊から菓子を取り上げるくらい簡単に」

「この商売を五年やっているが、ああいう男たちの弱さにはいまだに驚かされるな」

「弱さじゃない。病気だ。勝ちたいという欲望は熱病なんだ」

ボーンの隠喩《いんゆ》にチェイスは両の眉を上げた。「テンプルの言うとおりだな。きみは女みたいだ」

テンプルがばか笑いをし、六フィート半の長身を椅子から起こした。「賭博室に戻るとするか」

チェイスはドアに向かうテンプルを目で追った。「今夜は喧嘩できてないのか？」

テンプルがうなずく。「ボーンに目の前から取り上げられた」

「まだ時間はあるさ」

「そう願いたいもんだ」テンプルが部屋を出てドアをしっかりと閉めると、チェイスは別のグラスにスコッチを注いで、暖炉《だんろ》をじっと見つめているボーンに持っていった。ボーンはグラスを受け取って黄金色の液体を大きくあおり、喉《のど》が焼ける感覚を楽しんだ。

「知らせがある」チェイスが言い、ボーンは顔をめぐらせて続きを待った。「ラングフォードの件だ」

そのことばがボーンに襲いかかった。十年間というもの、彼はこの瞬間を待っていたのだ。チェイスがこれからなにを話すにせよ。十年間、自分の過去を、生まれながらにして持っていた権利を奪った男に関する知らせを待っていたのだ。

自分の歴史を奪った男。

すべてを奪った男。

ラングフォードはあの晩すべてを奪った。領地も金もなにもかも。空っぽの領主館と、広大な領地――ファルコンウェル――のまん中にあるほんのわずかな土地をのぞいて。あらゆるものがこぼれ落ちていくのを目にしながら、ボーンにはラングフォードの動機がなんなのかさっぱりわからなかった。領地を生き生きと繁栄するものに変える喜びを味わった挙《あ》げ句《く》、ただの若造に返さなければならないのがどれほどこたえるものか、まるで理解できていなかった。

十年後のいま、そんなことはどうでもよくなっていた。

彼は復讐がしたいだけだった。

ずっとその機会を待っていたのだ。

十年もかかったが、ボーンはふたたび財産を築き上げ、倍にした。〈堕ちた天使〉の共同経営の収益といくつかの有利な投資のおかげで、イギリス一の金持ちにも匹敵するほどの財をなした。

だが、失ったものを取り戻すことはできなかった。ラングフォードはどれだけ金を積まれようとも、どれだけ有力な者からの申し出であろうとも、ファルコンウェルをその手にしっかり握りしめて売ろうとしなかった。かなりの有力者が買いたいと申し出たのだが。

これまでは。

「聞かせてくれ」

「こみ入った話なんだ」

ボーンはまた暖炉のほうを向いた。「いつだってそうだ」だが、彼はウェールズやスコットランドやデヴォンシャーやロンドンの地所を買うために毎日働いて金を貯《た》めてきたのではない。

ファルコンウェルのためにそうしてきたのだ。

かつてはボーン侯爵の誇りであった、みずみずしい緑の千エーカーの領地。父や祖父や曾《そう》祖父《そふ》が領主館周辺に土地を広げていき、侯爵から侯爵へと受け継がれてきた領地。

「なんなんだ？」ボーンはチェイスの目のなかに答えを見て、たっぷりとひどい悪態をついた。「あいつはなにをした？」

チェイスはためらっている。

「おれに取り戻せないようにしたのなら、殺してやる」

何年も前に殺しておくべきだったのだ。

「ボーン……」

「うるさい」ボーンはさっと手をふった。「このために十年間も待ったんだ。あいつはおれからすべてを奪った。なにもかもをだ。おまえにはわからない」

チェイスがボーンと目を合わせた。「よくわかるとも」

理解のことばを聞いて、ボーンは動きを止めた。そこにふくまれた真実を聞いて。どん底からボーンを引っぱり上げてくれたのはチェイスだった。彼を迎え入れ、立ちなおらせ、仕事をあたえてくれたのは。チェイスが救ってくれた。

少なくとも、救おうとしてくれた。

「ボーン」チェイスが用心深く口を開いた。「彼はあの領地を保持していない」

ぞっとするような恐怖がボーンのなかに宿った。「どういう意味だ、保持していないとは?」

「ラングフォードはサリー州の地所を手放した」

そうすれば理解できるとでもいうように、ボーンは頭をふった。「だれの所有になった?」

「ニーダム-ドルビー侯爵だ」

その名前を聞いて、昔の記憶がよみがえった。猟銃を持った恰幅《かっぷく》のいい男がサリー州のぬかるんだ野原を行き、そのあとを小さな女の子たちがにぎやかについて歩く場面だ。いちばん上の女の子は、ボーンが見たこともないほどまじめそうな青い目をしていた。

ニーダム－ドルビー侯爵はボーンの子どものころの隣人で、サリー州の三大貴族の三番めだった。

「ニーダムがおれの領地を？　どうやって手に入れた？」

「皮肉なことにカードで」

ボーンにはおかしみなど感じられなかった。それどころか、ファルコンウェルがカード・ゲームで無頓着《むとんちゃく》に賭けられ、人手に渡った――またもや――という事実にいらだった。

「ニーダムをここへ。彼の好きなゲームはエカルテだ。ファルコンウェルを取り戻す」

チェイスは驚いてのけぞった。「賭けをするのか？」

ボーンは即答した。「ファルコンウェルを取り戻すためならどんなことでもする」

「どんなことでも？」

ボーンはすぐさま疑念を抱いた。「おれの知らないなにを知っている？」

チェイスの眉が両方とも、くっと上がった。「どうして私がなにか知っていると思うんだ？」

「いつだっておれより詳しく知っているじゃないか。そしてそれを楽しんでいる」

「ただしっかり注意を払っているだけだよ」

ボーンは歯がみした。「それならそれでいいが……」

〈堕ちた天使〉の創設者は袖に気を取られたふりをした。「ファルコンウェルの一部だった土地は――」

「おれの土地だ」

チェイスはボーンのことばを無視した。「簡単には取り戻せない」

「どうしてだ？」

チェイスがためらいを見せた。「その土地は……あるものの付属物になったからだ」

冷徹な憎しみの感情がボーンの体を駆けめぐった。このときを十年も待ったのだ――ファルコンウェル・マナーと領地をふたたびひとつにするときを。「なんの付属物になった？」

「なんの、というよりもだれのというほうが近い」

「なぞなぞにつき合う気分じゃないんだ」

「ニーダムは、ファルコンウェルの土地を長女の持参金にくわえると発表した」

ボーンは衝撃を受けた。「ペネロペか？」

「ニーダムの長女を知っているのか？」

「最後に会ってから何年も経《た》つ――二十年近くになるか」

十六年だった。十五歳の彼が両親の葬儀を終え、身寄りもなくたったひとりで新たな世界へ送り出されるべくサリー州を発《た》った日、彼女は見送りにきてくれた。ペネロペはボーンが馬車に乗りこむのを見守り、ファルコンウェルから遠ざかっていくのをあのきまじめな青い瞳でずっと追っていた。

大通りへと馬車が曲がるまで、目をそらさなかった。

それを知っているのは、ボーンもまた彼女をずっと見つめていたからだ。

ペネロペは彼の友だちだった。

彼がまだ友だちというものを信じていたころの話だが。

彼女はまた、一生かかっても使いきれないほど裕福な、ふたつの侯爵位を持つ男の長女だ。

ペネロペがこんなに長く独身を貫く理由などなかった。とっくに若い貴族と結婚しているべきなのに。

「ペネロペはどうしてファルコンウェルを持参金にする必要があるんだ？」ボーンはふと思った。「そもそもなぜまだ結婚していない？」

チェイスが吐息をつく。「きみたちのひとりでもいいから、うちの数少ない会員についてばかりでなく上流社会全般にもっと関心を持ってくれたらいいのに」

「うちの数少ない会員は五百名を超えるんだぞ。そのひとりひとりについて親指ほどの厚さの書類が保管されていて、おまえの共同経営者たちの入手した情報がたっぷり記録されているんだ」

「だとしても、きみが生まれた世界について教えるよりもっといい夜の過ごし方をしたいんだが」

ボーンが目を細めた。チェイスはいつもひとりで夜を過ごしている。それ以外のところは見たことがない。「どんな過ごし方だ？」

チェイスはその問いを無視し、またスコッチを飲んだ。「レディ・ペネロペは何年か前にその社交シーズン最大の縁組に恵まれた」

「それで？」

「婚約は解消され、相手の男は恋愛結婚をした」

昔からよくある話で、ボーンも数えきれないくらい聞いたことがあった。それでも、婚約が解消されたせいで自分の知っていた女性が傷ついたかもしれないと思ったら、なじみのない感情に襲われた。「恋愛結婚か」彼は鼻で笑った。「向こうのほうがきれいだったとか、もっと裕福だったとかじゃないのか？　それだけか？」

「それ以来、何人かから求婚されたと聞いている。だが、いまだに未婚のままだ」チェイスはこの話に興味がなくなってきたらしく、うんざりしたようにため息をついた。「だが、それも長くは続かないだろう。ファルコンウェルというおまけがついたわけだからな。求婚者が殺到するにちがいない」

「おれにいばり散らす機会を手に入れたがって」

「おそらく。きみは人気の貴族のリストの上位にいるとは言えないからな」

「おれはそんなリストのどこにもいないぞ。それでも、地所は手に入れる」

「そのための覚悟はできているんだな？」チェイスはおもしろがっているようだ。

ボーンは彼のことばの意味をすぐに察した。

昔の自分とは正反対の、若くてやさしいペネロペの姿が目に浮かんだ。いまの自分とも正反対だ。

ボーンはそんな思いを脇に追いやった。十年間というもの、この瞬間を待っていたのだ。自分のために築き上げられたものを取り戻す機会を。

自分のために遺《のこ》されたものを。

自分が失ったものを。

それは、ボーンにとってかぎりなく贖《あがな》いに近いものだった。だから、なにものにもじゃまさせはしない。

「なんだってするさ」ボーンは上着を念入りに整えた。「妻がファルコンウェルについてくるのなら、それはそれでかまわない」

ボーンが部屋を出ていき、ドアがたたきつけられるように閉まった。

チェイスはドアに向かってグラスを持ち上げ、だれもいない部屋に向かって言った。

「乾杯」

2

親愛なるMへ

ぜったいに帰省してね。あなたがいないとおそろしくつまらないんだもの。ヴィクトリアもヴァレリーも、湖畔《こはん》の友にはなれません。

どうしても学校に通わなくてはいけないの？　わたしの家庭教師はすごく頭がいいのよ。先生なら、あなたが学ばなければならないことも全部教えてくれると思います。

あなたのPより

一八一三年九月　ニーダム・マナーにて

親愛なるPへ

悪いけど、クリスマスまでおそろしくつまらない思いをしてもらわなきゃならない。慰めになるかどうかわからないけど、こっちは湖にも行けないんだよ。双子に釣りを教えるのはどう？

ぼくは学校に通わなければならないと思う……きみの家庭教師はぼくを好きじゃないから。

Mより
一八一三年九月　イートン校にて

一八三一年一月下旬
サリー州

生まれも育ちもよいレディ・ペネロペ・マーベリーは、二十八歳になってからだいぶ経つ一月の寒い午後に五度めの――そして、おそらくは最後の――求婚を受けたことを心から感謝すべきだとわかっていた。ミスター・トマス・アレスと同じようにひざまずき、とても親切で寛大な申し出に対して彼と創造主に感謝すれば、ロンドンの住人の半分は自分をそれほど変わり者と思わなくなるだろうとわかっていた。なんといっても、問題の紳士はハンサムで親しみやすく、歯はそろっているし髪の毛もふさふさしているのだから。それほど若くもなく、婚約解消の過去があり、求婚された数も片手で足りる女性にとっては、めったにめぐってこない好条件の相手だ。

また、この瞬間――トマスのきちんと整えられた頭頂部を見つめているいまこのとき――

に先立ってこの縁組を祝福したであろう父が、彼を気に入っているのもわかっていた。ニーダム－ドルビー侯爵は、二十数年前、ペネロペが育った家の厩《うまや》でトマスが袖をまくり上げてしゃがみこみ、侯爵のお気に入りの猟犬が出産するのを手伝ったときから〝あのトミー・アレス〟を好きなのだ。

あの日からずっと、トミーはいい子だ。

父はきっとこういう息子を持ちたかったのだろう、とペネロペは昔から思ってきた。あいにく息子はおらず、代わりに五人の娘に恵まれたわけだが。

それに、トミーはいずれ子爵になるという事実もある。それも、とても裕福な子爵に。客間のドアの向こうでやきもきしながらこの状況を見守っているだろうペネロペの母は、きっとこう言っているだろう。

物乞いに選《え》り好《ごの》みは禁物ですよ、ペネロペ。

ペネロペはこういったすべてをわかっていた。

だからこそ、おとなになった幼なじみの、たいせつな友人の、温かみのある茶色の目を覗いたとき、これほど寛大な求婚は二度と受けられないだろうからイエスと言うべきだと悟った。ぜったいに。

だが、ペネロペはイエスと言わなかった。

その代わりにこう言った。「どうしてなの？」

そのことばに続く沈黙を破ったのは、客間の外から聞こえてきた、「あの子ったら、どういうつもりなの？」という絶望に満ちた声だった。トミーは少しも驚いたようすを見せず、苦笑混じりに立ち上がった。

「おかしいかい？」愛想よく言う。「子どものころからの友だちで、仲がいい。ぼくには妻が必要で、きみには夫が必要だ」

結婚の理由としてはそれほど悪くはなかった。それでも――。「わたしが社交界にデビューしてから十年も経つのよ、トミー。求婚する機会はいくらでもあったでしょう」

彼は悔しそうな顔をするだけの礼儀を持っていたが、そのあと猟犬みたいな笑みを見せた。「たしかにそうだね。納得してもらえそうな言い訳もないし。ただ……胸を張って言うよ、ぼくは分別がついたんだ、ペニー」

ペネロペは笑みを浮かべた。「ばかね。あなたに分別がつくなんてありえないわ。どうしてわたしなの、トミー？」彼女は食い下がった。「それに、どうしていまなの？」

彼は笑ったが、親しみのこもったものではなく、神経質な笑いだった。訊《き》かれたことに答えたくないときに彼がいつも見せる笑いだった。「身を落ち着ける潮時なんだ」首を傾《かし》げてにっと笑う。「いいじゃないか、ペニー。結婚しようよ、な？」

ペネロペはこれまで四回求婚された経験を持っていたし、舞踏会での劇的なプロポーズからサリー州で過ごす夏に人目の届かない東屋《あずまや》でのひっそりしたプロポーズまでありとあらゆる場面を想像してきた。愛と不滅の情熱を告白され、大好きなシャクヤクの花をたくさん贈られ、ヒナギクの野原に毛布を敷き、ロンドン中の人たちの乾杯を受けてぴりっとしたシャンパンを味わう場面を想像してきた。相手の男性の腕のなかに飛びこみ、ええ……結婚するわ、とささやく場面を想像してきた。

でも、それは全部夢想——それも、どんどん現実から離れていく夢想——にすぎないとわかっていた。結局のところ、二十八歳の行き遅れ女は、求婚者が殺到して追い払うのに苦労しているわけではないのだから。

それでも、〝結婚しようよ、な？〟よりましなことばを望めないほど絶望的な状況ではないはず。

ペネロペは小さくため息をついた。最善の努力をしてくれているトミーを傷つけたくはなかった。けれど、彼は子どものころからの友だちで、いまになってふたりの友情を嘘《うそ》で汚したくなかった。「わたしに同情してくれているのでしょう？」

トミーが目を丸くした。「なんだって？　まさか！　どうしてそんなことを言うんだい？」

ペネロペは微笑《ほほえ》んだ。「だって、ほんとうのことですもの。あなたは、かわいそうなオールドミスの友だちを哀れんでくれているの。そして、自分の幸せを犠牲にしてまでもわたしが結婚できるようにしようとしてくれている」

トミーはむっとした顔——親しい友人同士にだけ許される表情——をし、ペネロペの両手を取ってその関節にキスをした。「ばかげてるよ。ぼくはそろそろ結婚する歳なんだ、ペニー。きみはいい友だちだし」そこでことばを切り、悔しそうな顔をしたので、ペネロペはいつまでも彼に腹を立てていられなくなった。「ぼくはへまをやらかしたんだ。そうだろう？」

ペネロペは思わず微笑んでしまった。「ちょっとした失敗だったわね、ええ。あなたは不滅の愛を告白しなくちゃいけなかったのよ」

トミーが疑わしげな顔になった。「胸に手をあててとか、そういうこと全部？」

ペネロペの笑みが大きくなった。「そのとおり。それに、ソネットを書いてくれてもいいわ」

「おお、麗しのレディ・ペネロペ……ぼくとの結婚を考えてはくれまいか、とか？」

ペネロペは声をあげて笑った。トミーはいつだって彼女を笑わせてくれる。いい気分だった。「ひどいできだわ」

トミーはわざとらしく顔をしかめた。「犬の繁殖をして、子犬が生まれたらレディPという名前をつけて贈ったとしても、いい返事はもらえないんだろうね？」

「ロマンティックだけれど、ずいぶん時間がかかるんじゃなくて？」

ふたりで冗談を楽しんだあと沈黙が落ち、不意にトミーが真顔になった。「頼むよ、ペニー。きみを守らせてくれ」

奇妙なことばだった。けれど、求婚のすべてにおいて失格したトミーの言ったことだったので、ペネロペは深く考えなかった。

ただ、彼の申し出についてはじっくりと考えた。真剣に。

トミーはいちばん古くからの友人だ。というか、いちばん古くからの友人のひとりだ。

ペネロペを見捨てなかったほうの友人。

トミーは彼女を笑わせてくれるし、彼女はトミーが大好きだ。婚約が悲惨な結果に終わったあと、完全に見捨てずにいてくれたのはトミーだけだ。それだけを取っても結婚相手として好ましいだろう。

イエスと言うべきだ。

言うのよ、ペネロペ。

永遠にオールドミスでいる運命からあわやのところで救われた、二十八歳のレディ・トマス・アレスになるべきだ。

言うのよ。ええ、トミー。あなたと結婚するわ。プロポーズしてくれるなんて、なんてすてきな人なの、と。

そうすべきなのはわかっていた。

けれど、ペネロペはそうしなかった。

親愛なるMへ

わたしの家庭教師が嫌いなのはウナギなの。ウナギを持ってきたからって、あなたがひどい人間だってことにはならないとわかるくらい、先生は教養があると思うけど。罪を憎んで人を憎まずよ。

あなたのPより

追伸——先週、トミーが帰省してきて、ふたりで釣りに行きました。彼は公式にわたしのお気に入りのお友だちになりました。

一八一三年九月　ニーダム・マナーにて

親愛なるPへ

コンプトン牧師さまの説教みたいな手紙だったぞ。さては教会できちんと話を聞いていたな。がっかりだよ。

Mより

追伸——トミーはきみのお気に入りなんかじゃない。

一八一三年九月　イートン校にて

トマスが帰っていき、大きなオーク材のドアの閉まる音がニーダム・マナーの玄関広間にまだ響いているとき、ペネロペの母親が二階の踊り場に姿を現わして一階にいる娘を見下ろした。

「ペネロペったら！　なにをしたの？」レディ・ニーダムが広い主階段を駆け下りてきて、その後ろからペネロペの妹のオリヴィアとフィリッパ、それに父の猟犬三頭がついてきた。

ペネロペは深呼吸をし、母のほうを向いた。「今日は静かな一日だったわ」さりげない口調で言い、食堂へ向かった。母がついてくるのはわかっていた。「いとこのキャサリンに手紙を書いたの。彼女、クリスマス前にひいた風邪でいまも苦しんでいるって知っていた？」

ピッパことフィリッパがくすくすと笑った。だが、母は笑わなかった。

「いとこのキャサリンのことなど知りません！」侯爵夫人の声はもどかしい気持ちが募るにつれて甲高くなっていった。

「冷たいのね。だれだって風邪で苦しみたくないのに」ペネロペが食堂のドアを押し開けると、狩猟用の服を着たままの父がすでにテーブルについており、『ポスト』紙を静かに読みながら女性陣が来るのを待っていた。「ごきげんよう、お父さま。いい一日でした？」

「外はすごく寒かった」ニーダム‐ドルビー侯爵は新聞から目も上げずに言った。「そろそろ食事にしないか。温かいものを食べたい」

お父さまにとって、食事中に知らされるだろうことは青天の霹靂《へきれき》かもしれない。ペネロペはそう思いながら、父の左隣りの自分の椅子からビーグル犬を押しのけて座った。向かい側の席は、次になにが起きるかと目を丸くしている妹たちだ。ペネロペはそしらぬ顔をしてナプキンを広げた。

「ペネロペ！」侯爵夫人は食堂を入ったところに立ったまま背筋をぴんと伸ばし、両手をきつく握っていた。従僕は料理を出していいものかどうかわからず、持ち場で凍《こお》りついている。

「トマスが結婚を申しこんでくれたのですよ！」

「ええ。わたしはその場にいましたから」

ピッパが水のゴブレットでにやにや笑いを隠した。

「あなた！」レディ・ニーダムは援軍が必要だと判断したらしい。「トマスがペネロペにプロポーズしたんですよ！」

ニーダム卿が新聞を下ろした。「そうなのか？　私は昔からあのトマス・アレスを気に入っていたんだ」長女に向きなおり、「問題はないな？」

ペネロペは大きく息を吸った。「ないというわけでは」

「この子は断ったんですよ！」胸の張り裂けるような悲しみを感じている人間か、ギリシア古典劇の大合唱でしか出せないような声だった。犬たちがいっせいに吠《ほ》え出《だ》すというおまけつきだ。

犬たちが静かになると、レディ・ニーダムはテーブルに近づいた。その顔はウルシ林のなかを歩いたかのようにひどいまだらになっていた。「ペネロペったら！　裕福でりっぱな若い男性からの結婚の申しこみは木に花が咲くみたいにはないんですよ！」

一月ともなれば、とくにむずかしいでしょうね。ペネロペは頭に浮かんだ思いを口にしないだけの分別を持っていた。

食事の最初となるスープを出そうと従僕が前に進み出たとき、レディ・ニーダムが椅子にへたりこんだ。「下げてちょうだい！　こんなときにだれが食べられるというの？」

「わたしはお腹がぺこぺこよ」オリヴィアが言い、ペネロペは懸命に笑みをこらえた。

「あなた！」

侯爵は嘆息し、ペネロペに向いた。「断ったのか？」

「正確にはちがいます」彼女は返事をぼやかした。

「この子はお受けしなかったんですよ！」侯爵夫人が叫んだ。

「どうしてだ？」

もっともな質問だ。このテーブルについている全員が知りたがっている質問だろう。当の本人のペネロペもそのひとりだ。

ペネロペは答えを持っていなかった。もっともな答えは。「お申し出をじっくり考えてみたかったの」

「ばかを言うんじゃない。求婚を受けなさい」父はさも簡単なことのように言ってのけ、スープを出すよう従僕に合図した。

「ペニーはトミーの求婚を受けたくないのかもしれないでしょう」ピッパが言い、ペネロペは論理的な妹にキスをしたくなった。

「受けたいとか受けたくないとかの問題ではありません」レディ・ニーダムが言う。「売れるうちに売らなくてはいけないのですよ」

「すてきな考えだこと」ペネロペはなんとかくじけずにいようと淡々と言った。

「ほんとうのことですよ、ペネロペ。トマス・アレスはせっかくあなたを買おうとしてくれたのに」

「売買よりもいいたとえがあればいいのに」ペネロペは言った。「それに、わたしがトミーと結婚したくないのと同じくらい、彼のほうもわたしと結婚したがっていないと思うの。彼はただ親切にしてくれただけなのよ」

「親切心だけじゃないぞ」ニーダム卿が言ったが、それはどういう意味かとペネロペがたずねる前に母がまた口を開いていた。

「結婚を望むかどうかは関係ないのよ、ペネロペ。あなたはそんな段階をとっくに過ぎているの。結婚しなければならないの！　そして、トマスはあなたと結婚しようとしてくれたのよ！　あなたはこの四年間で一度も求婚を受けていないでしょう！　忘れたの？」

「忘れていたわ、お母さま。思い出させてくださってありがとう」

侯爵夫人は顔をつんと上げた。「おもしろいと思っているの？」

姉がおもしろいだなんて信じられないとばかりに、オリヴィアが両の眉を吊《つ》り上《あ》げた。ペネロペはユーモアくらいりっぱにあるわと弁解したい気持ちを抑えこんだ。

もちろん、忘れてなどいなかった。いまだに独身でいることを母からしょっちゅう指摘されているのだから、忘れろというほうが無理だ。問題の求婚から年数だけでなく日数と時間までを母が数えていないのが驚きだった。

ペネロペはため息をついた。「おもしろいことを言おうとしたわけじゃないわ、お母さま。ただ……トマスと結婚したいかどうかよくわからないだけ。正直なところ、トマスだけじゃなく、わたしとの結婚に気持ちの定まっていない人のプロポーズを受ける気になるのはむずかしいわ」

「ペネロペ！」レディ・ニーダムが大声を出した。「この状況であなたの望みなど問題ではないのよ！」

もちろんそうでしょうとも。結婚はそういう風には運ばないのだから。

「ほんとうに。ばかばかしいにもほどがあります！」侯爵夫人が落ち着きを取り戻し、ことばを探すあいだ、話は中断した。「ペネロペ……ほかにはだれもいないのよ！　あちこち探しまわったのに！　あなたが心配なのよ！」優雅に椅子に寄りかかり、ロンドンの舞台に立つどんな女優も誇りに思うような芝居がかったしぐさで額に手をあてた。「だれがあなたの面倒をみてくれるの？」

もっともな問いかけだった。結婚に対する不安を明らかにする前に、ペネロペ自身がもっと注意深く考えておくべきだった問題だろう。けれど、あんなことを言うつもりではなかったのだ。思わずぽろりと口をすべらせてしまったのだ。

だが、言ってしまったいまとなっては、ここしばらくのあいだで最善の決意に思えてきた。

問題は、この十年間でペネロペには〝面倒をみて〟もらえる機会が何度もあったことだ。社交界で評判のレディだったこともある――まずまずの魅力があり、行儀がよく、話しぶりは上品で、育ちもよく、完璧に……完璧だと。

婚約すらしたのだ。同じように完璧な男性と。

そう、あれは完璧な縁組だった。婚約者がほかの女性と完璧に愛し合っていたことだけが玉に瑕《きず》だったが。

醜聞が巻き起こったおかげで、捨てられる前に婚約を解消しやすくなった。まあ、少なくとも一方的に捨てられたことにはならない。

ペネロペなら、あれを〝捨てられた〟とは言わない。どちらかというと〝衝撃〟だろう。

もちろん、ありがたくもない衝撃だ。

それを母親に打ち明けるつもりはないが。

「ペネロペ！」侯爵夫人がふたたび姿勢を正し、長女に苦悩の視線を向けた。「質問に答えなさい！　トマスがだめなら、だれならいいの？　だれがあなたの面倒をみてくれると考えているの？」

「自分で自分の面倒をみるしかないでしょうね」

オリヴィアがあえぐ。スープを飲もうとしていたピッパは、スプーンを持つ手を途中で止めた。「まあ！　まあ！」侯爵夫人はまた椅子にぐったりともたれた。「まさか、本気ではないわよね？　そんなばかなことを言ってはいけません！」動揺といらだちがせめぎ合っているような声だった。「あなたはオールドミスになるよりももっと強い人間ですよ！　ああ、いやだ、わたくしにそんなことを言わせないでちょうだい。オールドミスだなんて！」

ペネロペの考えでは、オールドミスこそ自分より強い人間だ。けれど、絶望の極みで椅子から転げ落ちそうなようすの母にそう言うのは控えた。

侯爵夫人が言い募る。「それに、わたくしはどうなるの？　オールドミスの母親になるために生まれてきたわけではないのよ！　みんなにどう思われると思うの？　なんと言われると思うの？」

みんながすでにどう思っているか、なんと言っているか、ペネロペにはおおよその推測がついていた。

「いまとは正反対だったときがあなたにはあったのよ、ペネロペ！　あと一歩でわたくしは公爵夫人の母親になれたのに！」

ついに出た。母と長女のあいだに立ちはだかる幽霊が。

公爵夫人。

婚約を解消したことを母が許してくれる日は来るのだろうか……。まるで、ペネロペが悪かったみたいだ。彼女は大きく息を吸い、なんとか理性的な声を出すよう努めた。「お母さま、レイトン公爵はほかの女性を愛していて――」

「歩く醜聞をね！」

その人を公爵は心底愛しているの。八年経ったいまでも、ペネロペはうらやましさに胸をちくりと刺される。公爵にではなく、その想いの強さに。彼女はそんな思いを脇に押しのけた。「醜聞だろうとなかろうと、そのレディはレイトン公爵夫人なのよ。八年もその称号を持っていて、その間に夫のために未来の公爵のほかに三人の子どもを産んでいるわ」

「その夫はあなたの夫になるはずだったのですよ！　子どもたちの母親はあなたになるはずだったのですよ！」

ペネロペは吐息をもらした。「わたしはどうすればよかったの？」

侯爵夫人がふたたびすっと背筋を伸ばした。「もう少しがんばることだってできたでしょうに！　公爵のあとに申し出のあった求婚をどれでもいいから受けてくれればよかったのですよ」そう言ってまたどさりと椅子にもたれた。「四人から求婚があったんですよ！　ふたりは伯爵だったわ」求婚されたのをペネロペが忘れているとでも思っているのか、詳しく説明し出した。「伯爵のあとはジョージ・ヘイズ！　そして今回はトマス！　未来の子爵なんですよ！　未来の了爵なら満足だったのに！」

「ずいぶん寛大でいらっしゃるのね、お母さま」

ペネロペは椅子の背にもたれた。でも、たしかにそのとおりなのだろうと思った。夫を手に入れるために精一杯尽力するよう——必死に見えない程度にがんばるよう——育てられた。けれど、この何年かは真剣になれなかった。それほどには。婚約が流れた最初の年は、醜聞まみれになったのだから結婚などどうでもいいと自分に言い聞かせるのは簡単だったし、だれもペネロペに花嫁候補としての関心を持たなかった。

その後の求婚では、みんな隠れた動機を持っていた。彼らがニーダム‐ドルビー侯爵の娘と結婚したがったのは、政界における力を強めたいか裕福になりたいかのどちらかで、そういった紳士からの求婚をペネロペが丁重に断っても父は別段気にしなかった。

ペネロペが断った理由など、父にはどうでもよかったのだ。

結婚の本来の姿を垣間見たせいで――妻を愛《いと》おしげに見つめるレイトン公爵を見たせいで――ペネロペが求婚を断ったかもしれないとは父には想像もつかなかっただろう。時間さえかければ、結婚からもっと多くのものが生まれるかもしれない可能性にペネロペは気づいてしまった。

けれど、より多くのものを待っているのだと自分に言い聞かせているうちに、ペネロペは機会を逃してしまったのだった。歳をとりすぎ、地味になりすぎ、色褪《いろあ》せすぎてしまった。

そして、今日、たいせつな友だち以上の存在ではないトミーが、結婚にほんの少しも関心を持っていないのに、これからの一生をともに過ごそうと申し出るのを目にし……とてもイエスとは言えなかった。

彼がより多くのものを手に入れる機会を潰《つぶ》すことはできなかった。

自分の人生がどれほど悲惨であったとしても。

「ああ！」金切り声の文句がまたはじまった。「妹たちのことを考えてやってちょうだい！この子たちはどうなるの？」

ペネロペは、母とのやりとりをバドミントンの試合であるかのように見ていた妹たちに目をやった。この子たちなら問題ないわ。「上流社会には、マーベリー家の若くてきれいな娘たちでがまんしてもらうしかないでしょうね。もう結婚したふたりの娘たちが伯爵夫人と男爵夫人であることを考えたら、なにもかもうまくいくと思うわ」

「双子たちがすばらしい縁組に恵まれたのをほんとうに感謝するわ」

ヴィクトリアとヴァレリーの結婚――爵位と持参金くらいしかない結婚――を、ペネロペならすばらしいとは言わないけれど、ふたりの夫たちは比較的害のない人たちだし、少なくとも外でのふるまいは慎重にしているから、なにも言わずにおいた。

そんな配慮など露知らず、レディ・ニーダムは熱を入れて話し続けた。

「それに、かわいそうなお父さまはどうなるの？　家いっぱいの女の子に悩まされてらっしゃるのを忘れたわけではないでしょうね！　あなたが男の子だったら話はちがったのよ、ペネロペ。お父さまはあなたを心配して具合が悪くなるほどなんですよ！」

ペネロペが父に目をやると、父はクリームスープにパンを浸し、左側の床から長いピンク色の舌を出して見上げている黒くて大きな猟犬にあたえている。父も猟犬もとくに心配で具合が悪そうには見えなかった。「お母さま、わたしは……」

「それにフィリッパよ！　カッスルトン卿が関心を寄せてくださっているのよ。フィリッパはどうなるの？」

ペネロペは困惑した。「フィリッパがどうなるのかですって？」

「そうですよ！」レディ・ニーダムはリネンの白いナプキンをおおげさにふってみせた。「フィリッパはどうなるの？」

ペネロペはため息をついて妹を見た。「ピッパ、わたしがトミーの求婚を断ったら、カッスルトン卿の気持ちが変わると思う？」

ピッパは目を大きく見開いて首を横にふった。「そうは思わない。もしそうだったとしても、打ちひしがれたりしないわ。カッスルトン卿はちょっと……退屈な人ですもの」

ピッパはことばを慎んだのだ。ペネロペなら〝頭がよくない〟と言うところだ。

「ばかを言わないでちょうだい、フィリッパ」レディ・ニーダムが言った。「カッスルトン卿は伯爵なんですよ。物乞いに選り好みは禁物なの」

ペネロペは歯を食いしばった。娘がまだ結婚できていないという話のとき、母が好んで使う言いまわしだ。ピッパが青い目で母を見た。「自分が物乞いをしているとは知らなかったわ」

「しているんですよ。あなたたちみんなそう。ヴィクトリアとヴァレリーだって施《ほどこ》しを請わなければならなかったの。醜聞は勝手に消えてくれはしないものですからね」

はっきり言われなくても、ペネロペにはその意味するところがわかっていた。彼女のせいでみんなの人生がめちゃくちゃにされたということだ。

ペネロペは罪悪感に襲われたが、無視しようと努めた。罪悪感をおぼえる必要はない。あれは彼女の責任ではなかったのだから。

でも、わたしの責任だったのかもしれない。

ペネロペはそんな思いを押しやった。わたしの責任なんかじゃない。彼がほかの女性を愛していたからだ。

でも、彼はなぜわたしを愛してくれなかったの？

それは、ずいぶん前のあの冬、何度も自問したことだった。この田舎の屋敷に引きこもり、ゴシップ紙を読み、彼が自分より美しく、自分より魅力的で、自分より好奇心をそそる相手を選んだのだと知った冬に。彼は幸せなのに、自分は……望まれていないと思い知らされた冬に。

公爵を愛していたわけではなかった。彼のことをそれほど考えていたわけではなかった。それでも、傷ついたことに変わりはない。

「わたしは懇願するつもりなんてないわ」オリヴィアが口をはさんできた。「今年は二年めのシーズンで、わたしは美人だし魅力もあるし、持参金だってかなりのものだもの。どんな男性だって見過ごせないくらい」

「ええ、そうね。とっても魅力的」ピッパが言い、ペネロペは下を向いて笑みを隠した。

皮肉に気づいたオリヴィアが反撃する。「好きなだけ笑えばいいわ。でも、わたしは自分の価値をわかっているの。ペネロペが経験したようなことはわたしの身にはけっしてふりかからないようにするわ。真の貴族をつかまえるから」

「すばらしい計画よ」侯爵夫人が誇らしげににっこりした。

オリヴィアが微笑む。「お姉さまのおかげでいい勉強ができたわ、ペニー」

ペネロペは弁解せずにはいられなかった。「わたしが彼を追い払ったわけではないのよ、オリヴィア。レイトン公爵の妹さんの醜聞のせいで、お父さまが婚約を解消なさったの」

「ばかみたい。もしも公爵がお姉さまを望んでいたら、醜聞なんてものともせずにお姉さまを手に入れるために戦っていたはずだわ」根っからむじゃきなオリヴィアが口をとがらせた。「でも、そうじゃなかった。お姉さまを望んでたかってことだけど。まあ、彼がお姉さまのために戦わなかったというのもほんとうでしょうけど。それって、彼の気持ちを惹《ひ》きつけようとするお姉さまの努力が足りなかったせいだと思うのよ」

末っ子のオリヴィアは、少しばかり率直すぎる自分のことばが相手を傷つけるかどうか気をつかったことがない。いまだってそうだ。ペネロペは頰の内側を嚙《か》んで、叫び出したいのをこらえた。彼は別の女性を愛していたのよ！　けれど、そう言ったところでむだなのはわかっていた。婚約の解消は、いつだって女性の側に非があるのだ。その女性が自分の姉でも例外ではないらしい。

「そのとおりですよ！　ああ、オリヴィア、社交シーズンをまだ一度しか経験していないのに、もうそこまで理解しているなんてすばらしいわ」レディ・ニーダムは甲高い声で言ったあと、うめいた。「ほかの殿方たちのときもそうだったでしょう。忘れないで」

みんなはペネロペがほかの殿方たちとの結婚を望んでいなかったのをどうやら忘れているらしい。それでも、彼女はきちんと指摘しておきたくなった。「お忘れかもしれないけれど、わたしは今日の午後、求婚されたのよ」

オリヴィアはばかにするように片手をひらひらとふった。「トミーからの求婚でしょう。それってすばらしいプロポーズとはいえないわ。彼がお姉さまと結婚したいから求婚しただなんて、よっぽど頭の悪い人しか思わなくてよ」

真実を語るにオリヴィアほどあてになる人間はいない。

「だとしたら、なぜ彼は求婚したの？」ピッパが言う。他意がないのはペネロペにはわかっていた。彼女自身、まさにその質問を自分に――そしてトミーに――したのだから。

わたしを愛してくれているからよ。そう言いたかった。

いいえ、それはちょっとちがう。そう言ってみたい気持ちはたしかにある。でも、トミーについてはちがう。

だからわたしはイエスと言わなかったのだ。

生まれてこの方、トミーとの結婚など一度だって想像したことがなかった。

わたしが夢見ていたのはトミーではなかった。

「彼が求婚した理由なんてどうでもいいのよ」レディ・ニーダムが言った。「重要なのは、彼がペネロペを受け入れようとしてくれたことなの！　ペネロペに家と名前をあたえ、お父さまがずっとしてきたように面倒をみようとしてくれたことなの！」長女をにらむ。「ペネロペ、考えなくてはだめよ！　お父さまが死んだらどうするの？」

ニーダム卿が雉子《きじ》肉《にく》から顔を上げた。「なんだって？」

侯爵夫人は夫の心情などにかまっている暇はないとばかりに手をふって続けた。「お父さまだって永遠に生き続けられはしないんですよ、ペネロペ！　そのときになったらどうするの？」

それがなんの関係があるのか、ペネロペにはまるでわからなかった。「そうね、とても悲しむと思うわ」

レディ・ニーダムはいらだちで首を横にふった。「ペネロペったら！」

「お母さま、なにをおっしゃりたいのかわからないんですけど」

「お父さまが亡くなったら、あなたの面倒はだれがみてくれるの？」

「お父さまはそんなに早く死んでしまわれるおつもりなの？」

「いや」ニーダム卿が言った。

「そんなこと、だれにもわからないでしょうに！」ペネロペの母の目に涙がこみ上げてきた。

「まったく、いいかげんに――」ニーダム卿はうんざりしていた。「私はすぐには死なんよ。それに、おまえにそんなことを言われたからといって気分を害したりもしない」今度はペネロペに顔を向ける。「それから、おまえは結婚しなさい」

ペネロペは肩をそびやかした。「いまは中世ではないのよ、お父さま。わたしが望んでもいない相手と無理やり結婚させるなんてできないわ」

ニーダム卿は女性の権利などというものにはいっさい関心がなかった。「私には五人も娘がいるのに息子はひとりもいない。ひとりでも未婚のまま残し、あのばかな甥《おい》が領地をだめにして、私の娘が自力で生活するはめにでもなったら、死んでも死にきれん」卿は頭をふった。「私はおまえを結婚させるぞ。よい相手とな。ぐだぐだと言い逃れをするのはそろそろやめにして、求婚を受けなさい」

ペネロペは目を丸くした。「ぐだぐだと言い逃れをしてきたとおっしゃるの？」

「ペネロペ、ことばに気をつけて。お願い」

「お父さまが先にそうおっしゃったのよ、お母さま」ペネロペは指摘した。

「言い訳はおよしなさい！　わたくしはあなたたちをそんな……そんなことばを使うように育てたおぼえはありません」

「そうだ、おまえはぐだぐだと言い逃れをしてきたのだよ。レイトン事件からもう八年になる。おまえは、ふたつの侯爵位を持ち、ミダス王のように裕福な家の娘なんだ」

「あなた！　なんて下品な！」

ニーダム卿はいらだちをこらえようと天井を仰いだ。「おまえがなにを待ち続けてきたのか私は知らない。だが、レイトン事件が娘たち全員に暗い影を落としたのを無視し、おまえをずいぶん長く甘やかしてきたのはわかっている」ペネロペは、ひざに目を落としている妹たちを見て罪悪感に襲われた。父が続ける。「だが、それももう終わりだ。おまえは今シーズン中に結婚する」

ペネロペは不意に喉《のど》につかえた塊をなんとか呑み下そうと必死になった。「でも……この四年でプロポーズをしてくれたのはトミーひとりだけだわ」

「トミーははじまりにすぎない。これから求婚者が押し寄せるだろう」これまでの経験から、父が確信を持ってそう考えているのがわかった。

ペネロペは父の目をまっすぐに見てたずねた。「どうして？」

「おまえの持参金にファルコンウェルをつけくわえたからだ」

今日は寒いな、と天気の話をするような口ぶりだった。あるいは、この魚にはもっと塩をふるべきだ、とでも言うような。テーブルについている全員がそのことばをただ受け入れると思っているような口ぶりだ。目を丸くし、口をあんぐりと開けた四つの顔がニーダム卿に向けられた。

「まあ、あなた！」レディ・ニーダムがまた金切り声をあげた。

ペネロペの視線は父に据えられたままだった。「なんとおっしゃったの？」

ある記憶がぱっとよみがえった。黒っぽい髪の少年が大きな柳《やなぎ》の枝にしがみつき、声をたてて笑いながら下に手を伸ばして隠れ家においでとペネロペを誘っている記憶だ。

三人組の三人め。

ファルコンウェルはマイケルのものだった。

彼のものでなくなってもう十年が経つとしても、ペネロペはいつまでもあそこを彼のものと思っているだろう。どういう経緯にしろ、ファルコンウェルが自分のものになったというのは正しくないようにペネロペは感じた。美しくて豊かな土地が。屋敷とその周辺の土地——限嗣財産——をのぞいて。

マイケルの生得権。

それがいまやわたしのもの。

「どうやってファルコンウェルを手に入れたの？」

「そんなことはどうでもいい」侯爵は料理から顔を上げなかった。「これ以上結婚市場における妹たちの成功をおまえがじゃまするのを見過ごすわけにはいかない。おまえは結婚せねばならない。この先ずっと独身でいるわけにはいかないのだ。ファルコンウェルがあればその問題も解決するだろう。いや、すでに解決しかけているみたいじゃないか。トミーが気に入らないなら、名乗りを上げたがっている五、六名が国内のあちこちから手紙を寄こしている」

ファルコンウェルを手に入れたがっている男たち。

〝きみを守らせてくれ〟

トミーの奇妙なことばがいまになって意味をなした。持参金狙いの男たちのせいで起こるごたごたからペネロペを守ろうとしてプロポーズしてくれたのだ。友だちだから。

それに、ファルコンウェルもあったから。ファルコンウェルの奥にはラングフォード子爵が所有している小さな土地がある。いずれそこはトミーのものとなり、ペネロペが彼と結婚したならば、彼はファルコンウェルも手に入れることになる。

「なるほど！」オリヴィアが口をはさんだ。「それでわかったわ！」

トミーは話してくれなかった。

彼がほんとうに自分と結婚したがっているとは思っていなかったが、その証拠を見つけたのはいい気分ではなかった。ペネロペは父親に意識を集中した。「持参金のことだけど。もう公表なさったの？」

「もちろんだとも。公表しなければ、娘の持参金を三倍にした意味がない」いまこの瞬間、ここ以外の場所にいられたらよかったのにと思いながら、ペネロペが蕪《かぶ》にフォークを突き刺したとき、侯爵が続けた。「そんな惨《みじ》めそうな顔をするものじゃない。ついに夫を迎えられる幸運に感謝しなさい。持参金の一部としてファルコンウェルがあれば、王子を夫にするのも夢じゃないぞ」

「王子なんてうんざりだわ、お父さま」

「ペネロペ！　王子にうんざりする人なんているわけがないでしょう！」侯爵夫人が声を張りあげる。

「わたしは王子さまに会いたいわ」オリヴィアがうっとりしたようすで言う。「お姉さまがファルコンウェルをいらないのなら、わたしの持参金の一部にしてもらってもかまわないけれど」

ペネロペは末の妹を見た。「ええ、そうでしょうね、オリヴィア。でも、あなたはファルコンウェルがなくても大丈夫だと思うわよ」オリヴィアはペネロペと同じ淡いブロンドと白い肌と青い瞳の持ち主だが、洗い物用の生ぬるい水のような姉とはちがって目の覚めるような美人で、指をぱちんと鳴らすだけで男性をはべらせることのできる類《たぐい》の女性だ。

しかも、オリヴィア自身もそれを承知しているのだから始末が悪い。

「おまえにだって必要だ。ことにいまは」ニーダム卿はそう言いきってからペネロペに顔を戻した。「おまえにもりっぱな男に関心を持ってもらえた時期があったが、もう若くはないのだぞ」

ペネロペは思った。妹のどちらでもいいから、わたしを弁護してくれないかしら。お父さまはまちがっていると言ってくれないかしら。たとえば、〝ペネロペにファルコンウェルは必要ないわ。すてきな人が現われて、お姉さまと恋に落ちるに決まっているもの。ひと目惚《ぼ》れするの。ぜったいに〟などと。

みなが父のことばを受け入れる沈黙が続いたとき、悲しみが胸を衝《つ》いたが、ペネロペはそれを無視した。父の目のなかに真実を見た。確信を。そして、父の決意どおりに自分が結婚するのは疑う余地もないのだと悟った。いまが中世で、ちょっとした領地を切り分けてでもいるようだ。

ただし、父はなにも切り分けてなどいないのだが。「どうしてファルコンウェルがニーダム－ドルビー侯爵のものになったの？」

「そんな心配はしなくてよろしい」

「でも、気になるわ」ペネロペは食い下がった。「どこで手に入れたの？　マイケルは知っているの？」

「わからんよ」ニーダム卿はワイングラスを持ち上げた。「だが、彼が知るのも時間の問題だろうな」

「マイケルがなにを知っているかなど、だれにもわかりませんよ」母があざ笑った。「上流社会のだれも、もう何年もボーン侯爵を見かけていないのよ」

醜聞のなかで姿を消して以来。トミーの父親にすべてを奪われて以来。

ペネロペは頭をふった。「マイケルに返そうとなさったの？」

「ペネロペったら！　恩知らずなことを言ってはいけません！」母が声を震わせる。「持参金にファルコンウェルをくわえてくださったのは、お父さまのやさしさなんですよ！」

厄介な娘をさっさと片づけてしまいたい気持ちの表われでしょう。

「欲しくないわ」

そう言いながらも、それが嘘であるのはわかっていた。もちろん欲しいに決まっている。ファルコンウェルの土地は豊かで生気にあふれているうえ、子ども時代の思い出に満ちているのだから。

マイケルの思い出に。

最後に彼に会ってから何年も経つ。マイケルがファルコンウェルを去ったときはまだ子どもだったし、彼の醜聞がロンドンの貴族やサリー州の使用人たちのあいだでうわさになったときは社交界にデビューしたばかりだった。いまでは、彼の話を耳にするのは上流社会のなかでも経験豊かな女性たちのうわさ話のなかでだけだった。ある貴婦人用サロンでひどいうわさ好きの女性たちが話していたのだが、マイケルはロンドンで賭博場を経営しているらしい。ペネロペは場所をたずねはしなかった。上流社会から落ちこぼれたマイケルの賭博場は、彼女のような淑女の訪れる場所ではないだろうと本能的に感じ取ったからだ。

「おまえにどうこうする権利はないんだよ、ペネロペ。ファルコンウェルは私のものだ。そして、じきにおまえの夫のものになる。あの土地を手に入れようと、イギリス中から男たちがやってくるだろう。いまトミーと結婚するか、あとでそういった男たちのひとりと結婚するかはおまえ次第だ。だが、今シーズン中に結婚するのは決まりだ」侯爵は椅子の背にもたれ、でっぷりした腹部に両手を置いた。「いつか私に感謝する日が来るだろう」

〝今シーズン中に結婚するのは決まりだ〟

「なぜマイケルに返さなかったの？」

父はため息をつき、もうこの話は終わりとばかりにナプキンを放り投げて立ち上がった。

「そもそも、不注意だったマイケルが悪いのだ」そう言って部屋を出ていくと、そのあとにレディ・ニーダムが続いた。

ペネロペが最後にボーン侯爵のマイケル・ローラーに会ったのはもう十六年も前かもしれないが、彼のことはいまだにたいせつな友だちだと思っているし、彼になんの価値もないかのような父親の言い方にはむっとした。

とはいえ、マイケルをほんとうに知っているとは言えないのだった――おとなの男性となったマイケルのことは。彼については認めたくないくらいしょっちゅう考えるのだが、そんなときの彼は愚かな運任せのゲームですべてを失った二十一歳の姿ではなかった。

そう、ペネロペの頭のなかでは、マイケルは子どものころの友だち――彼女にとってはじめての友だち――のままの十二歳の姿だ。いろいろな冒険を考えてはペネロペをしたがえてぬかるんだ地面を歩き、突然笑い出し、ついにはペネロペもつられて笑ってしまったあのころ。夏の朝には両家のあいだの土地でズボンを泥だらけにし、ペネロペの部屋の窓に石を投げて彼女を呼び出してから両家の領地にまたがる湖に釣りに出かけた。

あの湖もわたしの持参金の一部になったのね、きっと。

湖で釣りをしたければ、マイケルはわたしに許可を求めなくてはならなくなった。

いいえ、わたしの夫に許可を求めなくてはならないのだ。

これほどまちがったことでなかったら、笑ってしまうところだ。

それなのに、そのまちがいにだれも気づいていないらしい。

顔を上げると、眼鏡の奥でぱちくりするピッパの大きな青い目と目が合った。視線を横にずらすと、オリヴィアの目にあったのは……安堵だろうか？

ペネロペがもの問いたげな顔をすると、オリヴィアが言った。「白状すると、結婚市場で失敗した姉を持つ身というのは気に入らなかったの。今度のことでわたしにとってはずいぶんましになるわ」

「今日のできごとに満足する人がいてうれしいわ」ペネロペは言った。

「だって、そうでしょう」オリヴィアが言い募る。「お姉さまが結婚したら、わたしたちみんなが助かるって認めるべきだと思うわ。ヴィクトリアとヴァレリーがすごく退屈で年寄りの夫に嫁ぐはめになった大きな理由はお姉さまだったんですもの」

わたしがそうなるよう計画したのではないわ。

「オリヴィア!」ピッパが小声でたしなめた。「そんなひどいことを言うものじゃないわ」

「いいじゃない。ペニーお姉さまだってそれがほんとうだとわかっているんだもの」

わたし、そうとわかっていた?

ペネロペはピッパを見た。「わたしのせいでやりにくくなっているの?」

「そんなことはないわ。カッスルトン卿は先週、わたしとのまじめな交際を考えているとお父さまに知らせてきたもの。それに、わたしはごくありきたりなデビュタントとはちがうし」

それは控えめなことばだった。ピッパは科学に秀でたちょっとした才媛で、命あるものなら植物から人間にいたるまで、さまざまなものの内部に魅せられている。一度、厨房《ちゅうぼう》から鵞《が》鳥《ちょう》を盗み、寝室で解剖したことがあった。すべてこともなく運んでいたのだが、鵞鳥の腹に肘まで突っこんでいるところをメイドが見つけ、セヴン・ダイヤルズという評判の悪い地区で殺人現場に出くわしたかのような悲鳴をあげたのだった。

ピッパはとことん叱られ、メイドは階下の仕事に配置換えとなった。

「彼は名前をおばかさん卿《シンプルトン》に変えるべきよ」オリヴィアがずけずけと言う。

ピッパがくすくす笑った。「やめて。彼はいい人よ。犬好きなの」ペネロペに向きなおる。

「トミーと同じで」

「わたしたちってそこまで落ちぶれたの？　犬好きかどうかで夫を選ぶほど？」オリヴィアが訊いた。

ピッパはさりげなく一方の肩をすくめた。「世の中ってそんなものなのよ。上流階級の夫婦には犬が好きという共通点すらない人たちもおおぜいいるわ」

ピッパの言うとおりだ。

でも、本来はそんな風であるべきではない。妹たちのように美人で家柄もいい若い女性は、犬好き同士というような理由で夫を選ぶべきではないのに。上流社会の人気者となり、思いのままにふるまえるようでなくてはならないのに。

でも、現実はそうではない。社交界デビューをしたときには上流社会のお気に入り中のお気に入りとなり、非の打ちどころのないりっぱなレイトン公爵に花嫁に選ばれたペネロペのせいだ。破滅した女性たち、非嫡出の子どもたち、そして世紀の大恋愛というとんでもない嵐のなかで婚約が解消されたあと、ペネロペは――妹たちにとっては悲劇的なことに――上流社会のお気に入りの地位から転落した。そして、申し分のない友人という立場になり、それから喜んで迎え入れられる知人へ、最近では長居をしすぎて嫌われる客へと変わっていた。

ペネロペは美人ではない。才気煥発《かんぱつ》でもない。裕福でよい爵位を持った貴族の長女という以外、さして取り柄《とえ》がなかった。同じように裕福で同じようにりっぱな爵位を持った貴族の妻となるように生まれつき、育てられた娘。

もう少しでそれが実現するところまでいった。

そして、すべてが変わった。

ペネロペの期待もふくめて。

あいにく、期待はよい結婚に役立たなかった。ペネロペにとっても、妹たちにとっても。十年近く前の婚約解消にペネロペがいつまでも苦しめられるのは公平ではないが、そのせいで妹たちが苦しむのも公平ではない。

「あなたたちの結婚をむずかしくするつもりはなかったのよ」そっと言った。

「それなら、お姉さまは幸運よ。この状況を修正できるんですもの」オリヴィアが言った。明らかに姉の気持ちにはまったく関心がないらしい。「だって、お姉さまがりっぱな夫を見つける可能性は低いけれど、わたしは可能性に満ちあふれているんですもの。お姉さまが将来の子爵と結婚したら、その可能性はもっと高くなるわ」

ペネロペは罪悪感に襲われ、こちらを注意深く見ていたピッパに目を向けた。「あなたも同じ気持ちなの？」

ピッパは首を傾げて選択肢を検討し、結論に達した。「そうなっても困りはしないわね、ペニー」

あなたまでだなんて。ペネロペは悲しみの波に襲われ、トミーの求婚を受けるしかないと気づいた。

妹たちのために。

けれど、もっとひどい運命だってあったのだ。そのうちトミーを愛せるようになるかもしれない。

親愛なるMへ

今夜、コールドハーバーでガイ・フォークスの人形が焼かれるのを家族みんなで見物に出かけました。薪《まき》の山を上ってミスター・フォークスの帽子を取ろうと挑戦してみる若者がひとりもいなかったのがとても残念で、この手紙を書かずにはいられませんでした。

クリスマスに帰ってきたら、みんなにいろいろ教えてやってください。

あなたの忠実な友のPより
一八一三年十一月　ニーダム・マナーにて

親愛なるPへ

ぼくが教える必要なんてないよ――あのぼろぼろの帽子をうまく取れるきみがいるんだから。それとも、最近はおしとやかなレディになったのかい？

クリスマスには帰るよ。いい子にしていたら、贈り物を持って帰ってあげる。

Mより
一八一三年十一月　イートン校にて

その晩、家族が寝静まったころ、ペネロペはいちばん暖かいマントを着て、マフとランタンを手に取ると自分の土地に散歩に出かけた。

正確には彼女の土地ではない。彼女と結婚すればついてくる土地だ。トミーや何人ものハンサムな求婚者がペネロペを妻にするのと引き換えに、大喜びで受け取る土地。

なんてロマンティックなの。

何年も、もっと多くを求めてきた。自分も幸運に恵まれるかもしれないと信じて――信じないほうがいいと自分に言い聞かせながらも。もっといいもの、もっといい人が見つかるかもしれないと。

だめ。いまはそのことを考えないようにしよう。

ずっと避けたいと願ってきた類の結婚にまっしぐらに向かっているいまはとくに。父が今シーズン中に長女を是が非でも――トミーにしろほかのだれにしろ――嫁がせようとしているのはいまやはっきりした。過去に婚約を解消したという汚点を持つ二十八歳の自分と結婚しようと思うほど自暴自棄な独身男性を思い出してみた。そのなかのひとりとして夫として迎えたいと思う人はいなかった。

夫として愛せそうな人は。

それならトミーだ。

結婚するならトミーになるだろう。

顔をうつむけ、マントのフードを深くかぶって寒さを避ける。良家の令嬢は真夜中に散歩などするものではないとわかっていたが、サリー州はすっかり眠っており、いちばん近い隣家でも何マイルも離れている。それに、身を切るようなひどい寒さは、今日のできごとのせいで感じている、ひどいいらだちにぴったりだった。

ずっと昔にだめになった婚約がいま現在の事態をむずかしくしているなんて不公平だ。八年も経っているのだから、一八二三年の秋の伝説など忘れ去られていると思いたいところだが、現実には過去につきまとわれていた。舞踏室ではいまでもひそひそ話をされていた。貴婦人用サロンでは、ときおりペネロペの耳に断片的に届く内緒話をごまかすために扇が蜂鳥《はちどり》の羽のように忙《せわ》しなく動かされる。公爵の関心を失うなんて彼女はなにをしたのだろうとか、ほかの紳士からの求婚を断るなんてなにさまのつもりだろうとか、そういった類のうわさ話が密《ひそ》かにささやかれているのだ。

別にペネロペは自分をなにさまとも思っていないのだが。

もっとすばらしいものとめぐり会う可能性に期待しているだけだ。

相性はいいが愛してはくれない夫だとか、母としては愛してくれてもほんとうには理解してくれない子どもたち。そういうことを受け入れるべく教育を受けてきたが、それ以上のものに満たされた人生が欲しかった。

望みすぎなのだろうか?

どうやらそうらしい。

ペネロペは雪の坂道を上り、いちばん高い場所まで来ると黒く見える湖を見下ろした。ニーダム家とボーン家の……というよりも、元ボーン家の境界となっている湖だ。そうやって暗がりを見つめながら将来を考えていると、パステルカラーやカドリールや生ぬるいレモネードといった静かな生活などまっぴらだと思っていることに気づいた。

もっと多くが欲しい。

そのことばは悲しみの波に乗ってペネロペにささやきかけた。

もっと多くを。

それは手に入らないものになってしまった。

そんな大それた夢を見てはいけなかったのだ。

不満があるわけではない。実際、贅沢《ぜいたく》な暮らしをさせてもらっている。足りないものはほとんどない。たいていの場合はがまんできる家族がいて、ときおり午後を一緒に過ごす友だちもいる。突き詰めてみれば、トミーとの結婚生活はいまの暮らしとそれほど変わらないだろう。

だったら、なぜ彼と結婚すると思っただけでこんなに悲しくなるのだろう?

トミーはやさしくて、家柄もよく、ユーモアも温かな笑みもそなえた人なのに。人目を引くほどのハンサムではなく、こちらが気後れするほど才気走ってもいない。

そういったすべてが望ましい特質に思われる。

トミーに手を預けて舞踏室や劇場や晩餐《ばんさん》にエスコートされる場面を想像してみた。彼と踊る場面を想像してみた。笑みを浮かべて彼を見上げる場面を。彼の手の感触を想像してみた。

彼の手は――。

彼の手はべたついていた。

トミーの手がじっとりしていると考える理由などなかった。きっと温かくて乾いた手をしているにちがいない。それでも、ペネロペは手袋をした手をスカートで拭《ぬぐ》った。夫というものは強くてがっしりした手をしているものではないの？　とくに空想の世界では？

どうしてトミーの手はそうじゃないの？

彼はいい友だちだ。友だちの手がべたついていると想像するなんてひどいことだ。これでは彼がかわいそう。

ペネロペは冷たい空気を吸いこみ、目を閉じてもう一度やってみた……レディ・トマス・アレスになった自分を想像してみた。

笑みを浮かべて夫を見上げる。かわいらしく。

夫が笑みを返す。「結婚しようよ、な？」

ペネロペは目を開けた。

まったく。

彼女は凍った湖に向かって坂道を下りていった。

わたしはトミーと結婚する。

自分のために。

妹たちのために。

ただ、自分たちのためになるとは思えないのだった。それほどには。

それでも。それがよい家柄の長女の務めだ。

言われたとおりにするのが。

本心はぜったいにいやでも。

もっと多くを望んでいても。

そのとき、遠くに明かりが見えた。湖の向こう岸の木立ちのなかに。

ペネロペは頬を刺す風を無視して立ち止まり、暗闇に目を凝らした。目の錯覚だったのだろうか。積もった雪に月の光が反射しただけかもしれない。

たしかにその可能性はあったかもしれない。降り続く雪が月を隠していなければ。

また明かりがちらついた。木々のあいだをすばやく移動するその明かりを見てペネロペはあえぎ、目を大きく見開いてあとずさった。

そこから足を動かさず体だけ前のめりにして、木々のなかで瞬《またた》いているかすかな黄色い明かりに目を凝らした。そうすれば、なんの明かりなのかわかるとでもいうように。

「だれかいるんだわ……」ペネロペのささやき声は冷たい沈黙のなかに消えていった。

だれかがあそこにいる。

使用人かもしれないが、その可能性は低そうだった。ニーダム家の使用人が真夜中に湖にいる理由などない。それに、ファルコンウェルの使用人はとうの昔にひとりもいなくなっていた。彼らが去ったあと、屋敷の調度類などが運び出され、石造りの広大な屋敷は空っぽでかえりみられることなく放置された。あそこにはもう何年もだれもいない。

なにかしなければ。

なんであってもおかしくない。火事。侵入者。幽霊。

ううん、幽霊はないわね。

けれど、侵入者の可能性はかなり高い。じきに屋敷に押し入るかもしれない。もしそうなら、だれかがなにかをしなくては。勝手にボーン侯爵の領地内に住み着くのを許すわけにはいかないのだから。

ボーン侯爵自身が領地をしっかり守らないのなら、ペネロペがその仕事をするしかなさそうだった。いまこの時点では、彼女もファルコンウェルにかかわりがあるのだから。だってそうでしょう？　領主館が海賊や山賊に乗っ取られてしまったら、持参金の価値が下がってしまうのでは？

大喜びで持参金を利用しようと思っていたわけではないけれど。

とにかく、これは正義の問題なのよ。

明かりがふたたび瞬いた。

それほど多くの盗賊がいるようには見えなかった。彼らがうっかりじゅうぶんな数のランタンを持ってこなかったのなら話は別だが。

考えてみたら、海賊がファルコンウェルに住み着こうとしているなんてありえなさそうだ。海から遠く離れているのだから。

それでも。

だれかがいる。

問題は、あそこにいるのはだれかということだ。

そして、その理由と。

けれど、ペネロペにもひとつだけ確信を持って言えることがあった。良家の娘は真夜中に不審な明かりを調べにいったりはしない。

あまりにも向こう見ずすぎる。

いいい、もっと多いものだ。

そのことばが決め手となった。

ペネロペはもっと多くを望み、そのもっと多くがめぐってきたのだ。

宇宙は驚くべき作用をもたらす。そうではない？

ペネロペは深呼吸をすると肩をいからせて歩きはじめた。神経の高ぶりに押されて湖のきわにある柊《ひいらぎ》の大きな茂みまで来たが、そこで自分の行動の愚かさに気づいた。

わたしは外にいる。

夜の夜中に。

身を切るような寒さのなかで。

何人いるかわからない、怪《あや》しげで極悪な人間たちにまっしぐらに向かって。

わたしがここにいることはだれも知らないというのに。

不意にトミーとの結婚がそれほど悪くないものに思えてきた。

内陸の海賊に殺されるかもしれないいまとなっては。

近くで雪を踏む音がして、ペネロペははっと足を止めてランタンを高く掲げ、先ほど明かりを見た柊の茂みの向こうにある森のほうに目をやった。

いまはなにも見えなかった。

見えるのは、落ちてくる雪と、獰猛《どうもう》な熊《くま》であってもおかしくない影だけだ。

「そんなわけないいじゃないの」ペネロペはひとりごち、暗闇のなかで耳にする自分の声に安心した。「サリー州には熊はいないのよ」

とはいえ、確信は持てなかったので、ぐずぐずとその場に残ってあの影がほんとうに熊かどうかをたしかめはしなかった。家に戻ってやらなくてはならないことがたくさんあるのだ。手はじめにトミーの求婚を受けよう。

それから、時間をかけて丁寧《ていねい》に刺繍《ししゅう》をする。

あいにく、尻尾《しっぽ》を巻いて逃げ帰ろうとしたその瞬間、ランタンを持った男が森のなかから出てきた。

3

親愛なるMへ

贈り物ですって！　うれしい。学校に通っているおかげで、あなたもりっぱな人になってきたみたいね。去年あなたがくれたのは、食べかけのジンジャーブレッドだったもの。なにをくれるつもりなのか、すごく楽しみよ。そうなると、わたしもあなたに贈り物を用意しないといけないわね。

待ち遠しいPより
一八一三年十一月　ニーダム・マナーにて

親愛なるPへ

あれはすごくおいしいジンジャーブレッドだったんだぞ。ぼくがせっかく気前よく分けてやったのに、ありがたがらないとはきみらしいよ。だいじなのは気持ちなんじゃないのか？

家に帰るのは楽しみだ。サリー州が恋しいよ。きみのこともね、六ペンスくん（認めるのは癪《しゃく》だけどさ）。

Mより

一八一三年十一月　イートン校にて

逃げるのよ！

大声で叫ばれたかのようにそのことばがペネロペの頭のなかでこだましたが、手足は命令にしたがうことができないようだったので、しゃがみこんで茂みの背後に隠れ、姿を見られないよう祈った。雪を踏む男の足音がすぐそばで聞こえたので、ペネロペは茂みに隠れながら湖のほうへじりじりと移動した。男とは反対方向へ走り出そうとしたとき、マントの端を踏んでしまい、茂みのなかにまともに倒れこんでしまった。

棘《とげ》だらけの柊の茂みのなかに。

「うっ」意地悪な植物にからめとられないようにと出した片手に枝が刺さった。足音がやみ、ペネロペは唇を噛んでその場に凍りついた。

息を殺す。

男はこちらの姿を見ていないかもしれない。なんといってもまっ暗なのだから。

ランタンを持っていなければね。

彼女はランタンを茂みのなかに押しやった。

あまり役には立たなかった。というのも、すぐさま別の明かりに煌々《こうこう》と照らされてしまったからだ。

男の明かりに。

男がペネロペのほうに一歩踏み出した。

大きな影よりも棘のある柊のほうがましと、彼女は茂みの奥へとあとずさった。「どうも」

男は立ち止まったが返事はせず、ふたりはそのまま長く耐えがたい沈黙のなかにいた。激しく打つ彼女の心臓が、動くのを忘れていないただひとつの部位だった。これ以上沈黙に耐えられなくなると、ペネロペは茂みのなかの不安定な場所からできるだけしっかりした口調で話しかけた。「あなた、他人の地所に無断で立ち入っているわ」

「おれが?」海賊にしてはすてきな声だった。胸の奥深くから発せられたその声を聞いて、ペネロペは鷲鳥の羽毛と体を温めるブランデーを連想した。頭をふってそんな想像を追いやる。寒さのせいで頭の働きがおかしな具合になっているようだ。

「そうよ、あなたが。向こうに見えるお屋敷はファルコンウェル・マナーなの。ボーン侯爵が所有者よ」

一瞬の間があった。「りっぱだよな」海賊は言ったが、感銘などみじんも受けていないのをペネロペは感じ取った。

彼女は威厳を持って立ち上がろうとした。そして、失敗した。二度も。三度めにようやく立ち上がり、スカートを払った。「すごくりっぱなお屋敷です。それに、言っておきますけど、侯爵さまがお知りになったら」――マフに包まれた手をふる。「彼の土地で……あなたがなにをしているにせよ、お気に召さないでしょう」

「侯爵さまが？」海賊は気にもしていないようだ。ランタンを下ろして上半身を影で包み、さらに近づいてきた。

「ほんとうよ」ペネロペは肩をいからせた。「わたしからあなたに三ペンスの価値のある助言をしてあげます。侯爵さまはあなたなどに軽んじられるような人ではありません」

「あんたと侯爵さまはずいぶん親しいみたいだな」

ペネロペはランタンを持ち上げてじりじりと男から離れた。「ええ、そうよ。親しいわ。とっても」

まっ赤な嘘というわけではない。子どものころはとても親しかったのだから。

「そうは思わないな」海賊の声は低く脅《おど》すようだった。「それどころか、その侯爵さまとやらは近くにいもしないんだろう。だれもこの近くにはいないと思うが」

それを聞いてペネロペははたと動きを止めた。猟銃を向けられて、どうすればいいかと迷っている鹿《しか》のように。

「おれなら走って逃げたりはしないな」男はペネロペの考えを読んでいた。「暗いし、おまけに雪が深い。遠くまで逃げる前に……」

海賊は最後まで言わなかったが、ペネロペにはその先がどう続くかわかっていた。

おまえをつかまえて殺してやる。

ペネロペは目を閉じた。

もっと多くを望んでいるとは言ったけれど、こんなことを望んでいたのではなかったのに。

わたしはここで死ぬんだわ。雪のなかで。春になるまで遺体も発見されないままになるのよ。

飢《う》えた狼《おおかみ》に遺体を運び去られないかぎり。

なにかしなければ。

目を開けると、男が先ほどよりもうんと近くにいた。

「ちょっと！　それ以上近づかないで！　わたし……」おそろしそうな脅し文句はないかと必死に考える。「武器を持っているんだから！」

男はまったく動じなかった。「マフでおれを窒息させるつもりとか？」

「紳士とは思えないことばね」

「紳士じゃないからな」

ペネロペはもう一歩あとずさった。「もう家に帰ります」

「それはどうかな、ペネロペ」

自分の名前を耳にしてペネロペの心臓が鼓動を止め、それからこの……この……ならず者にも聞こえるほど騒々しくふたたび打ちはじめた。「どうしてわたしの名前を知っているの？」

「おれはいろんなことを知ってるんだ」

「あなたはだれ？」危険を追い払うかのようにランタンを高く掲げると、男の姿が明かりのなかに浮かび上がった。

とても海賊には見えなかった。

なんだか……見おぼえがあるような顔だった。

なにかがそこにあった。ハンサムな顔、深くよこしまな影、頬のくぼみ、真っすぐに結ばれた唇、無精ひげが生えている角張った顎の線。

そう、そこにはなにかがあった。うっすらとなじみのあるなにかが。

男のピンストライプの帽子は雪をかぶっており、目はつばの影に隠れている。なにか足りないものがある。

どこからそんな勇気が湧《わ》いてきたのかわからないが――自分の人生を断ち切る男の正体を知りたいという強い気持ちがあったからだろうか――ペネロペは思わず手を伸ばして帽子を押しやり、男の目を見た。

あとになって思えば、男はペネロペを止めようとはしなかった。

男の目は茶色と緑と灰色が混じり合ったハシバミ色で、その目を縁取る長くて黒っぽいまつげの先端には雪がついていた。どこにいようとその目には気づいただろう。以前よりも重々しい色合いになっていたとしても。

衝撃が体を貫いたあと、幸福の大波がやってきた。

海賊ではなかった。

「マイケル？」彼は体をこわばらせたが、ペネロペはなぜだろうと訝《いぶか》る時間を惜しんだ。てのひらを彼の冷たい頬にあてて――あとになってそんなことをした自分に驚嘆した――降り積もる雪のせいでくぐもった笑い声をあげた。「あなたなのね、そうなんでしょう？」

彼はペネロペの手をつかんで顔から離した。手袋をしていないのに、彼の手はとても温かかった。

それに、ちっともぐたついていない。

止める間もなくペネロペは引き寄せられ、フードを脱がされて雪と明かりに顔をさらしていた。しばらく顔を探られたが、ペネロペは気まずい思いをするのも忘れた。

「大きくなったな」

ペネロペはこらえられなかった。また笑っていた。「やっぱりあなただったのね！ ひどい人ね！ びっくりしたじゃないの！ 知らん顔なんかして！ どこに？ いつ？」頭をふるペネロペは、頬が痛くなるほどの大きな笑顔だった。「どこからはじめたらいいのかすらわからないわ！」

笑顔で彼を見上げ、うっとりと見入った。最後にマイケルの姿を見たとき、彼はペネロペより数インチ背が高いだけで、体の割に手脚の長いひょろっとした少年だった。でも、いまはもうちがう。このマイケルは長身で引き締まった体つきをしたおとなの男性だ。

それに、とてもハンサムだ。

いまだにこの男性がマイケルだとは信じられない思いだった。「マイケルったら！」

彼がまっすぐに目を合わせると、ペネロペの体を喜びの稲妻が走った。まるで、実際に触れられ、温《ぬく》もりをあたえられたかのように。そんな不意打ちを食らわせたあと、マイケルはふたたび帽子のつばで目を隠した。彼がなにも言わないので、ペネロペが沈黙を埋めた。

「ここでなにをしているの？」

彼の唇は完璧な一直線を崩さなかった。長い沈黙が流れ、ペネロペは彼の熱に焼かれていた。彼に会えたうれしさに包まれていた。夜の闇のなかにいることや、彼がペネロペほど再会を喜んでいないようすなのも気にならなかった。

「どうして真夜中に人里離れたこんな場所をうろついていた？」

彼が質問に答えるのを避けたのはわかっていたが、ペネロペは気にしなかった。「人里離れた場所なんかじゃないわ。わたしたちのどちらの家からも半マイルほどしか離れていないもの」

「追いはぎに襲われていたかもしれないんだぞ。あるいは泥棒とか人さらいとか――」

「海賊とか。熊とか。すべての可能性はとっくに考えたわ」

ペネロペの知っていたマイケルならここで微笑んでいたはずだが、この男性は笑みを見せなかった。「サリー州に熊はいない」

「海賊だっていたらびっくりするわ。ちがって？」

返事はなし。

ペネロペは昔のマイケルを引き出そうとした。なんとか引っぱり出そうとした。「いつだって海賊や熊よりは昔の友だちのほうがいいわ、マイケル」

彼の足もとで雪が舞った。しゃべり出した彼の声は鋼《はがね》のように硬かった。「ボーンだ」

「え？」

「ボーンと呼んでくれ」

衝撃と恥ずかしさがどっと襲う。たしかに彼は侯爵だけれど、称号にそれほどこだわるとは思ってもいなかった……だって、わたしたちは幼なじみなのよ。ペネロペは咳払《せきばら》いをした。

「もちろんだわ、ボーン卿」

「敬称はいらない。名前だけでいい。ボーンだけで」

ペネロペは混乱する気持ちを抑えこんだ。「ボーン？」

彼がほんのかすかにすばやくうなずいた。「もう一度訊く。なぜここにいる？」

ペネロペは質問を無視しようとは思わなかった。「ランタンの明かりが見えたから調べにきたのよ」

「十六年もだれも住んでいない屋敷のそばの森に明かりが見えたから、真夜中に調べにきたというのか」

「だれも住まなくなってからはまだ十年しか経っていないわ」

ふと間があった。「きみが相手をいらだたせる名人だった記憶はないが」

「それなら、わたしのことはよくおぼえていないのね。子どものころから人をいらだたせてばかりいたわよ」

「そんなことはない。きみはすごくきまじめな子だった」

ペネロペは微笑んだ。「あら、おぼえていたのね。あなたはいつだってわたしを笑わそうとしていたわ。だからいま、そのお返しをしているのよ。うまくいっているかしら？」

「いや」

ペネロペはランタンを高く掲げた。彼の顔が影から解き放たれ、黄金色の温かな明かりに包まれた。年月は彼をすばらしい男性へと変えていた。昔からハンサムになると思っていたが、いまの彼はハンサム以上だった。美しいとさえ言えそうだった。

ただし、ランタンの明かりがあっても居座る影があった。こわばった顎に、しかめられた眉に、喜びを忘れたかのような目に、微笑むことを忘れたかのような唇に、なにか危険なものがあった。

子どものころの彼にはえくぼがあった。しょっちゅうえくぼを見せ、それが見えたときは冒険の前触れであることが多かった。ペネロペは左頬に目をやり、えくぼはないかと探ったが、見つからなかった。

この見慣れない無情そうな顔をいくら探っても、昔知っていた少年を見つけられなかった。あの目がなければ、この男性がマイケルだとはとても信じられなかっただろう。

「なんて悲しいの」ペネロペはひとりごちた。

彼にも聞こえたらしい。「なんだって？」

ペネロペは頭をふり、ただひとつなじみのある目を見つめた。「彼はいなくなってしまった」

「だれが？」

「わたしのお友だち」

まさかとは思ったが、彼の顔つきがさらにきびしいものに、影のなかでよりこわばり、より危険なものになった。ほんの一瞬、言い過ぎたかとペネロペは考えた。マイケルは身じろぎもせず、なにもかも見通すような瞳でじっと彼女を見つめた。

本能は立ち去れとペネロペに告げていた。すぐさま。そして、二度と戻るなと。それなのに彼女はとどまった。「いつまでサリー州にいるの？」彼は答えなかった。いけないとわかっていたが、ペネロペは一歩近づいた。「屋敷のなかにはなにもないわ」

彼は無視した。

ペネロペは言い募った。「どこに泊まっているの？」

よこしまな眉が片方持ち上がった。「どうしてだ？　きみのベッドに誘っているのか？」粗野《そや》なことばが突き刺さる。ペネロペは殴られたかのように体をこわばらせた。そして、彼が謝るのを待った。

沈黙。

「あなたは変わったわ」

「今度、真夜中の冒険に出かけようと思ったときは、それを思い出すようにしたほうがいいな」

彼はペネロペが知っていたマイケルとは別人だ。

彼女はきびすを返し、暗闇のなかへ、ニーダム・マナーのあるほうへと向かった。ほんの数フィート行ったところでふり返る。彼はその場から動いていなかった。

「あなたに会えてほんとうにうれしかったわ」骨の髄《ずい》まで寒さを感じながら自分の屋敷のほうへ向かったが、最後の一撃をくわえずにはいられなくなってまたふり向いた。彼に傷つけられた仕返しがしたかった。「そうそう、マイケル？」

ペネロペには彼の目が見えなかったが、彼はぜったいにこちらを見ているとわかっていた。話を聞いていると。

「あなたがいるのはわたしの土地よ」

言ったとたんに後悔した。いらだちと腹立ち紛れに言った、二十八歳のおとなというよりも意地悪な子どもじみたからかい混じりのことばだったからだ。あっと思う間もなく、狼が夜陰から飛び出すように彼が前に進み出て、「きみの土地だって？」と言ったときにさらに後悔の念が強まった。

彼のことばは陰鬱《いんうつ》でおそろしげだった。ペネロペは即座にあとずさった。「そ、そうよ」

屋敷を出るべきではなかった。

「きみときみの父親は、おれの土地を使って夫をつかまえようとしているのか？」

彼は知っているのだ。

気づくとともにペネロペの胸を悲しみが衝いた。マイケルがここにいるのはファルコンウェルのためなのだ。わたしに会いにきたのではないのだ。

彼がどんどん近づいてきて、ペネロペは息もできなくなり、彼との距離を保とうと下がり続けた。失敗だ。ペネロペは頭をふった。マイケルのことばを否定すべきだった。彼を慰めてあげるべきだ。雪のなか、自分に迫ってくるこの大きな野獣を落ち着かせるべきだ。けれど、ペネロペはそうしなかった。

あまりにも腹が立っていたのだ。「あなたの土地ではないわ。あなたはここを失ったの。それに、わたしはもう夫を見つけたわ」まだ承諾の返事をしていないことは言わなくてもいいだろう。

マイケルがためらった。「結婚しているのか？」

ペネロペは首を横にふり、ふたりのあいだの距離を広げながら彼にことばを投げつけた。「いいえ。でも……じきに結婚するわ。そして、ここで、わたしたちの土地で幸せに暮らすの」

わたしったら、どうしてしまったの？　ことばはすでに出てしまっていて、取り消すことはできなかった。

彼がペネロペを見据えたまま近づいてきた。「ロンドン中の男がファルコンウェルを欲しがっている。土地そのものは欲しくなくても、それをおれの前でふりかざしたがっている」

これ以上すばやく動いたら転んでしまうだろうけれど、やってみる価値はありそうだった。マイケルにつかまったらどうなるか、ペネロペは急に不安になってきた。

雪の下に隠れていた木の根っこにつまずいてしまい、ペネロペはきゃっと小さな悲鳴をあげ、なんとか倒れまいと両手をふりまわした拍子にランタンを落とした。

だが、後ろ向きに倒れる前にマイケルに助けられた。大きくて力強い手がペネロペの腕をつかんで倒れるのを防ぎ、大きなオークの木に背中を押しつけた。ペネロペが自分の足でしっかり立って逃げる間もなく、彼が木に両手をついて腕のなかに彼女を閉じこめた。

ペネロペの知っている少年は消えていた。

その少年の代わりにいるのは、軽くあしらうことのできない男性だった。

彼はあまりにも近くにいた。近すぎるほどだ。身を寄せてきて、ささやきにまで声を落とす。彼の息が頰にあたり、ペネロペの不安は最高潮に達した。彼女は息を殺した。マイケルの熱に気を取られ、彼がなんと言うかに気を取られていた。「彼らはファルコンウェルを手に入れるためなら、オールドミスとの結婚だって厭《いと》わない」

ペネロペは彼を憎んだ。彼の発したことばを憎み、あからさまに残酷な口調を憎んだ。泣いてしまいそうだった。

だめよ。だめ。泣いたりしない。

この野獣みたいな人の前では。彼は昔知っていた少年とは似ても似つかない。いつの日か戻ってきてくれるのを夢見ていた少年とは。

わたしが夢見ていたのは、こんな再会ではなかった。

いらだっていたし、逃れたかったから、ペネロペはもう一度もがいた。彼はとても強く、放してくれようとはしなかった。ペネロペの背中をオークの木に押しつけ、すぐそばまで顔を寄せた。ペネロペは恐怖に貫かれ、それから怒りでかっとなった。「放して」

彼は動かなかった。それどころか、ペネロペの声が聞こえなかったのではないかと思うくらい長くじっとしていた。

「だめだ」

なんの感情もこもっていないことばだった。

ペネロペはもう一度もがいた。蹴った足が彼のむこうずねにあたり、うなり声を引き出せたので溜飲《りゅういん》が下がった。「もう！」貴婦人が悪態をついてはいけないのはわかっていたし、この先一生懺悔《ざんげ》して過ごすことになるだろうとも思ったが、この粗野な男性にどうすればこちらの言うことを聞いてもらえるかわからなかったのだ。「どうするつもり？　わたしを雪のなかに置き去りにして凍死《とうし》させるの？」

「いいや」やすやすとペネロペをとらえたまま、低く邪悪な声で彼が言った。

ペネロペは諦めなかった。「それなら誘拐するの？　ファルコンウェルが身代金？」

「ちがう。それも悪くないとは思うが」彼はあまりにも近くにいたので、ベルガモットとシダーの香りをかぐことができた。彼の息に頬をなでられ、ペネロペははっとした。「だが、もっとひどいことを考えている」

ペネロペは凍りついた。まさか殺すつもりではないわよね。

だって、かつては友だちだったんですもの。ずっと昔、彼が悪魔も顔負けのハンサムで、悪魔の二倍は冷酷な男性になる前は。

彼はわたしを殺したりはしない。

そうでしょう？

「ど……どうするの？」

彼が一本の指先でペネロペの首をなで下ろすと、そのあとが燃えるように熱くなった。ペネロペは息もできなくなった……よこしまな熱と耐えられないほどの感覚のせいで。

「きみはおれの土地を持っている、ペネロペ」彼が耳もとでささやいた。低くなめらかで、心を乱す声で。不安の震えがペネロペの背筋を駆け下りた。「おれはそれを取り戻したい」

今晩屋敷を出たのはまちがいだった。

これを生き延びられたら、二度と屋敷から出ない。

彼に気持ちをかき乱され、ペネロペは目を閉じて頭をふった。「あなたにあげることはできないの」

マイケルは彼女の腕に沿って手をすべらせ、温かな手で手首をつかんだ。「わかってる。だが、手に入れることはできる」

目を開けると、暗闇のなかで黒く見える彼の目と合った。「どういうこと？」

「つまりだな、愛しい人」愛情を示す呼びかけはあざけりだった。「おれたちは結婚するんだ」

彼は衝撃を受けているペネロペを肩に担ぎ上げ、ファルコンウェル・マナーに向かって森のなかへと入っていった。

親愛なるMへ

学級委員長になったことを教えてくれなかったなんて信じられないわ。あなたのお母さま（とっても誇らしげでした）から聞くまで知らなかったんだから。直接教えてくれなかったことに愕然《がくぜん》として腹も立ってます。あなたがそれを自慢せずにいたことだって、少しもりっぱだなんて思ってませんから。

学校でのできごとについて、あなたが話してくれてないことがまだたくさんあるにちがいないわ。期待して待っています。

辛抱強いPより

一八一四年二月　ニーダム・マナーにて

親愛なるPへ

一年生の学級委員長は大騒ぎするほどのものじゃないよ。授業のとき以外、いまも上級生の気まぐれにつき合わされているんだから。心配はいらない。来年、学級委員長になったら、恥ずかしげもなく自慢するから。

たしかに話題はたくさんあるけど……女の子に話せるものはないな。

Mより

一八一四年二月　イートン校にて

ペネロペを父親や家族から奪い、領地を取り戻すために結婚する筋書きを、ボーンは五、六通りは思い描いていた。誘惑、強制、それに――最後の手段として――誘拐まで考えていた。

だが、彼が思い描いていた筋書きのなかに、危険を好み、分別に欠ける雪まみれの彼女が一月の真夜中にサリー州の寒空のもとで近づいてくるというものはなかった。

彼女のおかげで仕事がずいぶん楽になった。

もらい物のあら探しをするのはいけないことだ。

だから、彼女をいただいた。

「野蛮人！」

拳《こぶし》で肩をたたかれ、彼はたじろいだ。ペネロペは両脚もばたつかせていたが、角度が悪いおかげで体のたいせつな部分を傷つけられずにすんでいた。

「下ろして！」

彼はそのことばを無視して片腕で両方の脚をつかんで上に傾け、ペネロペが悲鳴をあげて上着の背中をつかむともとに戻した。腹部に彼の肩があたって彼女が「うっ」とうめくと、彼は少なからぬ満足を感じた。

どうやらこのレディは今夜の展開がお気に召さないらしい。

「聴力に問題でもあるの？」ペネロペがいやみをこめて、というか男の肩に担がれている状態で精一杯いやみっぽく言った。

彼は返事をしなかった。

返事をする必要がなかった。ペネロペがぶつぶつとぼやいて沈黙を埋めてくれたから。

「屋敷を出るんじゃなかったわ……あなたがいるとわかっていたら、ドアにも窓にも鍵《かぎ》をかけて巡査を呼んだのに……それなのに……あなたに会えて喜んだなんて！」

ペネロペは彼に会えてうれしそうだった。笑い声は陽光のようで、見るからに胸をときめかせているようだった。自分に会ってあんなに喜んでくれた最後の人はだれだっただろうか。そもそも、自分に会えてあんなに喜んでくれた人がいただろうか。ペネロペだけだ。

彼は冷ややかに手ぎわよく巧みに彼女の喜びを奪い去った。そうすれば、おびえ、こちらに屈するだろうと思ったのだ。

すると、彼女がおだやかに言った。彼女のことばは湖にこだまし、雪が降り続くなか、痛烈な真実のせいで彼の耳の奥で血がどくどくと脈打った。

〝あなたがいるのはわたしの土地よ〟

〝あなたの土地ではないわ〟

〝あなたはここを失ったの〟

この女性は屈することを知らない。鋼鉄《こうてつ》のように強い。

ほんのいくつかのことばで、彼がおとなになってからずっと望んでいたものの前に彼女が立ちはだかっているのだと思い知らされた。生きる目的となった、たったひとつのものの前に。

ファルコンウェルだ。

彼が生まれ育った土地。彼の父が、父の父が——数えられないほどさかのぼれる、何世代ものボーン侯爵たちが生まれ育った土地。

彼が失い、取り戻すと誓った土地。

どんな犠牲を払ってでも。

結婚すら厭わない。

「わたしをただ連れ去るなんてできないわよ。まるで……まるで……羊みたいに!」

彼の歩みがほんの一瞬乱れた。「羊?」

ペネロペが黙った。たとえを考えなおしているらしい。「農夫は羊を肩に担いで運ぶのではないの?」

「そんな光景は見たことがないが、きみのほうが田舎暮らしが長いから……おれが羊みたいに扱っているときみが言うならそうなんだろう」

「ひどい扱いを受けているとわたしが感じていても、あなたにはどうでもいいみたいね」

「慰めになるかどうかはわからないが、きみの毛を刈る予定はない」

「慰めになどなりません」辛辣《しんらつ》な口調だ。「もう一度言うわ！　お、ろ、し、て！」ペネロペがまた体をくねらせた。もう少しですべり落ちそうになり、彼のだいじな場所に危うく足があたるところだった。

彼はうなり、しっかりとペネロペをつかみなおした。「じっとしてろ」片手を下げ、ペネロペの尻をぴしゃりとたたいた。

彼女が凍りつく。

「あなた……まさか……たたいたのね！」

彼はファルコンウェルの勝手口を勢いよく開けてなかに入った。そばのテーブルにランタンを置くと、暗い厨房のまん中にペネロペを下ろした。「何枚も重ね着しているうえに分厚いマントまで着ているのに、わかったとは驚きだ」

ペネロペの目が怒りに燃えた。「紳士たるもの、ぜったいに……ぜったいに……」

彼はペネロペがそのことばを言えずに困っているのを楽しんだ。「きみの探していることばは〝尻をたたいてはならない〟じゃないかな」

ペネロペの目が丸くなった。「そうよ。それ。紳士たるもの……」

「まず最初に、おれが紳士じゃないのは、おたがいすでに了解ずみだったはずだ。紳士でいるのはとうの昔にやめたんだ。第二に、紳士がどんなことをするか……ご婦人方がなにを喜ぶか知ったら、きみが驚くのはまちがいない」

「このご婦人はちがいます。謝ってちょうだい」

「おれなら固唾《かたず》を呑んで待ちはしないぞ」ペネロペが小さくあえいだ声を聞きながら、彼はその晩スコッチのボトルを置いたところへ向かった。「飲み物はいるか?」

「いいえ、けっこうです」

「礼儀正しいな」

「どちらかひとりでも礼儀正しくしないと。そうは思わなくて?」

ペネロペの辛辣なことばに半ば驚き、半ばおもしろがりながら、彼はふり向いた。

ペネロペは彼の肩に届くか届かないかくらいの小柄な女性だが、いまはアマゾネスのように見えた。

マントのフードが脱げていて、薄明かりのなかで輝いているブロンドの髪は肩のあたりでくしゃくしゃになっていた。顎を反抗的につんと上げ、肩をいからせていて、マントの下の胸は憤怒《ふんぬ》のせいで激しく上下していた。

どうやら彼を肉体的にたっぷり痛めつけたいと思っているようだ。

「これは誘拐よ」

彼はボトルから直接スコッチを飲み、ペネロペがぎょっとしたのを楽しみながら手の甲で口を拭って彼女と目を合わせた。なにも言わず、沈黙が彼女を不安にさせていくようすを味わう。

しばらくしてペネロペが言った。「わたしを誘拐することなんてできないわ！」

「外にいるときに言ったはずだが、きみを誘拐するつもりはない」体を前に倒し、ペネロペと視線を合わせる。「きみと結婚するつもりだ、愛しい人」

ペネロペは長々と彼を凝視した。「帰ります」

「それはできない」

「拘束されているわけではないのだから、その気になればここを出ていけるわ」

「拘束なんて素人のするものだ」サイドボードにもたれる。「やってみるといい」

ペネロペは不安げに彼を見やり、それから片方の肩をすくめてドアに向かった。彼が出口をふさぐ。ペネロペが立ち止まる。「上流社会から長らく遠ざかっていたようだけど、隣人をただ誘拐するなんてできないのよ」

「何度も言っているが、これは誘拐ではない」

「なんと呼ぼうとかまわないわ」ペネロペがいらだたしげに言う。「そういうことは起きてはならないの」

「きみもとっくに気づいていると思うが、〝こうあるべき〟なんてことなどおれにはどうでもいいんだ」

ペネロペは彼のことばをしばし考えた。「でも、気にすべ
きだわ」

ぴんと背筋を伸ばしてりっぱなふるまいについて説くペネロペの姿には、なにか懐かしいものがあった。「彼女のお出ましだ」

「子ども時代のペネロペさ。礼儀作法を気にかけてばかりいた。きみは少しも変わっていない」

「彼女？」

「そうかな？」

ペネロペが顎を上げた。「そんなことはないわ」

「そうよ。わたしはすごく変わったもの。完全に別人と言えるくらい」

「どう変わったんだ？」

「それは……」ペネロペが言いかけたことばを呑みこんだので、なにを言おうとしたのだろうと彼は訝った。「ただ変わったのよ。さあ、もう行かせて」彼が動かないと見ると、ペネロペは立ち止まった。彼に触れたくないらしい。

残念だな。手袋をした温かな手で頬に触れられたことが思い出された。どうやら、あのふるまいは驚いたせいだったらしい。

それとうれしかったせいだ。

喜びを感じたとき、彼女はほかにどんな反応を示すのだろう。ある場面が彼の脳裏をよぎった――ブロンドの髪が黒っぽいシルクのシーツの上に広がっていて、陶然とするよこしまな悦《よろこ》びを彼からあたえられて、取り澄ましたお行儀のよいペネロペの薄青色の瞳が驚きできらきらと輝いている場面だ。

外にいたとき、ペネロペにキスをするところだった。彼女をこわがらせるために。もの静かで実直なペネロペ・マーベリーの身を滅ぼす第一歩として。だが、こうやってがらんとした厨房にいるいま、ペネロペはどんな味がするのだろうという思ってしまうのを否定できなかった。自分の肌に彼女の息はどんな風に感じられるだろう。彼女を抱くのはどんな感じだろう。彼女に包まれるのは。

「こんなの、ばかげているわ」

彼ははっとわれに返った。「ほんとうに飲み物はいらないのか？」

ペネロペの目が大きく見開かれた。「わたし……けっこうです！」

彼女をいらいらさせるのはとても簡単だった。昔からそうだった。「客に飲み物を勧めるのが礼儀作法なのはいまも変わってないんだろう？」

「ウイスキーなんてだめに決まっているでしょう！　しかも、ボトルから直接だなんて！」

「どうやらおれはへまをしたらしいな。こういう状況では客になにを勧めるべきなのか教えてくれないか」

ペネロペが口を開き、それから閉じた。「よくわからないわ。真夜中に誘拐されて、住む人のいないお屋敷に連れてこられる習慣はないから」いらだたしげに唇を結ぶ。「家に戻りたいわ。ベッドへ」

「それなら、家に帰らなくてもかなえてやれるぞ」

ペネロペはもどかしそうな声を出した。「マイケル……」

彼女の口から発せられたその名前が彼は大嫌いだった。

いや、嫌いだなんてことはない。「ボーンだ」

ペネロペが目を合わせる。「ボーン……あなたの言いたいことはもうわかったから」彼は静かに待った。彼女がなにを言うのかと。「真夜中に森のなかをうろつくなんて考えなしだったわ。だれかに襲われていたかもしれない。あるいは誘拐されていたかも。もっと悪い事態になっていたかもしれない。あなたのおかげでたいせつな教訓を得たと認めます」

「それはよかった」

ペネロペはじりじりと歩を進めた。彼が動いて出口をふさぐ。ペネロペは足を止めて彼と目を合わせた。ペネロペの青い目はいらだちとおぼしきものでぎらついていた。「それだけじゃないわ。公の場所からとても不適切な……あまりにもひとけのない場所へわたしを無理やり連れてきたことで、あなたが礼儀作法にはなはだしく反したのを忘れてあげる用意もあるわ」

「きみの尻をたたいたことも忘れるな」

「それもあったわね。完全に……とんでもなく……失礼なふるまいよ」

「きみは礼儀にかなったふるまいをしてきたが、結果は芳《かんば》しくなかったようじゃないか」

ペネロペが体をこわばらせたので、痛いところを突いたのだとわかった。なにか不快なものが奥深くで燃え上がったが、彼はそれを抑えこんだ。

ペネロペと結婚する計画ではあるが、彼女の気持ちを気にかけるつもりはない。

「悪いがきみのための計画を用意してあるんだ、ペネロペ。今夜きみはどこにも行かない」

ウイスキーのボトルを差し出し、重々しい口調で言った。「飲むんだ。明日まで神経を和らげてくれるだろう」

「明日なにがあるの？」

「おれたちの結婚式だ」

4

ペネロペはマイケルの手からウイスキーのボトルを引ったくった。思いきり飲んでやろうかしら。だって、酒浸りの人生をはじめるにはいまがぴったりではないの？

「あなたとは結婚しません！」

「もう手遅れだ」

怒りが激しく燃え上がる。「手遅れなんかじゃありません！」ペネロペはボトルを胸に抱き、マイケルを押しのけてドアに向かおうとした。彼が動いてくれなかったので、ペネロペも止まった。マントが彼をかすめるほどそばで。重々しい表情のハシバミ色の目をまっすぐに見つめ、彼のばかばかしい計画にしたがうのを拒む。「どいてちょうだい、ボーン卿。わたしは家に帰ります。あなたは頭がおかしいわ」

癪に障る黒っぽい眉が片方上げられた。「ずいぶんな言われ方だな」あざけりの口調だ。

「動きたい気分じゃないんだ。別の方法を探せよ」

「後悔するようなことをさせないで」

「どうして後悔なんかするんだ？」温かな一本の指でペネロペの顎を上げる。「かわいそうなペネロペ。危険を冒すのをこんなにこわがっているとは」

かわいそうなペネロペ。

大嫌いな呼び方をされてペネロペは目をすがめた。「危険を冒すのをおそれてはいないわ。あなたのことだってこわくなんてない」

また片方の眉が上がる。「ほんとうに？」

「ええ」

彼が身を寄せてきた。あまりにも近くに。ペネロペをベルガモットとシダーの香りで包むほど。彼の瞳が美しい茶色に変化したのがわかるほど。「証明しろ」

低くざらついた彼の声を聞き、ペネロペの背筋を興奮が駆け下りた。

寒い厨房なのに、ペネロペを温もりで包むほどそばに彼が寄ってきた。そして、うなじのあたりに手をもぐらせて動けないように支え、じっとようすをうかがった。おびやかすように。約束するように。

まるで、わたしを欲しがっているかのように。

まるで、わたしを迎えにきたかのように。

もちろん、そんなことはない。

ファルコンウェルのことがなければ、彼はここにいない。

それをよくおぼえておかなくては。

これまでペネロペの人生にかかわったほかの男性と同じく、彼もわたしを欲しがってなどいない。彼もほかの男の人たちと同じなのだ。

ひどすぎる。

でも、この問題に関してただひとつの選択を彼に奪わせはしない。左手にウイスキーのボトルをしっかり握ったまま両手で力いっぱい彼を押した。ふつうのときなら彼ほどの体格の男性を動かすなどできなかっただろうが、いまは不意打ちが功を奏した。

彼が後ろによろめいたので、ペネロペはさっと横を抜けた。けれど、もう少しで厨房のドアにたどり着くというところで彼に追いつかれた。「逃がしはしない！」ペネロペはくるりとふり向かせられた。

彼女のいらだちが極限に達した。「帰らせて！」

「できない」身も蓋《ふた》もないことばだ。「きみが必要なんだ」

「ファルコンウェルを手に入れるためには、でしょう」彼は返事をしなかった。その必要はなかった。ペネロペは大きく息を吸った。彼はわたしを破滅させるつもりなのだ。まるで暗黒時代だわ。わたしはただの所有物かなにかなの？　わたしの価値は持参金についてくる土地しかないみたいじゃないの。

そう考えてペネロペはふとためらった。失望が体を駆け抜ける。

彼はほかの人たちよりも質《たち》が悪い。

「おあいにくさま。わたしにはもう決まったお相手がいるの」

「今夜以降はいなくなる。おれとふたりきりでひと晩過ごしたら、だれもきみと結婚しようとはしなくなる」

脅しのこもったことばであるはずだった。危険のこもったことばであるはずだった。だが、ただ単に事実を述べただけという口調だった。彼は最悪の悪党だ。明日にはペネロペの評判はずたずたになっているだろう。

彼がペネロペから選択肢を奪った。

その前に父が選択肢を奪ったように。

何年も前にレイトン公爵が奪ったように。

ペネロペはまたもや男の罠《わな》にかかってしまった。

「その男を愛しているのか？」

怒りを募らせていたペネロペは、そのことばに現実に引き戻された。「なんですって？」

「婚約者だよ。そいつを愛していると思っているのか？」そのことばはあざけりだった。まるで、愛とペネロペとは笑止千万な組み合わせだとでもいわんばかりの。「きみは幸せでうっとりしているのか？」

「気になるの？」

彼を驚かしたようだった。彼ははっとしたが、すぐに腕を組んで片方の眉を上げてみせた。

「まったくならないね」

一陣の冷たい風が厨房を吹き抜け、ペネロペはマントを体にきつく引き寄せた。マイケルがそれに気づき、なにやらぶつぶつと言った——上品な相手に使うことばではないのだろうとペネロペは思った。彼は厚地の外套《がいとう》とフロックコートを脱ぎ、丁寧にたたんで広い流し台の端に置くと、厨房のまん中に置かれた大きなオーク材のテーブルに向かった。脚が一本欠けているテーブルで、疵だらけの天板には斧《おの》が突き刺さっていた。壊された家具を見てもペネロペは驚かなかった。今夜はなにもかもが尋常ではなかったから。

ペネロペがことばを探しているうちに、彼が斧をつかんでふり向いた。ランタンの明かりのせいで、彼の顔はごつごつして見えた。「下がれ」

周囲が自分の指示にしたがうのが当然と思っている男のことばだった。彼はペネロペが言われたとおりにしたかどうかを確認もせず、頭上高く斧をふり上げた。ペネロペが厨房の暗い隅に縮こまると、彼が激しい勢いでテーブルに襲いかかった。ペネロペは驚きのあまり、彼から目が離せなかった。

彼の体は美しかった。

斧をふり上げたとき、ぱりっとしたシャツの袖に包まれた筋肉の形が浮き上がり、古代ローマの神々《こうごう》しい彫像のようだった。柄に沿って両手をすべらせ、しっかりと握《にぎ》って古いオーク材に鋼の刃を思いきりふり下ろした。がつんという音がして、テーブルの破片が飛び散り、長く使われていないコンロの上に落ちた。

彼は大きな手をテーブルについて食いこんだ斧を引き抜いた。後ろに下がりながら肩越しにふり返り、ペネロペが安全な場所にいるかどうかを確認し――そのしぐさに彼女は思わず安堵を感じた――それからまたテーブルに向きなおって斧を力いっぱいふり下ろした。

刃がオーク材をとらえたが、テーブルは持ちこたえた。

彼は頭をふり、ふたたび斧を引き抜き、今度は残っている脚に狙いを定めた。

がつん！

ランタンの明かりでウールのズボンがたくましい太腿《ふともも》を包んでいるようすが見え、ペネロペは目を丸くした。気づいてはだめ……あんな……男らしさに目を引きつけられてはいけない。

けれど、こんな脚は見たことがなかった。

がつん！

思ってもみなかった。男の人の脚がこんなに……すてきだなんて。

がつん！

目をそらせない。

がつん！

最後の一撃に負けてテーブルの脚がよじれ、天板が傾いて一端が床についた。マイケルは斧を放り出し、素手で脚をつかんで天板からもぎ取った。

ペネロペに向きなおり、もぎ取った脚を左のてのひらに打ちつける。

「うまくいった」

うまくいくわけがないと思っていただろうとでも言いたげに。

うまくいかなくても自分はそれを受け入れていたとでも言いたげに。

「おみごとだわ」ほかにどう言えばいいのかペネロペにはわからなかった。

彼はテーブルの脚を広い肩に載せた。「この隙《すき》に逃げ出さなかったんだな」

ペネロペは凍りついた。「ええ、そうね」なぜだかさっぱりわからなかったが。

彼はテーブルの脚を大きな流し台のなかに置き、フロックコートをそっと持ち上げてしわを伸ばしてから着た。

マイケルが体に完璧に合った仕立てのよい服を着るのをペネロペは見つめた。ダ・ヴィンチの描いたウィトルウィウス的人体図のような体を垣間見てしまったいまとなっては、服が体に合っているのを当然とは思えなくなっていた。

ペネロペは頭をふった。マイケルとダ・ヴィンチを重ね合わせてはだめ。そうでなくてもだめ。彼には圧倒されてしまうのだから。

ペネロペは首を横にふった。「あなたとは結婚しないわ」

彼は袖口をまっすぐにし、フロックコートのボタンを丁寧に留め、袖についた水気を払った。「議論の余地はない」

ペネロペはなんとか理性に訴えようとした。「あなたはひどい夫になるわ」

「いい夫になるとはひとことも言っていない」

「じゃあ、わたしを不幸な結婚生活に一生縛りつけておくつもりなのね?」

「その必要があるなら。ただ、慰めになるかどうかわからないが、きみを不幸にするのが直接の目的ではない」

ペネロペは目を瞬いた。彼は本気だ。この会話は現実だ。「こんな風にすれば、あなたの求婚にわたしが心を惹かれると思っているの？」

彼はどうでもいいとばかりに片方の肩をすくめた。「結婚の目的が当事者の一方もしくは双方にとっての幸せだなどという幻想は抱いていない。おれの計画はファルコンウェルを取り戻すことで、きみにとっては不幸だろうが、それにはおれたちが結婚する必要がある。おれはいい夫にはなれないが、きみを意のままにしたいなどとはまったく思っていない」

率直なもの言いにペネロペはあんぐりと口を開けた。彼は親切なふりすらしなかった。関心があるふりも。気にかけるふりも。ペネロペは口を閉じた。「そう」

マイケルが続ける。「きみは好きなときに好きなことをし、好きなものを手に入れればいい。きみみたいな女性がなにを好むか知らないが、おれにはたっぷり金《かね》がある」

「わたしみたいな女性って？」

「もっと多くを夢見ている、婚期を逃した女性だ」

厨房の空気が、しゅっという音とともになくなった。なんて残酷で、不愉快で、ぴったりのことばだろう。もっと多くを夢見ている、婚期を逃した女性。今日の夕方に応接間でトミーに求婚されたペネロペががっかりしたのを見ていたかのようなことばだった。もっと多くを望んでいたのを知っていたかのような。

もっとちがうなにかを。

まあ、これはたしかにちがうけれど。

マイケルに頬をなでられ、ペネロペははっと身を引いた。「やめて」

「きみはおれと結婚する、ペネロペ」

ペネロペは彼に触れられたくなくて顔をのけぞらせた。「どうしてあなたと結婚しなくてはいけないの？」

「なぜなら、愛しい人」マイケルが身を寄せてきて、力強く温かな指でペネロペの首筋をたどり、ドレスの上に覗いている肌をなでた。彼女の体がほてり、息が荒くなる。「おれが徹底的にきみを堕落させなかったなんてだれも信じないからだ」おそろしげな約束だった。

彼はペネロペのドレスの端をつかんで乱暴に引っぱり、その下のシュミーズもろとも引き裂いて腰のあたりまであらわにした。

ペネロペはあえぎ、手に持っていたボトルを落としてドレスを胸もとでつかんだ。ウイスキーがドレスの前身ごろを濡らしていく。「なんてことを……なんてことを……」

「時間をかければいい」マイケルがのんびりと言い、後ろに下がって自分の仕事のできばえに見惚《みと》れた。「きみがふさわしいことばを見つけるのを待っていてやる」

ペネロペは目をすがめた。ことばなんていらない。必要なのは乗馬鞭《むち》だ。

彼女は考えられるただひとつのことをした。手が勝手に動き、ぴしっという大きな音をたてた。これほどの屈辱を感じていなければ、おおいに満足できる音だった。

平手打ちされたマイケルの顔が横ざまに揺れた。赤くなりつつある頬にさっと手をあてる。

ペネロペはふたたびドアに向かってあとずさり、震える声で言った。「ぜったいに……ぜったいに……あなたみたいならず者と結婚なんてしないわ。昔のあなたを忘れてしまったの？　あなたがそんな人になったただなんて信じられない。狼に育てられたみたいだわ」

それだけ言うとくるりと背を向け、屋敷のそばで彼を見たときにすべきだったことをした。駆け出したのだ。

ドアを勢いよく開けて雪のなかに飛び出し、ニーダム・マナーへとやみくもに向かったが、ほんの数フィート行ったところで鋼鉄のような手に背後からつかまえられ、持ち上げられてしまった。そのときになってはじめて、ペネロペは悲鳴をあげた。「行かせてよ！　獣《けだもの》！　助けて！」

足を蹴り出すとマイケルのすねにあたり、耳もとでひどい悪態が聞こえた。「抗うのはやめろ、がみがみ女」

死んでもやめるものですか。ペネロペはもっと激しく抗った。「助けて！　だれか！」

「一マイル周辺には生きている人間はだれもいない。それより遠くだって、起きている者はひとりもいないさ」それを聞いてペネロペはますます激しくもがき、ちょうど厨房まで戻ったときに肘がマイケルのわき腹に入ってうめき声を引き出した。

「下ろしてよ！」ペネロペは彼の耳もとで精一杯の大声で叫んだ。

彼は顔を背けて歩き続け、厨房を通り抜けるときにランタンともぎ取ったテーブルの脚を拾い上げた。「だめだ」

ペネロペは懸命に身をくねらせたが、彼の手はゆるまなかった。「どうする計画なの？　この空っぽの屋敷でわたしを傷物にしてから父のもとに戻すの？」彼は長い廊下を進んでいた。壁の片側は使用人用の階段の手すり子が並んでいた。ペネロペはそのひとつをつかんで懸命にしがみついた。

マイケルは歩くのをやめ、ペネロペが手を放すのを待った。辛抱強い口調で言う。「おれは女性を傷物になどしない。少なくとも、向こうから丁寧に頼まれないかぎりは」

ペネロペはためらった。

彼はもちろんわたしを傷物になどしない。

わたしのことなど地味で澄まし返った女くらいにしか思っていないのだろう。自分と一族の権利のあいだに立ちふさがる唯一の障壁くらいにしか。

それで安心できるのか状況がさらに悪くなるのか、ペネロペにはわからなかった。

ただし、胸が痛むのはわかった。彼はわたしのことなど気にかけてもいない。わたしを望んでもいない。そういうふりすらもしてくれないくらい、わたしの気持ちを考えていない。関心のあるふりもしない。誘惑しようとすらしない。

彼はファルコンウェルのためにわたしを利用しているだけ。

トミーだって同じじゃないの？

たしかにそうだ。わたしの目をしっかり覗きこんだ彼は、青い瞳ではなく、ファルコンウェル上空のサリー州の青空を見ていたのだ。わたしの目のなかに友情を見ただろうけれど、彼が求婚した理由はそのためではない。

少なくとも、マイケルは正直だ。

「これが最善の申し出なんだ、ペネロペ」静かに言う彼のことばに、ペネロペは切迫したものを感じ取った。

真実を。

ペネロペは薄板をつかむ手をゆるめた。「あなたの評判はふさわしいものだわ、わかっているでしょうけど」

「ああ。そのとおりだ。それに、これがおれのしでかした最悪のことでもない。おぼえておいてくれ」

高慢に聞こえるはずだった。高慢でないなら、無情に。でも、ちがった。正直なことばだった。それに、ほんとうに聞き取ったのか確信が持てないなにかが垣間見えたような気がした。気づきたくもないないなにかが。

ペネロペが階段の手すり子を放すと、彼が数段上に下ろしてくれた。

わたし、真剣に考えている。頭のおかしい女みたいに。

この新たでなじみのないマイケルとの結婚生活がどんなものになるかを想像しているなんて。ただし、想像はつかなかった。なんの躊躇《ちゅうちょ》もなく厨房のテーブルに斧をふるう男性との結婚など想像もできなかった。悲鳴をあげている女性を荒れ果てた屋敷に連れこむ男性との結婚など。

ごくふつうの上流階級の結婚とはちがうものになるのだけはたしかだ。

段差のおかげでペネロペはまっすぐに彼の目を見られた。「あなたと結婚したら、わたしは破滅だわ」

「上流社会は隠しているが、破滅は考えられているほどひどいものじゃない。評判が地に落ちたら自由が手に入る。たいしたことじゃない」

彼ならよく知っているだろう。

ペネロペは頭をふった。「わたしのことだけじゃないの。妹たちも破滅するのよ。わたしがあなたと結婚したら、妹たちがよい縁談に恵まれる可能性はなくなってしまう。上流社会は妹たちも……醜聞を起こすと思うわ……わたしと同じように」

「きみの妹たちなど、おれにはどうでもいい」

「でも、わたしにはどうでもよくないの」

マイケルが片方の眉を上げる。「自分が要求を突きつけられる立場にいると思っているのか？」

そうでないのはわかっていた。しっかりと。それでも、肩をいからせて続けた。「わたしがいやだと言ったら、どんな牧師さまも式を執り行なってはくれないわよ」

「そんなことをしたら、今夜きみを徹底的に破滅させたとおれが国中にうわさを広めるとは思わないのか？」

「ええ」

「まちがいだな。どんな百戦錬磨の売春婦だって顔を赤らめるような話をでっち上げてやる」

ペネロペは顔を赤らめたが、一歩も譲ろうとはしなかった。大きく息を吸い、いちばん強い手で勝負に出た。「あなたならきっとそうするでしょうね。でも、わたしを破滅させたら、ファルコンウェルに対する勝ち目もなくなるのよ」

マイケルが体をこわばらせた。彼の返事を待つあいだ、ペネロペは興奮で息もできないほどだった。

「条件を言え」

勝ったんだわ。

勝ったのよ。

この無情な獣のような男性を負かした勝《か》ち鬨《どき》を上げたくなったが、やめておいたほうがいいだろうと判断するだけの分別は残っていた。「今夜のことが妹たちの評判を傷つけないようにして」

マイケルはうなずいた。「約束しよう」

ペネロペは破れたドレスをぎゅっと握った。「悪名高いならず者のことばを信用しろと？」

彼が一段上がり、暗がりのなかでペネロペに迫ってきた。懸命にその場に踏ん張っていると、危険と約束に満ちた声で彼が言った。「盗っ人にも信義はあるんだ、ペネロペ。賭博師なら盗っ人以上に信義を重んじる」

ペネロペはごくりと唾を飲んだ。彼がそばにいるせいで勇気が萎《な》えそうだ。「わたし……わたしはそのどちらでもないわ」

「ばかを言っちゃいけない」彼がささやき、ペネロペはその唇がこめかみに触れるところを想像した。「きみは生まれながらの賭博師らしい。ちょっとした指導が必要なだけだ」

彼ならわたしの想像もおよばないようなことまで教えてくれるだろう。

ペネロペはその思いを――その思いとともに浮かんだ場面も――脇に押しやった。彼が続ける。「取り決めは成立か？」

勝利感は戦慄《せんりつ》に追いやられた。

彼の目が見えればいいのに。「わたしに選択肢はあるの？」

「ない」なんの感情もこもっていないことばだった。悲しみも罪悪感もなし。ただ冷酷なほどの正直さがあるだけだった。

マイケルがもう一度手を差し出した。大きなてのひらが呼んでいた。

冥府《めいふ》の神がザクロの実で誘っている。

その手を取ればすべてが変わる。なにもかもが変わってしまう。

あと戻りはできなくなる。ただ、心のどこかでは、すでにあと戻りできないところまで来ているとペネロペにはわかっていた。

ドレスを握りしめ、彼の手を取った。

マイケルは彼女を連れて階段を上がった。彼の持つランタンだけが漆黒《しっこく》の闇のなかの安全地帯で、ペネロペは彼にしがみつかずにはいられなかった。手を放してひとりで歩く勇気があればいいのに、そんな小さなことでも彼に抗えればいいのにと思ったが、この道のりにはなにか――暗闇とは関係のない、謎めいていて邪悪ななにか――があって、どうしても手を放せないのだった。

踊り場で彼がふり向いた。その目はランタンの明かりで影になっていた。「いまも暗闇がこわいのか？」

子どものころのことを言われ、ペネロペは落ち着かない気分になった。「あれは狐《きつね》の穴だったのよ。あのなかにはなにがあってもおかしくなかったわ」

マイケルがふたたび階段を上りはじめた。「たとえば？」

「狐とか？」

「あの穴には狐なんていなかった」

彼がまずたしかめたからだ。だから、彼女に入るよう説得できたのだ。「じゃあ……なにかほかのものよ。熊とか」

「あるいは、きみが暗がりをこわがっていたとか」

「そうかもしれないわね。でも、その恐怖はもう卒業したわ」

「へえ？」

「今夜暗闇のなかに出ていたでしょう？」

ふたりは長い廊下を進んだ。「そうだったな」彼が手を放し、近くのドアの取っ手をまわして押し開けると長くて不吉なきしみ音がした。彼の手の感触がなくなったのを寂しく思っている自分がペネロペはいやだった。マイケルが耳もとでささやいた。「あのな、ペネロペ、暗闇をおそれる必要はないが、そのなかに潜んでいるものをこわがるのは正しいんだよ」

不安な気持ちが体の奥深くからふつふつと湧き上がってきて、ペネロペは目を細めて暗い部屋のようすをたしかめようとした。呼吸が浅く荒くなっていき、戸口から動けなかった。暗闇のなかに潜んでいるもの……彼のような。

マイケルがペネロペの横をゆっくり通った。その動きは愛撫《あいぶ》であり威嚇でもあった。通り過ぎざま、彼がささやく。「きみはとんでもないはったり屋だな」ほとんど聞き取れないほどで、肌にあたる彼の息がきついことばを和らげていた。

なじみのない小さな部屋でランタンの明かりが躍り、かつては優雅で美しかったはずの色褪せた薔薇《ばら》模様の壁紙に黄金色の光を投げかけていた。狭い部屋で、暖炉が壁の一面をほとんど占領し、その向かい側にある小さなふたつの窓からは木々のてっぺんが見えていた。

マイケルがかがんで火を熾《おこ》しにかかり、ペネロペは窓辺へ行って降り積もった雪を切るような細い月光を眺めた。「ここはなんの部屋？ おぼえがないのだけれど」

「きみはここに入ったことがないかもしれない。母の書斎だったんだ」

侯爵夫人の姿がよみがえった。長身で美しく、温かく迎えてくれる大きな笑みとやさしげな目。静かでおだやかなこの部屋は彼女にぴったりだ。

「マイケル」ペネロペは、暖炉の前にひざまずいて藁《わら》と焚《た》きつけを置いている彼をふり向いた。「言う機会がなかったのだけれど……」ふさわしいことばを探す。

彼がそれを阻んだ。「必要ない。起きたことは起きたことだ」

彼の冷ややかなことばはまちがっているように思われた。場ちがいに。「それでも……。手紙を書いたの。あなたが受け取ったかどうかは……」

「どうだったかな」マイケルは暖炉に体を半ば入れたままの姿勢だ。火打ち石が火口箱《ほくちばこ》をこする音がした。「たくさんの人から手紙をもらったからな」

そのことばに傷つくべきではないのに、傷ついた。ボーン侯爵夫妻の訃報を聞いたとき、ペネロペは悲しみに打ちひしがれたのだった。おたがいのあいだには礼儀正しさしかないように思われるペネロペの両親とはちがい、マイケルの両親はおたがいを、マイケルをとても深く愛していた。そして、ペネロペのことも愛してくれた。

馬車の事故があったと聞いたとき、ペネロペは失われたものを、断ち切られた将来を思って悲しみに暮れた。

マイケルには何十通も手紙を書いたが、しまいにはもう送らないと父に言われたのだった。それ以降も手紙は書き続けた。彼のことを考えているのが通じるのではないかと期待して。マイケルがどんなに孤独を感じていたとしても、ファルコンウェルには──サリー州には──いつだって友だちがいるのだと感じ取ってもらえるのではないかと期待して。いつの日か彼が戻ってくることを心に思い描いていたのだ。

でも、彼は戻ってこなかった。一度も。

やがて、ペネロペは彼に期待するのをやめた。

「残念だわ」

火口がぱっと光り、薬に火がついた。

マイケルが立ち上がり、彼女のほうを向いた。「炉火でがまんしてくれ。きみのランタンは雪のなかだから」

ペネロペは悲しみを呑みこんでうなずいた。「なんとかするわ」

「この部屋を出ないように。屋敷は荒れ果てているし、おれはまだきみと結婚していないから」

マイケルは背を向けて部屋を出ていった。

5

炉火の薄明かりのなかで目覚めたとき、鼻が耐えられないほど冷たく、それ以外は耐えられないほど暑かった。わけがわからなくて何度か目を瞬き、見慣れない部屋を見まわしているうち、暖炉の熾火《おきび》と薔薇色の壁紙に見おぼえがあるとわかってはっとした。

寝る前に敷いた毛布にあおむきで横たわっており、すばらしい香りのする大きくて暖かな毛布を上掛けにしていた。冷えきった鼻を毛布にもぐりこませて大きく息を吸いこみ、なんの香りかを探った――ベルガモットとタバコの花の香りだ。

顔をめぐらせる。

マイケル。

衝撃が走り、次いで狼狽《ろうばい》がやってきた。

マイケルが隣りで眠っている。

いいえ、正確には隣りではない。わたしにもたれて、といったほうが合っている。

でも、彼に包まれているような気がする。

彼は腕を枕にして横向きで眠っており、もう一方の腕をペネロペにかけている。彼女ははっと息を呑んだ。彼の腕が……触れられるべきではない場所のすぐ近くにあると気づいたのだ。

触れられてもよい場所がほかにたくさんあるというわけではないが、そういう問題ではない。

問題は腕だけではなかった。体全体が密着しているのだ。彼の胸、腕、脚……それにほかの部分も。ぎょっとすべきなのか、わくわくすべきなのか、わからなかった。

両方かしら？

その問いはあまり深く突き詰めて考えないほうがよさそうだった。

ペネロペは不必要に動いたり音をたてたりしないようにして体の向きを変えたが、そのときに腹部をなでる彼の腕の感触を強く意識した。彼と向き合う形になると長い息をそっと吐き、これからどうしようかと考えた。

なんといっても、紳士の腕のなかで――いえ、腕の下で――目覚めるという状況は日常茶飯事ではないのだから。

まあ、彼はいまでは紳士とは言いがたい人になってしまったけれど。

起きているときの彼の顔はこわばっていて、常に自分を抑えこんでいるみたいに顎の筋肉がぴんと張り詰めている。でも、眠っている彼を炉火の明かりのなかで見ると……。

美しい。

くっきりした顔立ちはそのままで、すぐれた彫刻家が創り出したかのように鋭くて完璧だ。顎の角度、長くまっすぐな鼻、完璧な弧を描く眉、頬に影を落とす信じられないほど長くて密な黒いまつげ。

それに唇。いかめしく結ばれていないいま、ふっくらと美しい。昔はしょっちゅう笑みを浮かべていたものなのに……少年だったころとはちがい、いまでは危険で心をそそるものになっている。ペネロペは視線で彼の唇の山と谷をたどり、何人の女性がキスをしたのだろうと考えた。彼の唇はどんな感触だろう。やわらかいのか硬く引き締まっているのか。心そそられたせいで、ペネロペの吐いた息は長く重苦しいものになった。

彼に触れたい。

ペネロペは自分の思いにはっとした。まるで経験のない思いだったが、真実でもあった。彼に触れたいなんて思うべきではない。彼は獣だ。冷酷で無礼で自分本位で、かつて知っていた少年とは似ても似つかない。ペネロペが空想していた夫ともちがう。その日思い浮かべていた地味で退屈で年老いた夫の姿が脳裏をよぎった。

そう、マイケルはあの男性とはまったくちがう。

マイケルに触れたいと思うのは、だからかもしれない。

ペネロペの視線は彼の口もとにとどまった。こちらを誘い、不安にさせるこの唇に触れるのはやめておいたほうがよさそう。昔から変わらないけれど、あのころの荒々しさはなくなった黒っぽい巻き毛に触れてみようかしら。彼の髪は昔よりもくせがなくなっていた。耳や眉にかかるくらい長く、旅の一日と雪と帽子から解放されてはいたけれど。

髪の毛までが彼に逆らってはいけないと知っているのだ。

ペネロペは彼の髪に触れたかった。

夫となる人の髪の毛に。

ペネロペの手が勝手に黒っぽい巻き毛に向かった。「マイケル」考えなおす間もなく指先がシルクのような髪に触れ、彼女はそっとささやいた。

そのことばを待っていたかのように、彼がいきなり目を開け、彼女の手首をすばやくつかんだ。

はっと息を呑む。「ごめんなさい……驚かすつもりでは……」一度、二度と手を引くと、ようやく放してもらえた。

マイケルは腕をもとあった場所に戻した。とてもみだらな感じにペネロペの腹部にかけたのだ。その動きのせいで、ふたりの体が触れ合っているほかの場所も彼女は意識せずにはいられなかった。彼の脚は気もそぞろになるような具合に彼女の脚に押しつけられており、モザイク画のような色合いの彼の目は思いを巧みに隠していた。

ペネロペは唾を飲み、ためらい、頭に浮かんだただひとつの思いを口にした。「あなたはわたしのベッドにいるわ」

彼は返事をしなかった。

ペネロペが言い募る。「こういうのって……」ぴったりのことばを探す。

「よくない？」寝起きのせいで彼の声はやわらかでかすれており、ペネロペは体中を駆けめぐる興奮の震えをこらえられなかった。

彼女は一度だけうなずいた。

マイケルがゆっくりと腕を離した。彼の腕の重みがなくなって寂しくなったが、ペネロペはそれを無視した。「ここでなにをしているの？」

「眠っていた」

「なぜわたしのベッドにいるのという意味で訊いたのだけど」

「きみのベッドじゃない、ペネロペ。おれのベッドだ」

沈黙が落ち、ペネロペの背筋を不安の震えが走った。なんと返事をすればいいの？　彼のベッドについて細かい話をするのは適切ではない。それを言えば、彼女のベッドについてだって同じだけれど。

マイケルがごろりとあおむけになり、頬を乗せていた長い腕を官能的にゆっくりと伸ばしたあとペネロペに背を向けた。

彼女は眠ろうとした。ほんとうに努力したのだ。

大きく息を吸い、シャツをぴんと引っぱっている彼の肩の曲線をじっと見つめた。わたしはベッドにいる。男の人と。じきに結婚する相手とはいえ、まだ夫になっていない男の人と。とんでもなく外聞の悪い状況だ。いやになるほどどぎまぎする。それなのに……母がどう言おうと、この状況が外聞の悪いものだとはペネロペには思えなかった。

それはそれで、ちょっぴり残念ではあった。せっかく冒険を目の前にしても、自分にはそれを正しく受け止められないようだからだ。

未来の夫がどれだけ恥ずべきふるまいをする人だろうと関係ない……ペネロペは彼をその

気にさせるような類の女ではないのだ。それだけははっきりしている。

いまだって、見捨てられた領主館にふたりきりでいるのに、男性の気持ちを惹きつけられずにいる。

ペネロペが大きく息を吐くとマイケルが顔をめぐらせ、完璧な形をした彼の耳が見えた。人の耳の形に気づくなんてはじめてだ。

「どうした？」低くうなるような声でマイケルが言った。

「どうしたって？」

彼がふたたびあおむけになった拍子に毛布が引っぱられ、ペネロペの片方の腕が冷たい空気にさらされた。マイケルの返事は天井に向かって発せられた。「ため息がただのため息でないとわかるくらいには女性をよく知っているんだ。女のため息が意味するところはふたつだ。さっきのは女性特有の不満を表わしている」

「あなたがため息に気づいたのが驚きだわ」ペネロペは自分を抑えられなかった。「もうひとつのほうは？」

彼は美しいハシバミ色の目でペネロペを凝視した。「女性特有の満足を表わす」

ペネロペの頬が熱くなった。彼のことだから、それにも簡単に気づくのだろう。「まあ」

マイケルが天井に注意を戻した。「きみの不満がなんなのか、教えてくれる気はあるか？」

ペネロペは頭をふった。「なんでもないの」

「寝心地が悪いのか？」

「いいえ」何枚もの毛布のおかげで床の硬さが和らげられている。

「こわいのか？」

ペネロペはその問いをじっくり考えた。「いいえ。こわがるべきかしら？」

マイケルがちらりと彼女を見た。「おれは女性を傷つけない」

「誘拐したりお尻をたたいたりするのに？」

「痛い思いをしたか？」

「いいえ」

会話を終え、彼がまた背を向けた。ペネロペは長いあいだその背中を見つめたあと、疲労のせいなのかいらだちのせいなのか、思わずこう口にしていた。「誘拐され、結婚を強要された女としては、もう少し……刺激を望んでもいいんじゃないかと思っただけなの。いまの状況よりも」

マイケルがゆっくりと――腹立たしくなるほどゆっくりと――ふり向くと、ふたりのあいだの空気がぴんと張り詰め、ペネロペはすぐさま、空っぽの屋敷の狭い部屋に間に合わせに作った暖かなベッドのなかに自分たちがいて、同じ毛布――マイケルの厚地の外套――にくるまっているのを意識した。そして、この夜が刺激的でないなどとほのめかすべきではなかったかもしれないと気づいた。

というのも、事態がこれ以上刺激的になったときの心がまえが自分にはできていなかったからだ。「そういう意味で言ったのでは――」慌てて弁解しかける。

「きみの言いたいことはよく伝わったとも」低く邪悪な口調だったので、ペネロペはこわがってなどいないと言ったのはまちがいだったと不意に気づいた。「おれはきみにじゅうぶんな刺激をあたえていないいんだよな？」

「あなたがどうということではなく……」ペネロペはすぐさま言った。「このすべてが……」片手をふると彼の外套が持ち上がった。最後まで言うのはやめにした。「忘れて」

マイケルは彼女に据えた視線をそらさなかった。彼は少しも動いていないのに、体が大きくなってのしかかってくるようにペネロペには感じられた。部屋の空気を彼がほとんど吸い取ってしまったかのように。「今夜をきみの満足のいくようにするにはどうすればいい、マイ・レディ？」

静かにたずねるもの憂げな口調を聞き、ペネロペの胸が高鳴り、腹部がぎゅっとこわばった。

どうやら今夜はあっという間に刺激的なものに変わりつつあるようだ。

しかも、ペネロペの好みからするとなにもかもがあまりにも速く動きすぎだ。「その必要はないわ」ぎょっとするほど甲高い声になった。「いまのままで大丈夫」

「大丈夫？」気だるげな口調だ。

「とても刺激的よ」そう言ってうなずき、片手を口もとへ運んであくびをするふりをした。「あんまり刺激的だったから、すごく疲れてしまったみたい」マイケルに背を向けようとする。「おやすみなさい」

「それはどうかな」マイケルのおだやかなことばがふたりのあいだで銃声のように響いた。

彼がペネロペに触れた。

彼女の手首をつかんで動きを止めさせ、自分のほうに向きなおらせて揺らがない目でじっと見つめた。「きみが……満たされないまま今夜を終えるのは不本意だ」

満たされないまま。

そのことばが体の奥深くに広がっていき、ペネロペは深呼吸をして泡立つ感情を抑えようとした。

だめだった。

マイケルが手首を放してペネロペの臀部《でんぶ》に手を置いた。その瞬間、彼女の意識はすべてその一点に集中した。スカートとペチコートとマント越しなのに、たしかにマイケルの大きな手の焼けつくような熱さが感じられた。彼はその部分をつかみもせず、ペネロペを引き寄せもせず、なにもしなかった。離れようと思えばそうできるとペネロペはわかっていた……そうすべきだとわかっていた……それなのに……。

そうしたくはなかった。

そして、なにか新しくてちがっていて、とにかく刺激的なものがそばにあった。

ペネロペは、炉火を受けて翳《かげ》った彼の目を見つめ、なにかしてと無言で訴えた。

だが、マイケルはなにもせず、こう言っただけだった。「持ち札を出せよ、ペネロペ」

彼が自分に主導権をあたえたことにペネロペは驚いた。そして、男性から決断の機会を実際にあたえられたのは生まれてはじめてだと気づいた。

その男性がマイケルだとは、皮肉ではないだろうか？　ほんの何時間かでペネロペからすべての選択肢を奪ったのが彼なのに。

けれど、彼の言っていた自由がここにあった。彼の約束した冒険が。力を持つというのは心が浮き立つ。抗いがたい。

危険だ。

それでもかまわなかった。よこしまですばらしい力がペネロペにこう言わせた。

「キスして」

マイケルはすでに動いていて、彼女が言い終わらないうちに唇を奪っていた。

親愛なるMへ

ここは最悪だわ――真夜中だっていうのに地獄並みに暑いんですもの。起きているのはわたしだけだと思うわ。サリー州で最悪の夏なのに、だれがこんな夜に眠れる？　あなたがここにいたら、ふたりして湖でいたずらでもしていられたのに。
白状すると、お散歩をしたい気分です……でも、きっと若いレディがしてはいけないことなんでしょうね。

Pより心をこめて
一八一五年七月　ニーダム・マナーにて

親愛なるPへ

ばかだな。ぼくがそっちにいたら、いたずらをしているのはぼくで、きみはぼくたちがつかまって叱られる結末を何通りも数え上げているに決まっているさ。若いレディがどんなことをすべきで、どんなことをしてはいけないかなんてわからないけど、きみの秘密は守るよ。家庭教師がいい顔をしなくても。いい顔をしないからこそ、かな。

Mより
一八一五年七月　イートン校にて

ペネロペ・マーベリーには秘密があると言っておくべきだろう。
大それた秘密ではない。議会を転覆させたり、国王を退位させたりするようなものではない……彼女の家族やほかの家族を破滅させるようなものでもない……けれど、一個人としてはかなり衝撃的なものだ。彼女が懸命に忘れようとしてきた秘密。

その晩までペネロペが模範的な――どこからどこまで上品な――人生を送ってきたのは驚くにはあたらない。子どものころの礼儀作法にかなったふるまいは、おとなになると妹たちや若いレディたちが見習うべきお手本となった。

そういうわけだったから、何人かに求愛され、イギリスでもっとも有力な男性のひとり――気持ちが燃え上がったときには情熱的なふるまいを躊躇しなかったらしい人――と婚約までしたにもかかわらず、ペネロペ・マーベリーはこれまで一度もキスをされた経験がなかったのだ。

いまのいままでは。

ほんとうに滑稽《こっけい》な話だ。そんなことはわかっていた。

いまは一八三一年だというのに。若いレディたちがペチコートを嫌い、肌の露出が多いドレスを着る時代だし、妹が四人もいるから、熱心な求婚者からときおり唇を軽くかすめる程度の上品なキスを受けるのはなにも悪くないというのは知っていた。

ただし、そういう経験はこれまで一度もなかったし、このキスにはお上品なところなど少しもなかったが。

このキスははなはだしくよこしまだし、未来の夫から受ける類のものでもなかった。

このキスは、未来の夫とぜったいに話し合わない類のものだ。

マイケルが少しだけ顔を離し、ささやいた。「考えるのをやめるんだ」

どうしてわかったの?

でも、そんなことはどうでもいい。どうでもよくないのは、彼の要望を無視するような失礼なまねをすることだ。

だからペネロペは口づけをされるというこの新しい感覚に身をゆだねた。彼の唇はどういうわけか硬いと同時にやわらかく、頬にあたる息は荒々しかった。彼の指先がささやきのようにそっと首筋をなでで、キスしやすいように顎を持ち上げた。「このほうがいい」ペネロペはあえいだ。マイケルが唇を重ねる角度を変え、たったひとつのぎょっとするような……よこしまな……すばらしい愛撫で彼女の思考を吹き飛ばした。

これは彼の舌？

そうだった。ペネロペの閉じた唇に沿って甘く這《は》わせて開くように誘っている。焼け尽くされるように感じた彼女はその誘いに乗った。彼の舌が下唇をゆっくりとなでて炎の跡を残していく。快感で正気を失うことなどあるのだろうかとペネロペは訝った。

男の人みんながこんな風にキスをするわけではないだろう……そうでないと、女たちはなにひとつ手につかなくなる。

マイケルが顔を離した。「また考えているな」

そのとおりだった。彼はすばらしいと考えていた。「どうしようもないのよ」頭をふり、彼に手を伸ばす。

「それなら、おれは役目をちゃんと果たしていないわけだ」

まあ、どうしましょう。彼がもっとちゃんと役目を果たしたら、わたしの正気がおびやかされてしまうわ。

ひょっとしたら、とっくにそうなっているのかも。

けれど、そうなってもかまわなかった。

彼がキスを続けてくれるかぎりは。

ペネロペの両手は自然と持ち上がって彼の髪をなで、自分のほうへと引き寄せた。マイケルの唇がふたたび重なったが、今度は……今度はペネロペは自制心を手放した。

そしてキスを返し、彼の喉の奥深くからざらついた声を引き出すのを楽しんだ。その声は螺旋《らせん》を描きながらまっすぐにペネロペの芯まで届き、経験はなくとも正しいことをしたのだと彼女に伝えてくれた。

マイケルの両手が上へと動いていき……そこに触れてくれなければ死んでしまうとペネロペが思ったとき、破れたドレスのなかへとみだらにすべりこんできて胸の膨らみに触れた。誘惑の手間を惜しむために彼が破いたところから。

そんなことをしなくても、誘惑に手間などかからなかっただろうけれど。

ペネロペはマイケルの腕をなで下ろしていき、その手を自分の胸にしっかりと押しつけると、彼の名前をため息に乗せた。

それを聞いたマイケルは厚地の外套を剝ぎ、弱まりつつある炉火にふたりの体をさらし、ドレスを押しやってから手を先ほどの場所に戻してなでたり持ち上げたりした。ペネロペは彼のほうへと体を反らした。

「これが気に入ったか？」ペネロペはその問いのなかに答えを聞き取った。彼女がこれほど強烈なものを感じたことがないのを知っているのだ。これほど心そそられるものを感じたことがないのを。

「いけないわ」ペネロペはまた彼の手に手を重ねて押さえつけた。

「だが、気に入っている」ペネロペの首のつけ根の柔肌《やわはだ》に唇をつけながら、彼女が触れてもらいたくてたまらない場所に慣れた手つきで触れた。ペネロペはあえぎながら彼の名を呼んだ。やわらかな耳たぶに軽く歯を立てられ、彼女はマイケルの腕のなかで震えた。「言ってくれ」

「信じられないほどすばらしいわ」この瞬間を壊したくなかった。彼にやめてほしくなかった。

「話し続けて」そうささやき、彼は胸を持ち上げながら布地をどけてうずいている頂をひんやりした空気にさらした。

空気のせいかマイケルの視線のせいか、あるいはその両方か、乳首がつんととがった。ペネロペは不意にとてつもなく気恥ずかしくなった。完璧でない自分を呪い、この完璧な男性とどこでもいいからここ以外の場所にいられたらいいのにと思った。

彼に見られるのがこわくて、ペネロペは外套に手を伸ばした。彼にがっかりされるのがこわくて。彼の気が変わるのがこわくて。

マイケルの動きのほうが速く、彼女の両手首をつかんで止めた。「やめろ」激しい調子でうなる。「ぜったいにおれから体を隠そうとするな」

「無理だわ。わたし……見ないで」

「おれがきみを見ずにいられると思っているなら、頭がどうかしている」彼は外套をペネロペの手の届かないところへ投げ、破れたドレスをすばやく払いのけた。

そして、長いあいだペネロペの体を見つめた。彼女は拒絶されるのをおそれて、それ以上彼を見ていられなくなった。男性からの反応は、拒絶がほとんどだったから。拒絶と拒否と無関心。いまそうされたら耐えられないと思った。彼からされたら。今夜は。

ペネロペはきつく目を閉じて深呼吸し、不器量な自分を見た彼が顔を背けるのを覚悟した。ぜったいにそうされると思っていた。

彼の唇が重なってきたとき、ペネロペは泣きそうになった。

マイケルは彼女の気恥ずかしさが欲望に追い払われてしまうまで、長く激しい口づけをした。ペネロペが上着の襟にしがみついてくると、圧倒的な愛撫から彼女を解放した。いたずらな指が一本、世界中の時間は自分のものだとばかりに気だるげに胸の先に円を描いた。ペネロペはオレンジ色の炉火が消えかけた薄暗い部屋で、その光景を見つめた。快感がつんととがった頂に集まり……とても口にできない恥ずかしい場所にも集まった。

「これは気に入った？」マイケルが低く重々しい口調でたずねた。ペネロペは唇を噛んでうなずいた。「ことばで言ってくれ」

「ええ……ええ、すばらしいわ」飾り気がなさすぎて世慣れていないことばだったが、感嘆の思いがその口調にはこもっていた。

マイケルの手は動きを止めなかった。「どの愛撫もすばらしく感じられるはずだ。もしそうでなかったら、言ってほしい。すばらしいものにするから」

彼はペネロペの首にキスをし、柔肌に軽く歯を立てた。顔を上げる。「いまのはすばらしかったかい？」

「ええ」

その返事に対する褒美《ほうび》に、彼は首筋をキスでたどっていき、肩の敏感な肌を吸い、胸の膨らみに舌をすべらせて硬くなった頂をぐるりとなで、ついばんだ——その間ずっと、ペネロペがもっとも望んでいる場所を避けて。「きみを堕落させる」マイケルは彼女の肌に向かって言い、片手を腹部へとすべらせていった。手でたどる場所がこわばり、震えるのを感じながら。「昼から闇へと、善から悪へときみを変える。きみを破滅させる」ペネロペにはどうでもよかった。彼女はマイケルのものだ。この瞬間、彼はその手でペネロペを所有していた。

「それがどんな気持ちかわかるか？」

ペネロペは吐息とともに言った。「すばらしいのでしょう」

それ以上だった。

想像以上だった。

彼がペネロペと目を合わせ、そのまま胸の先を温かな口にふくんで舌と歯でいたぶってから吸ったので、彼女はマイケルの髪に指を突っこんでうめきながら名を呼んだ。

「マイケル……」快感の魔法を壊してしまうのがこわくて、ペネロペは小声で言った。目を閉じる。

マイケルが顔を上げると、愛撫を中断された彼女は不満に思った。「おれを見ろ」命令だった。目を開けると、彼の手がドレスのなかにすべりこんできて指が巻き毛に触れた。ペネロペは困惑の小さな悲鳴をあげて脚を閉じた。まさか……あんなところを……。

けれど、マイケルが胸への愛撫に戻ってキスしたり吸ったりを続けたので、ペネロペの抵抗は消え脚が開いていった。そこへ彼が手を差し入れ、彼女をそっと包んでじっとした――よこしまですばらしい誘惑だった。ペネロペはまた体をこわばらせたが、今度ははねつけはしなかった。

「きっと気に入るようにすると約束する。おれを信じてくれ」

中心に触れられるようにと彼が脚をもっと大きく広げさせると、ペネロペは震える笑い声をたてた。「信頼してくれとライオンが子羊に言いました」

ペネロペの胸の下側を彼が舌で愛撫し、もう一方の胸にも同じことをした。ペネロペは彼の下でもだえ、そっと名前を呼んだ。マイケルの指は秘めやかな部分を広げてやさしくゆっくりとなで、それから温かく濡れた入り口にたどり着いた。

彼は顔を上げ、ペネロペと目を合わせたまま長い指をゆっくりとなかへ入れていき、予想もしていなかった快感の閃光《せんこう》を彼女にもたらした。胸の谷間に口づけをし、指の動きをくり返したあとささやいた。「おれのためにもう濡れているな。たまらないほど」

恥ずかしさをこらえきれなかった。「ごめんなさい」

マイケルは舌を深く差し入れてたっぷりゆっくり口づけをし、体の下のほうでは指が同じ動きをしていた。それから額を合わせた。「きみがおれを欲しがっているという証《あかし》なんだ。おれたちのあいだには長い年月とおれがしでかしたさまざまなこと、それにおれという人間が横たわっているのに、それでもきみにおれを欲しいと思わせられるという証だ」

あとになってペネロペは彼のことばを反芻《はんすう》し、なにか言えばよかったと思うのだが、このときはなにも言えなかった。二本めの指を入れられ、親指で蕾《つぼみ》をなでられて、こうささやかれては。「きみを探索する……きみの熱さとやわらかさを発見する。頽廃的《たいはいてき》なきみを残らず見つけ出す」マイケルは彼女を愛撫し、指のまわりで彼女が脈打つのを感じ、自分があらわにした快感の蕾に円を描かれて彼女が腰を動かすようすを楽しんだ。「きみのせいで涎《よだれ》が出てきた」

そのことばを聞いてペネロペは目を丸くしたが、彼女に意味をとらえる時間をあたえず、マイケルはふたたび手を動かすと彼女の尻を持ち上げてドレスを脱がせた。裸にしたペネロペの脚をゆっくりと広げていき、みだらなことばをささやきながら両手で脚をなでた。ひざをついてストッキングのすぐ上の、太腿の内側のやわらかな肌に長くてやさしいキスをたっぷりする。「実際……」舌で陶然とさせる円を描く。「……これ以上一瞬たりとも待てるとは思わない……」反対側の太腿にも同じようにキスをする。「……きみを……」少し上のうずいている場所のそばにキスをする。「……味わわずには」

そして、彼の口がそこにあてられた。舌がゆっくりと動き、愉悦がたまり、張り詰め、解放を求めている場所を耐えがたいほどに愛撫する。ペネロペが叫び声をあげて上半身を起こすと、マイケルは顔を上げて大きな手で彼女のやわらかな腹部を押した。「横になって……きみを味わわせてくれ。どんなにすばらしいことか、ぼくに示させてくれ。見ていろ。どうしてほしいか言うんだ。なにが必要かを」

ペネロペは言われたとおりにした。マイケルがその完璧な舌と唇でなめたり吸ったりするあいだ、ペネロペは自分が望むものを知り、焚きつけることばをささやいた。この先どうなるのかわからないまま。

もっとよ、マイケル……。

ペネロペは彼の髪に両手を差し入れ、自分にぴったりと引き寄せた。

マイケル、もう一度……。

ペネロペは積極的に、奔放《ほんぽう》になり、脚をさらに大きく広げた。

そこよ、マイケル……。

マイケル……。

ペネロペにとって彼は全世界だった。この瞬間より先にはなにも存在しない。

そのとき、彼の指が舌と合流し、先ほどよりもずっとしっかりと押し、もっとずっと慎重にこすり、頼むことすら思いもしなかったすべてをあたえてくれ、ペネロペは死ぬかと思った。ぱっと目を開け、あえぎとともに彼の名を口にする。

マイケルの舌が動きを速め、彼女の求めている場所に円を描いた。ペネロペはすべての抑制を解き放って動いた。ぐんぐんうねって募ってくる愉悦に夢中になっていた。この先になにがあるのか、どうしても知りたかった。

「お願い、やめないで」小声で言う。

彼はやめなかった。

マイケルの名を叫びながら、ペネロペは崖《がけ》から飛び降りた。震える体を押しつけ、もっとと懇願していた。大胆に燦然《さんぜん》と輝く歓喜以外のすべてを忘れるまで、マイケルが舌と唇と指ですべてをあたえてくれた。

絶頂から漂いながら戻ってくると、マイケルが太腿の内側に長くすてきなキスをしてくれた。ペネロペは彼の名前をささやき、マホガニー色のやわらかな髪に手を伸ばした。ほかになにもいらない、一時間だけ彼の隣りに横たわっていたい……一日だけ……一生。

ペネロペに髪を触られるとマイケルはじっと動かなくなり、ふたりはしばらくそのままでいた。ペネロペは悦びを体験したあとでぐったりしており、彼女の全世界はその手に感じるシルクのような彼の髪の手ざわりと、内腿をこする彼のひげの感触だけになっていた。

マイケル。

ペネロペはマイケルがなにか言ってくれるのを待った。自分が思っていることを彼が言ってくれるのを。今夜の経験は心底すばらしく、これがなんらかの指標になるのなら、ふたりの結婚生活は彼が考えていたよりもよいものになりそうだと。

なにもかもうまくいく。そうでなければ困る。こんな経験が毎日のようにあるはずがない。

マイケルがようやくもぞもぞと動き、ペネロペに外套をかけて彼の香りと熱で包んだが、彼がしぶしぶそうしているのだとペネロペは感じた。それからマイケルはごろりと離れ、なめらかな動きで立ち上がり、丁寧にたたんで置いてあったウールのフロックコートを拾い上げてすばやく袖を通した。「これできみは完全に破滅した」冷ややかな口調だった。

ペネロペが外套をつかんで起き上がると、彼がドアを開けてふり向いた。がっしりした肩は部屋の外の暗がりに呑みこまれかけている。「おれたちの結婚はこれで決まりだ」

そうして彼は出ていき、ドアの閉まる音が彼のことばを強調した。ペネロペは毛布の上に起き上がったまま呆然《ぼうぜん》とドアを見つめた。きっと彼は戻ってくる、わたしは聞きまちがえたのだ、彼のことばを誤解したのだと思いながら。

なにもかもうまくいくと思いながら。

長い何分かが過ぎ、ペネロペはドレスを身につけた。破れた布地に触れ、手が震えた。間に合わせのベッドに戻り、涙をこぼすのを頑《かたく》なに拒んだ。

6

親愛なるMへ

あなたが学校へ戻ったせいで、わたしがずっともの憂さ《アンニュイ》（フランス語よ！）を感じていると思っているとしたら、大はずれです。ものすごい大騒ぎが起きたの。二日前の夜、ラングフォード卿の牧草地から雄牛《ブル》が逃げ出しました。彼（子爵じゃなくて牛のほうです）は柵《さく》を壊したり、近所の牛と知り合いになったりして楽しい時間を過ごしたあと、ついに今朝、ミスター・ブルワースにつかまりました。
あなたもその場にいたかったでしょう？

いつもあなたのPより
一八一五年九月　ニーダム・マナーにて

親愛なるPへ

名前に雄牛が入っているブルワースのくだりに来るまで、きみの話を信じたじゃないか。とっぴな話でぼくを家に連れ戻そうという魂胆だったともうわかったけどね。
まあ、まんまとはめられなかったと言ったら嘘になるが。ぼくもその場にいて、ラングフォードの顔を見たかったよ。それと、きみの笑顔を。

Mより

追伸——家庭教師がきみにちゃんと教えているとわかってうれしいよ。たいへんよくできました《トレ・ボン》。

一八一五年九月　イートン校にて

夜が明けかけたころ、ボーンはペネロペを置き去りにした部屋の外でためらっていた。寒さとあれこれ考えていたせいでやすめなかった。屋敷をうろつき、空っぽの部屋の思い出につきまとわれ、ファルコンウェルが正当な所有者のもとに戻る日がはじまるのを待った。
ニーダム‐ドルビー侯爵がファルコンウェルを譲渡することに、なんの疑問も抱いていなかった。侯爵はばかではない。彼には未婚の娘が三人いて、そのうちの長女が男と——ボーンと——空き家でひと晩過ごしたという事実が、残るふたりの娘の縁談に有利に働くことはない。

それを解決するには結婚するしかない。それも、すばやく。

そして、その結婚にはファルコンウェルがついてくる。

ファルコンウェルとペネロペが。

ほかの男なら、ペネロペを引きずりこみ、つらい役割をあてがって申し訳ないと思うだろうが、ボーンはちがう。たしかにペネロペを利用しているが、結婚とはそういうものではないのか？　どんな夫婦もたがいの利益という前提の上に成り立っているのではないのか？

ペネロペは彼の金《かね》、自由、それにどんな望みも手に入れる。

彼はファルコンウェルを手に入れる。

簡単なことだ。土地のために結婚するのは彼らがはじめてではないし、最後でもない。

ボーンの申し出は並はずれたものだ。彼は裕福で有力者とものつながりがあり、この先一生オールドミスとして過ごす将来と侯爵夫人になる将来を交換する機会をあたえようとしているのだ。ペネロペは望むものならなんでも手に入れられるようになる。ボーンが喜んであたえるつもりだからだ。

なんといっても、彼女はボーンが心から望んでいた唯一のものをあたえてくれるのだから。

いや、それは少しちがう。ボーンはだれからもなにもあたえてもらわない。自分で手に入れるのだ。

ペネロペも手に入れる。

ある場面が頭をよぎった。飾らない彼女の顔のなかで、大きな青い目が悦びとなにかほかのもので輝いていた。あらわな感情ともいえるもの、好意ともいえるもので。

だから彼女をひとりにした。戦略的に。冷酷に。計算高く。

ふたりの結婚が実務的なものであると証明するために。

彼女のところにとどまりたいと思ったからではない。

口と手をペネロペから離すのがこれまでいちばん困難だったからではない。女性のやわらかさと甘さのなかに身を投じて堪能《たんのう》したくてたまらなかったからではない。キスを受けた彼女の喉の奥から出た吐息がこれまで聞いたこともないほど官能的だったからでも、彼女が無垢《むく》の味がしたからでもない。

ボーンはドアの前から立ち去るよう自分に強いた。ノックをする理由などなかった。彼女が目覚める前に戻ってきて、いちばん近い牧師のところへ連れていき、大金を払って手に入れた特別結婚許可証を渡し、結婚するだけだ。

そのあとロンドンへ戻り、別々に暮らす。

ボーンは深呼吸をし、刺すように冷たい空気が肺を満たす感覚をありがたく思い、自分の計画に満足した。

そのとき、ペネロペの悲鳴が聞こえた。心臓も凍りつくような悲鳴とガラスの砕ける音がした。

ボーンは反射的に鍵を開け、蝶番《ちょうつがい》からはずれるほどの勢いでドアを開けた。心臓をどきどきさせ、部屋に入ったところで足を止める。

ペネロペは無傷で、割れた窓の横の壁に背をつけ、裸足《はだし》で外套にくるまっていた。外套の前が開いていて、破れたドレスと白い肌が見えている。

ほんのつかの間、ボーンはその肌に見とれた。ブロンドの巻き毛がひと房かかっており、部屋の寒さのせいでつんととがった美しい薔薇色の乳首へとボーンの視線を吸い寄せた。

口のなかがからからに乾き、ボーンは無理やり彼女の顔へと視線を上げた。ペネロペは大きな窓を見つめ、狼狽と信じられない思いとで大きな目を瞬いていた。窓のガラスはなくなっていて、割ったのは……。

銃弾だ。

ボーンはあっという間に小さな部屋の奥まで行き、自分の体を盾《たて》にしてペネロペを廊下へ出した。「そこにいろ」

動揺が大きいらしく、彼が思っていた以上にすなおにペネロペがうなずいた。ボーンは部屋へ戻って窓ぎわへ行ったが、被害状況をたしかめる間もなく次なる一発が別の窓ガラスを割り、弾《たま》がボーンをかすめた。

なにが起こっている？

荒々しい悪態をつき、窓横の壁にぴたりと身を寄せた。

だれかが自分に向かって発砲している。

問題は、だれが、ということだ。

「気をつけて――」

ペネロペが部屋を覗きこんでいた。ロンドンの最悪のごろつきどもを退却させるおそろしい形相で、ボーンはすぐさまそちらへ向かった。「出てろ」

　ペネロペは動かなかった。「ここにいてはあなたも安全じゃないわ。怪我《けが》を――」また銃声がしてペネロペのことばをさえぎった。銃弾より速く彼女にたどり着けるようにと祈りながら、ボーンは彼女に飛びついた。ペネロペを廊下へ押し出し、ふたりして向かい側の壁に体を押しつけた。

　長いあいだじっとしていたあと、ペネロペが先ほどの続きを口にしたが、ボーンの体に押さえられてくぐもった声になっていた。「怪我をするかもしれないでしょう！」

　彼女は頭がおかしいのか？

　ボーンは彼女の肩をつかんだ。いつもはきっちり抑えこんでいる癇癪《かんしゃく》が爆発しそうな気配だったが、気にも留めなかった。「ばかな女だ！　おれはなんと言った？」返事を待ったが、ペネロペが答えなかったので思わずわれを忘れた。肩をつかんだ手で一度揺さぶる。「おれはなんと言った？」

　ペネロペが目を見開いた。

　そうこなくては。彼女はおれをおそれるべきだ。

「答えるんだ、ペネロペ」自分がどうなっているのはわかっていたが、どうでもよかった。

「あなたは――」ことばが喉につかえたようだ。「あなたはわたしにここにいろと言ったわ」

「その簡単な命令が理解できなかったのか？」

ペネロペが目をすがめた。「いいえ」

彼女を侮辱してしまった。だが、それもどうでもよかった。「ここにいろ。まったく。動くんじゃないぞ」彼女がたじろいだのも無視してボーンは部屋に戻り、じりじりと窓に近寄った。

犯人をたしかめようと窓から顔を出しかけたとき、下から声がした。「降服するか？」

降服だと？

ひょっとしたらペネロペが正しかったのかもしれない。サリー州にはほんとうに海賊がいるのかもしれない。

だが、それについてじっくり考えている暇はなかった。ペネロペが廊下から大声で叫んだのだ。「ああ、もう！」外套をしっかりつかんで体を隠し、部屋へ駆けこんで窓辺へ向かってきた。

「止まれ！」ボーンは進路をふさいで彼女の腰に腕をまわして引き止めた。「窓に近づいたらたたくぞ。わかったか？」

「でも――」

「だめだ」

「ただ――」

「だめだ」

「わたしの父なのよ！」

そのことばは聞こえたが、理解するのに認めたくないほど長い時間がかかった。

彼女はまちがっているにちがいない。

「娘を迎えにきたぞ、悪党め！　ぜったいに娘を連れて帰るからな！」

「どの部屋の窓を撃てばいいか、どうしてわかったんだ？」

「ま——窓辺に立っていたの。父はそれを目にしたんだと思うわ」

また銃弾が飛んできて、窓ガラスを部屋中にまき散らした。ボーンは自分の体を盾にしてペネロペを守った。「お父上は弾がきみに当たるかもしれないと気づいていないのか？」

「そんなこと、想像もしていないみたい」

ボーンは毒づいた。「お父上は自分の猟銃で額を撃ち抜かれるべきだ」

「父は標的に弾を命中させられて興奮しているのかもしれないわ。三度も当てたんですもの。標的が屋敷だったことを考えたら、当たらないほうが驚きなのだけれど」

彼女はおもしろがっているのか？

まさかそれはないだろう。また弾が飛んできて、ボーンは忍耐の緒が切れるのを感じた。撃たれてもかまうものかという勢いで窓辺へ向かった。「くそっ、ニーダム！　彼女を殺す気か！」

ニーダム‐ドルビー侯爵は二挺《ちょう》めの猟銃で狙いを定めており、顔を上げようともしなかった。そばには従僕がいて、最初の猟銃に弾をこめなおしていた。「おまえも死んでくれるかもしれん。それに賭けてみるさ！」

ペネロペがボーンの背後にやってきた。「慰めになるかどうかわからないけれど、父にはあなたを殺せないと思うわ。射撃がすごく下手なのよ」

彼はペネロペをにらんだ。「窓から離れるんだ。いますぐ」

なんという奇跡中の奇跡、ペネロペが言われたとおりにした。

「おまえが娘を手に入れようとするとわかっているべきだった。汚《けが》らわしい評判にふさわしい行動をするのを用心しておくべきだった」

ボーンは無理やり冷静さを装った。「落ち着け、ニーダム。もうすぐ義理の息子になるおれにそんな口をきいていいのか？」

「私が生きているかぎりそんなことは許さん！」あまりの激しい怒りに声が割れていた。

「それはなんとかできると思うぞ」ボーンが叫んだ。

「娘をここへ連れてこい、いますぐに。おまえと結婚などさせん」

「ゆうべのことがあった以上、彼女はおれと結婚するしかないと思うが、ニーダム」

猟銃の撃鉄が起こされ、ボーンは窓からどいた。ペネロペを隅に押しやったとき、また銃弾が窓から飛びこんできた。

「ごろつきめが！」

娘を気づかおうともしない父親に毒づいてやろうかと思ったが、ボーンは平静を装って叫んだ。「おれは彼女を見つけた。手放すつもりはない」

長い沈黙が下りた。あまりにも長かったため、侯爵が立ち去ったのかと窓から顔を覗かせた。

立ち去ってはいなかった。

銃弾がボーンの頭から数インチの外壁にめりこんだ。「おまえにファルコンウェルはやらん、ボーン。娘もやらん！」

「正直に言おう、ニーダム……あんたの娘はもうおれのもの——」

最後まで言う前にニーダムのどなり声にさえぎられた。「ならず者め！」

ペネロペがはっと息を呑んだ。「わたしを自分のものにしたと父に言ったの？」

ボーンはこうなるとわかっているべきだった。簡単にはいかないとわかっているべきだった。なにもかもがどんどん手に負えなくなりつつあった。ボーンはものごとを思いどおりにできないのが大嫌いだった。なんとか気を落ち着けようと、ゆっくり長く息をする。「ペネロペ、おれたちは屋敷に閉じこめられていて、怒り狂ったきみのお父上がおれの頭を狙って何発も撃ってきてる。ふたりそろって生き延びるためにできることをしているだけなんだから、うるさくしないでくれないか」

「わたしたちの評判はどうなるの？　それも生き延びられるのかしら？」

「おれの評判は落ちるところまで落ちている」彼は壁に背をつけた。

「わたしの評判はちがうわ！」ペネロペが叫んだ。「正気を失ったの？」しばしためらう。

「それに、あなたのことばづかいはひどいわ」

「おれのことばづかいには慣れてもらうしかないな、愛《いと》しい人。それに、おれと結婚すればきみの評判も地に落ちる。お父上にもいまのうちにそれを理解しておいてもらったほうがいいだろう」

いまのことばをどんな風に受け止めたかと、彼はペネロペをふり向かずにはいられなかった。彼女の目から輝きが消えていき……殴られたかのように体をこわばらせた。「ひどい人ね」単調に言った。率直に。

おだやかな非難を目にたたえている彼女を見た瞬間、彼はペネロペの分まで自分を憎んだ。だが、ボーンは感情を隠す達人だった。「そのようだな」軽薄な口調だった。不自然に。

ペネロペが嫌悪をあらわにした。「どうしてこんなことをするの？」

理由はひとつだけ——彼を導いてきたのはただひとつ。彼を冷酷で計算高い男にしたのはただひとつ。

「ファルコンウェルがそんなにたいせつなの？」

外が静かになり、ボーンのみぞおちに暗く不快なものが居座った。あまりにもなじみのある感覚だ。十年間というもの、彼は自分の土地を取り戻すためにありとあらゆることをしてきた。自分の歴史を修復するために。将来を確保するために。いまになってそれをやめるつもりなどなかった。

「もちろんそうよね」ペネロペが卑下《ひげ》するように笑った。「わたしは目的を達成するための手段にすぎないんだわ」

湖でペネロペと出くわしてからというもの、いらだち、驚き、腹立ち、情熱の声を聞いてきたが……こんな彼女の声を聞くのははじめてだった。

諦めの声を聞くのは。

気に入らなかった。

利用した相手に謝りたいと思ったのは久しぶり――十年ぶり――だった。だが、心を鬼にした。

彼女の目を見なくてすむ程度に少しだけ顔をめぐらせた。ペネロペはうつむき、両手で外套の合わせをつかんでいる。「来るんだ」彼女が言われたとおりにしたので、ボーンは驚いた。

ペネロペが近づいてくると、ボーンは彼女の音――スカートの衣ずれの音、やわらかな足音、期待と不安のせいで少しだけ不規則な呼吸の音――に呑みこまれた。

彼はこのチェスの試合で次の数手をどうするか心のなかで検討した。つかの間、ペネロペを解放してやるべきかと迷う。

だめだ。

起こってしまったことは起こってしまったことだ。

「結婚してくれ、ペネロペ」

「そんな言い方をしたところで、わたしに選択肢ができるわけじゃないのよ」

いらだたしそうな口調を聞いてボーンは微笑みたくなったが、やめておいた。ペネロペがじっと見つめてきた。周囲の人間の表情のなかに真実を読み取ることで財をなしたボーンだったが、彼女がなにを考えているのかはわからなかった。長い間があり、ボーンは断わられるかもしれないと思い、彼女の抵抗に心の準備をし、自分と〈堕ちた天使〉に借金があって、花嫁がいやがっても式を挙げてくれる聖職者が何人いるかと数えた。彼女を確実に花嫁にするのに必要な算段をする。

　ますます長くなっていくリストにまたひとつ悪行がくわわることになる。

「ゆうべの約束は守ってくれるのね？　妹たちはこの結婚の影響を受けないわね？」

　この先一生おれみたいなやつに縛られることになりそうだというときになっても、彼女は妹たちのことを考えている。

　おれにはもったいなさすぎる女性だ。

　ボーンはそんな思いを無視した。「約束は守る」

「証拠を見せて」

　賢い女性だ。もちろん証拠などない。おれを疑う彼女は正しい。

　ボーンは十年間いつも持ち歩いていたせいで表面がほとんどつるつるになったギニー金貨をポケットから取り出し、ペネロペに差し出した。「おれの誓い《マーカー》のしるしだ」

　ペネロペが金貨を凝視する。「わたしはこれをどうすればいいの？」

「妹たちが結婚したら返してくれ」

「一ギニーだけ？」

「イギリス中の男たちにとっては、それだけでじゅうぶんなんだよ、愛しい人」

ペネロペが両の眉を上げた。「それなのに、男性のほうが女性より頭がいいと言われているなんてね」彼女が深呼吸をして金貨をポケットにしまうと、ボーンはその重みが恋しくなった。「あなたと結婚するわ」

ボーンが一度だけうなずく。「婚約者は？」

ペネロペはためらい、彼の肩の向こうをちらちら見ながらことばを選んだ。「ほかの花嫁を見つけるでしょう」おだやかでやさしい口調だった。やさしすぎる。ボーンはすぐさま、彼女を守らなかったその男にひねくれた怒りを感じた。世間に対し彼女を置き去りにした男に。ボーンが割りこみ、彼女を自分のものにするのを簡単にした男に。

彼女の肩越しに見える戸口で動きがあった。ペネロペの父親だ。ふたりが屋敷から出てくるのを待つのに飽きたらしいニーダムが、自分からやってきたのだ。

ボーンはそれを結婚という棺《ひつぎ》に最後の釘を打ちつける合図ととらえた。ペネロペを利用していると知りつつ。彼女がそんな目に遭ういわれなどないと知りつつ。

それでも、そんなことは関係ないと。

ボーンはペネロペの顎を上げてやさしい口づけをした。彼女がもたれかかってきたことも、少し唇を離したときに彼女が小さく吐息をついたことも気づかないふりをした。

戸口で猟銃の撃鉄を起こす音がし、ニーダム‐ドルビー侯爵のことばを強調した。「なんてことをしてくれたんだ、ペネロペ」

親愛なるMへ

お父さまからあなたとの文通をやめろと言われました。〝彼のような若者〟（あなたのことよ）には〝つまらない娘〟（わたしのことです）からの〝つまらない手紙〟に割く時間などないからですって。あなたがお返事をくれるのは、育ちがいいせいで、もらった手紙には返事を書く義務があると思っているからだと言われました。あなたはもうすぐ十六歳になるんですものね。わたしに手紙を書くよりもっとおもしろいことがきっとあるんでしょう。でもね、わたしにはそういうおもしろいことはないの。どうやらあなたの同情でがまんするしかないみたい。

つまらないPより

追伸――お父さまはまちがっているわよね？

一八一六年一月　ニーダム・マナーにて

親愛なるPへ

きみのお父上はご存じないだろうけど、ラテン語やシェイクスピア、それにぼくたちみたいな若者がいずれ上院で果たさなければならない責任についての長ったらしい講義の単調さから救ってくれるのは、つまらない娘からのつまらない手紙なんだよ。ぼくの育ちがよくないことや、ぼくが義務を感じるなんてめったにないことは、きみがいちばんよく知っているはずじゃないか。

Mより

追伸——きみのお父上はまちがっているよ。

一八一六年一月　イートン校にて

「ろくでなしめ」

〈猟犬と雌鳥《めんどり》〉亭で飲んでいたウイスキーからボーンが顔を上げると、じきに義理の父親となる男の怒りの目があった。椅子にもたれ、ニーダム－ドルビー侯爵などよりも遙《はる》かに手強《てごわ》い相手すらいなしてきた、どことなくおもしろがっている表情を浮かべ、テーブルの向かい側の空いた椅子を手ぶりで示した。「父上」ばかにして言う。「一緒に飲みましょう」

ボーンは居酒屋の薄暗い隅の席に何時間も前からいて、ニーダムがファルコンウェルの書類を持ってくるのを待っていたのだった。夕方が夜になり、居酒屋が笑い声とおしゃべりで満たされてにぎやかになっていくあいだ、書類に署名したくていらいらしながら、次はなにをしようかと夢見ながら、彼は待っていた。

復讐を夢見ながら。

自分が婚約したことは考えまいとしながら。

婚約した相手の女性についてはもっと考えまいとした。まじめで、無垢で、自分の妻にす

るには完全にまちがっている類の女性だから。

自分にとってどういう妻がふさわしいのか、わかっているわけではないが。

いや、そんなことはどうでもいい。選択の余地などなかったのだから。

ファルコンウェルを取り戻すには、ペネロペを利用するしかなかったのだ。つまりは彼女

は自分の妻にふさわしいということになる。

そして、ニーダムはそれを知っている。

でっぷりした侯爵が腰を下ろし、大きな手をふって女給を呼んだ。女給はなにかを察した

らしく、ウイスキーのボトルとグラスを運んでくると、もっと明るくて愛想のいい客のとこ

ろへとそそくさと向かった。

ニーダムはウイスキーを大きくあおると、オーク材のテーブルにグラスをどんと置いた。

「けしからんやつだ。これは脅迫ではないか」

ボーンは退屈そうな表情を装った。「とんでもない。あんたにとっては願ってもない話だ

と思うが。未婚の長女を引き受けてやるわけだから」

「娘は惨めな思いをするに決まっている」

「おそらくは」

「あの子はおまえのように強い人間ではないんだ。おまえはあの子をだめにする」

ボーンは、彼が知っている女性の大半よりペネロペのほうが強いとは言わずにおいた。

「おれの土地に彼女を結びつける前にそれについて考えておくべきだったな」疵ついたオーク材のテーブルをこつこつとやる。「譲渡証書を、ニーダム。それなしには結婚するのは気が進まない。いま欲しい。ペネロペが牧師の前に立つ前に署名ずみの証書が欲しい」

「さもなくば？」

ボーンは椅子の上で体をずらし、テーブルの下から出した脚を組んだ。「さもなくば、ペネロペが牧師の前に立つことはなくなる」

ニーダムがボーンを凝視する。「やめてくれ。娘が破滅する。母親も。妹たちも」

「それなら、どうすべきかよく考えることだ。もう十年にもなるんだ、ニーダム。長い十年のあいだ、おれはこの瞬間をずっと待ち焦がれていた。ファルコンウェルを待ち焦がれていた。あの土地を侯爵領に戻そうとするおれのじゃまができると考えているなら、大きなまちがいだ。たまたま『ザ・スキャンダル・シート』の発行者とかなり親しい間柄でね。おれがひとこと漏らせば、上流階級の人間はだれひとりとしてマーベリー家の娘たちに近寄ろうとはしなくなるだろう」ボーンはそこでことばを切り、自分のグラスにウイスキーを注《つ》いで冷酷な脅しがふたりのあいだに落ち着く時間を作った。「疑うなら、試してみるがいい」

ニーダムが目をすがめた。「では、そういうことなんだな？　望みのものを手に入れるために、私のものすべてをおびやかすのだな？」

ボーンはせせら笑いを浮かべた。「おれは勝つためにプレイする」

「皮肉なものだな。大負けしたことで有名なおまえの口からそんなことばを聞くとは」

そのあてこすりは痛いところを突いた。もちろん、そしらぬ顔を保ったが。ボーンは黙ったままでいた。沈黙ほど相手を落ち着かない気分にさせるものはないと承知のうえだ。

ニーダムが沈黙を埋めた。「おまえは最低の男だ」悪態をつきながら上着のなかに手を入れ、折りたたんだ大きな書類を取り出した。

ボーンはそれを読みながらくらくらするほどの勝利感を味わった。明日、結婚すればファルコンウェルは自分のものだ。ただひとつ残念なのは、コンプトン牧師が夜は式を執り行なわないことだ。

ボーンが書類をポケットにしっかりとしまい、その重みを胸に感じていると、ニーダムが口を開いた。「このことでペネロペの妹たちが破滅するのは許さない」

みんな彼女の妹たちの心配ばかりしている。

ペネロペのことはどうなんだ？

ボーンはその思いを無視し、ファルコンウェルを取り戻すのをじゃましたニーダムをもてあそんだ。彼はグラスを持ち上げた。「おれはじきにペネロペと結婚する。ファルコンウェルは明日おれのものになる。あんたのほかの娘たちの評判をおれが少しでも気にかけなきゃならない理由を教えてくれ。そんなのはあんたの問題じゃないのか？」顔をあおむけてウイスキーを飲み干し、空《から》のグラスをテーブルに置く。

ニーダムが前のめりになり、すごんで言った。「おまえは最低だ。おまえがどんな人間になったかを知ったら、お父上は打ちのめされるだろう」

ボーンは弾かれたように顔を上げてニーダムの目を見た。そして、奇妙なことに、侯爵の目の色がペネロペと同じ青ではないと気づいた。侯爵の目は濃い茶色で、ボーンがよく知っているものできらめいていた。相手を傷つけてやったという満足のきらめきだ。求めてもいない父の記憶がよみがえってきて、ボーンは体を硬くした。ひざ丈ズボン《ブリーチズ》とシャツ姿の父がファルコンウェルの大きな玄関広間の中央に立ち、息子を笑っている。

ボーンは顎をこわばらせた。「それなら、父が亡くなっていてわれわれは幸運なわけだ」

ニーダムは限界ぎりぎりの危険な区域に足を踏み入れたのを理解したらしい。体から力を抜いて前のめりだった姿勢をもとに戻した。「婚約のいきさつが外に漏れては困る。まだ結婚していない娘がふたり残っているんでな。ペネロペが財産狙いの男につかまったとだれにも知られたくない」

「おれの財産はあんたの三倍なんだがな、ニーダム」

ニーダムの目が暗く翳った。「だが、望みのものは持っていない、ちがうか？」

「いまは持っている」ボーンは椅子を後ろにずらした。「あんたは要求できる立場にない。

おれが家族にくわわっても彼女たちが破滅せずにすむとしたら、それはおれがそうさせてやったからで、それ以外の理由ではありえない」

ニーダムはボーンの動きを目で追いながら歯を食いしばった。「ちがう。おまえが領地よりも欲しがっているものを私が持っているからだ」

そのことばが暗い隅にこだまするなか、ボーンは長々と考え、払いのけた。「ファルコンウェル以上に望んでいるものを、あんたはおれにあたえられない」

「ラングフォードの破滅だ」

復讐。

そのことばが約束のささやきとなって体を貫き、ボーンはゆっくりと前かがみになった。

「嘘をつけ」

「侮辱されたととらえて決闘を申しこんでもいいのだぞ」

「おれにとってははじめての決闘じゃない」ボーンは待った。ニーダムが餌《えさ》に食いついてこなかったので、彼は続けた。「調べたんだ。あいつを破滅させるようなものはなにも見つからなかった」

「おまえは正しい場所を探さなかったのだ」

嘘に決まっている。「おれが自分と〈堕ちた天使〉の力をすべて使って、ラングフォードに関する醜聞のかすかな形跡を求めてロンドン中をくまなく探したとは思わないのか？」

「おまえのだいじな賭博場の調査書類のなかにだってこれはないだろうな」

「あいつがなにをしたか、どこへ行ったか、おれはすべて知っている。あいつよりもあいつの人生に詳しいんだ。そのおれが、あいつはおれのすべてを奪い、この十年間おれの領地で汚点ひとつなく暮らしてきたと言ってるんだ」

ニーダムがふたたび上着に手を入れた。今度出してきたのは、もっと小さい紙で、かなり古びていた。「これは十年よりもっと昔のできごとだ」

目をすがめてその紙を見たボーンは、ラングフォードの封印に気づいた。顔を上げ、義理の父となる男の目を見る。希望というものにおそろしいほど似たなにかのせいで胸が激しく高鳴りはじめた。ふたりのあいだで渦巻く沈黙にすがりつく自分がいやだった。無理やり気を落ち着かせる。「古い手紙なんかでおれをそそのかそうというのか？」

「おまえはこの手紙を欲しいはずだ、ボーン。おまえの有名な調査書類十冊分以上の価値がある。娘たちの名前に泥を塗らずにいてくれたら、これはおまえにやろう」

侯爵は手心をくわえる男ではない。思ったことをそのまま口にする男だ。貴族社会のなかでも尊敬されるふたつの侯爵位を持っているゆえだろう。ボーンは侯爵の率直さに尊敬の念を抱いた。ニーダムは自分の望みをよくわかっており、まっすぐそこに狙いを定めている。

前夜、長女がまったく同じ条件を交渉したのを侯爵は知らない。この手紙になにが書かれているのかわからないが、さらなる支払いは必要ない。

だが、ニーダムは罰を受けて当然だ——何年も昔にラングフォードのしたことを見て見ぬふりをした罰を。長女を結婚させるためにファルコンウェルを利用した罰を。

ボーンは喜んでその罰をあたえてやるつもりだった。「なにが書かれているかもわからないままおれが条件を呑むと思っているなら、あんたは頭が足りないようだ。おれは罪というポケットから盗んだ醜聞を使って財をなした。その手紙が価値のあるものかどうか、見てみなければ判断できない」

ニーダムが手紙を広げてゆっくりとテーブルに置いた。ボーンのほうに向け、指一本で押さえる。ボーンは自分を抑えられなかった。自分でもいやになるくらいの勢いで前のめりになり、書かれている内容に目を走らせた。

これは。

顔を上げ、したり顔のニーダムを見た。「本物なのか？」

年上の男がうなずく。一度。二度。

ボーンはもう一度読んでから署名をたしかめた。手紙は三十年前のものだったが、署名はまちがいなくラングフォードのものだった。

正確には二十九年前のもの。

「どうしておれに教える？　なぜおれにくれる？」

「おまえのおかげで私には選択肢がなくなった」曖昧《あいまい》に言う。「私はあの青年が好きなんだ。この手紙を手もとにしっかり置いていたのは、ペネロペがそのうち彼と結婚するだろう、彼には保護が必要になるだろうと思ったからだ。だが、保護を必要とするようになったのは私の娘たちだった。父親として娘たちを守らねばならない。おまえとの結婚でペネロペの評判が汚されないようにし、残りの娘たちがよい縁談に恵まれるようにしてくれたら、これはおまえにやる」

ボーンはグラスをゆっくりとまわし、居酒屋のシャンデリアの明かりが反射するのを長く見つめた。それから視線を上げてニーダムを見た。「彼女たちが結婚するまで待ちたくはない」

ニーダムが不意に礼儀正しくなって会釈をした。「婚約するまででもいい」

「だめだ。あんたの娘に関しては、婚約はあてにならないと聞いている」

「いますぐ立ち去ってもいいんだぞ」ニーダムが脅し文句を口にする。

「だが、あんたはそうしない。おれとあんたは一風変わった仲間だからな」勝利を味わいながら椅子に背を戻す。「ほかの娘たちをできるだけ早くロンドンに連れてきてくれ。交際相手を見つける。ペネロペの結婚で彼女たちの評判が傷つくことはない」

「交際相手はりっぱな男でなければだめだ」ニーダムが条件を明確にした。「〈堕ちた天使〉に領地の半分を押さえられているような男は困る」

「娘たちを街に連れてくることだ。復讐を待つ気分ではなくなった」

ニーダムが目をすがめた。「娘をおまえなどと結婚させたことを、私はきっと後悔するだろうな」

ボーンはウイスキーをあおり、グラスをテーブルに伏せて置いた。「それなら、あんたに選択の余地がないのは残念だったな」

7

親愛なるMへ

ついさっきあなたを見送り、手紙を書くためにまっすぐ部屋に戻ってきたところです。言うことはとくにないの。みんながもうすべて言ったから。「残念です」なんて言うのはばかみたいだと思いませんか？　だれもが残念に思っているんですもの。ほんとうにおそろしいことが起こってしまいました。

でも、あなたが失ったものだけを残念に思っているのではないの。あなたが戻ってきたときに話ができなかったのも残念です。お葬式に出させてもらえなかったのも残念です……ばかげた決まりごとだと思うし、男性だったら葬儀の場にいられたのにと思っています（ばかげた決まりごとに関しては、コンプトン牧師さまと話をするつもりです）。もっと頼りになるお友だちでいられなかったのが残念です。

だからいまわたしはこうやって、女に許される手紙を書いています。時間ができたときに手紙をください。それとも、その気になったときに。

あなたの友のPより

一八一六年四月　ニーダム・マナーにて

返信なし。


これほど長い馬車での移動もないだろう。サリー州からロンドンまで、壊滅的にしんとした、果てしない四時間の旅だった。オリヴィアと女性雑誌の山とともに郵便馬車に乗っていたほうがましだとペネロペは思った。

薄暗い馬車の向かい側をちらりと見る。何時間か前に夫になった男性が座席にもたれ、長い脚を伸ばし、目を閉じ、死体のようにじっとしている。ペネロペは暴れまわる思いを静めようとした。それは、とても心を乱すほんのちょっとした思いだった。つまり——。

わたしは結婚した。

すなわち——。

わたしはボーン侯爵夫人になった。

だから——。

わたしの持ち物が目一杯積まれた馬車で揺られ、じきにロンドンに到着する。その街で夫となったばかりの男性と暮らすのだ。

ということは——。

マイケルはわたしの夫だ。

結果として――。

わたしは結婚初夜をマイケルと過ごす。

彼はまたわたしにキスをするかもしれない。また触れるかもしれない。

もっと。

ふつうに考えたら、彼はそうしなければならないのでは？　結婚したのだから。それが夫と妻のすることなのだから。

そうだといいけれど。

ああ、どうしよう。

馬車の扉を開けて飛び降りる勇気があればいいのに、とペネロペは思った。

ふたりはあまりにすばやく、あまりに効率よく結婚したため、ペネロペは式をほとんどおぼえていなかった。愛し、慰め、敬い、したがうと誓ったのがかすかに記憶にあるぐらいだ。愛を誓う部分は嘘なのだから、しっかりおぼえていないほうがいいのかもしれない。

マイケルは土地を手に入れるためにペネロペと結婚した。

だから、ペネロペが想像もしたことのないものを彼が感じさせてくれたとしても、なにも変わらない。結局のところ、これはペネロペが教わってきた類の結婚にほかならないのだから――便宜結婚に。義務による結婚。体面を保つための結婚。

マイケルがそれをこれ以上ないほどはっきりさせてくれた。

でこぼこ道で馬車が大きく揺れ、贅沢なしつらえの座席からすべり落ちそうになったペネロペは小さく悲鳴をあげた。落ち着きを取り戻し、きちんと座りなおし、両足をしっかり床につけ、マイケルにちらりと目をやった。彼は少しも動かず、目を細く開けただけだった。ペネロペが怪我をしなかったかどうかたしかめるためだろう。

医者の必要はないとわかると、彼はまた目を閉じた。

マイケルは彼女を無視していた。彼の沈黙はさりげなく、とても不快だった。

わたしに関心のあるふりすらしようとしない。

今日という日のできごとにこれほど不安を感じていなければ、ペネロペだっておだやかな心持ちでいられたかもしれない。彼の沈黙に沈黙で応えられたかもしれない。

ひょっとしたら。

でも、それはけっしてわからないだろう。なぜなら、これ以上黙っていられなくなったからだ。

ペネロペは声明でも発表するかのように咳払いをした。マイケルは目を薄く開けて彼女を見たが、それ以外はぴくりとも動かなかった。「この時間を利用してわたしたちの計画について話し合っておくのがいいと思うの」

「おれたちの計画?」

「妹たちの社交シーズンがうまくいくようにする計画よ。約束したのをおぼえているでしょう?」ペネロペは旅行用ドレスのポケットに手を入れた。二日前の晩に彼からもらった金貨がやけに重い。

彼女にはなにかわからない表情がマイケルの顔をよぎった。「約束はおぼえている」

「計画はどんなもの？」

彼が伸びをし、脚がさらに前に出された。「きみの妹たちに夫を見つける計画だ」

ペネロペは目を瞬いた。「求婚者という意味ね」

「そう呼びたいなら。候補の男がふたりいる」

好奇心が燃え上がった。「その方たちはどんな人？」

「爵位を持っている」

「それに？」ペネロペがせっつく。

「それに妻を探している」

癪に障る人ね。「夫となるのにふさわしい資質を持っているの？」

「男で未婚という意味においては」

ペネロペは目を見張った。彼はまじめに言っているのだ。「わたしが訊いた資質はそういうことではないわ」

「資質ね」

「よい夫となる特質のこと」

「きみはそれに詳しいらしいな」あざけるように会釈する。「頼む。教えてくれ」

ペネロペは背筋を伸ばし、指で数えながら挙げていった。「思いやり。寛大さ。少々のユーモア――」

「少々でいいのか？　火曜日と木曜日はユーモアを忘れて不機嫌になっても許されるのか？」

　ペネロペの目がすがめられた。「たっぷりのユーモア」しばし間をおいてから続ける。「温かな笑顔」ついつけくわえてしまう。「あなたの場合は、どんな笑顔でもよしとするけれど」

　マイケルは笑顔を浮かべなかった。

「その方たちにはこういう資質があって？」返事はなかった。「妹たちはその方たちを好きになるかしら？」

「わからない」

「あなたはその方たちを好き？」

「とくに好きというわけではない」

「意固地な人ね」

「おれの資質のひとつだと思ってくれ」

　マイケルが顔を背けたので、ペネロペは彼に向かって眉を上げた。自分を抑えきれなかった。これまで生きてきて、彼ほどいらいらさせられる人には会ったことがなかった。わたしの夫。なんの後悔もなしにわたしをこれまでの生活からさらった夫。自分のせいで妹たちの評判にまた傷をつけ、苦しませるのがいやでわたしが結婚した夫。わたしを助けると約束してくれた夫。いまになって気づいたが、彼の助けるは、もうひと組、あるいはもうふた組の愛のない縁談をまとめることだったのだ。

そんなのは受け入れられない。

たいしたことはできないが、オリヴィアとピッパに幸せな結婚をする機会があたえられるようにしなければ。

わたしにはなかった機会。

「まず第一に、そのふたりがわたしの妹たちと結婚する気になるかどうか、あなたにはわからないでしょう」

「その気になるに決まっている」座席に背を預けてまた目を閉じた。

「どうしてわかるの？」

「彼らはおれに莫大《ばくだい》な借金をしているが、結婚すればおれがその借金を帳消しにするからだ」

ペネロペはあんぐりと口を開けた。「彼らの貞節を買うというの？」

「貞節を取り決めの一部にするのはどうかな」

彼は目も開けずに言った。ペネロペがそのひどいことばを長々考えているあいだも閉じたままだった。

ペネロペは前かがみになって一本の指で彼の脚をつついた。思いきり。

マイケルが目を開けた。

あまりにも腹を立てていたペネロペは、勝利を味わう余裕もなかった。「だめよ」馬車のなかでその短いことばが鋭く響いた。

「だめ?」

「だめです。わたしたちの結婚によって妹たちが破滅しないようにすると約束してくれたじゃない」

「だから、そうはならない。それどころか、彼らに嫁げば、きみの妹たちは上流社会のなかでもかなりの尊敬を受ける立場になる」

「あなたに借金があって、貞節ではないかもしれない貴族は、ほかのことで妹たちを破滅させるわ。たいせつな面で」

彼の黒っぽい眉が片方、いらだたしげに上がった。ペネロペはその癖が嫌いになりつつあった。「たいせつな面?」

怖《お》じ気《け》づいたりするものですか。「そうよ。たいせつな面で。賭けごとがらみの愚かな合意から生まれた結婚など、妹たちにさせるわけにはいきません。わたしがそういう結婚をしただけでたくさん。妹たちには自分で夫を選ばせてやります。もっと多くのものを土台にした結婚をさせてやりたいの。その土台は——」彼に笑われたくなくて、ペネロペは口をつぐんだ。

「その土台は……?」

ペネロペは黙っていた。返事をして彼を喜ばせるつもりはなかった。彼がしつこく訊いてくるのを待った。

不思議なことに、彼はそうしなかった。「きみの言う資質を持った男をつかまえる計画があるんだろうな？」

そんなものはなかった。「もちろんよ」

「それで？」

「あなたに社交界に戻ってもらうのよ。わたしたちの結婚が強いられたものでないと証明するの」

マイケルが片方の眉を上げた。「きみの持参金にはおれの土地がふくまれていた。おれがきみに結婚を強いたと上流階級の者たちが考えないと思うのか？」

彼の論理が気に入らず、ペネロペは唇を噛んだ。最初に頭に浮かんだ考えをつい口にしてしまった。ばかげていてまったく正気の沙汰ではないことを。「恋愛結婚のふりをしなければ」

ペネロペが自分のことばに感じた動揺を、彼は感じていないようだった。「どうするんだ？　村の広場にいるきみを見て、おれは自分のとんでもない生活を改めようと決めたと？」

毒を食らわば皿までだわ。「それは――なかなかいいわね」

またあの眉が上がった。「ほんとうに？　真実は、だれも住んでいない屋敷でおれがきみを破滅させ、きみの父上が怒って猟銃で暴れたのに、そんな話を信じてもらえると思うのか？」

ペネロペはためらった。「わたしならあれを暴れたとは言わないけれど」

「お父上はおれの屋敷に向かって何発も撃ったんだぞ。それを暴れたと言わないなら、なにをもって暴れるとするのかおれにはわからない」

たしかにそのとおりだった。「わかったわ。父は暴れた。でも、その話はみんなにはしないでおきましょう」きっぱりとした口調で言ったつもりだったが、心のなかでは、お願い、そうしようと言って、と懇願していた。「妹たちに本物の結婚をする機会をあたえてやるのなら、わたしたちがうまくやらなければ。あなたは約束してくれたじゃない。誓いのしるし《マーカー》をくれたでしょう」

　彼が長いあいだ無言でいたので、ペネロペは拒絶されるかと思った。妹たちに結婚相手を見つけるか、すっかり手を引くかのどちらかだと。そうなったら、ペネロペになにができるだろう？　すでに夫のものになり、夫の意志——力——の支配を受ける立場になってしまったペネロペに？

　ようやく彼が動き、また座席にもたれた。その声にはあざけりがこもっていた。「ぜひどうぞ。おれたちの魔法のような話をでっち上げてくれ。拝聴しよう」そう言って目を閉じ、ペネロペを締め出した。

　その瞬間、たったひとこときつい反撃ができるなら、ペネロペはたいせつなものすべてを諦めてもいいと思った。彼のことばに負けないくらい、すばやく巧みに彼を傷つけるなにかを言えたら。もちろん、なにも浮かばなかった。ペネロペは彼を無視し、ふたりの話を紡《つむ》ぎ出した。「子どものころからおたがいを知っているわけだから、クリスマス翌日の聖ステパノの祝日に再会したことにするのはどうかしら」

彼がうっすら目を開けた。「聖ステパノの祝日？」

「ファルコンウェルが……持参金の一部になったと公表される前にわたしたちの話がはじまったほうがいいと思ったから」ペネロペは旅行用マントの埃《ほこり》に気づいたふりをした。自分のほんとうの価値を思い出させることばで喉が詰まったようになったのがいやだった。「クリスマスは昔から好きだったし、コールドハーバーで祝う聖ステパノの祝日はとても……祝日らしいの」

「無花果《いちじく》のプディングやらのごちそうを食べて」それは質問ではなかった。

「そうよ。それに祝歌の合唱も」

「小さな子どもたちと？」

「ええ、小さな子どもたちおおぜいとね」

「まさにおれが参加しそうな催し物だな」

彼の皮肉は伝わったが、ペネロペはすごすごとは引き下がらなかった。断固とした表情で彼を見つめ、思わずこう言っていた。「あなたが一度でもクリスマスのファルコンウェルにいたなら、きっととても楽しんだと思うわ」

マイケルはなにか言おうとして考えなおしたようだ。彼の態度に亀裂を入れられて、ペネロペは勝ち誇った気分になった——小さな勝利ではあったが。マイケルは目を閉じ、ふたたび座席に背を預けた。「それで、おれは聖ステパノの祝日に子ども時代の恋人だったきみに再会した、と」

「わたしたちは子ども時代につき合ってはいなかったわ」

「真実かどうかは問題じゃない。みんながそれを信じるかどうかが問題なんだ」

論理的なことばにむっとする。「不埒者《ふらちもの》の鉄則その一？」

「賭博の鉄則その一だ」

「たいしたちがいはないじゃないの」ペネロペは辛辣に言った。

「子どものころからはじまったおれたちの話がほんとうかどうか、確認する人間がいると思うか？」

「いないでしょうね」おもしろくなさそうに言う。

「いないさ。それに、このすべてのなかで、いちばん真実に近い部分だ」

そうなの？

マイケルとの結婚を想像したことなどないと言ったら嘘になる。彼はペネロペがはじめて知り合った少年で、子どものころはよく微笑ませたり笑わせたりしてくれたのだ。でも、彼のほうはそんな想像をしてはいないわよね？　そうだとしてもかまわなかった。いまのマイケルを見つめてみても、かつて知っていた少年の面影は見つけられなかった……彼女を好きだと思ってくれていたかもしれない少年の面影は。

マイケルが話を続けたので、ペネロペはもの思いから覚めた。「それで、青い瞳のきみがそこにいて、無花果のプディングの炎を受けて輝いていた。おれは自由きままな独身でいるのに不意に耐えられなくなった。きみのなかにおれの心を、おれの目的を、おれの魂そのものを見つけたんだ」

　ばかげているとはわかっていたが、馬車というかぎられた空間のなかで低く静かに発せられたそのことばを聞いて、ペネロペは頰が熱くなるのを抑えられなかった。

「そ……それはすてきね」

　マイケルがなにやら声を発したが、それがどういう意味なのかペネロペにはわからなかった。「わたしは濃い緑色のビロードのドレスを着ていたのよ」

「とてもよく似合っていた」

　ペネロペは彼を無視した。「あなたは襟に柊の小枝を挿していた」

「祝日にぴったりだ」

「わたしたち、ダンスをしたの」

「ジグか?」

　あざ笑うような口調を耳にし、ペネロペはちょっとした空想から引き戻され、真実を思い出させられた。「そうかもしれない」

　マイケルが背筋を伸ばした。「おいおい、ペネロペ」たしなめる口調だ。「ほんの何週間か前のできごとなのに、おぼえていないのか?」

　彼女は目をすがめてマイケルを見た。「わかったわ。リールよ」

「なるほど。いいね。ジグよりも刺激的なダンスだ」

彼にはまったく腹が立つ。

「教えてほしいんだが。おれはなぜ聖ステパノの祝日にコールドハーバーにいたんだ？」

ペネロペはこの会話がだんだんいやになってきた。「知らないわ」

「おれが襟に柊の小枝を挿していたのは知っていたじゃないか……だったら、この話のなかでのおれの動機も考えてくれたんだろう？」

あざといまでのへりくだったことばがマイケルの口から発せられるようすがペネロペは気に入らなかった。だから、こう言ってしまったのかもしれない。「あなたはご両親のお墓参りに来ていたのよ」

彼が体をこわばらせた。かすかに揺れる馬車のなかで、それが唯一の動きだった。「両親の墓参りか」

ペネロペはいまさら引き下がらなかった。「そうよ。あなたは毎年クリスマスにお墓参りをしているの。お母さまのお墓には薔薇を、お父さまのお墓にはダリアを供えるの」

「おれが？」ペネロペは窓の外に目をやった。「だとしたら、近くに温室を持っている親しい人間がいるにちがいない」

「いるのよ。妹のフィリッパは、ニーダム・マナーで一年中とってもきれいな花を育てているの」

彼が身を乗り出し、からかい口調でささやいた。「嘘の鉄則その一は、自分たちの話だけにとどめておくことだよ、愛しい人」

ペネロペは背後の雪景色へと消えていく道路沿いのひょろっとした樺《かば》の木を見つめた。

「嘘じゃないわ。ピッパは園芸家なのよ」

長い沈黙のあとでペネロペが彼を見ると、一心に見つめられていた。「聖ステパノの祝日にだれかがおれの両親の墓を参ったなら、そこになにを見つけるだろうな?」

嘘をつくこともできたが、ペネロペはそうしたくはなかった。ばかげているかもしれないが、毎年クリスマスには彼のことを考えていたと……彼はどうしているかと思っていたと知ってほしかった。気にかけていたと。彼のほうは気にかけてくれなかったけれど。「薔薇とダリアよ。あなたが毎年供えているのと同じ」

今度窓の外に目をやったのはマイケルだった。その機会にペネロペは彼の顔をとくと眺めた。がっしりした顎、険しい目つき、真っすぐに結ばれた唇――個人的な経験から、ふっくらとやわらかくてすばらしいとわかっている唇。彼はとてもしっかりと防護を固めていて緊張をゆるめないので、ペネロペは彼の感情を揺さぶり、不屈の自制心を粉々にしたくなった。

昔の彼はこんなに頑なではなく、気ままな感じだった。いまの彼を見ていたら、同じ人間だとは信じられないくらいだ。いまこの瞬間に彼がなにを考えているのかがわかるのなら、すべてをなげうってもいいと思った。

口を開いたとき、彼はペネロペのほうを見なかった。「どうやらきみはすべてを考えたようだな。おれたちのひと目惚れの話をがんばっておぼえるとするか。これからかなりその話をすることになりそうだからな」

ペネロペはためらったあと言った。「ありがとう、だんなさま」

彼がぱっと顔をめぐらせた。「だんなさま？　おい、おい、ペネロペ。形式張った妻になるつもりか？」

「妻は夫に敬意を示すものでしょう」

それを聞いてマイケルが眉根を寄せた。「そういう風に育てられたということか」

「わたしが公爵夫人になるところだったのをお忘れ？」

「汚点だらけの侯爵夫人でがまんするしかなくなって悪かったな」

「なんとか耐えてみせるわ」乾ききった口調で言う。長いあいだ無言でいたあと、ペネロペは口を開いた。「あなたには社交界に戻っていただくわ。妹たちのために」

「どうやらきみはおれに命令するのに慣れてきたみたいだな」

「わたしはあなたと結婚したでしょう。領地を取り戻すあなたのために、わたしはすべてを諦めたのだから、あなただって犠牲のひとつやふたつは払ってくれても罰はあたらないと思うわ」

「完璧な結婚を諦めたってことだな？」

ペネロペは座席に深くもたれた。「完璧にはならなかったでしょうね」マイケルはなにも言わなかったが、鋭い視線で見つめてきたので、ペネロペは慌てて言い添えた。「でも、この結婚よりはうんと完璧に近いものになっていたはずよ」

トミーはマイケルほどわたしをいらだたせないもの。

またしばらく沈黙が続いたあと、マイケルが言った。「出なければならない催し物には出よう」退屈しきった風情で窓の外に目をやって言う。「まずはトテナムの晩餐会からだな。おれにとってはいちばん友人に近い男だ」

ペネロペは困惑した。マイケルはいつだって友人に囲まれていたのに。彼は明るくて、元気いっぱいで、魅力的で、生き生きとしていた……そして、子どものころの彼はみんなに愛されていた。ペネロペも彼を愛していた。とてもたいせつな友だちだった。彼になにがあったのだろう？　どうしてこんなに冷酷で暗い人になってしまったのだろう？

ペネロペはそんな思いをふり払った。トテナム子爵は上流社会でもっとも人気のある独身男性のひとりで、彼の母親は非の打ちどころがない。「すばらしい選択だわ。彼はあなたに借金があるの？」

「いや」しばしの沈黙。「今週、彼の開く晩餐会に出かけよう」

「招待を受けたの？」

「まだだ」

「だったら――」

マイケルがため息をつく。「いいか、一度だけ言うからよく聞いておけよ。おれはロンドン一儲かっている賭博場を所有している。おれと話す時間の持てない男はイギリスにほとんどいない」

「その方たちの奥さんは？」

「奥方たちがなんなんだ？」

「彼女たちがあなたを招きたがらないとは思わないの？」

「彼女たちはおれをベッドに誘いこみたがっているから、客間にもおれを迎え入れてくれるだろう」

あまりに品のないことばに、ペネロペはひるんだ。妻にそんなことを言うなんて。妻以外の女性のベッドで過ごすだなんて。「あなたはレディの寝室での自分の価値を誤解していると思うわ」

マイケルが片方の眉を上げる。「今夜以降、きみの気持ちは変わると思うな」

結婚初夜をほのめかした彼に唾を吐きかけてやりたいのに、脈が速くなったのがペネロペは悔しかった。「あなたが上流社会の女性たちにどんな魔法をかけようと、ふたりだけのときはともかく、周囲の目があるところでは彼女たちは一緒にいる相手をもっと慎重に選ぶと言っておくわ。あなたはそれにはふさわしくないのよ」

ペネロペは自分のことばに耳を疑った。けれど、マイケルにあまりにも腹を立てていたのだ。

彼女を見たマイケルの目にはなにか強い感情が浮かんでいた。尊敬の念に近いなにか。

「きみが真実に行きあたってくれてうれしいよ、奥さん。おれがりっぱな男になるとか夫になるとかというまちがった希望は早い段階で捨てるのがいちばんだからな」ここでことばを切り、袖の埃を払った。「おれには女たちは必要ない」

「女性たちは上流社会の門番なのよ。あなたには彼女たちが必要です」

「だからきみと結婚した」

「わたしでは不充分だわ」

「どうして？　きみは完璧なイギリスの貴婦人ではないのか？」

そのことばと、それが過去と未来の自分の目的を強調したことにペネロペは歯ぎしりした。自分にまったく価値がないと思い知らされて。「わたしは棚に押しやられる寸前だったのよ。舞踏会の花だったのは何年も昔の話だわ」

「きみはいまやボーン侯爵夫人だ。きっとあっという間にみんなの関心の的になるにちがいないさ、愛しい人」

ペネロペは目をすがめた。「わたしはあなたの愛しい人じゃないわ」

マイケルが目を丸くする。「傷つくじゃないか。聖ステパノの祝日を忘れたのか？　ふたりで踊ったリールはきみにとってなんでもなかったというのか？」

彼が馬車から落ちて溝にはまっても、ペネロペは同情などしないだろう。それどころか、もしそうなっても、馬車を停《と》めて彼の残骸《ざんがい》を拾うつもりもなかった。

彼がファルコンウォルを取り戻せなくたってかまうものですか。

けれど、妹たちのことは心配だった。彼女たちの評判が夫のせいで曇らされてはならない。ペネロペは深呼吸をして気持ちを落ち着けた。「あなたは自分の価値《ワース》をもう一度証明しなくてはならないわ。上流社会はそれを目にする必要があるの。わたしがそれを目にしていると信じる必要があるの」

マイケルは彼女をにらんだ。「おれの財産《ワース》は上流階級でもっとも尊敬されているたいていの男の三倍はある」

ペネロペが頭をふる。「わたしが言ったのは真価よ。侯爵としての。ひとりの人間としての」

彼は凍りついた。「おれにまつわる話を知っている者なら、そのどちらの真価もおれにはないときみに教えてくれるだろう。十年前にそういうものはすべて失ったんだ。ひょっとしたらきみの耳には届いていないのか？」

わざとらしく腰の低いことばが彼の口からじわじわと流れ出てきた。ペネロペには彼が返事を求めてなどいないとわかっていたが、おずおずと引き下がるつもりはなかった。「聞いているわ」顎をつんと上げ、まっすぐに彼の目を見る。「若いころのちょっとした愚かな過ちがこの先一生自分の評判に影を落とすままにしておくつもり？　いまではわたしの評判もあなたにかかっているのよ？」

マイケルが危険と脅しの雰囲気をまとってペネロペのほうへと身を乗り出した。彼女は身を引くのを拒み、じっとしていた。「おれはすべてを失ったんだ。何十万ポンドもの価値のあるものを。たった一度のカード・ゲームで。途方もない賭けだった。歴史に刻まれるほどの損失だった。それをちょっとした過ちと言うのか？」

ペネロペは唾を飲んだ。「何十万？」

「だいたいそのくらいだ」

正確にはいくらだったのか訊きたい気持ちをこらえた。「一度のゲームで？」

「そうだ」

「それなら、ちょっとした過ちとは言えないわね。愚かだったのはたしかだけれど」どこからそんなことばが出てきたのかわからなかったが、言ってしまったものは取り消せず、平気な顔をして押し通すか恐怖心を見せるかのどちらかしかなかった。自分でも驚いたが、彼を見つめる視線を揺らがさずにすんだ。

マイケルの声はうなっていると言えるほど低くなった。「おれを愚かと言ったのか？」

ペネロペの胸は早鐘を打った。あまりに激しく打っているので、馬車のなかという空間で彼にその音が聞こえないのが不思議なくらいだった。なにげないしぐさに見えるようにと願いながら手をふった。「問題はそこじゃないわ。妹たちが花嫁としてふさわしいと上流社会に納得させたければ、あなたは彼女たちの義理の兄として申し分ないと示さなくてはならないの」しばしの間をおく。「埋め合わせをしなくてはならないのよ」

マイケルは長いあいだ無言だった。ペネロペが言い過ぎたかと思うほど。「埋め合わせか」

彼女はうなずいた。「わたしが手伝うわ」

「きみはいつもそんなに交渉がうまいのか？」

「いいえ、まったく。交渉などしたことがないわ。いつも譲ってばかり」

マイケルが目を細める。「この三日できみは一度も譲っていないぞ」

たしかにいつもほど従順ではなかった。「それはちがうわ。あなたとの結婚に同意したでしょう？」

「そうだったな」

ペネロペは体がほてるのを感じた。不意にマイケルの存在が強く意識されたのだ。夫の存在が。

「ほかになにがある？」

ペネロペはきょとんとした。「なにがって？」

「おれたちの取り決めに関係することで、しょっちゅう不意打ちを食らうのはごめんだ。手の内を見せ合おうじゃないか。きみは妹たちが社交シーズンで成功するのを、いい縁談に恵まれるのを望んでいる。おれが社交界に戻るのを望んでいる。ほかには？」

「なにもないわ」

なにかの感情――いらだちだろうか？――が彼の顔をよぎった。「ぜったいに勝てると思ったら、賭けなくてはだめだペネロペ」

「また賭博の鉄則？」

「不埒者の鉄則だ。夫に関してもあてはまる鉄則だな。おれのような夫の場合はなおさらだ」

おれのような夫。それはどういう意味だろうとペネロペは訝ったが、たずねる前に彼が続けていた。「ほかには、ペネロペ？　いま頼まなかったら、二度とその機会はないぞ」

その質問はあまりにも大きくて制約がなく……答えは無数にありすぎた。ペネロペは懸命に考えた。わたしはなにを望んでいるの？　心から望んでいるものは？

彼になにを望んでいるだろう？

より多くのもの。

そのことばがささやきとなって聞こえてきた。いまでは遥か昔に思える、すべてが変わったあの晩のこだまではなく……好機だった。マイケルや自分の家族や上流社会の操《あやつ》り人形以上のものになる好機。すばらしい体験をする、すばらしい人生を送る好機。

黄金色と緑色の彼の目を見る。「あなたは気に入らないかもしれないわ」

「きっと気に入らないだろうな」

「でも、せっかく訊いてくれたわけだし……」

「責任は訊いたおれにある。安心しろ」

ペネロペは口をすぼめた。「地味できちんとした妻としての、地味できちんとした人生以上のものが欲しいわ」

マイケルは驚いたようだった。「どういう意味だ？」

「わたしはずっと若いレディの鑑《かがみ》として生きてきて……オールドミスの鑑に近づきつつあったの。それって……おぞましい人生だったわ」ペネロペは自分のことばに驚いた。これまではおぞましいなどと考えたこともなかったのに。ほかの人生など想像もしていなかった。いままでは。マイケルと再会するまでは。その彼がこれまでの人生を変える機会を差し出してくれている。「ちがう類の結婚を望んでいるわ。毎日刺繡と慈善活動しかすることがなくて、夫の好きなプディングくらいしか知らない妻以上のものになれる結婚を」

「きみが刺繡をしようとしまいと、おれにはどうでもいいし、記憶が正しければ、きみは刺繡が苦手じゃなかったか」

ペネロペは微笑んだ。「すばらしい出だしだわ」

「きみが慈善活動に少しも時間を割かなくても……気になるとはまったく思えない」

ペネロペの笑みが大きくなった。「見こみありね。あと、あなたには好きなプディングはないんじゃないかしら？」

「これといって好きなのはない」じっとペネロペを見つめる。「ほかにもまだあるんだろうな？」

彼の言い方が好きだった。液体のようになめらかに渦巻く感じが。それが約束するものが。

「そう願うわ。それに、あなたにそれを見せてもらいたいの」

マイケルの瞳が一瞬で苔《こけ》むしたような美しい緑色に変化した。「意味がよくわからないが」

「簡単なことよ。冒険がしたいの」

「どんな冒険だ？」

「ファルコンウェルであなたが約束してくれた冒険」

座席にもたれたマイケルの目は、おもしろがっているようにきらめいていた――子ども時代と同じきらめきだ。「どんな冒険か具体的に言ってくれ、レディ・ペネロペ」

彼女が訂正する。「レディ・ボーンよ」

彼がかすかに目を見開いたので、驚いたとわかった。彼は軽くうなずいた。「では、レディ・ボーン」

ペネロペはその名前の響きが気に入った。気に入るべきではなかったけれど。気に入るような理由を彼はくれていないけれど。

「あなたの賭博場を見てみたいわ」

彼の眉がくいっと上がる。「どうして?」

「冒険に思えるから」

「たしかにそうだな」

「女性はあまり来ないんでしょうね?」

「きみのような女性は来ないね」

きみのような女性。

そこにこめられたいやみがペネロペは気に入らなかった。地味で退屈で……冒険などとは無縁だと言われたような気になった。彼女は雄々しく突き進んだ。「それでも、行ってみたいわ」少しのあいだ考えてから言い添える。「夜に」

「なぜ夜にこだわる?」

「夜のほうが冒険的ですもの。より道徳的ではない感じがして」

「どんなものが道徳的でないと思っているんだ?」

「あまりよく知らないわ。でも、呑みこみは早いほうだと思うの」彼と再会した夜――彼によってもたらされた悦び――を思い出して胸が高鳴ったが、結婚せざるをえない状況を作ったあとはあっさりひとりにされたことがよみがえった。不意に落ち着かない気分になり、ペネロペは咳払いをした。「刺激的な闇の世界を案内してくれる夫がいて、わたしは幸運ね」

「たしかに幸運だな」マイケルがもの憂げに言う。「きみのしたがっている冒険が、尊敬される男になれとおれに強要するのと矛盾《むじゅん》さえしなければ、喜んで案内してやるんだが。あいにく、断らざるをえない」

怒りが燃え上がった。

もっと多くをあげるという彼の申し出は、上っ面だけのものだったのだ。ペネロペの気まぐれをおもしろがり、ファルコンウェルのためなら結婚という犠牲を払うのも厭わないが、彼がよしとする犠牲しか払う気がないのだ。

彼もほかの人たちと同じだ。ペネロペの父と。元婚約者と。その後交際を申しこんできた紳士たちと。

ペネロペはこれ以上がまんするつもりはなかった。

自分にはどうしようもないできごとのせいで結婚するはめになったのを受け入れた。悪名高いならず者との結婚を受け入れた。けれど、いいように操られる駒になるのはお断りだ。プレイヤーになれとそそのかしたのは彼なのだから。

「取り決めの一部だったはずよ。わたしが結婚に同意した夜にあなたは約束したわ。わたしが望むなら、どんな人生もどんな冒険も手に入れられると。わたしに探検させてくれると約束したでしょう。不名誉なボーン侯爵夫人を名乗ることで評判はだいなしになるかもしれないけれど、世界が手に入ると」

「それは尊敬される男になれときみが言い張る前の話だ」マイケルが前のめりになる。「妹たちにきちんとした結婚をさせたいんだろう。失いたくないものを賭けるのはやめておいたほうがいい、愛しい人。賭博の鉄則その三だ」

「それに不埒者の鉄則でもあるんでしょう」ペネロペはいらいらと言った。

「それもある」ペネロペの怒りの度合いを測るかのように、じっと彼女を見つめる。「きみの問題は、自分がなにをほんとうに望んでいるかをわかっていないことだ。望むべきことはわかっている。だが、それは本物の願望とはちがう。そうだろう？」

彼は腹の立つ人だ。

「ずいぶんむっとしているみたいだな」マイケルはおもしろがっているように言い、座席にもたれた。

ペネロペは前かがみになった。「少なくとも話くらいは聞かせて」

「なにについて？」

「あなたの賭博場《ヘル》について」

マイケルは胸の前で腕を組んだ。「新たに冒険の味をしめた花嫁と馬車で長旅をするのに似ていると思う」

思いがけない冗談にペネロペは声をあげて笑った。「地獄《ヘル》についていてじゃないわ。賭博場のことを言ったのよ」

「賭博場のなにを知りたい？」

「なにもかも」ペネロペは歯を見せて笑った。「賭博場に連れていってくれて、じかに経験させてくれたら、話す必要もないのよ」マイケルの口角がほんのわずかに持ち上がった。

「あなたも同じ意見のようね」

マイケルが片方の眉をくいっと上げた。「完全に同じではない」

「それでも連れていってくれるわね？」

「きみはしつこいな」彼は長々とペネロペを見つめ、返事をどうするか考えた。そして、ついにこう言った。「いいだろう」ペネロペが満面の笑みを浮かべたので、彼は急いでつけ足した。「一度だけだ」

それでじゅうぶんだった。

「とても刺激的な場所？」

「賭けごとが好きならね」そっけない返事を聞いてペネロペは鼻にしわを寄せた。

「賭けごとは経験がないわ」

「ばかな。おれと一緒に過ごしているあいだ、ずっと賭けをしているじゃないか。はじめは妹たちのため、今日は自分のために」

ペネロペは彼のことばを考えた。「そうみたい。しかも勝ったわ」

「おれが勝たせてやったからだ」

「あなたの賭博場ではそういうことは起こらない？」

マイケルが小さく笑った。「起こらない。客が負けるほうがいいんでね」

「なぜ？」

鋭い目で彼女を見る。「客の損失はわれわれの儲《もう》けだからだ」

「つまり、お金ということね？」

「金《かね》、土地、宝石……愚かな客が賭けるものならなんでも」

なんだかとってもわくわくする。「お店の名前は〈天使〉というのよね？」

「〈堕ちた天使〉だ」

ペネロペはその名前をよくよく考えた。「あなたが命名したの？」

「いや」

「あなたにぴったりの名前に思えるわ」

「だからチェイスはその名前にしたんだろう。おれたち全員にぴったりだから」

「あなたたち全員って？」

マイケルはため息をつき、片目を開けてにらみつけた。「きみは貪欲《どんよく》だな」

「好奇心旺盛《おうせい》と言われるほうがいいわ」

マイケルは背を起こし、袖をいじった。「四人いる」

「全員が……堕ちた人たちなの？」最後のほうは小さな声になっていた。

薄暗い馬車のなかでハシバミ色の目がペネロペの目をとらえた。「ある意味では」

ペネロペはその返事と、恥ずかしさも誇らしさもなく言った彼の口調について考えた。ただ正直に言っただけといった感じだった。ペネロペはふと、彼が闇の世界に堕ちた人だという考えに……彼がならず者であるという考えにそそられている自分に気づいた。彼がすべてを失い――何十万ポンドも！――これだけの短期間にすべてを取り戻したという考えにそそられた。彼はどうにかしてなにもかもを回復したのだ。上流社会からの助けなどなしに。目的に向かって不屈の意志を保ち、すさまじい努力を続けて。

そそられるだけではない。

彼はとても勇壮だ。

ペネロペは不意にまったくちがった目で彼を見ていた。

マイケルがいきなり前のめりになり、馬車が狭く感じられた。「やめろ」

ペネロペは彼から離れて座席の背に身を押しつけた。「やめろってなにを？」

「勝手にロマンティックな空想をするんじゃない。〈堕ちた天使〉をなにかちがうものに空想しているだろう。おれをなにかちがうものに空想しているだろう」

薄気味悪いほど正確に思いを読まれ、ペネロペは頭をふった。「そんなことは……」

「していたとも。ほかの何十人という女性が同じ表情になるのを見たことがある何百人という女性がな。やめておけ」断固とした口調だ。「失望が待っているだけだ」

沈黙が落ちた。マイケルは組んでいた脚をほどき、足首のところで交差しなおしてから目を閉じた。ペネロペを締め出したのだ。

彼女は静かにマイケルを見つめた。ふたりはただの旅の同行者で、これがごくふつうの馬車の旅であるかのように身じろぎもせずにいられる彼に感嘆する。ひょっとしたら彼が正しいのかもしれない。この男性には夫らしいところはなにもないし、ペネロペも妻になった実感がなかったから。

妻というものは、もっと自分の目的をしっかりわかっているものだと思うから。

もう少しで妻になるところだった前回も、自分の目的をしっかりわかっていたわけではないけれど。もう少しでよく知りもしない男性と結婚しそうになったあのときも。

そう思ってふと気づいた。おとなになったこのマイケルも公爵と少しもちがわないと。このマイケルは、子どものころに知っていた彼とはまったくの別人だ。昔の友だちの面影が残っていないかと彼の顔を探ってみる。くっきりしたえくぼ、気さくな笑み、いつも厄介ごとに巻きこまれるきっかけになった大笑い。

昔のマイケルはいなかった。

周囲の人間の人生を破壊し、なにひとつ気に病まずに望みのものを奪う、冷酷で無情で頑なな男性に取って代わられてしまった。

わたしの夫。

ペネロペは突然、これまで感じたことがないほどの孤独を感じた。よく知らない男性とふたりで馬車に乗り、両親、妹たち、トミー、それに慣れ親しんだすべてのものから遠く離れ、ロンドンへ、そして人生でもっとも奇妙なものになるだろう一日に向かって揺られている。

すべてがその朝に変わった。なにもかもが。

この先ずっと、ペネロペの人生はふたつに類別されることになる――結婚前と結婚後に。

結婚前は、ドルビー・ハウスがあり、ニーダム・マナーがあり、家族がいた。結婚後は……マイケルがいる。

マイケルしかいない。

マイケル以外、ほかになにがあるかわからない。

夫となった、よく知らないマイケル。

胸の奥深くに苦痛が居座った。悲しみだろうか？　いや、切望だ。

結婚した。

大きく吸った息が震えながら出ていき、その音が馬車のなかでこだました。

マイケルが目を開け、彼女は眠ったふりをする間もなく視線をとらえられてしまった。

「どうした？」

そう声をかけてもらったことに感動すべきなのだろうが、ペネロペはその鈍感な口調にいらだたしさしか感じなかった。ペネロペが複雑な思いを抱えているとわからないのだろうか？「わたしの人生や持参金や体はあなたのものになったかもしれないけれど、頭のなかの思いはわたしだけのものだわ。ちがって、だんなさま？」

マイケルに長いこと凝視され、ペネロペは彼に思いを読まれているのではないかという不安な思いに駆られた。「どうしてあんな莫大な持参金が必要だったんだ？」

「なんですって？」

「どうしてきみは独身のままでいた？」

ペネロペは笑った。こらえきれなかった。「その話を知らないのはイギリス中であなたひとりだけでしょうね」彼がなにも言わなかったので、ペネロペは沈黙を真実で埋めた。「最悪の婚約解消の犠牲者だったのよ」

「婚約解消に種類などあるのか？」

「あら、もちろんよ。わたしのは特別にひどかったわ。解消した部分ではなくて……こちらから解消するように追いこまれた状況がね。でも、それ以外の部分は……婚約を解消して一週間もしないうちに相手の男性が愛する女性と結婚したこととか？　自尊心は傷つくわよね。ひそひそ話を無視できるようになるまで何年もかかったわ」

「みんなはなにをひそひそ話していたんだ？」

「だいじに育てられ、持参金も爵位も申し分のない完璧なイギリスの花嫁候補であるわたしが、なぜ一カ月も公爵をうまく操れなかったのかをよ」

「それで？　どうしてできなかったんだ？」

ペネロペは彼の顔を見ながら話すことができず、顔を背けた。「彼がほかの女性をものすごく愛していたからよ。どうやら愛はすべてを克服するというのは真実みたい。貴族の結婚すらも」

「それを信じているのか?」

「ええ。ふたりが一緒のところを見たから。ふたりは……」ペネロペはぴったりのことばを探した。「完璧だった」マイケルが黙ったままなので、彼女は続けた。「少なくとも、そう思いたいわ」

「どうしてきみが気にする?」

「気にするのはおかしいんでしょうね……でも、もしあのふたりが完璧な恋人同士ではなかったら……もしあんなに愛し合っていなかったら……公爵はあんなことをしなかったでしょうし、そうしたら……」

「きみは既婚者になっていた」

ペネロペは苦笑いを浮かべて彼を見た。「いずれにしてもわたしは既婚者になったわ」

「だが、醜聞がいつ明かされるかわからないこの結婚ではなく、子どものころから受け入れるよう育てられた結婚をしていたはずだ」

「あのときは知らなかったけれど、そっちの結婚も醜聞がいつ明かされるかわからないものだったわ」マイケルがもの問いたげな顔になったので、ペネロペは説明した。「公爵の妹さんのことなの。彼女は未婚で、社交界デビューすらしていないのに子どもがいるの。公爵はわたしとの結婚で妹さんの醜聞をかすませようとしたのよ」

「そいつは醜聞をもみ消すためにきみを利用しようとしていたのか? きみに事情を話しもせず?」

「お金のためにわたしを利用するのと変わらないんじゃなくて？　あるいは、土地のために利用するのと？」

「もちろんちがうさ。おれは嘘をつかなかった」

たしかにそのとおりだ。そして、なぜかそれが重要に思えた。していたかもしれない結婚とこの結婚を交換したくないと思うほど。

馬車内の温度が下がってきたので、ペネロペは足もとに置かれた温めた煉瓦《れんが》の熱を少しでもうまく取ろうとスカートを整えた。その動きのせいでふとあることが浮かんだ。「妹のヴィクトリアとヴァレリーのことだけれど」マイケルが双子を思い出すのを待つ。彼がうなずいたので先を続けた。「わたしの醜聞のすぐあとに、ふたりははじめての社交シーズンを迎えたの。そのせいでふたりはつらい思いをしたわ。母はわたしの悲劇が影響するのではないかととても心配して、最初に求婚してきた人にイエスと言うように双子に言い聞かせたの。ヴィクトリアは跡継ぎが欲しくてたまらない年配の伯爵に嫁ぎ、ヴァレリーはハンサムだけれど良識よりもお金のほうがたっぷりある子爵に嫁いだ。双子が幸せなのかどうか、わたしにはわからない……でも、きっと彼女たちは幸せになることなんて考えなかったでしょうね――結婚できそうだとわかったあとは」ペネロペはしばし考えこんだ。「わたしたちみんな、ちゃんとわきまえていたわ。結婚は便宜上のものでしかないと信じて育ったわけではないけれど、わたしがそれ以上のものを望めなくしてしまったの」

なぜすべてをマイケルに打ち明けなければいけないように感じるのかよくわからないまま、

ペネロペは話し続けた。「なかでも、わたしの結婚がいちばん計算尽くで事務的なものだった。わたしはレイトン公爵夫人になる予定だった。もの静かで夫に従順で、次の世代の公爵を産む妻になるのを期待されていた。そして、わたしはそうなっていたはずなの。喜んで片方の肩をすくめる。「でも、公爵は――彼には別の計画があった」

「きみは難を逃れたんだ」

そんな風に言った人はだれもいなかった。ペネロペ自身認めたことはなかったが、婚約解消で自分を取り巻く世界は崩壊したものの、安らかな心地よさを感じたのだった。母からわがままだと非難されたくはなかった。いまでも、マイケルに賛成だとは言えなかった。「わたしの身に起こったようなことを〝難を逃れた〟と言う女性は多くないと思うけれど、婚約解消みたいな些細《ささい》なことがすべてを変えてしまうのはおかしいわよね」

「些細なこととは思わないが」

彼を見ると、じっと見つめられていた。「そうね……些細ではないわね」

「どんな風に変わったんだ？」

「わたしは戦利品ではなくなったわ。理想的な花嫁ではなくなったの」旅のせいでできたスカートのしわを手で伸ばす。「完璧ではなくなったのよ。あの人たちにとっては」

「おれの経験から言うと、上流社会の目に映る完璧さは過大評価されている」マイケルのハシバミ色の目は、ペネロペにはわからないなにかできらめいていた。

「自分から立ち去ったあなたがそう言うのは簡単よね」

マイケルは話題が横道にそれたのを無視した。自分が話題にされるのを拒んだのだ。「きみが言った諸々《もろもろ》だが、それはすべて婚約解消のせいで変わった、上流社会から見たきみの立場だ。きみはどう変わったんだ、ペネロペ？」

その質問に彼女は戸惑った。レイトン公爵が世紀の醜聞を引き起こし、ペネロペが公爵夫人になる機会を台なしにして以来、自分がどう変わったかと自問したことは一度もなかった。けれどもいま、向かい側に座っている夫――ペネロペが真夜中に再会し、その数日後には結婚した男性――を見ていると、真実のささやきが聞こえてきた。

幸せを手に入れる機会ができた。

ペネロペがその思いを呑みこんだとき、マイケルが意気ごんだようすでさっと身を乗り出した。「ほら。それだ――きみはたったいま質問に答えたんだ」

「わたし――」ペネロペは先を続けられなかった。

「言うんだ」

「もうどうでもいいことよ」

「もう、か。おれのせいで？」

わたしはあの人たちが持っているものを手に入れる運命にはない。ペネロペは慎重にことばを選んだ。「結婚は単なる取り決めでなくてもいいのだと気づかされたわ。公爵は……奥さんをとても愛しているの。あの人たちの結婚には……静かで落ち着いたところなど少しもないの」

「きみはそういう結婚を望んでいるのか?」

そういう選択肢もあると知ってからは。

でも、そんなことは問題にもならなかった。

ペネロペは小さく肩をすくめた。「わたしがなにを望んでいたかなんて関係ないんじゃない? わたしはもう結婚したのだし」

最後のところで歯ががたがたと鳴り、それを聞いたマイケルがなにやらぶつぶつ言ってペネロペの隣りに来た。「冷えきっているじゃないか」腕を彼女の肩にまわして引き寄せる。彼の体の熱が波のようにペネロペに伝わってきた。「ほら」そう言って自分たちの体に旅行用毛布をかけた。「これで少しは暖かくなるだろう」

ペネロペはマイケルに身を寄せ、前回これほど彼のそばにいたときのことを思い出すまいとした。「あなたはいつもわたしと毛布を分け合っているみたいね、だんなさま」

「ボーンだ」粗いウールにふたりの体をしっかり包みながら訂正したそのことばは、ペネロペの耳もとでごろごろと鳴るようだった。「それに、分け合わなければきみに毛布を取られるからな」

ペネロペはこらえきれなかった。声をたてて笑った。

しばらく沈黙が続いたあと、マイケルが口を開いた。「じゃあ、きみはずっと幸せな結婚を待っていたんだ」

「待っていたというのはどうかしら。どちらかというと願っていたという感じね」彼がなにも言わなかったので、ペネロペは彼の上着のボタンをもてあそんだ。

「おれにきみを奪われた婚約者だが、そいつならきみに幸せをあたえられたのか？」

そうかもしれない。

そうではないかもしれない。

マイケルに真実を話すべきだ。トミーとは正式に婚約していたわけではないと。でも、なにかがペネロペを押しとどめた。

「いまとなっては考えてもしかたのないことだわ。でも、不幸な結婚があとふたつ増える原因にはなりたくないの。妹たちなら愛を見つけられるなんて自分をだますつもりはないけれど、幸せな結婚はできるわよね？　妹たちにお似合いの人が見つかるわよね？　それとも、それは望みすぎ？」

「正直に言ってわからない」片腕をペネロペの体にまわして引き寄せる。馬車はテムズ川を渡ってロンドンへ入る橋の上を進んでいた。「おれは人の相性なんてちっとも理解できない男だからな」

体にまわされた彼の腕の感触を楽しむべきではなかったが、ペネロペは彼の温もりに身を寄せずにはいられなかった。つかの間、これからもふたりはこういうおだやかな会話を交わすという幻想に浸る。彼の手はペネロペの腕をゆっくりと上下にさすっており、熱を――それにもっとすてきなものも――あたえてくれていた。「ピッパはカッスルトン卿と婚約したも同然なの。彼女がロンドンに戻ってきたら、数日のうちに卿は求婚すると思うわ」

マイケルの手がつかの間止まり、それからふたたびゆっくりと大きくさすりはじめた。

「彼女とカッスルトンはどうやって知り合ったんだ?」

ペネロペは地味でおもしろみのない伯爵を思い浮かべた。「みんなと同じよ。舞踏会、晩餐会、ダンス。カッスルトン卿はいい人のようだけど……彼とピッパが一緒になるのはあまり喜べないわ」

「どうして?」

「ピッパを変人だと言う人もいるけれど、それはちがう。ただ本を読むのと自然科学が好きなだけよ。ものごとの仕組みに魅了されているの。カッスルトン卿は妹の話についていけないみたい。正直な意見が聞きたい? ピッパは結婚相手がだれだろうとちっともかまわないと思うわ。その人の家に図書室があって、犬を何頭か飼っていれば満足だと思う。わたしとしては、ピッパにはもうちょっと……意地悪な言い方かもしれないけれど……知的なお相手が現われてくれればいいのにと思ってしまうの」

「ふむ」マイケルはどっちつかずの態度だ。「もうひとりの妹さんは?」

「オリヴィアはとても美しい子よ」

「それなら、たいていの男にかなり気に入られそうだな」

ペネロペは背筋を伸ばした。「そんなに簡単なの?」

マイケルが目を合わせる。「きれいなのは役に立つ」

ペネロペはけっして美人とみなされる容貌ではない。地味で、新しいドレスを着ていればまずまずに見えるくらいだが、ぜったいに美人ではない。レイトン公爵夫人になろうとしているときだって、美しくはなかった。彼女はただ……理想的だった。

彼女はマイケルの率直なことばが気に入らなかった。

だれだって、自分よりきれいな女性のほうが価値があるなどと思い知らされたくはないものだ。

「そうね、オリヴィアは美人で、自分でもそれを知っている――」

「なかなか魅力的な女性のようじゃないか」

ペネロペは皮肉に満ちた彼の口調を無視した。「――オリヴィアのお相手には、彼女をとてもだいじにしてくれる人でないとだめだわ。かなり裕福で、彼女のために散財するのをいやがらない人でないと」

「オリヴィアに必要なのはその逆だと思うが」

「それはちがうわ。あなたにもいずれわかるでしょう」

沈黙が流れたが、ペネロペは気にしなかった。マイケルの温もりに包まれ、彼の感触を楽しむ。彼の体温のおかげで馬車のなかがずいぶん快適になった。馬車に揺られてうとうとしはじめたとき、マイケルが口を開いた。「それで、きみは？」

ペネロペははっと目を開いた。「わたし？」

「そう、きみだ。きみにはどんな男がぴったりなんだ？」

彼の呼吸に合わせて毛布が上下するのを見ているうち、そのゆったりと安定した動きのおかげで不思議な落ち着きがペネロペに訪れた。

あなたがわたしにぴったりの男性であってほしい。一時的な旅仲間以上のものになってくれるかもしれないと想像してもおかしくはない。友人だと。冷酷で無情なだけではないと。

なんといっても彼はペネロペの夫なのだから。ただの知り合い以上のものに。いまそばにいて体を暖めてくれ、話し相手になってくれているマイケルは嫌いではなかった。

もちろん、そんな思いを口にはしなかった。「いまとなってはあまり意味のないことじゃない？」

「意味のあることだったら？」彼はどうあっても答えが聞きたいらしい。

温もりのせいなのか安らかな気持ちのせいなのか、旅のせいなのかマイケルのせいなのか、ペネロペはこう答えていた。「興味深い人。やさしい人がいいわ。喜んでわたしに……生き方を教えてくれる人」

それをことばにすることはできなかった。マイケルに大笑いされるだけだろうから。「一緒に踊ってくれる人。一緒に笑ってくれる人」

わたしを好きになってくれる人。

「きみの婚約者のような？」

ペネロペはトミーを思い浮かべ、つかの間、マイケルが言った正体不明の婚約者はふたりの幼なじみだと打ち明けようかと思った。あなたからすべてを奪った男の息子だと。けれど、マイケルを動揺させたくはなかった。おだやかな温もりのなかにいて、おたがいに相手と一緒に過ごす時間を楽しんでいると空想できるいまは。

だから、ペネロペはこうささやいた。「夫がそういう人だったらうれしいのだけれど」

マイケルが長いあいだ無言だったので、聞こえなかったのだろうかとペネロペは思った。まつげのあいだからそっと見上げてみると、どきりとするほど一心に見つめられていた。暮れていく日のなかで、彼の瞳はほとんど黄金色に見えた。

ほんの一瞬、ペネロペはキスされるかと思った。

キスしてほしいと思った。

頬が赤くなり、ペネロペは慌てて彼の胸もとに顔を戻して目を閉じ、この瞬間が消えてしまうようにと願った——自分の愚かさとともに。

ふたりの相性がぴったりだったらいいのに。

8

親愛なるMへ

今日は、みんなが、とくにわたしがあなたを思っていると伝えたくてペンを取りました。イートン校に連れていってほしいと父に頼んでみたのだけれど、家族じゃないのだからやめておいたほうがいいと言われました。そんなのおかしいと思うわ。妹たちと同じように、あなたのこともずっと家族のように思ってきたんですもの。ヘスターおばさまよりはぜったいにあなたのほうが身内よ。

トミーが夏休みで帰省します。あなたも帰ってきてくれるよう祈っています。

ずっとあなたのPより

一八一六年五月　ニーダム・マナーにて

返信なし。

結婚式を挙げた夜、ボーンは妻を町屋敷へ連れていくとすぐさま〈堕ちた天使〉へと出かけた。

なじみのない使用人だらけの、なじみのない家に妻をあっさり置き去りにした自分をひどい人間だと思わないと言ったら嘘になるが、自分にはたったひとつの不動の目的があり、その目的を達成するのが早ければ早いほど、みんなのためになるのだ。

結婚告知を『タイムズ』に出し、ペネロペの妹たちの縁談をまとめ、復讐を果たす。

妻にかまっている暇などないのだ。

おだやかに微笑み、頭の回転が速く、自分が失ったものすべてを思い出させる妻に割く時間などない。自分が背を向けたすべてを思い出させる妻になど。

ふたりで話し合う余裕など自分の人生にはない。彼女の話に関心を持つ余裕など。彼女を愉快だと思ったり、妹に対する彼女の思いや何年も前に解消された婚約にどう対処してきたかを気にかける余裕など。

それに、婚約をだめにし、ペネロペに自信を失わせた男を殺してやりたいと思う余裕だってぜったいにないのだ。

毎年クリスマスにペネロペが彼の両親の墓に花を供えてくれようが関係ない。

彼女と距離をおくことがなによりもだいじだ。その距離がふたりの結婚生活の基本となる。つまり、彼は彼の生活を続け、ペネロペはペネロペの生活を築く。彼女の妹たちの縁組には協力し合っても、その理由はそれぞれちがう。

だから彼は、眠たげな目をしたしわだらけの旅行服姿の妻を置き去りにして〈堕ちた天使〉に向かったのだ。ペネロペがひとりきりで結婚初夜を過ごすことも、彼女をそんな目に遭わせたせいで地獄でさらなる拷問《ごうもん》に苦しめられるだろうということも懸命に無視しようとした。

馬車で四時間過ごしただけで、おれは早々と彼女に対して甘くなっている。

彼はじっとりと冷たい空気を胸いっぱいに吸いこんだ。一月の黄色く濃い霧のなか、メイフェアを通ってリージェント・ストリートへ出た。日は暮れかけていたが、ひと握りの行商人がまだ残っており、彼が近づくたびにその姿が霧のなかにぼうっと浮かび上がった。行商人たちはボーンに声をかけようとはしなかった。研ぎ澄まされた直感が、この男は客にはならないと告げていたからだろう。声をかけるどころか、すばやく姿を消した。ボーンはセント・ジェームズに建つ石造りの大きな建物に向かった。

クラブはまだ営業時間前で、経営者専用口から入った彼は広い賭博室にだれもいないのを見てほっとした。賭博室の周囲にはランタンが灯《とも》され、メイドたちが仕事——絨毯《じゅうたん》の掃除、燭台《しょくだい》磨き、それに壁にかけられた絵の埃払い——を終えようとしているところだった。

ボーンは賭博室の中央に立ち、周囲を見まわした。この五年間、彼の家となった場所を。〈堕ちた天使〉に最初に顔を出すのはたいていボーンで、それが気に入っていた。開店前の静けさを楽しむのだ。その後ディーラーたちがやってきて、さいころの重みやルーレットのまわり具合やカードのすべり具合を確認し、イナゴのように襲来して賭博室を叫び声と笑い声とおしゃべりで埋める客たちを迎える準備をする。

ボーンはにぎやかになる直前の空っぽのクラブが好きだった。

誘惑に満ちる前のクラブが。

ボーンはいつもそこにあるお守りに触れようとチョッキのポケットに手を入れた。クラブを満席にするのは誘惑で、それ以外のなにものでもないと思い出させてくれる金貨。

破滅をもたらすのは誘惑だと思い出させてくれるもの。

失うことのできないものを賭けてはならないと思い出させてくれるもの。

金貨はポケットになく、望んでもいない妻をまた思い出させられた。

ルーレットのテーブルへ行き、ホイールの重厚な銀のハンドルを指でなぞり、勢いよくまわして色をにじませた。数多くの希望を託されてきた——そして奪ってきた——象牙の玉に手を伸ばす。慣れたようすで手首を返してホイールに投げこみ、象牙が金属にあたる音を楽しみ、そのなめらかで罪深い音が自分の体を震わすのを楽しんだ。

赤だ。

求めてもおらず、止めることもできないそのささやき声が、ボーンのなかでこだました。

驚くにはあたらない。

ホイールが速度をゆるめる前に、重力と摂理が玉をポケットに落とす前に背を向ける。

「戻ったのか」

奥の経理部屋の戸口に〈堕ちた天使〉の四番めの共同経営者のクロスが立っていた。クロスは経理担当で、クラブに入ってきた金《かね》は最後の一ペニーまで帳尻が合うようにしている。

数字を扱わせたら天才だが、見かけも生き方もそれを少しもにおわせない。マイケルよりも半フィート背が高く、テンプルすらも上背では負ける。だが、テンプルがちょっとした家並みの体格なのに対し、クロスはひょろっと骨張っている。彼が食事をしているところをボーンはほとんど見たことがなく、目の下が黒く落ちくぼんでいるところからして、この二日ばかり睡眠をとっていないようだ。

「早く来たんだな」

クロスがひげをあたっていない顎を片手でなでた。「遅くまでいたと言ったほうがあたってるな」彼が脇へどくと、なかから美しい女性が出てきた。女性はボーンを見て恥ずかしそうな笑みを浮かべたあと、マントの大きなフードをかぶって顔を隠した。

彼女がクラブのドアへ急ぎ、ほとんど音もたてずに出ていくのを見てから、ボーンはクロスに顔を戻した。「仕事に精を出していたようだな」

クロスの口角が片方持ち上がった。「彼女は帳簿に強いんだ」

「だろうな」

「きみがこんなに早く戻ってくるとは思っていなかった」

ボーンだって同じだ。「いろいろと展開があった」

「いいほうにか、悪いほうにか？」

ペネロペと交わした結婚の誓いの〝よいときも悪いときも〟を連想し、ボーンはぴりぴりした。「状況をどう見るかによる」

「わかった」

「わかるわけないと思うが」

「ファルコンウェルは？」

「取り戻した」

「彼女と結婚したのか？」

「した」

クロスは長々と低い口笛を吹いた。ボーンもまったく同感だった。

「奥方はどこにいる？」

近すぎる場所に。「町屋敷だ」

「い、いきみの町屋敷か？」

「ここに連れてくるのはまずいと思ったんでね」

クロスは長いあいだ無言だった。「冷酷で無情なボーンとの結婚に直面しても逃げ出さなかった女性に会ってみたいものだ」

彼女には選択肢がなかったんだよ。

ボーンが無理やり教区牧師のところへ連れていかなければ、ペネロペが彼との結婚をやり遂げることはなかったはずだ。もし彼女に考える時間がもっとあったなら。彼はペネロペとは正反対で、粗野で怒りを抱いていて、生まれ落ちた世界に戻る希望はまったくなかった。

彼女が生まれ落ちた世界に戻る希望は。

ペネロペ……。彼女は礼儀正しく、そんな世界で生きていくべく完璧に育てられた。この世界——賭けごとと酒と睦《むつ》み合《あ》いとさらに悪いもので満ちあふれている世界——は彼女を死ぬほどおびえさせるだろう。おれが彼女を死ぬほどおびえさせる。

だが、彼女はここを見たいと言った。

だからおれはここを見せてやる。

なぜなら、彼女を堕落させる誘惑には勝てないからだ。あまりにも抗いがたい誘惑。あまりにも甘い誘惑。

ペネロペは自分がなにを頼んだのかわかっていない。冒険とは子ども時代の屋敷を囲む森を夜中に歩くことだと思っている。何曜日の夜だろうと、〈堕ちた天使〉の一階を見たら恐怖のあまり理性を失うだろう。

「展開とは？」クロスは壁にもたれ、胸の前で腕を組んだ。「計画外の事態が起きたのか？」

「彼女の妹たちも結婚させると約束した」

クロスの両の眉が上がった。「何人いるんだ？」

「ふたりだ。簡単に片づけられる」クロスのきまじめそうな灰色の目を見る。「言っておくが、おれのは恋愛結婚だ。今朝式を挙げた。彼女とこれ以上一瞬でも離れているのに耐えられなかった」

鼓動一拍分でクロスは嘘を見破り、その意味を理解した。「彼女に夢中だから」

「そのとおり」

「今朝か」クロスが口に出して言ってみる。ボーンは背を向けてルーレットのテーブルに張られた緑色のベーズにてのひらをついた。なにを言われるか、聞くまでもなくわかっていた。

「結婚初夜に奥方を置き去りにしたのか」

「そうだ」

「奥方は馬面なのか？」

ちがう。

情熱のさなかにいるときの彼女は格別に美しい。彼女をベッドに横たえて自分のものにしたかった。ファルコンウェル・マナーで彼の下でもだえていたペネロペの姿が思い出され、きつくなったブリーチズをなおさなければならなくなった。

片手で顔をこすりながらごまかす。「テンプルとリングに上がる必要がある」

「なるほど。じゃあ、彼女は馬面なんだ」

「ちがう」

「それなら屋敷に戻って、情熱的に愛しているその女性との結婚を完了させるんだな。リングでテンプルにたたきのめされるよりもうんと喜ばしい経験だぞ」

たとえたたきのめされるのが当然でも。

ほんの一瞬、ボーンはそのことばを考えてみた。町屋敷に戻って無垢な妻に会ったらどうなるかに思いを馳《は》せる。ベッドにペネロペを横たえ、夫の権利を主張するのは、彼女を自分のものにするのはどんな感じかと想像してみる。ペネロペが頼んだ自覚すらない冒険をさせたら。シルクのような彼女の髪は無精ひげでざらつくボーンの顎にからみつき、柔肌をなでるとふっくらした唇から吐息が漏れるだろう。そして、悦びを引き出されて叫ぶだろう。

それはよこしまですばらしい誘惑だった。

だが、彼女はあたえられる経験を受け取るだけではないだろう。もっと多くをねだるだろう。ボーンがあたえられる以上のものを。

彼はルーレットのホイールに視線を戻した。小さな象牙の玉がおさまったポケットに否応なく引きつけられる。

黒。

やはりな。

ボーンはクロスをふり向いた。「まだあるんだ」

「いつだってそういうものさ」

「上流社会に復帰すると約束した」

「それはまた。どうして？」

「妹たちを結婚させなければならないからだ」

クロスは驚きの気持ちをたったひとことのひどい悪態で表わした。「ニーダムが交渉したのか？　頭のいい男だ」

ボーンはほんとうのことを話さなかった——最初にその条件で交渉してきたのが妻であることを。しかも、彼女はそれをうまくやってのけた。「ニーダムはラングフォードを破滅させる情報を持っている」

クロスが目を見開いた。「ありえない」

「おれたちは探すべき場所を探していなかったんだ」

「それがラングフォードを破滅させるのは——」

「まちがいない」

「残りの娘たちの結婚が決まったら、ニーダムはその情報をきみにくれるんだな？」

「長くはかからないだろう。どうやらひとりはカッスルトンとともに祭壇に向かう可能性が高そうなんだ」

クロスの両眉が上がった。「カッスルトンはうすのろだぞ」

ボーンは曖昧に片方の肩をすくめた。「自分より頭のいい女性と結婚する貴族は彼がはじめてじゃない。最後でもないだろうな」

「きみだったら独身の妹を彼と結婚させるか？」

「おれには独身の妹などいない」

「いまは独身の妹がふたりできたみたいだけどな」

ボーンはそのことばに非難を聞き取った……クロスがなにを言おうとしているのかわかっていた。カッスルトンとの結婚は、少しでも知性のある女性にとっては退屈な生涯に縛りつけられることを意味する。

不幸な結婚をした妹がもうひとり増えたら、ペネロペはつらい思いをするだろう。〝妹たちなら愛を見つけられるなんて自分をだますつもりはないけれど、幸せな結婚はできるわよね？〟

ボーンは彼女のことばを頭から押しやった。「決まったも同然の話なんだ。おれはラングフォードに一歩近づくことになる。この縁談をじゃまするつもりはない。それに、貴族女性の多くは夫に辛抱している」

クロスが片方の眉を上げる。「きみだって認めるだろう……カッスルトンとの結婚は試練のようなものだと。とくに、そうだな、会話を望む若いレディにとっては。彼女にほかの男を紹介してやれよ。頭に脳みその入っている男を」

今度はボーンが眉を上げた。「立候補しているのか？」

クロスは彼をにらみつけた。「だれかいるだろう」

「カッスルトンがいるのに、なぜほかの男を探さなければならない？」

「きみは血も涙もない人でなしだよ」

「おれは必要なことをしているだけだ。おまえがやわになってきたのかもな」

「きみはあいかわらず無情な男だ」ボーンが返事をしないとみると、クロスは言い募った。「手助けなしでも手に入れられる招待状もあるだろう。だが、それ以外は――ほんとうの意味で上流社会に復帰するためには――チェイスが必要になる。必要なドアをすべて開けるには、それがただひとつの方法だよ」

ボーンは一度だけうなずき、背筋を伸ばして深呼吸し、フロックコートの袖を念入りに整えた。「それならチュイスを探さないとな」そう言ってクロスの目を見る。「うわさを広めてくれないか……」

クロスがうなずく。「きみが愛の病にかかっていると」

ボーンがうなずくまで、ほんのわずかな間があった。

クロスはそれに気づいた。「周囲に信じてもらいたいなら、もっとうまくやらなければだめだぞ」背を向けて無視したボーンをクロスが呼び止めた。「それともうひとつ。復讐を果たせるかどうかがきみの結婚ときみの汚れなき評判にかかっているのなら、早いうちに地固めをしたほうがいい」

ボーンは眉根を寄せた。「どういう意味だ？」

クロスはきざな笑みを浮かべた。「奥方に婚姻無効を訴えられないようにしたほうがいいと言ってるんだ。彼女をベッドに連れていけ、ボーン。さっさと」

ボーンには返事をする機会がなかった。クラブの正面玄関の大きなドアが半分ほど開き、そこで騒ぎが起こったからだ。「会員じゃないのはわかっているさ。彼に会わせないのなら、このクラブをなにがなんでも潰してやる……きみたちも一緒にな」

ボーンはクロスと顔を見合わせた。クロスがさりげない口調で言う。「小物にかぎって同じ脅し文句を使うって気づいてたかい？」

「ひょっとしておまえの相手は夫持ちなのか？」

クロスが表情を消した。「私はぜったいに既婚者を相手に遊ばない」

「では、おまえの客人ではないな」ボーンがドアを押し開けると、クラブのドアマンであるブルーノとアズリエルが中肉中背の男の顔を壁に押しつけていた。「紳士諸君」のんびりした口調で言う。「なにごとだ?」

アズリエルがボーンのほうを見た。「あなたに会わせろと」

それを聞いた男ががむしゃらにもがきはじめた。「ボーン! きみと話がしたい。断るなら決闘だ」

ボーンはその声に聞きおぼえがあった。

トミーだ。

十年の歳月が経っていた。トミー・アレスを最後に見てから。ボーンの持っていたすべてを彼の父親がいそいそと取り上げた夜から。トミーが友人よりも相続権――ボーンの相続権――を選んでから。

十年も経つのに、友人の裏切り行為を思い出してかっとなった。彼が父親のしでかしたことを黙認したのを思い出して。

「おれが夜明けにおまえと対決したがらないなどと一瞬でも思ってくれるな」ボーンは言った。「おれがおまえの立場なら、そう言う前によく考えるがな」

ビロード張りの壁に顔を押しつけられていたトミーがボーンのほうに顔をめぐらせた。

「犬どもにぼくを放すよう言え」

アズリエルが喉の奥深くでうなり、ブルーノはトミーを壁にぶつけた。トミーのうめき声を聞き、ボーンは言った。「気をつけたほうがいい。彼らは失礼な態度にがまんがならない質《たち》なんでね」

片腕を背後にねじり上げられ、トミーはたじろいだ。「ぼくの相手は彼らじゃない。きみだ」

ニーダムがボーンの計画と手はずをトミーに警告したのかもしれない。そうでなければラングフォードの息子がこんなところまで会いにくる理由がない。「おまえの探しているものはここにはない」

「彼女がここにいるなんて考えたくもないね」

彼女。

そのひとことで、すべてが腑《ふ》に落ちた。

トミーがここに来たのはニーダムの手紙を手に入れるためではなかった。おそらくはそんなものが存在することすら知らないのだろう。

彼はペネロペのためにここへ来たのだ。

ファルコンウェルのために。

「放してやれ」

トミーは解放されると肩を揺すって上着をなおし、ドアマンふたりをにらみつけた。「どうも」ブルーノとアズリエルは後ろに下がったが、必要とあればすぐさま雇い主に加勢できるよう、その場を離れなかった。

先に口を開いたのはボーンだった。「はっきり言う。おれは今朝ペネロペと結婚し、それによってファルコンウェルはおれのものになった。おまえもおまえの父親も手を出せない。おまえたちのどちらかがファルコンウェルに足を踏み入れたとわかったら、不法侵入で逮捕させる」

トミーは腫《は》れた唇を手で拭い、虚《うつ》ろで少しもおもしろがっていない笑い声をあげた。「きみが現われるとぼくが思っていなかったとでも？　ファルコンウェルが父の手から離れたとたん、それを取り戻すためにきみがどんなことでもするだろうとわかっていたよ。どうしてぼくが先にペネロペに求婚したと思うんだ？」

そのことばがこだまし、ボーンは薄暗い部屋が驚きの表情を隠してくれたのをありがたく思った。

トミーが婚約者だったのか。

わかっているべきだった。トマス・アレスはいまだにペネロペの世界に、彼女の人生にいると推測しておくべきだった。相続財産からファルコンウェルがはずされたとたん、彼がなんとか取り戻そうとすると予測しておくべきだった。

なるほど、トミーはペネロペに求婚し、彼女はそれを受けたのか。ばかな女だ。きっとトミーを――ずっと昔に友だちだった男を――愛しているとでも思ったのだろう。愚かな女たちが夢見るのはそれだろう？　幼なじみの男の子と結婚すること？　控えめで親しみやすい仲間、笑顔しか求めない安全な友人と結婚すること？

「いまだにパパの財布の紐《ひも》に縛りつけられているのか、トミー？　土地を手に入れるためには慌てて結婚するしかなかったのか？　あそこはおれの土地だ」

「この十年はきみのものじゃなかった」トミーが吐き捨てる。「それに、ファルコンウェルはきみにはもったいない。彼女もきみにはもったいない」

ある記憶が突然よみがえった。ボーンとトミーとペネロペの三人で小舟に乗ってファルコンウェルの湖のまん中に出て、トミーが危なっかしげに舳先《へさき》に立ってぼくは偉大な海の船長だと宣言し、ペネロペが笑っている場面だ。彼女のブロンドの髪は午後の陽光を受けて金色に輝いていて、その注意はもうひとりの少年に向けられていた。

ペネロペを見ていたボーンは漕ぎ舟の縁をつかんで一度、二度、三度と揺らした。トミーはよろめき、叫び声をあげて湖に落ちた。ペネロペがトミーの名を大声で呼びながら舳先へ行ったとき、彼が笑いながら水面に顔を出した。ペネロペは非難の目でボーンをふり返った。ひどいわ。

ボーンはその思い出を消し去り、いま現在に意識を戻した。トミーを動揺させることに。トミーからまたひとつ奪ってやったと満足をおぼえるべきなのに、そうはならなかった。体を駆けめぐっているのは怒りだった。

もう少しで自分のものをトミーに奪われるところだったという怒り。ファルコンウェル。ペネロペ。ボーンは目をすがめた。「それでも、土地も彼女もいまはおれのものだ。おまえとおまえの父親にはもう手が届かない」

トミーは胸を張って堂々と一歩ボーンに近づいた。「これはラングフォードとはなんの関係もない」

「自分をごまかすんじゃない。なにもかもがラングフォードと関係ある。ニーダムがファルコンウェルを勝ち取ったとたん、おれが動かないとおまえの父親が考えなかったとでも？　もちろん考えたに決まっているだろうが。破滅させるまでおれが手をやすめないのもあいつは知っているはずだ」ボーンはかつては友人だった男をしげしげと見つめた。「自分と一緒におまえも破滅するということも、あいつはわかっているはずだ」

トミーの目がなにかで光った。理解のようなもので。「きみは喜んでそうするんだろうな。彼女のことも喜んで破滅させるにちがいない」

ボーンは胸のところで腕を組んだ。「おれの目的ははっきりしている――ファルコンウェルを取り戻しておまえの父親に復讐することだ。おまえとペネロペがその前に立ちふさがっているのは不運としか言いようがない」

「彼女を傷つけさせはしない」

「気高い心がけだな。どうするつもりだ？　彼女を連れ去るのか？　彼女がアーサー王の妻のグィネヴィアで、おまえがランスロットか？　教えてくれないか、ランスロットも庶子として生まれたのか？」

トミーが体をこわばらせる。「それがきみの計画なんだな。ぼくを破滅させることで父を破滅させるのか」

ボーンは片方の眉を吊り上げた。「そうだとしたら、どうなんだ?」

「ぼくが父のお気に入りだと思っているなら、きみの記憶力はあてにならないな」たしかにそのとおりだった。一緒に過ごした子どものころ、ラングフォードは一度もトミーにやさしいことばをかけなかった。冷酷で無情な父親だった。

ボーンにはどうでもいいことだった。「あいつがなにを思っていようと関係ない。重要なのは、世間がどう考えるかだ。おまえなしではあいつにはなにもない」

トミーははっとし、顎をこわばらせた。昔の彼を思い出させるしぐさだった。「きみはろくでなしで、ぼくは紳士だ。みんなはきみの話などぜったいに信じない」

「証拠を見せれば信じるさ」

トミーが眉を寄せた。「証拠なんてないはずだ」

「試してみたければどうぞ」

トミーが歯を食いしばり、腹を立てた勢いでボーンに飛びかかった。ブルーノが暗がりから出てトミーを押さえる前に、ボーンは彼の拳をかわした。ふたりは自分たちのあいだに突き出された用心棒の太い腕を見下ろした。「ぼくをどうしたいんだ?」トミーが訊いた。

「おまえはおれの望むものをなにも持っていない」あざけりが相手にしっかり伝わるよう間をおく。「おれにはファルコンウェルと復讐とペネロペがあるが、おまえにはなにもない」

「きみのものになる前は、彼女はぼくのものだった」トミーの口調には怒りがこもっていた。

「きみのいなかったこの何年も……彼女にはぼくがいたんだ。きみの真の姿を見たら……きみがどんな男になったかがわかったら……彼女はまたぼくのところに戻ってくるだろう」

　ボーンがなにもかも失ったあとも、サリー州に戻ってきてもとの居場所――三人で作る三角形の三番めの頂点――を取り戻すことができなくなったあとも、トミーとペネロペがずっと友だちだったと思ったら、たまらなくいやな思いがした。「おれを脅すとは勇敢な男だ」ボーンはブルーノをふり向いた。「お引き取り願え」

　トミーは大柄なブルーノの手をふり払った。「出口はわかっている」ドアの前まで行き、少しためらったあとふり向いてボーンの目を見た。「彼女をサリー州に戻してやってくれ、マイケル。彼女をそっとしておいてやれ。怒りと復讐できみが彼女を破壊してしまう前に」

　そんなことにはならないとボーンは反論したかった。だが、彼はばかではない。もちろん、ペネロペは彼のせいで破壊されてしまうだろう。なぜなら、それがボーンという男だからだ。「おれがおまえなら、おれの妻のことよりも自分の名前を守ることを心配する。おれがおまえの父親を破滅させたら、おまえはもうロンドンに顔を出せなくなるだろうからだ」

　それに答えるトミーの声は鋼のように硬かった――ボーンがかつて知っていた少年にはなかった自信だ。「きみが解き放とうとしている醜聞から自分を守れるなどという幻想は抱いていないが、全力を懸《か》けてきみと戦う――全力を懸けてペネロペを守る。彼女を守るためならなんだってする友だちがいると彼女に思い出してもらう」

　ボーンは片方の眉を上げた。「おまえはすでに失敗したようだが？　ちがうか」

　トミーの顔をふと後悔がよぎった。「そのようだ。だが、本来それはぼくの役目ではなかった」

心を引き締めていなければ、そのことばに傷つくところだった。ボーンはあざけりで返した。「よかったじゃないか、トミー。おれが新聞に醜聞を公表するとき、少なくとも彼女が巻きこまれることはないんだから」

トミーがふり返り、薄暗がりのなかでなにもかもわかっているという視線をくれた。「ああ、彼女がぼくの醜聞にまみれることはない……だが、きみとの結婚をきっと後悔するだろう。ぜったいだ」

ほんのわずかも疑ってなどないさ。

トミーの背後で重厚なドアが閉まった。顔を背けたボーンの体を、怒りといらだちとなにかほかのもの――なんなのかわかりたくもないもの――が駆けめぐっていた。

9

親愛なるMへ

いま、馬車のなかでこの手紙を書いています。ヘスターおばさま（この前の手紙で書いたからおぼえていると思います）を訪問するため、北部を発って今日でもう六日も四人の妹たち全員と母と一緒に馬車に閉じこめられているのよ。ローマ人がなにに取《と》り憑《つ》かれて、ハドリアヌスの長城を築くために北部に進み続けたのか想像もできないわ。彼らには妹がいなかったんでしょうね。そうでなければぜったいにトスカナを抜けることなどできたはずがないと思います。

耐え忍ぶあなたのPより

一八一六年六月　グレート・ノース・ロードのどこかにて

返信なし。

彼はわたしを置き去りにした。

荷物の山とともにマイケルのロンドンの町屋敷の玄関広間に突っ立っていたペネロペがわれに返るまで、十五分かかった。

かいつまんで言えば、簡単に「じゃあ」と言ってペネロペを置き去りにしたのだ。

彼が出ていった重厚なオーク材のドアを認めたくないくらい長く見つめながら、いくつかの重要な真実を相手にもがいた。

マイケルは彼女を置き去りにした。

ロンドンの町屋敷ではじめて過ごす夜に。

出ていく前に使用人に紹介する手間も惜しんで。

ふたりの結婚初夜に。

それについてはあまり深く考えたくなかった。

だから、こういう場合の対処に困って居心地の悪そうなとても若いふたりの従僕とともに、夫の町屋敷の玄関広間にばかみたいに突っ立っている事実に注意を向けた。この屋敷に女性を迎えるのはそうしょっちゅうなさそうだという印象にほっとすればいいのか、彼女にどう接するかを決めるあいだ応接間に通そうと考えつきもしない彼らに腹を立てるべきか、ペネロペにはわからなかった。

この状況をなんとかしようと無理やり笑みを浮かべ、ふたりのうち年上のほう――十五歳以上には見えない――に話しかけた。「家政婦はいるのよね？」

若い従僕がほっと安堵するのを見て、ペネロペは少しばかりうらやましくなった。こういうとき、どうふるまえばいいのかわかればいいのに。「はい、奥方さま」

「よかった。呼んできてくれるかしら？」

従僕はいいところを見せようと、二度もお辞儀をした。「はい、奥方さま。仰せのとおりに、奥方さま」そう言ってあっという間に行ってしまい、残された従僕はますます落ち着かなげになっていった。

その気持ちはペネロペにはよくわかった。

けれど、自分が途方に暮れているからといって、目の前のかわいそうな少年にも同じような苦しみを味わわせるのは酷というものだ。「ここに残っていなくてもいいのよ」安心させるような笑みを浮かべる。「家政婦がすぐに来てくれるでしょうから」

従僕――はっきり言って、従僕になるには若すぎるが――はぼそぼそと礼をつぶやいてそそくさと立ち去った。

ペネロペは大きく息を吐き、町屋敷の廊下を眺めた。流行と贅沢の極みである大理石と金がふんだんに使われていて、彼女の好みからすると贅沢すぎる感じだが、すぐさまその意味するところを理解した。

マイケルは運がものをいうゲームですべてを失ったかもしれないが、それを二十倍にして取り戻した。この屋敷に来た者ならだれでもそれがわかるようになっている。

財産を取り戻そうと懸命に努力している若き侯爵を想像して、ペネロペの胸が締めつけられた。どれほどの強い心が……どれほどの努力が必要だっただろう。

妻にそれだけの献身を見せてくれないのが残念だ。

ペネロペはそんな思いを押しやり、馬車とともに届いた大きな旅行鞄《りょこうかばん》を凝視した。部屋に案内してもらえないのなら、ここで少しでも快適に過ごすしかなさそうだ。マントのボタンをはずして旅行鞄に腰掛け、ここで暮らすことになるのかしら……この玄関広間で、と考えた。

屋敷の奥でちょっとした騒ぎが起きているようだった。激しい調子のささやき声が聞こえたかと思ったら、どたばたと足音がして、ペネロペは思わず微笑んだ。どうやら主人が結婚したことを使用人のだれひとりとして知らされていないようだ。驚くべきではないのかもしれない。自分だって二日前までこんなことになるとは思ってもいなかったのだから。

けれど、夫に関しては少しばかり腹が立った。

こんな時間にどんなたいせつな仕事で呼び出されたのか知らないけれど、出かける前にせめて家政婦に紹介してくれたってよさそうなものなのに。

結婚した日だというのに。

ペネロペはため息をつき、そこにもどかしさといらだちを聞き取った。貴婦人はいらだちなどあらわにしてはいけないのだけれど。

堕落した貴族と結婚した場合は、その決まりごとをきっちり守らなくてもかまわないことを願った。

これから自分のものとなる屋敷で部屋に案内してもらうのを待っているという場合は、決まりごとの解釈を少々曲げる余地がきっとあるはず。案内してくれるのなら、どんな部屋でもいいのだけれど。

手袋をしたてのひらを見つめながら考える。何時間も経ってからマイケルが帰宅し、わたしが旅行鞄に座っているのを見つけたら、どんな反応をするだろう。

驚く彼を想像したら、思わずくすくすと笑ってしまった。

それだけの価値はあるかも。ペネロペは体をもぞもぞと動かし、お尻の痛みを無視した。侯爵夫人たるもの、ぜったいにお尻の不快さについてなど考えるものではない。

「奥方さま？」

ペネロペは慌てて立ち上がり、おずおずとした声が聞こえてきた背後をふり返った。そこにいたのは、これまで出会ったなかでもっともきれいな女性だった。

彼女が簡素なお仕着せ――イギリス中のどの屋敷でも家政婦だとわかる仕事着――姿であることも、燃え立つような赤い髪が引っ詰められ、完璧なきっちりしたお団子に結われていることも関係なかった。ペネロペが見たこともないほどきれいな青い目をしたこの若くてたおやかな女性は、息を呑むほど美しかった。

オランダ人巨匠の手になる一幅の絵のようだ。

使用人でこれほど美しい女性は見たことがなかった。

その彼女がマイケルの屋敷に住んでいる。

「わたし――」ペネロペは口を開きかけ、相手を凝視していたのに気づいて頭をふった。

「はい？」

家政婦はペネロペの奇妙な態度に気づいたそぶりも見せず、近づいてきてひざを曲げてお辞儀をした。「お着きになってすぐにお出迎えできずに申し訳ありませんでした。まさか――」今度は家政婦が口ごもる番だった。

まさか奥方さまがいらっしゃるとは知らなかったので。口にはされなかったそのことばがペネロペには聞こえるようだった。

家政婦が言いなおそうとした。「ボーンから――」

ボーン。

ボーン卿ではない。ただのボーン。

ペネロペはなじみのない熱い感覚に襲われた。嫉妬《しっと》だ。

「いいのよ。ボーン卿はここ数日お忙しかったから」敬称を強調して言い、家政婦の目に理解が宿るのを見た。「あなたが家政婦ね？」

美しい女性はちらりと笑みを浮かべ、もう一度お辞儀をした。「ミセス・ワースと申します」

結婚しているのか、家政婦だからミセスと呼ばれているのか。どちらだろうとペネロペは訝った。目を見張るほど美人で若い未婚の家政婦とマイケルのことを考えたら、どうにもいやな気分になった。

「屋敷のなかをご案内いたしましょうか？　それとも使用人を紹介いたしましょうか？」ミ

セス・ワースは次にどうなるのか自信がなさそうだ。

「とりあえずわたしの部屋に案内してもらえるかしら」ペネロペは自分と同じくらい主人の結婚に驚いているらしい家政婦がかわいそうになった。「今日は一日中馬車に乗っていたから」

「かしこまりました」ミセス・ワースは会釈し、幅の広い階段へと向かった。その階段を上ったところに私室があるのだろう。「すぐに従僕に奥方さまの荷物を運ばせます」

階段を上りながら、ペネロペは思わずたずねていた。「ご主人もボーン卿のもとで働いているの？」

家政婦が返事をするまでずいぶん間があった。「いいえ」

しつこく食い下がってはならないとペネロペにはわかっていた。「じゃあ、近くのお屋敷で？」

またもや長い間があった。「夫はおりません」

ペネロペはそのことばを聞いてわき起こった不快な嫉妬心を……そしてこの美しい家政婦をもっと問い詰めたいという気持ちを抑えこんだ。

ミセス・ワースはすでに向きを変えて薄暗い寝室のドアを静かに開けていた。「すぐに暖炉に火をいれます」たしかな足どりで部屋のなかへと進み、ろうそくをつけてまわった。緑と青で統一された、きちんと整えられた居心地のよさそうな寝室がじょじょに姿を現わす。

「お食事もお持ちします。きっとお腹が空いていらっしゃるでしょうから」一段落すると彼女はペネロペに向きなおった。「使用人のなかに侍女はいないのですが、よろしければわたしが……」ことば尻を濁《にご》らせる。

ペネロペは首を横にふった。「わたしの侍女がじきに到着すると思うわ」

ミセス・ワースが安堵の表情を浮かべ、わかったというしるしに会釈した。ペネロペは注意深く彼女を見つめた。有能な使用人に見えると同時に使用人にはまったく見えないこの美しい女性に興味をそそられていたのだ。

「どれくらいここで働いているの？」

ミセス・ワースが弾かれたように顔を上げ、即座にペネロペの目を見つめた。「ボーンの――」はっと気づいて言いなおす。「ボーン卿のもとで、ですか？」ペネロペがうなずく。

「二年になります」

「家政婦にしてはとても若いのね」

ミセス・ワースが警戒するような目つきになった。「ボーン卿がここに働き口を見つけてくださって幸運でした」

いくつもの疑問が頭に浮かんだが、ペネロペはそれを口にしたい気持ちを全力で抑えこんだ。この美しい女性についての真実と、マイケルと一緒に暮らすことになったいきさつを明らかにしたいのは山々だったが。

どれほど好奇心に駆られていようとも、いまはそれを満たすときではない。

ペネロペは帽子を留めているピンをはずし、そばにあった化粧台に帽子を置いた。家政婦をふり向くと、もう下がっていいと伝えた。「旅行鞄とお食事をよろしくね。それからお風呂の用意もお願いするわ」

「仰せのままに、奥方さま」ミセス・ワースはすぐさま部屋を出ていき、あとにはペネロペひとりが残された。

深呼吸をして、ゆっくりと部屋を見ていく。美しい部屋だった。壁はシルクでおおわれ、東洋のものとおぼしい大きな絨毯が敷かれていて、贅沢なしつらえだ。飾られている絵画は趣味がよく、調度類の細工は精巧だ。部屋は冷えきっており、どことなくじめついていることから判断して、自分を迎える準備ができていなかったのは明らかだ。

洗面台は広くて華美な庭に面した窓のそばに置かれていた。ペネロペはそちらへ行き、白い磁器の洗面器に水を注《そそ》いで両手を入れ、手の色と形がゆがむのを見つめた。なんだか関節がはずれているように見える。大きく息を吸い、冷たい水と部屋の空気が接する場所に意識を集中した。

ドアの開く音がして飛びすさり、危うく洗面台を倒して自分と絨毯に水をまき散らすところだった。ふり向くと若い娘——十三、四歳以上には見えない——が入ってきて、すばやくお辞儀をした。「暖炉に火を熾しにまいりました、奥方さま」

ペネロペは火口箱を手にかがみこんだメイドの姿を見て、何日か前にファルコンウェルで同じようにしていたマイケルの姿を思い出した。焚きつけに火がつき、あの晩に起こったこと……それと翌朝に起こったことを思い出したペネロペの頬が熱くなった。その記憶ととももに残念な思いが湧いてきた。

彼がここにいないという思いだ。

メイドが立ち上がり、顔をうつむけてペネロペのほうを向いた。「ほかにご用はありますか？」

また好奇心が湧き上がった。「名前はなんというの？」

メイドがはっと顔を上げた。「わ……わたしの名前ですか？」

ペネロペは安心させようと笑みを浮かべた。「差し支えなければ教えてちょうだい」

「アリスです」

「歳はいくつ、アリス？」

もう一度ちょこんとお辞儀をする。「十四歳です、奥方さま」

「ここではどれくらい働いているの？」

「ヘル・ハウスでということでしょうか？」

ペネロペは目を丸くした。「ヘル・ハウス？」

なんてことかしら。

「はい」屋敷の名前としてどこもおかしくないとばかりにメイドは先を続けた。「三年です。兄とわたしは働かなくてはならなくなったんです。両親が……」すべてを聞かなくてもペネロペには事情がわかった。

「お兄さんもここで働いているの？」

「はい。従僕をしてます」

だからここの従僕はあんなに若かったのね。

アリスはとても不安そうだった。「ほかにご用はおありでしょうか?」

ペネロペは首を横にふった。「今夜はもうないわ、アリス」

「ありがとうございます」メイドが背を向けてドアまで行ったところで、ペネロペが声をかけた。

「そうそう、ひとつだけ用があったわ」メイドは目を丸くしてふり向き、その場で待った。

「だんなさまのお部屋がどこか教えてくれるかしら?」

「ボーンの部屋ですか?」

またた。また使用人が彼をボーンと呼んだ。

「ええ」

「わたしたちは廊下側のドアを使ってますけど、奥方さまの部屋には隣りの部屋につながるドアがあります」アリスは部屋の奥を指さした。着替え用のついたての陰に隠れるようにしてドアがあった。

自分の部屋とつながっているドア。

ペネロペの胸が少しだけ高鳴った。「わかったわ」

もちろん、彼女の部屋は夫の部屋に直接つながっているはずだ。

なんといっても彼はわたしの夫なのだから。

彼はあのドアを使うかもしれない。

ペネロペのなかでなにか得体《えたい》の知れないものが揺らめいた。恐怖だろうか。

興奮よ。

冒険だわ。

「ボーンは奥方さまが入られても気にしないと思います。彼はここでめったに眠りませんから」

ペネロペはまた頬がまっ赤になるのを感じた。「わかったわ」先ほどと同じことばをくり返す。マイケルは別のところで眠るのね。ほかのだれかと。

「おやすみなさいませ、奥方さま」

「おやすみ、アリス」

メイドが行ってしまい、ペネロペは突っ立ったままドアを凝視した。あの向こうになにがあるのか、どうしようもなく気になる。旅行鞄が部屋に運ばれ、そのあとで食事——焼きたてのパンとチーズ、温かいハム、それに風味豊かなチャツネという、簡素ながら贅沢なものだった——が運ばれてきたときも、好奇心は消えていなかった。食事中も、到着したばかりの侍女が荷ほどきをしているあいだも、旅行鞄を運んでくれた従僕たちが湯船に湯を張っているあいだも、入浴し、体を乾かし、ドレスを着、いとこのキャサリンに手紙を書こうとしているときも、ずっと気になってしかたなかった。

時計が真夜中を告げたとき、結婚式の日——と結婚初夜——が過ぎ去ったことにペネロペは気づいた。あのドアの向こうにはなにがあるのかという好奇心は、失望に変わった。

そしていらだちになった。ペネロペの視線がふたりの部屋を隔てるドアにまた向かった。怒りと少なからぬきまり悪さを感じながら、マホガニー材のドアを見つめる。そのほんのわずかな時間に、彼女は心を決めた。

ドアのところへ行って思いきり開けると、そこには大きくて暗い部屋があった。

使用人たちは今夜はマイケルが戻ってこないと知っていたから暖炉に火をいれなかったのだろう。彼が戻ってくると思っていたのはペネロペひとりだけだったのだ。結婚初夜が……このまま終わらないかもしれないと期待していたのは彼女ひとりだった。

ばかなペネロペ。

彼はあなたと結婚なんてしたくなかったのよ。

彼がペネロペと結婚したのはファルコンウェルのためだ。どうしてそれをおぼえていられないのだろう？　喉が詰まる感じがして唾を飲みこみ、深呼吸をする。泣いたりしない。今夜は。好奇心に駆られているだろう使用人のいるこの屋敷では。結婚初夜には。

新たな人生のはじめての夜。

ボーン侯爵夫人としてのはじめての夜。称号とともに自由が手に入った。

だから泣いたりしない。泣かずに冒険しよう。

そばのテーブルから大きな燭台を取り、部屋に入った。黄金色の明かりの輪がついてきて、はちきれそうなほど本が詰まった書棚の列や大理石の暖炉、そのそばに心地よさげに置かれたすてきな椅子二脚が見えた。暖炉の前で立ち止まり、燭台を持ち上げてその上に飾られた大きな絵をたしかめた。

見おぼえのある風景だった。

ファルコンウェルだ。

屋敷ではなく地所のほうだ。なだらかな丘が、豊かで青々した地所の西端のきらめく湖へと続いている——サリー州の宝石。かつてはマイケルのものだった土地。

目覚めたとき、最初に目に入るのがファルコンウェルなのだ。

この部屋で眠ったときは、だが。

そう思ったら、感じかけていた同情が消えた。いらだちと失望がめらめらと燃え上がってきて、ペネロペはその絵にくるりと背を向けた。ろうそくの明かりがベッドの端をとらえた。見たこともないほど大きなベッドにペネロペは驚いた。作りの精巧な太いオーク材の支柱が四隅に立っていて、天蓋《てんがい》は少なくとも七フィート——ひょっとしたらもっとかもしれない——も上にあった。真夜中のワイン色をしたビロードのカーテンがかかっており、ペネロペは思わず手を伸ばしてその感触をたしかめた。

最高に贅を尽くしたカーテンだった。

しかも、圧倒的な男らしさを誇示している。

ペネロペは部屋のほかの部分も見ていった。ろうそくの明かりを向けると、濃い色の液体がたっぷり入った大きなクリスタルのデカンターと、そろいのタンブラーがあった。

彼はしょっちゅうスコッチのグラスをベッドに持って入っているのだろうか。しょっちゅう客にスコッチのグラスを渡しているのだろうか。

黒髪で肉感的な体つきで、美しさも大胆さもマイケルに引けをとらない女性が彼のベッドにいるところを想像したら、怒りが燃え上がった。

妻としてはじめて過ごす夜なのに、彼はわたしをこの屋敷に置き去りにした。

自分は女神とスコッチを飲むために出かけた。

証拠がないことなどどうでもよかった。どのみちペネロペはかっとなった。

馬車のなかで交わした会話は彼にとってなんの意味もなかったの？　マイケルが……その……夜の女と遊び歩いていたら、この偽物の結婚が醜聞とは無関係だとロンドンと上流社会にどうやって信じてもらえるというのだろう？

それに、彼が放蕩者の生き方を続けているあいだ、わたしはどうすればいいのよ？　ありがたくも彼がお姿を現わしてくれるまで、おとなしく刺繍でもしていろと？

ごめんだわ。

そんなことはしない。

「ぜったいにしないわ」ペネロペは暗い部屋に向かって小声で勝ち誇ったように誓った。声に出して言えば動かせない事実になるかのように。

ほんとうにそうかもしれない。

視線がまたデカンターに向いた。カットが施され、荒海でも倒れないように底が広くなっているものだ。不遜《ふそん》な海賊に似つかわしいこの頽廃的な部屋に、船長が使うデカンターを置いているとは彼らしい。

まあいいわ。わたしが彼に荒海を見せてあげる。

あれこれ考えてしまう前にとデカンターのところへ行き、燭台を置いて伏せてあるタンブラーをひっくり返し、たしなみのある女性ならけっしてしないくらいの量のスコッチを注いだ。

たしなみのある女性が飲むスコッチの量を知らないことはこの際関係ない。

クリスタルのなかの琥珀色《こはくいろ》の液体を見てペネロペはひねくれた喜びを感じ、いまこの瞬間に夫が帰ってきたらどう思うだろうと考えてくすりと笑った。オールドミスへの道から無理やり進路を変えられ、スコッチが半分ほど入ったタンブラーを持っている妻の姿を見たら？

半分満たされた将来。

半分満たされた冒険。

ペネロペはにやりと笑うと、デカンターの背後にある大きな鏡に映った自分に向かってタンブラーを掲げて乾杯し、スコッチを思いきりあおった。

そして死にそうになった。

まさか喉がこんなに焼かれ、その熱いものが胃にたまるとは予想もしておらず、吐き気がしたが、ようやくそれもおさまってきた。「おえっ！」だれもいない部屋に向かって言い、タンブラーをまじまじと見た。どうして男の人――とくにイギリスでもっとも裕福な男性たち――はこんな煙みたいな苦い飲み物をがぶ飲みしたがるのだろう。

炎みたいな味がした。炎と……木のような。

すごくまずい。

冒険という点では、これはあまりよくなさそうだ。

気分が悪くなりそうだった。

サイドボードの端にお尻を乗せて前かがみになり、体が回復不能の重傷を受けたのではないだろうかと心配になる。何度か深呼吸をすると、焼けるような感覚が少しずつおさまっていき、気だるくてほんわりした気持ちのいい温もりが広がってきた。

ペネロペは体を起こした。

それほど悪いものではないみたい。

サイドボードの支えから離れ、燭台を手に取って書棚のほうへ行く。首を傾げ、目一杯詰めこまれた革装の本の書名を読み取る。マイケルが本を持っているなんて、なんだかおかしな感じがした。彼に本を読む時間があるとは想像できなかった。でも、目の前に本がある――ホーマー、シェイクスピア、チョーサー、農業に関するドイツ語の学術書が数冊、おまけにひとつの棚はイギリス歴代の国王に関する本で埋まっている。それと、『デブレット貴族名鑑』。

ペネロペはイギリス貴族の全史が書かれたその本の金箔《きんぱく》を張った題字に指をすべらせた。本の背はすり切れていた。上流社会になど関心がないと言ってはばからない人にしては、マイケルはかなりこの本を読みこんでいるようだ。

ペネロペは貴族名鑑を引き出して表紙をなでてから適当な場所を開いた。しょっちゅう見ているらしいページが自然に開いた。

ボーン侯爵のページだった。

ペネロペはマイケル以前の侯爵たちの長い系列を指でたどった。そして最後にマイケルの名前を見つけた。〝マイケル・ヘンリー・スティーヴン・ローラー。第十代ボーン侯爵、第二代アラン伯爵。生年一八〇〇年。一八一六年、ボーン侯爵を継承。当爵位は直系男子相続人に世襲される〟

マイケルは爵位になど関心がないようにふるまっているかもしれないけれど……なにかの結びつきを感じているにちがいない。そうでなければこの本をこれほど読みこんでいないだろう。そう思ったら、ペネロペの体を喜びが駆け抜けた。サリー州で過ごした日々をいまもたいせつに思っているかもしれない。サリー州の領地を。子ども時代を。わたしのことを。

彼はペネロペを忘れていなかったのかもしれない。彼女がマイケルを忘れていなかったように。

ペネロペは人さし指で文字をなぞった。〝直系男子相続人に世襲される〟服を乱し、えくぼのある黒っぽい髪のひょろっとした男の子たちを想像してみる。

小さなマイケルたち。

ペネロペの血肉を分けた子どもたちでもある。

マイケルが家に戻ってくることがあれば。

ペネロペは貴族名鑑を書棚に戻し、そろそろとベッドに近づいた。巨大なベッドをもっとよく観察し、黒っぽい上掛けを食い入るように見つめ、ベッドにかかっているカーテンと同じビロードかしらと考えた。燭台を置いて手を伸ばす。ベッドに触れてみたかった。彼の眠る場所の感触をたしかめたかった。

上掛けはビロードではなかった。

毛皮だった。やわらかくて肌触りのいい毛皮。

納得だ。

てのひらで上掛けをなで、つかの間、このベッドに横たわって暗闇と毛皮に包まれるのはどんな感じだろうと想像した。

それと、マイケルに包まれるのは。

彼は不埒な放蕩者で、彼のベッドは冒険そのものだ。

やわらかな毛皮がペネロペを呼んでいた。ベッドに上がり、その温もりと頽廃に浸れとそそのかしていた。その考えが頭に浮かぶとすぐ、ペネロペは動いていた。食料貯蔵室の棚からビスケットをくすねようとしている子どものようにベッドによじ上ったのだ。

それは、ペネロペが経験したこともないほどやわらかで享楽的《きょうらくてき》なものだった。

あおむけに寝転んで両手と両脚を大きく広げ、羽毛と毛皮が自分の体重を受けて沈みこむようすに、純然たる快感をおぼえてうっとりする。

これほど快適なベッドがあっていいはずがない。

でも、マイケルのベッドはもちろん最高に快適なのだ。

「彼は堕落しているわ」声に出して言うと、そのことばはだれもいない部屋にこだまして暗闇に消えていった。

いつもより重く感じる両腕を天蓋に向かってまっすぐ伸ばし、体をもぞもぞさせて上掛けにさらに深く沈みこみ、目を閉じて横を向き、毛皮に頬をこすりつける。

ため息が漏れた。こんなベッドが使われないままだなんてもったいない。

思考は水中から上がってくるようにゆっくりになり、体がベッドに沈んでいくのをペネロペは強く意識した。

こんなにゆったりした気分になれるから、人はお酒を飲むのね。

ペネロペもこれなら気に入ることができそうだった。

「どうやら迷子になったらしいな」

暗がりで低くやわらかく響く声を聞いてペネロペは目を開けた。ベッド脇で夫がこちらを見下ろしていた。

10

親愛なるＭへ

英語で書いた手紙ではあなたから返事をもらえないので、ほかの言語なら返事をくれるかもしれないと思いつきました。ラテン語もあるから（たぶんまちがっていると思いますが）覚悟してね。

お返事、待っています。
エクリヴェ、シルヴプレ。
プラケット・スクリベス。
ビッテ・シュライベン・ジー。
スクリヴィミ、ペル・ファヴォーレ。
イスグリフェノッホ、オス・ゲルーク・ウーンター。

白状すると、最後のはウェールズ人の料理女中たちに教えてもらいました。でも、気持ちはこもってます。

お返事が欲しいPより
一八一六年九月　ニーダム・マナーにて

（何語でも）返信なし。

ロンドンでもっとも享楽的な賭博場の共同経営者であるボーンは、誘惑についてならよくわかっていた。彼の専門は罪業だ。悪徳とは懇意の仲だ。玉突き台のエメラルド色のベーズが人を引き寄せるのも、手のなかでハザード（さいころ賭博の一種。二個のさいころを用いる）のさいころがぶつかり合う音が心臓を高鳴らせるのも、ひと財産をもたらしてくれる――あるいは奪ってしまう――たった一枚のカードを待っているときの崖っぷちをよろめく感覚も、ボーンはよく知っていた。

だが、これほどまでに強烈な誘惑は経験したことがなかった。無垢な妻が寝間着姿で毛皮の上掛けの上でくねくねと体を動かしているのを見て、罪と邪悪への誘いが頭のなかで鳴り響いた。

激しい欲望に襲われたが、ペネロペの寝間着をまっぷたつに引き裂いて裸身をさらし、この目と手と口でひと晩中愛撫したい衝動と必死で闘った。

彼女を自分のものにしたい衝動と。

ペネロペがろうそくのちらつく明かりのなかでもの憂げにゆっくりと瞬きをすると、いまも消えていない怒りにくらくらするほどの欲望が混じった。彼女がかすかに微笑むのを見て、ボーンは服を脱ぎ捨ててベッドに上がり、毛皮の上掛けで彼女の体をなで、堕落するのがどれほどすばらしいものかを示したくてたまらなくなった。

ペネロペがまた瞬きをすると、ボーンの完璧な仕立てのズボンが不意にきつくなった。

「マイケル」彼を見てうれしそうに彼女がささやいた。おかげで事態はさらに悪化した。「あなたはここにいないことになっているのに」

だが、彼はここにいた。鶏小屋《にわとりごや》に飛びこもうとしている狐のように。「ほかのだれかを待っていたのか?」ペネロペには理解できないだろうほのめかしがこめられたそのことばは、彼自身の耳にもきつく聞こえた。「ここはおれの寝室だと思ったが？」

ペネロペがにっこりする。「あなた、冗談を言ったのね。もちろんここはあなたの寝室よ」

「だったら、どうしておれはここにいないことになっている?」

ペネロペは困惑して鼻にしわを寄せた。「あなたはあなたの女神と一緒にいるはずだからよ」目を閉じ、満足そうに小声で鼻歌を歌いながらまた上掛けの上で体をくねらせた。

「おれの女神?」

「うーん。あなたはここで眠らないとアリスから聞いたわ」ペネロペは起き上がろうとしたが、毛皮と羽毛のせいですんなりいかず、寝間着がはだけてはっとするほど美しい胸があらわになりかけた。「あなたはいつも無口ね、マイケル。わたしをこわがらせようとしているの？」

ボーンはなんとか落ち着いた声を出そうとした。「おれがこわいか？」

「ときどき。でも、いまはちがうわ」

彼女がボーンのほうに這ってきてベッドの上でひざをついた。片ひざが寝間着を踏んで引っぱっており、あと一インチ……いや、あと半インチ下がってくれないだろうかとボーンは思わず願っていた。

彼はそんな思いをふり払った。おれは十二歳の子どもではなく、三十過ぎのおとなの男なんだぞ。女の胸などこれまでいやというほど見てきたじゃないか。目の前でふらついていて、寝間着の布地の強さと彼の正気を同時に試練にさらしている妻に欲情している場合じゃない。

そうだ、肉欲に駆られて屋敷に戻ってきたわけではない。腹を立てていたからだ。もう少しでトミーと結婚するところだったペネロペに対して。真実を話さなかったことに対して。

ペネロペが彼の思考に割りこんできて、ボーンは彼女の腰をつかんで支えた。「完璧じゃなくてごめんなさい」

いまこの瞬間、完璧ではないのは、きみが寝間着を着ていることだけだ。

「どうしてそんなことを言う？」

「わたしたち、今日結婚したのよ。忘れた？」

「おぼえているさ」彼女のせいで忘れることなどかなわなかった。

「ほんとうに？　でも、あなたは出ていったわ」

「それもおぼえている」ボーンは結婚を完了するために戻ってきたのだった。ペネロペを自分のものにし、ふたりの結婚に疑念の余地がないようにするために。ファルコンウェルを確保するために。

ペネロペを確保するために。ボーンのものであって、トミーのものではないと。

「結婚初夜に花嫁をひとりきりにしてはいけないのよ、マイケル」彼は返事をしなかった。ペネロペは服に包まれた彼の腕を両手でつかんで雄々しくも続けた。「花嫁はそういうのをいやがるものなの。夫が妻を置き去りにして……漆黒の髪の美人のところへ行ってしまった場合はとくに」

ペネロペの話はさっぱり意味をなさなかった。「だれだって？」

彼女が手をひらひらとふる。「勝つのはいつだって漆黒の髪の女性と決まっているのよ……」

「だれがなにに勝つんだ？」

ペネロペは話し続けていた。「……ほんとうは、漆黒の髪だろうとなかろうと関係ないのよ。そういう女性が存在することが問題なの。わたしは気に入らないわ」

「わかった」ペネロペはおれがほかの女と一緒にいたと思っているのか？　それがほんとうなら、おれはここにいてこれほど彼女を欲していなかっただろう。

「あなたはわかってないと思うわ」ふらつきながら彼を注意深く観察する。「あなた、わたしを笑っているの？」

「いいや」少なくともそれが正しい返事であるのはわかっていた。

「結婚初夜に花嫁がいやがることをほかにも教えてあげましょうか？」

「ぜひ頼む」

「わたしたち花嫁は、ひとりきりで家にじっとしているのをいやがるわ」

「それは置き去りにされるのをいやがるのと同じだと思うが」

ペネロペが目をすがめ、両手を下ろして後ろにふらついたので、ボーンは彼女をつかんで支えた。寝間着の下から温もりが伝わってきて、彼女がこの手に……唇に……それ以外の部分にもぴったりだったのを思い出した。「ばかにしているのね」

「ばかになどしていない」

「わたしたち花嫁はばかにされるのも好きじゃないの」

頭がおかしくなる前に、この状況をなんとかしなければ。「ペネロペ」

彼女が微笑んだ。「あなたに名前を呼ばれるのが好きだわ」

ボーンは彼女のことばと本人が意図していないあだっぽい戯《たわむ》れを無視した。ペネロペは自分がなにをしているのかわかっていないのだ。「どうして自分の寝室にいない？」

ペネロペが首を傾げて彼のことばを考える。「わたしたち、なにからなにまでまちがった理由で結婚したわ。それとも……あなたが便宜結婚を考えていたのなら、正しい理由で、かしら。どちらにしても、情熱のために結婚はしなかった。つまりね、考えてもみて。あなたはファルコンウェルで、ほんとうの意味ではわたしを傷物にしたわけじゃないでしょう」

ペネロペが身もだえしながら彼の手に、口に体を押しつけてきた記憶がどっとよみがえった。彼女の感触が。彼女の味が。「たしかにきみを傷物にしたと思っているんだが」

ペネロペが首を横にふった。「いいえ、していないわ。どういう仕組みかはじゅうぶん知っているもの」

ボーンは彼女がなにをどこまで知っているのかを探索したかった。徹底的に。「なるほど」

「わたしは知っているのよ……あれにはもっとあるって」

もっとたくさんあるんだ。ボーンはそれを彼女に示したくてたまらなかった。それを実行しようと思って屋敷に戻ってきた。だが……。「酒を飲んでいるな」

「少しだけよ」ペネロペは吐息をつき、彼の肩の向こうにある暗がりに目を向けた。「マイケル、あなたはわたしに冒険を約束してくれたわ」

「ああ」

「夜の冒険を」

ボーンは腰をつかんでいる手に力をこめ、彼女を自分のほうに引き寄せた。あるいは、ペネロペが彼のほうにふらついたのか。いずれにしろ、ボーンはその動きを止めなかった。

「うちのクラブを案内すると約束したな」

ペネロペが首を横にふった。「今夜はいいわ。いまはそんな気分じゃないから」

ペネロペの青い瞳は最高に美しい。男は簡単にこの目のなかに溺《おぼ》れるだろう。「じゃあ、なにがしたい？」

「わたしたち、今日結婚したのよ」

そうだ。

「わたしはあなたの奥さんよ」

ボーンは彼女の背中をなで上げていき、ブロンドの髪に手を入れて頭を支え、自分のものだと主張すると同時に自分が夫であると彼女にわからせるのにちょうどいい角度に顔を傾けさせた。

おれだけのもの。

ボーンは顔を寄せ、軽くからかうように唇をかすめた。

ペネロペはため息をついて身を寄せてきたが、ボーンは彼女に主導権を渡さないために身を引いた。彼女はおれと結婚した。家名と領地を修復する機会をくれた。だから今夜はその感謝のしるしに、快楽の世界へ連れていってやりたかった。

「ペネロペ」

彼女の目がゆっくりと開く。「はい？」

「どれくらい酒を飲んだ？」

ペネロペが頭をふる。「酔ってはいないわ。飲んだのは、望みをかなえてと頼む勇気をかき集めるのに必要なだけ」

つまり、飲みすぎたということだ。ペネロペのことばを聞いて欲望が駆けめぐったが、ボーンには彼女が飲みすぎたとわかっていた。「それで、きみの望みはなんだい、愛しい人？」

ペネロペはまっすぐに彼の目を見て言った。「結婚初夜が欲しい」

飾りのない、まっすぐなことば。とても抗えない。ボーンはやめておいたほうがいいとわかっていながらふたたび唇を重ね、世界中の時間がふたりのものであるかのように口づけをした。彼女の一部になりたくてたまらない気持ちなどおくびにも出さずに。彼女のなかに入りたくてたまらないのに。彼女を自分のものにしたくてたまらないのに。ペネロペの下唇を吸い、舌を使ってなめたりなでたりすると、ペネロペが喉の奥で悦びのうめき声をあげた。

ボーンは唇を離し、頬にキスをしてささやいた。「おれの名前を言うんだ」

「マイケル」ペネロペがためらいもせずに言ったことばが耳もとで震え、ボーンは愉悦の矢に貫かれた。

「ちがう。ボーンだ」耳たぶを口で愛撫する。「言ってくれ」

「ボーン」ペネロペが体を押しつけてもっと欲しいとねだった。「お願い」

「ここから先はあと戻りできないぞ」唇を彼女のこめかみにつけ、両手は彼女のやわらかさを楽しんでいた。

ペネロペが目を開けると、暗がりで青い瞳が信じられないほど輝いて見えた。「わたしが引き返したがるなんてどうして思うの？」

彼女のことばに困惑を聞き取り、ボーンははたと動きを止めた。酒のせいだ。そうにちがいない。彼が言ったことをペネロペが理解していないなど考えられなかった。彼がペネロペに求愛した男たちとまったくちがうことをわかっていないなど考えられなかった。

「おれはきみが結婚しようとしていた男とはちがう」トミーのことをペネロペに問いただすべきだった。だが、いまはほかの男の名前を口にしたくはなかった。ここでは。

ペネロペのせいでおれはもうやわになってきている。

ペネロペが微笑んだ。かすかで、悲しげにも見える笑みだった。「それでも、わたしが結婚したのはあなたよ。あなたがわたしを好きでないのは知っているわ、マイケル。わたしと結婚したのはファルコンウェルを手に入れるためなのを知っている。でも、後ろをふり返るのはもう遅すぎるわ。そうでしょう？　わたしたちは結婚したの。わたしは結婚初夜が欲しい。こんなに長いあいだ待ったんですもの、それをあたえられて当然だと思うわ。お願い。あまりいやでなかったら」

ボーンはペネロペの寝間着の襟をつかみ、思いきり引き裂いた。彼女は目を丸くしてあえいだ。「破いたのね」驚嘆の思いがこもることばにボーンはうめいた。そこに満足を聞き取ったのだ。

ボーンは寝間着のほかにももっとだめにしたかった。

寝間着をペネロペのひざまで引き下ろし、ろうそくの明かりのなかに白い裸体をさらした。あまりにも薄暗すぎる。ボーンは彼女の体の隅々まで見たかった……この手に触れられて脈が速くなるのを見たかった。太腿の内側をなでられて震える彼女を見たかった。なかに入ったとき、きつく締めつけてくる彼女を見たかった。

おれのものになったときの彼女を。

ボーンはペネロペを毛皮の上掛けに横たえ、やわらかなミンクに背中をこすられてその頽廃的な感触に彼女が吐息をもらすようすに体がうずいた。ペネロペにおおいかぶさって唇を奪うと、彼女が両手をボーンの髪に差し入れて体を押しつけてきた。彼は唇を離してささやいた。「この毛皮の上できみを抱く。体中で毛皮を感じるだろう。おれがあたえる悦びは、きみの想像を遙かに超えるだろう。そのとき、きみにおれの名前を叫ばせてみせる」

ボーンは彼女から離れて服を脱ぎ、そばの椅子にきちんと重ねたあとベッドに戻った。ペネロペは片手で胸を隠し、もう片方の手はたいせつな部分をおおう三角の巻き毛に押しあてていた。ボーンは彼女の隣りに横向きに寝そべり、片手で頭を支えた。もう一方の手はペネロペのやわらかな太腿をなで、腰の曲線へと上がっていき、なめらかな腹部に落ち着いた。ペネロペは目をぎゅっと閉じ、荒い息になっていた。ボーンはこらえきれず、彼女の耳に舌を這わせ、耳たぶをついばんだ。「おれからけっして隠れるな」

ペネロペは青い目を見開いて首を横にふった。「できないわ。ただ……じっと横になっているなんて無理。裸でなんて」

ボーンはもう一度耳たぶをついばんだ。「じっと横たわっていろなんてひとことも言ってないぞ、愛しい人」胸を隠している手を持ち上げ、指を一本口にふくんでやさしくなめ、それから甘噛みした。

「まあ……」ボーンの唇に見とれながらペネロペが吐息をついた。「それがすごく上手なのね」

ゆっくりと指を引き抜き、身をかがめて唇にたっぷりと官能的なキスをした。「おれがうまいのはこれだけじゃない」

煽情的《せんじょうてき》な約束のことばを聞いてペネロペのまぶたが震えた。「わたしよりもうんと練習を積んでいるんでしょうね」

その瞬間、ほかの女性と過ごした過去など関係なくなっていた。ペネロペを知ることだけがボーンの望みだった。彼女に悦びを教える男になることだけが。自分の手で悦びをつかみ取るのを教える男になることだけが。「どうしてほしいか教えてくれ」ボーンはささやいた。

ペネロペが頬を染め、目を閉じて頭をふった。「できないわ」

ボーンがまた彼女の指をくわえて丁寧に吸った。彼女の青い目が開いて、ろうそくの明かりのなかで現実のものとは思えない彼の姿をとらえた。ペネロペが彼の唇の動きを見つめる。その瞬間があまりにも濃密で、ボーンはそのまま果てそうになった。「教えてくれ。〝お願い、ボーン〟と言って示してくれ」

ペネロペの瞳に勇気が宿った。ボーンが愛撫した彼女の指が胸をたどってつんと硬くなった頂の周囲に円を描くのを彼は満足げに見つめ、信じられないほどそそられた。

「お願い……」ペネロペの声が尻すぼみになる。

ボーンは顔を上げた。「その先は？」

「お願い、ボーン」自分の名を――自分だけの名を呼んでくれた褒美をやりたくなった。かがみこんで胸をやさしく吸うと、ペネロペが指をもう片方の胸に移して長く震える息を漏らした。「そうよ……」

腹部をなでながら下がっていったボーンの手が止まり、胸の下側のやわらかな肌をつねった。「途中でやめるな、愛しい人」

ペネロペは指を腹部にさまよわせたあと、脚のつけ根を隠している巻き毛に差し入れた。ボーンは、ペネロペが自身を探索し、自分の知識や技を試すのを見つめながら小声でたきつけた。やがて、なかに入れなければ死んでしまうと感じるところまで来た。

なめらかな腹部に長々と口づけたあと、彼女の手首にも口づけた。ペネロペの喉を詰まらせたような息が褒美そのものだった。彼女の肌に向かって問いをささやく。「ここはどんな感じがする？」彼女の手の甲を指一本でなで、関節のところで止める。返事がなかったので顔を上げると、ペネロペは気恥ずかしそうな顔をしていた。

彼女が頭をふり、消え入りそうな声で言った。「言えないわ」

「おれは言える」やわらかな熱のなかにボーンも指を一本入れると、ペネロペがあえいだ。「濡れているよ、愛しい人……濡れていて、おれを迎え入れる準備ができている。おれをだ。ほかのだれでもなく」

「マイケル」ペネロペに名前をささやかれた、なんでもないその瞬間の喜びは耐えがたいほどだった。心許《こころもと》なさそうな笑みを浮かべたペネロペがボーンを迎え入れるために脚を広げた。そこまでの信頼を寄せられるのは耐えがたかった。彼はペネロペにおおいかぶさり、分身のなめらかな先端をビロードのような入り口にあてがった。腕で体重を支えてペネロペの顔を見下ろすと、くつろぎと快感と困惑がないまぜになった表情に迎えられた。ボーンは思わず舌を使って深く口づけた。すばらしい瞬間になるとわかっているのにその直前でじっとしているのは、彼にとってこれまででいちばんつらいことだった。やさしくそっと前に進み、ほんの少し入ったところで身を引く。

あまりの快感に死んでもいいとボーンは思った。

ペネロペの目が自然と閉じていったので、彼はささやいた。「目を開けて。おれを見るんだ。きみにおれを見てもらいたい」ペネロペが言われたとおりにすると、ボーンはできるだけやさしく身を埋めた。ペネロペがはっと息を呑む。その目には苦痛があふれていた。ボーンは彼女を傷つけたくなくて動きを止めた。顔を寄せ、深く口づけて注意を引く。「大丈夫か？」

ペネロペは微笑みを浮かべたが、無理をしているのは明らかだった。「大丈夫よ！」

ボーンは頭をふり、微笑んでいるとわかる口調で言った。「嘘つきだな」自分を包んでいる小さくて驚くほどきつい場所に手をやる。硬く張り詰めた芯を見つけてゆっくりと円を描く愛撫をくわえ、ペネロペの目が悦びに細められるのを見つめた。ボーンは手の動きを続けながらペネロペのなかにゆっくりと完全に身を沈めた。

動きたくなるのをこらえてじっとする。「いまは？」ペネロペが深呼吸をし、ボーンがさらに深く身を沈め、ふたりともはっとした。彼はペネロペと額を合わせた。「動いても大丈夫か？」

無垢な妻がボーンのうなじに手をまわしてささやいた。「お願い、マイケル」

小さな懇願の声に抗うなどできなかった。よこしまなキスをし、注意深くゆっくりと動いてうなり声を発した。体が離れそうになるまで身を引いたあと、やさしくなかへ戻る。何度もそれをくり返しながら、親指の愛撫を続けてペネロペに快楽をあたえる。彼自身はもうあとどれくらいもつかわからなかった。

「マイケル」ペネロペのささやきを聞き、ボーンは彼女の目を見た。痛い思いをさせているのかと心配になって動きを止める。

ペネロペが背を反らした。「やめないで。動きを止めないで。あなたの言ったとおりだった……」ペネロペの目が閉じていき、ボーンが長いひと突きで身を沈めると悦びのうめき声を発した。喉の奥からの低く美しいうめき声だ。ボーンは動き続けた。

ペネロペが首を左右にふり、両手を彼の肩から背中へと這わせて尻に落ち着かせ、ボーンの動きと親指の愛撫に合わせてぎゅっとつかんだ。「マイケル！」

ボーンにもそれが起こりつつあった。

これまでは、自分の解放を相手に合わせることなど気にしていなかった。経験を分かち合うことに関心がなかったのだ。だが唐突に、ペネロペと絶頂のきわで落ち合って一緒に砕け散ることしか考えられなくなった。「おれを待ってくれ」ボーンは彼女の耳もとにささやき、ぐっと突いた。「おれを置いてひとりで行くな」

「待てない。止められないの！」ボーンを包んでいる彼女が震え出し、いくども彼を締めつけた。名前をささやかれた彼は忘我の境地に追いやられ、これまで経験したこともないような、おそろしいほど激しい絶頂を迎えた。

ペネロペの上にどさりと倒れこみ、荒い息をつきながら彼女の喉もとに顔を埋め、感じたこともないすばらしい快感の波にさらわれるに任せた。

何分か経ったころ、ボーンは自分の体重でペネロペを押しつぶしているのに気づいてごろりと離れた。片手でペネロペの脇をなでて引き寄せる。まだ彼女を放す気にはなれなかった。

なんてことだ。これまでで最高の交わりだった。

目を開かされる体験だった。

ボーンが想像していた以上だった。

ペネロペを相手にそんな体験をしたという事実に、ボーンは冷水を浴びせられた気分だった。

この女性。この結婚。この夜。

なんの意味もないことだ。

意味などあってたまるか。

ペネロペは目的を達するための手段にすぎない。復讐への道にすぎないのだ。

彼女の存在はそれだけのこと。

これまでボーンは、自分の手のなかにあった価値のあるものすべてを破壊してきた。

ペネロペがそれに気づいたら……ボーンなど失望の種でしかないと気づいたら、彼が自分を寄せつけずにいたのを感謝するだろう。彼女が望むすべてがあり……彼の心配などせずにすむ静かで簡素な世界へ行かせたのを感謝するだろう。

〃彼女はきみにはもったいない〃

トミーのことばが頭のなかでこだました。そのことばに刺激され、ボーンは自分の居場所がペネロペの人生にあるのだと証明するために屋敷に戻り、妻のもとへ戻ったのだ。ペネロペは自分のものだと証明するために。ほかの男には無理でも、自分には彼女の体を支配できると証明するために。

だが、支配されたのはボーンのほうだった。

「マイケル」彼の胸もとにペネロペがまるで約束のようにささやき、両手で彼の体をなでた。その感触に快感の波が起こり、欲望が押し寄せた。ペネロペが眠たげに、うっとりした口調でそっと言った。「すばらしかったわ」

おれのベッドであまりくつろぐんじゃないと言おうとした。

おれの人生に快適な居場所を見つけるなと。

今夜のことは目的を達成する手段にすぎないのだと。

この結婚は彼女の望むようなものにはけっしてならないと。

だが、ペネロペはすでに眠りに落ちていた。

親愛なるMへ

どうやらあなたはわたしの手紙に返事を書きたくないのかもしれないと気づきましたが、それでもわたしはあなたに手紙を送るつもりです。一年か、二年か、十年か――あなたを忘れたと思われたくないからです。でも、わたしがあなたを忘れるなんて思ったりしませんよね？

来週はあなたのお誕生日です。刺繍をしたハンカチを贈ろうかとも思ったのですが、刺繍とわたしの相性がよくないのはあなたもよく知っていると思います。

あなたを思っているPより

一八一七年一月　ニーダム・マノーにて

返信なし。

翌朝、朝食室に入ったペネロペは、夫に会えることを期待していた。すばらしい一夜ですべてを変えた男性に。ふたりの結婚生活がよりよいものになるかもしれないと気づかせてくれた男性に。恋愛結婚が作り話ではなくなって、もっと……恋愛結婚に近いものになるかもしれないと期待して。

ゆうべ彼がベッドで感じさせてくれたようなすばらしいものがほかにあるとは思えなかったから。目覚めたとき、頽廃的な毛皮に包まれているのではなく、自分の寝室で、完璧にきれいで完璧にぱりっとした白いリネンのシーツに寝ていたことはたいした問題ではない。

それどころか、夜のあいだに起こさないように自室に連れてきてくれた彼に感動すらおぼえた。彼はやさしくて、気づかいができて、愛情深い夫で、この結婚はとんでもない茶番としてはじまったけれど、もっともっとすばらしいものになるよう運命づけられていると思えた。

美しくて豪華な朝食室のすばらしい長テーブルにつきながら、ペネロペは夫も来てくれるよう願った。子どものころと同じように、いまも朝食にはソーセージを食べるのが好きかしら。

若い従僕から卵とトースト（ソーセージはどこにも見あたらない）の皿を出されたときも、夫が朝食を一緒にとってくれるよう願っていた。従僕は大仰にかかとをかちりと合わせてから朝食室の隅の持ち場に戻った。

トーストをぐずぐずと食べながら、まだマイケルが来ることを願っていた。

あっという間に冷たくなりつつある紅茶を飲んでいるときも。

長すぎるテーブルの向こう端のだれも座っていない席の左手に置かれた、完璧にたたまれた新聞に目をやったときも。

たっぷり一時間待ったあと、ペネロペは願うのをやめた。

彼は来ない。

ペネロペはひとりのままなのだ。

不意に部屋の隅にいる従僕がとても気になった。従僕の仕事は、女主人の要望を瞬時に察すると同時に女主人を完全に見ぬふりをすることだ。ペネロペは頬が熱くなるのを感じた。従僕はきっと、とても気まずくなるようなことを考えているだろうから。

ペネロペは従僕を盗み見た。

彼はこちらを見ていなかった。

けれど、彼があれこれ考えているのは明らかだ。

マイケルは来ない。

ばかな、ばかなペネロペ。

もちろんマイケルは来ないに決まっている。

前夜のできごとは彼にとっては魔法のようなものでもなんでもなかったのだ。ただ必要なことをしただけ。正式にペネロペを妻にしたのだ。それから、りっぱな夫の例に漏れず、妻が好きにできるよう放っておくことにした。

たったひとりで。

ペネロペは空《から》になった皿に目を落とした。あんなに幸せな気分で食べた卵の黄身の残りが固まってこびりついており、おぞましい感じになっていた。

妻となってはじめての朝なのに、ひとりきりで朝食をとっている。自分をよく知らない夫と朝食をとるのは寂しいだろうとずっと考えてきたというのに、皮肉なものだ。いまなら、こちらを見ないように懸命に努力している若すぎる従僕に見守られながらひとりで朝食をとるくらいなら、よく知らない夫とでも一緒に食べるほうを選びたい。

なぜなら、一般的に妻に要求されることよりも多くを望んでくれる夫を期待していたのに、結婚した相手はそれすら妻に望んでいないようだからだ。

ひょっとしたら、ゆうべなにかいけないことをしたのかもしれない。

耳まで赤くなってきて、燃えるような熱さを感じた。きっと薔薇みたいに赤くなっているにちがいない。どんないけないことをしたのだろう、どうすれば初夜がもっとちがうものになっていただろうかと考えようとしたせいだ。

けれど、考えようとするたび、若い従僕を思い出してしまった。いまでは従僕も隅で赤くなっていた。女主人になんと言っていいのかわからずに困り、きっとさっさと朝食を終えて部屋を出ていってくれればいいのにと思っているのだろう。

朝食室を出なければ。

ペネロペは侯爵夫人にふさわしい優雅さで席を立ち、気まずさを懸命に隠してドアに向かった。ペネロペが、〝淑女は走らないものだから、淑女らしくなくならないようにしながらもできるだけ走る速度に近い早足〟で部屋を横切るあいだ、ありがたいことに従僕は目を合わさないようにしてくれた。

けれど、ペネロペが到達する前にドアが開いてミセス・ワースが入ってきたため、ペネロぺはいきなり立ち止まるしかなくなり、寒い一月の気候よりも、美しいという理由で選んだ黄色いデイ・ドレスのスカートが衣ずれの音とともに脚にまとわりついた。

目を見張るほど美人の家政婦は戸口で足を止め、なんの感情も表に出さずにさっとお辞儀をした。「おはようございます、奥方さま」

ペネロぺもとっさにお辞儀を返したくなるのをぐっとこらえ、両手を体の前で握り合わせた。「おはよう、ミセス・ワース」

挨拶が終わるとふたりは長いあいだ見つめ合ったが、やがて家政婦が口を開いた。「ボーン卿からのおことづてで、水曜日にトテナム・ハウスの晩餐会に招かれているとのことです」

三日後だ。

「そう」こんな簡単な予定を使用人を通じて知らされて、昨夜のできごとをどれほど勘ちがいしていたかを思い知らされた。晩餐会の予定を直接話す時間すら割けないのなら、彼はほんとうに妻には少しも関心がないのだ。

ペネロぺは大きく息をして失望を押しやろうとした。

「それから、これが夫婦としてはじめて出席する晩餐会になると念押ししておいてくれとのことでした」

失望を押しやる必要などなかった。すぐにいらだちに取って代わられたのだから。ペネロぺは家政婦を見つめた。昨日のできごとすら思い出せないまぬけに接するかのように、これほど明白なことをわざわざ言おうと決めたのはミセス・ワースなのだろうか、とペネロペはつかの間訝った。上流社会に夫婦としてまだ紹介されていないのを忘れるとでも思われたのだろうか。

けれど、うつむいている家政婦を見て、こんなひどいことをした張本人がだれなのかはっきりわかった。夫だ。ペネロペには晩餐会の招待に返事を出す能力もないと思っているか、招待そのものの重要性を理解できないと思っているらしい。

ペネロペは無意識のうちに片方の眉を吊り上げ、家政婦の目を見て言った。「念押ししてくれるなんてすばらしいこと。結婚してまだ二十四時間も経っていなくて、その間一歩も屋敷を出ていないと気づいていなかったわ。単純なことがらを喜んで思い出させてくれる夫がいて幸運というものじゃなくて？」ミセス・ワースはペネロペのことばににじみ出るいやみに目を丸くしたが、返事はしなかった。「朝食のときに夫が自分で伝えてくれなかったのが残念だわ。彼は屋敷にいるのかしら？」

ミセス・ワースは答える前に躊躇した。「いいえ、奥方さま。ボーン卿はサリー州から戻ってらしてからずっとお留守です」

もちろんそれはちがう。マイケルはゆうべ遅くに戻ってきて、ペネロペと過ごした直後にまた出ていったらしい。

当然よね。

ペネロペの怒りがますます燃え上がった。

彼は結婚を完了するために帰ってきて、そのあとすぐに出ていったのだ。

そういう生活になるのだろう。夫は気の向くままに屋敷を出入りし、好きなことをし、妻も招待されている晩餐会には一緒に出席し、妻が招待されていない場合はひとりで出席する。

ひどすぎる。

ミセス・ワースの目を見ると、そこに同情があった。胸が悪くなった。

こんなにきまりの悪い思いをさせたマイケルが憎かった。つらい思いをさせたから。取るに足りない存在だと感じさせたから。

でも、これがわたしの結婚生活なのだ。自分がこれを選んだのだ。強要されたのはたしかだけれど、彼との結婚を望んでいる自分も少しだけいた。もっとましなものにできると信じていた自分がいた。

ばかなペネロペ。

ばかでかわいそうなペネロペ。

肩をいからせて彼女は言った。「水曜日に会いましょうと大に伝えて。トテナム・ハウスの晩餐会に同行しますと」

11

親愛なるMへ

夏休みがはじまったころ町であなたにばったり会ったけど、ほとんど話もせずに行ってしまったとトミーから聞きました。彼もわたしもとても残念に思っています。

ピッパが三本脚の犬を飼いはじめました。その犬が不自由な脚で湖畔を跳ねまわっているのを見ると、(言い方はよくないかもしれませんが)あなたのことを考えてしまいます。あなたがいないと、わたしとトミーは三本脚の犬と同じです。ああ、どうしよう。ひどいたとえをしてしまいました。この口の悪さをなんとかしなくては。でも、たしなめてくれるあなたがいないので、どんどん悲惨な状況になりつつあります。

絶望的なまでにあなたを待っているPより
一八一七年六月　ニーダム・マナーにて

返信なし。

嘘の困った点は、信じるのが簡単すぎることだ。

その嘘をついているのが自分であっても。

ひょっとしたら、自分が嘘をついているからこそなのかもしれないが。

三日後、ペネロペとマイケルはトテナム・ハウスの晩餐会で主賓《しゅひん》として迎えられた。念入りに練り上げた恋愛結婚の話を上流社会でも指折りのうわさ好きたちに語る機会だった。

ペネロペとマイケルの話をひとことも聞き漏らすまいと熱心に耳を傾けているようすからして、どうやら彼女たちはこちらの期待に応えてくれそうだった。

早すぎず遅すぎもしない時間に到着するよう念入りに計算して数分早くトテナム・ハウスに着いたのだが、蓋を開けてみれば、はじめて社交界に登場するボーン侯爵夫妻を一瞬たりとも見逃すまいとして、ほかの客も早めに到着していたのだった。

マイケルが大きくて温かな手をペネロペの背中にあて、晩餐がはじまるのを待つ客たちのいる応接間へいざなってくれた。温かな笑顔――ペネロペが見たこともない笑顔――とともに彼の手は完璧な位置に置かれ、そのやり方に感嘆するとともに、ちょっとしたしぐさに思いがけず喜びを感じたのだった。

部屋はひんやりしているのに、うわさ好きな女たちは扇子を扇《あお》ぎ、耳障りなひそひそ話をした。ペネロペはそれには気づかないふりをして、夫に夢中に見えますようにと願いながら彼を見上げた。どうやらうまくいったようだ。マイケルが顔を寄せて低い声でこうささやいたからだ。「きみはうまくやってるぞ」ペネロペは彼にふりまわされまいとしたが、うれしい気持ちがこみ上げてくるのを抑えられなかった。

温かくて甘い気持ちを抱いてはだめ、と自分をたしなめる。

結婚初夜以来、彼と会っていなかったのを自分に思い出させる。彼の夫らしいふるまいは人に見せるためのものでしかないのよと。それでも頬は勝手に熱くなり、夫の目を見るとこれ以上ないくらい満足そうだった。マイケルがまた顔を寄せた。「頬まで染めて完璧だよ、おれの無垢な奥さん」そのことばが火に油を注いだ。ふたりはたがいに夢中みたいに見えるだろう。現実は正反対なのに。

晩餐の席ではふたりは慣習にしたがって離れて座り、そこからが真の試練のはじまりだった。トテナム子爵がペネロペを自分とミスター・ドノヴァン・ウェストのあいだの席へ連れていってくれた。ブロンドの魅力的なミスター・ウェストは国内でもっとも読者数の多い二紙の新聞社を所有しており、なにひとつ見逃さない洞察力の持ち主らしく、ペネロペの不安もすぐさま見て取った。

彼はペネロペだけに聞こえる小さな声で言った。「弱みを見せてはだめですよ。あっという間に襲いかかられて、めちゃくちゃにされてしまいますからね」

ミスター・ウェストは女性客のことを言っているのだった。

唇をすぼめ、軽蔑《けいべつ》のまなざしを送ってくる六人の女性が散らばって座っていた。彼女たちの会話――ほとんど内容はない――は二重の意味がこめられているかのような口調で行なわれていた。まるで、マイケルとペネロペにはわからないなにかの冗談を全員で分かち合っているかのように。

自分たちもたっぷりの秘密を持っているという事実がなければ、ペネロペはいらいらしていただろう。

晩餐の終わりに近づいたころ、話題がふたりに向けられた。

「教えていただけませんかしら、ボーン卿」トテナム子爵未亡人が周囲にも聞こえる大きな声で言った。「レディ・ボーンとの婚約はどのようないきさつでしたの？　わたくし、恋愛結婚のお話をうかがうのが大好きなんですの」

もちろんそうだろう。恋愛結婚はとっておきの醜聞なのだから。

破滅という醜聞に次いで。

ペネロペが苦々しい思いを脇へ押しやったとき、周囲の会話が途絶え、みんなはマイケルが口を開くのを待った。

彼は思いのこもったやさしい目でペネロペを見た。「十五分も一緒に過ごせば、だれだって妻を崇拝するようになるでしょう」呆気《あっけ》にとられることばだった。心中はともかく、育ちのよい、感情を表に出すのをよしとしない貴族が口にしていい類のものではなく、あちこちではっと息を呑む音が聞こえた。マイケルは少しも気にしていないようで、話を続けた。

「聖ステパノの祝日に戻ったのは幸運でした。妻が祭りに来ていたのも。彼女の笑い声を聞いて、人生を改めなければならないと痛感させられました」

そのことばを聞き、マイケルの口角がかすかに笑みを形作ったのを見て、ペネロペの胸が高鳴った。

　ことばの力には驚くばかりだ。たとえそれが嘘のことばでも。

　ペネロペは思わずマイケルに微笑み返していた。彼に見つめられて不意に気恥ずかしさをおぼえてうつむいたのは、ふりでもなんでもなかった。

「奥さまの持参金の土地が侯爵領と接していたのも幸運でしたわね」ホロウェイ伯爵夫人のことばは、酔っ払いのどなり声のようにテーブルを伝わった。伯爵夫人は他人をいじめて喜ぶあさましい人で、ペネロペは昔から彼女が嫌いだった。彼女のほうは見ず、夫に視線を据えたまま口を開いた。

「幸運だったのはわたしのほうですわ、レディ・ホロウェイ。幼なじみでなかったら、夫はわたしに気づいてくれなかったでしょうから」

　マイケルが尊敬の念で瞳を輝かせ、彼女に向かってグラスを掲げた。「私はいずれ自分になにが足りないのかに気づいていたはずだよ、愛しい人。そして、きみを探しにやってきたはずだ」

　ペネロペは体の芯まで温もりを感じたが、これはゲームなのだと思い出すまでだった。

　ペネロペは深呼吸をした。マイケルは会話の主導権を握ってふたりの話を紡ぎ、愛の前に冷静さと心と理性を失ったと周囲の者たちに信じこませた。

　彼は容姿端麗で頭がよく、魅力的でおもしろく、ちょうどいい具合に悔恨の念を織り交ぜて……過去のよくない行ないの償いをしたがっているように見せていた。上流社会にふたたび受け入れてもらうためなら、喜んでなんでもするつもりのように見せていた。妻のために。

彼は完璧だった。

コールドハーバーの牧師館でお祭り気分の人々や柊のリースやごちそうに囲まれている彼の姿が見えるようだった。そこで部屋の両端にいたふたりの目が合ったのだと信じてしまいそうだった。彼の真剣な視線を受けて腹部がぎゅっと縮こまり、世界でたったひとりの女性とばかりに見つめられて息もつけず頭がくらくらした。そんな経験すらした気になった。

マイケルは美辞麗句でペネロペの心をとらえた。

ほかの客たちの心もとらえた。

「……正直に言って、それまでリールなんて踊ったことがなかったんですよ。でも、彼女がいたから何度も踊りたくなったんです」

テーブルの周囲で笑い声が起こり、ペネロペは腹部のざわつきがおさまるかもしれないとグラスに手を伸ばしてワインをすすった。つむじ風のようなふたりの恋愛話をみんなに聞かせている夫を見つめながら。

「コールドハーバーに戻って、自分があとにしたのはファルコンウェル・マナーだけではなかったと気づくのは時間の問題だったのでしょう」マイケルからきらめく目で見つめられ、ペネロペは息を呑んだ。「ほかの男に奪われる前に彼女を見つけられてほんとうによかったと思っています」

ペネロペの心臓は鼓動を速め、テーブルについている女性たちからはうっとりとしたため息が漏れた。マイケルはほんとうに弁が立った。

「ほかに求婚者が押し寄せていたというわけでもありませんけどね」レディ・ホロウェイがいやみたっぷりに言い、少しばかり大きすぎる声で笑った。「そうではなくて、レディ・ボーン？」

行き遅れだった事実を残酷に指摘されてペネロペの頭はまっ白になった。辛辣な返事をしてやりたくてことばを探していると、夫が助けの手を差し伸べてくれた。「ほかの求婚者のことなど考えたくもありませんね」そう言って真剣な目つきでじっと見つめてきたので、ペネロペの頬が赤くなった。「だから急いで結婚したんですよ」

レディ・ホロウェイはワインのグラスに向かってわざとらしく咳払いをした。ミスター・ウェストが温かみのこもった笑みを浮かべてたずねた。「それで、あなたはどうなんです、レディ・ボーン？　ご主人との結婚は……予想外でしたか？」

「気をつけるんだよ、愛しい人」マイケルが灰色がかった緑色の瞳をきらめかせ、臆面もなく言った。「明日の新聞にきみのことばを引用されるぞ」

周囲で笑いが起こるなか、ペネロペはマイケルから視線をはずせなくなった。彼はペネロペを巧みにとらえてしまった。新聞経営者への返事は、まっすぐ夫に向けられた。「少しも予想外ではありませんでしたわ。ほんとうのことを言って、何年もマイケルの帰りを待っていたような気がします」周囲の注目を浴びていると気づき、ペネロペは頭をふった。「ごめんなさい。マイケルではなくボーン卿でしたわ」卑下するように小さく笑う。「ずっと昔から、彼はすばらしい夫になるとわかっていました。彼がわたしのすばらしい夫になってくれて、とても幸せですわ」

マイケルは驚きの表情を浮かべたあと、珍しく温もりのある笑い声をたてた。「聞きましたか？　これでは悪行を改めずにはいられないでしょう？」

「ごもっとも」ミスター・ウェストがワインを飲み、グラスの縁越しにペネロペをじっくり観察した。つかの間ペネロペは、ドレスに嘘つきと刺繍が施されているも同然に、彼には嘘を見抜かれているのではないかと感じた。マイケルと自分の結婚は恋愛の末ではないと。床入りを完了させたあとに彼が妻を寝室に運んで以来、一瞬たりとももともに過ごしていないと。

マイケルが妻に触れたのは、結婚を法的に有効なものにするためだけだった。だから、いま彼は、毎晩妻のもとではなく、神のみぞ知るだれかと神のみぞ知るなにかをしているのだと。

ペネロペはカスタードプディングを食べるのに忙しいふりをして、ミスター・ウェストがこれ以上なにも訊いてこないようにと願った。

マイケルが魅力を全開にして話した。「もちろん妻の話はほんとうじゃありません。夫業に関しては私は完全に失格ですからね。妻が私から離れているのが耐えられないんです。ほかの男が妻の気を惹くなど考えたくもないんです。いまこの場で言っておきますが、社交シーズンが来て、妻をほかの男と踊らせたり、食事の席につかせたりしなくてはならなくなったら、私はまったくの不作法者になるでしょう」マイケルはここでことばを切った。

ユーモアで目をきらめかせて沈黙をうまく利用しているのにペネロペは気づいた。あんな目をしている彼を見るのは子どものころ以来だ。ほんとうはおもしろさなど感じていないはずなのに。「私が自分の称号の埃払いをしようと決めたのを、みなさんはきっと残念に思うでしょう」

「とんでもありませんわ」いつもは冷たい感じの目を興奮できらめかせ、子爵未亡人が言った。「あなたを上流社会にまたお迎えできてわくわくしていますのよ、ボーン卿。恋愛結婚ほど心が清められるものはありませんもの」

それはもちろん嘘だった。恋愛結婚はそれだけで醜聞なのだが、マイケルとペネロペの爵位のほうが上であるだけでなく、ふたりを招待したのが若きトテナム子爵だったため、未亡人にはどうしようもないのだ。

それでもマイケルは子爵未亡人のことばに微笑み、それを見ていたペネロペは彼から目を離せなくなった。笑顔が彼のすべてを明るくしていた――片えくぼができ、ふっくらした唇は持ち上がり、いつも以上にハンサムに見えた。

さらりと冗談を言ってのけ、笑顔で魅力をふりまいているこの人はだれ？

どうすればそのままでいてくれるよう彼を説得できるだろう？

「ほんとうに恋愛結婚なんだな……奥方がきみのひとことひとことに熱心に聞き入っている姿を見てごらんよ」トテナム子爵が口を開いた。明らかにふたりを支援しようという心持ちだ。ペネロペがきまり悪そうな顔になったとき、マイケルが彼女のほうを向いた。笑みが消えかけていた。

子爵未亡人は息子に鋭い視線を向けた。「ボーン卿を見習ってあなたも花嫁を見つけてくれたらねえ」

子爵は小さく笑って頭をふり、ペネロペに視線を戻した。「最後の理想的な花嫁はボーンに持っていかれてしまったみたいだ」

「妻には妹がいるんだが、トテナム」からかい口調でマイケルが言う。

トテナムは愛想よく微笑んだ。「では、妹さんに会うのを楽しみにしていよう」

状況が呑みこめた。赤ん坊から菓子を取り上げるように簡単に、マイケルはオリヴィアがトテナム卿と出会い、うまくいけば結婚できるよう巧みに基礎固めをしたのだ。

ペネロペは目を見開き、驚きの表情で夫を見た。彼はすぐさまその表情を理解して続けた。

「妻に夢中の私としては、周囲の人たちにも同じ幸せを見つけてほしいんだ」

なんという偽り。なんという口のうまさ。

苦もなく信じてしまいそうだ。

子爵未亡人が割りこんだ。「わたくしとしては、すばらしい考えだと思いますわ」彼女が席を立つと、男たちも立ち上がった。「そろそろ殿方たちにくつろぐ時間を差し上げることにしましょう」

それを合図に女性たちはテーブルを離れ、シェリー酒とうわさ話を楽しむために部屋を移動した。ペネロペは自分が注目の的になるだろうとわかっていた。

重い足取りで子爵未亡人のあとから小ぶりの美しい貴婦人用サロンに向かったが、なかに足を踏み入れたとたんに大きくて温かな手に手をつかまれ、なじみのあるマイケルの太い声が響いた。「みなさん、すみません。差し支えなければ、妻を少しだけお借りしたいのですが。先ほども言ったように、離れているのがつらくて」マイケルがペネロペを廊下へと連れ出してドアを閉めると、いっせいに息を呑む音が聞こえた。

ペネロペは手を引き抜き、だれにも見られていないかと廊下の左右をたしかめた。「なにをしているの？」声を落として言う。「こういう不作法なまねはしてはいけないのよ！」

「礼儀作法がどうのこうのと言うのはやめてくれないか。そう言われると、ますますいけないことをしたくなるのがわからないのか？」ペネロペをドアから遠ざけて薄暗いアルコーブへ引き入れる。「おれがどれほどきみに夢中かというううわさ話をしてもらえたら望むところじゃないか、愛しい人」

「いまはそんな呼び方をしなくていいのよ、わかっているでしょうに」小声で言う。「わたしはあなたの愛しい人なんかじゃないわ」

マイケルが片手を彼女の頬にあてた。「周囲の目があるところでは、きみはおれの愛しい人なんだよ」

ペネロペは彼の手をはねのけた。「やめて」ためらったあと声を落とす。「みんなは信じたと思う？」

マイケルが憤然とした表情になる。「どうして信じないはずがある、愛するきみ？　どのことばも真実なのに」

ペネロペは目をすがめた。「わたしの言った意味はわかっているはずよ」

彼が身を寄せてささやいた。「こういう屋敷の壁には耳があるんだよ、愛する人」マイケルはそう言ってペネロペをなめた。ほんとうになめたのだ。耳たぶにうっとりする愛撫を受け、ペネロペは思いがけない快感をおぼえて彼の腕をつかんだ。けれど、彼女が反応する前にマイケルは唇を離し、手を顎の下に入れてペネロペの顔を上向けた。「食堂でのきみはすばらしかったよ」

すばらしかった。そのことばにうれしさがこみ上げてきたとき、激しく脈打っている喉もとにマイケルがやさしいキスをした。

「彼女たちがあなたを批判するのがいやだったわ」ペネロペは小声で言った。「とくにレディ・ホロウェイはひどかったわ」

「ホロウェイはくそばばあだ」ひどいことばづかいにペネロペは息を呑んだが、マイケルはなにごともなく耳もとにささやき続けた。「あんな女は鞭打ってやればいいんだ。彼女の夫がそうできないのは情けない」

それを聞いて喜びが体を駆け抜け、ペネロペは思わず微笑んでいた。「あなたは女性のお仕置きに関してなんの躊躇もないのね」

「自分が好きな女に対してだけだ」マイケルがふと体をこわばらせて顔を上げ、翳った目でペネロペの目を見つめた。

ペネロペはシルクのようになめらかな約束のことばを無視しようとした。本物ではないのだと思い出そうとした。今夜のことはすべて見せかけにすぎないのだ。このなじみのない男性は夫ではない。夫は自分の得になるように彼女を利用することしかしていないのだ。

けれど、今夜は彼のためのものではない。ペネロペと妹たちのためのものだ。「ありがとう、マイケル」暗がりでささやく。「あなたには取り決めのこの部分を守る必要がなかったのはわかっているの。わたしの妹たちを手助けする必要がなかったのは」

マイケルは長いあいだ無言だった。「いや、その必要はあった」

約束を守ろうとする彼の気持ちにペネロペは驚いた。「盗っ人にも信義はあるというわけね」ためらったあと続けた。「取り決めのほかの部分は？」

マイケルが片方の眉を上げた。

「案内はいつしてもらえるのかしら？」

「交渉のやり方がうまくなってきたな」

「ほかに暇つぶしをするものがないんですもの」

「退屈しているのか、奥さん？」

「どうして退屈などするの？　あなたの町屋敷の壁を見つめるのはすごく楽しいのに」

マイケルがくすりと笑い、その声がペネロペに熱い震えをもたらした。「しかたない。じゃあ、いま刺激的な体験をするのはどうだ？」

「だめよ。あなたが変わったとみんなに信じてもらおうとしているところなのに、ふたりで消えたりしたらその苦労が水の泡になるもの」

「そうかな、お行儀のいい妻と消えるのはいいほうに働くと思うが」ペネロペに近づく。

「それだけじゃない。きみが楽しむのがわかっているんだ」

「トテナム・ハウスで泥棒のように隠れるのを？」

「泥棒みたいにじゃない」隠れ場所の周囲にちらりと目をやってからペネロペに視線を戻す。

「人目を忍んだ情事を持っている貴婦人のようにだ」

ペネロペは鼻を鳴らして不満を示した。「夫とね」

「夫との情事を楽しむのは……」ことばが尻すぼみになり、目が翳った。

「中産階級的？」

マイケルの片方の口角がひくついた。「冒険だと言おうとしたんだ」

冒険。

ペネロペは考えこみ、こちらにのしかかるようにしているマイケルを見上げた。彼の唇は作り笑いをしているようだ。彼が両手でペネロペの顔を包む。熱、香り、彼のすべてがペネロペを包みこむ。

はねつけるべきだ。初夜はトテナム・ハウスでの晩餐と同じくらい平凡でつまらないものだったと言ってやるべきだ。

独《ひと》りよがりだと思い知らせてやるべきだ。

でも、できなかった。もう一度それが欲しかったから。キスをされ、触れられ、なにも感じなかったとばかりに置き去りにされる前に感じたすばらしいものをまた感じさせてほしかったから。

　彼はあまりにも近くにいて、あまりにもハンサムで、あまりにも男らしかった。刺激的で愉快な人だと思ったら、次の瞬間には邪悪で危険な人に変わってしまうこの男性を見上げて、ペネロペは彼が差し出してくれるのならどんな冒険にも挑むだろうと悟った。

　ここトテナム・ハウスの廊下のアルコーブででも。

　それがまちがいだとしても。

　ペネロペは彼の胸に両方のてのひらをつき、完璧な仕立てのリネンとウールの下で張り詰めている力強さを感じ取った。「今夜のあなたは別人みたい。あなたがだれなのかわたしにはわからないわ」

　それを聞いたマイケルの瞳がなにかできらめいた。だが、あっという間に消えてしまったので、それがなんだったのかペネロペにはわからなかった。彼はからかいの混じった低くやわらかな声で言った。「だったらおれをもっとよく知ればいいじゃないか？」

　そうよね。

　ペネロペがつま先立ちになると同時にマイケルが身をかがめ、耐えられないほどの熱い口づけをした。

　マイケルが体を使って彼女を壁に押しつけたので、ペネロペは両手を彼のうなじにまわして引き寄せるしかできなかった。引き締まったシルクのような唇が、ペネロペが望んでいると自覚もしていなかったものをあたえてくれた。存在することすら知らなかったものを。独占欲がむき出しのこの激しいキスをペネロペは忘れないだろう。マイケルが彼女の顎を包んで唇の合わせ方を変えると、ペネロペは彼のたくましさに、彼の感触に焼き尽くされた。

結んだ唇の合わせ目を舌でなめられてペネロペがあえぐと、マイケルはその機に乗じて舌を差し入れて彼女を味わった。ペネロペはあまりの興奮で死んでしまいそうに感じた。彼の髪に指をもぐらせ、体を押しつけた。もっとしっかりと。もっと恥ずかしげもなく。体面などもうどうでもよかった。

少しも気にならなかった……マイケルがキスをやめずにいてくれるのなら。

永遠にやめないでほしい。

ペネロペが体を押しつけると、マイケルは両手を下げていって胸の外側に置いた。ペネロペはこれまで想像もしたことがなかった場所がうずくのを感じた。すると彼の手がさらに下がり、尻を包んで自分の体に引き寄せた。衝撃的で官能的な動きだった。

マイケルの悦びのうめきを聞き、ペネロペは彼も自分と同じようにこの愛撫に焼き尽くされそうに感じているのだろうかと思って少し身を引いた。彼が一瞬だけ目を開けてペネロペを見て、すぐにまた唇を重ねた。先ほどよりも深く激しく舌を使われ、ペネロペは快感に圧倒された。冒険に。彼に。

数秒が過ぎた。数分が。数時間かもしれない……気にもならなかった。

たいせつなのはこの男性だけ。このキスだけ。

いまだけ。

キスが終わり、マイケルがゆっくりと顔を起こしながら最後に名残惜しげにやさしいキスをし、うなじにまわされたペネロペの腕をはずした。彼女を見つめるマイケルの微笑みは息が止まるほどすばらしかった。ペネロペはふと気づいた。わたしに――わたしだけに――微笑んでくれたのは、子どものころ以来だと。

まるで魔法のようだった。

マイケルがなにかを言おうと口を開いた。ペネロペはなにを言ってくれるのだろうと期待感でそわそわした。

「トテナム」

ペネロペは困惑して眉を寄せた。

「うちの廊下で紳士がご婦人といちゃつくのは、いつもはあまり歓迎できないんだが、ボーン」

「夫が妻にキスをするのはどうなんだ？」

「正直な気持ちか？」乾いた口調でトテナムが言う。「もっと歓迎できないな」

屈辱感にどっと襲われ、ペネロペは目を閉じた。マイケルにすっかりだまされた。

「義理の妹のオリヴィアに会ったら、きみの気持ちも変わるだろう」

それを聞いたペネロペは、彼を傷つけてやりたくなった。実際に。肉体的に。

彼は意図的にあんなふるまいをしたのだ。

トテナム卿に見せるために。

ふたりが恋愛結婚だという芝居を続けるために。

わたしに触れずにいられなかったわけではなかったのだ。

わたしはいつになったら学ぶのだろう?

「彼女がお姉さんに少しでも似ているのなら、ぼくが負けるのは確実な賭けになるな」

マイケルの笑い声を聞いてペネロペはたじろぎ、その笑い声を憎んだ。わざとらしい笑い声を。「少しのあいだ、ふたりだけにしてもらえないか?」

「そうするしかないだろう。レディ・ボーンが二度とぼくと目を合わせられなくなるだろうから」

ペネロペはマイケルのクラバットのひだを凝視していた。気楽な気分からはほど遠かったが、なんとか落ち着いた声を出した。「少しくらいの時間をいただいても、あなたと目を合わせられるようになるとは思いませんわ、閣下」

マイケルはまたわたしを利用した。

トテナムがふくみ笑いをした。「ブランデーはもう用意されているぞ」

子爵は立ち去り、ペネロペは置き去りにされた。

くり返し彼女を失望させる夫とふたりきりで。ペネロペは彼のぱりっとしたクラバットに視線を据えたままだった。「お芝居がうまいのね」悲しみのにじむ声だった。それを聞き取ったとしても、マイケルはそんなそぶりを見せなかった。

彼の声は、さっきまで暗い隅でキスをしていたのではなく、天気の話をしていたかのようだった。「おれたちが結婚したのはファルコンウェルだけが理由じゃなかったと信じてもらう助けになるだろう」

ペネロペですらそれを信じかけた。

どうやらわたしには学習能力がないようね。彼にこんなに腹を立てているなんておかしいわ。こんなに傷ついているなんて。恋愛結婚のふりをするなどというばかな提案をしたのはわたしでしょう？　こんな気持ちになったからって、責めるのは自分しかいないわ。

安っぽい。利用された。それでも、そのおかげで妹たちは汚点のないきちんとした結婚ができるだろう。それならやるだけの価値はあるというものだ。そう信じなければ。

ペネロペは悲しみを脇に押しやった。「あなたはどうしてこんなことを？」マイケルがもの問いたげに眉を吊り上げた。「こんな茶番につき合うのはどうして？」

彼は顔を背けた。「きみに約束した」

ペネロペは頭をふった。「あなたは……わたしに利用されているとは感じないの？」

片方の口角が上がって苦笑いになった。「結婚したとき、おれはきみを利用しなかったか？」

ペネロペはそこまであからさまに考えていなかった。「たしかにそうね。それでも……」

こっちのほうが残酷に感じる。ペネロペはそう言いたかった。わたし自身のすべてが、わたしの持っているもののすべてがほかの人のためにあるみたいに感じる。ペネロペは首をふった。

「それとこれとはちがうと感じるの。妹たちのために、わたしのためにこんなことをあなたに頼んだのを後悔しているわ」

マイケルが首を横にふる。「ぜったいに後悔するな」

「それもまた鉄則のひとつ？」

「不埒者の鉄則だ。賭けごとをする人間に後悔はつきものだからな」

彼はそういうことに詳しいのだろうとペネロペは思った。

「そう。それでも後悔しているわ」

「その必要はない。おれにも理由があってこの茶番につき合っている」

ペネロペははっとした。「そうなの？」

マイケルがうなずく。「そうだ。このゲームではみんななにかしらの得をする」

「あなたはどんな得をするの？」彼は黙ったままだった。ペネロペの奥深くで疑念がわき起こる。「だれからそれをもらうの？」マイケルは返事をしなかったが、ペネロペもばかではない。「父ね。父もなにかを持っているのね。それはなに？」

「そんなことは重要じゃない」その口調が、それはとても重要なのだと告げていた。「おれも得をするんだから、きみがおれとの取り決めを後悔する必要はないとだけ言っておく。ご婦人方のところへ連れていこう」マイケルが彼女の肘に手を伸ばした。

彼には彼の理由があってふたりのゲームをしていたとわかり、ペネロペはさらに気分が悪くなった。自分も彼の嘘の犠牲者になったかのような。

裏切られたという思いがいきなり燃え上がり、ペネロペは彼の手から乱暴に身を引いた。

「わたしに触れないで」

いらだちのことばを投げつけられて、マイケルは両眉を吊り上げた。「なんだって？」

彼にそばにいてほしくなかった。自分も彼にだまされたと思い出させられるのはいやだった。「みんなの前では愛し合うふりをしているかもしれないけれど、わたしにお芝居をする必要はないわ。二度とわたしに触らないで。人に見せるのではないかぎり」

わたしには耐えられそうにないから。

マイケルは両手を高く上げた。ペネロペの頼みを聞いたしるしに。おぼえておくというしるしに。

ペネロペは彼に背を向けた。またなにか言ってしまう前に。自分の気持ちを明かしてしまう前に。

「ペネロペ」彼女が薄暗い廊下に足を踏み出したとき、マイケルが声をかけた。彼が謝ってくれるかもしれないという希望が胸の奥深くでちらつき、ペネロペは立ち止まった。きみはまちがっていると言ってくれるのかしら。きみをほんとうに気にかけていると？　きみが欲しいのだと言ってくれるかもしれない。「女性たちを相手にするのがいちばんむずかしいぞ。覚悟はいいか？」

期待は打ち砕かれた。

芝居を続けろということなのだろう。男性もいる場より、女性だけになったときのほうが鋭い質問をしてくるから。

かなりの試練になるだろう。

けれど、それが今夜いちばんの困難だと彼が思っているらしいのには笑ってしまいそうだ。つい先ほど経験したことにくらべればなんでもない。

「女性たちのことはなんとかします。今夜が終わるころには、みんなはわたしたちが愛し合っていると信じているでしょう。妹たちはきっといい社交シーズンを迎えられるわ」ペネロペは声を固くした。「クラブを見せてくれるという約束を忘れないでね。あなたの策略のなかでわたしが果たす役割に対しての報酬なのだから」

マイケルは体をこわばらせた。「わかった」

ペネロペは一度だけしっかりとうなずいた。「いつ？」

「考えておこう」

ペネロペが目をすがめる。納得できないという万国共通の表情だ。「そうね、そうしてちょうだい」

ペネロペはきびすを返して貴婦人用サロンに戻り、女性たちにくわわるべく頭を高く掲げ、肩をそびやかしてドアを押し開けた。

神経がぼろぼろになっていたが、冷静さを失わずにいようと固く決意する。

12

親愛なるMへ

トミーが聖ミカエル祭に帰省したので、盛大にお祝いをしました。わたしたちのミカエルであるあなたはいなかったけれど、ふたりで雄々しくふるまい、伝統にしたがってブラックベリーを摘んで気分が悪くなるまで食べました。おかげで歯が灰色がかった青という気持ちの悪い色に染まってしまいました――あなたならきっと誇らしく思ってくれたでしょう。

今年のクリスマスはあなたに会えるかしら？　コールドハーバーでの聖ステパノの祝日はなかなかすばらしいお祭りになってきています。

みんながあなたのことを考えています。会えなくてさみしがっています。

いつもあなたのPより

一八一八年九月　ニーダム・マナーにて

返信なし。

わたしに触れないでとペネロペは言い、マイケルはその頼みを聞き入れた。

そして、さらに一歩進めた。

ペネロペを完全にひとりきりにしたのだ。

晩餐会の晩、ペネロペをヘル・ハウスへ送り届けたあと、彼はすぐにまた出ていって彼女をひとりきりにした。どこへ行ったのかは知らないが、妻を連れていけないような場所なのだろう。

そして次の晩も、不釣り合いで若すぎる従僕たちに見守られながら、大きくてだれもいない食堂でペネロペはひとりで夕食をとった。少なくとも彼らの存在には慣れてきて、食事のあいだ顔を赤らめずにすんだのをかなり誇らしく思った。

そしてまたその翌晩も、紐でつながれているかのようにばかみたいに寝室の窓辺に立ち、彼の馬車が出ていくのを見つめた。ずっと見つめていれば彼が戻ってきてくれると思っているかのように。

戻ってきて、ペネロペが望んでいる結婚生活をあたえてくれると思っているかのように。

「窓辺に立つのはもうおしまいよ」暗くて寒い通りに背を向けて部屋を横切り、両手を洗面器につけて冷たい水のなかで青白くゆがむのを見つめた。町屋敷の前に馬車が停まる音がしたが、胸の高まりも窓辺に引き寄せられそうになるのも無視して、「窓辺に立つのはもうおしまい」とそっとくり返した。

みごとな落ち着きを発揮して手を拭《ふ》き、夫の入ってくる音がしないかと隣室につながるひんやりしたドアに耳をあてた。

長い数分が経ち、首がつりそうになっただけだった。ペネロペは好奇心に負け、ほんとうに夫が戻ってきたのかどうかたしかめるためにこっそり廊下に出てみようと決めた。

ほんの少しだけドアを開け――一インチも開けなかった――廊下を覗いた。

そして、ミセス・ワースと顔をつき合わせるはめになった。

きゃっと小さく悲鳴をあげ、心臓をどきどきさせながらばたんとドアを閉めた。そのあとで、こちらの心をかき乱す家政婦の前でばかなふるまいをしたと気づいた。

深呼吸をしてから大きな笑みを作ってドアを開ける。「ミセス・ワース、びっくりしたわ」

家政婦が頭を下げる。「奥方さまにお客さまです」

ペネロペは眉間《みけん》にしわを寄せた。「お客さま？」もう十一時過ぎだった。

家政婦が名刺を差し出す。「その殿方はたいせつなご用件だとおっしゃってます」

殿方。

ペネロペは名刺を受け取った。

トミーだ。

うれしさが湧き上がってきた。この大きくて空虚な屋敷を訪問してくれたのは彼がはじめてだった。母すら来てくれず、ただ〝新婚生活が落ち着いたら〟訪問すると伝えてきただけだ。

落ち着くもなにも、はじめから新婚生活などないも等しいのを母は知らない。

でも、トミーは友だちだ。友だちは相手を訪問するものだ。ペネロペはミセス・ワースの前でも微笑みをこらえられなかった。「すぐに階下《した》に行くわ。お茶をお出ししてね。それとも……ワインかしら……スコッチがいいかしら」頭をふる。「なんでもいいからこの時間に飲むものをお出しして」

ペネロペはドアを閉めて身繕いをしたあと、足取りも軽く階段を下りて屋敷の正面側にある応接間に入った。大きな大理石の暖炉のそばに立っているトミーは、豪華な応接間のなかで小さく見えた。「トミー！」会えたのがうれしくて、ペネロペはまっすぐ彼のところへ向かった。「ここでなにをしているの？」

トミーが微笑む。「きみを奪い去りに来たんだよ、もちろん」

冗談だとは思ったが、彼のことばには鋭いものがあってペネロペは気に入らなかった。その瞬間、彼はここにいるべきではないと気づいた。トミー・アレスが自分の屋敷の応接間に妻とふたりでいたと知ったら、マイケルは怒り狂うだろう。トミーとペネロペが子どものころからの友人であることなど関係ない。「ここにいてはいけないわ」トミーが寄ってきて彼女の両手を取って唇へと運ぶと、ペネロペは言った。「彼はさっとすごく怒るわ」

「ぼくたちはいまも友だちだろう？」

最後に会ったときの罪悪感がいまも生々しかったため、ペネロペはすぐさま答えた。「もちろんですとも」

「友だちとして、きみが大丈夫かをたしかめに来たんだ。マイケルなんかくそ食らえだ」

夫との最後のやりとりを考えたら、〝くそ食らえ〟という意見を支持すべきなのだろうが、ペネロペはそうできなかった。なぜだかわからないが、この部屋にトミーと一緒にいるのは結婚生活と夫に対する裏切りのように感じられた。

ペネロペは頭をふった。「あなたはここにいるべきではないわ、トミー」

彼は珍しく真剣な面持ちでペネロペを見た。「ひとつだけ教えてほしい。きみは大丈夫なのかい？」

気づかいのこもったやさしい声で訊かれ、予想もしていなかった感情に襲われたペネロペの目に涙がこみ上げてきた。サリー州で慌ただしくささやかな式を挙げてから一週間になるが、これまでだれも訊いてくれなかった。夫ですら。「わたし――」感情がこみ上げてきたせいで喉が詰まり、続けられなくなった。

いつもはやさしげなトミーの青い瞳が翳った。「惨めな思いをしているんだね。マイケルを殺してやる」

「だめ！　やめて」ペネロペは片手を彼の腕に置いた。「惨めなんかじゃないわ。ほんとうに。ただ……わたし……」大きく息を吸い、ようやくこう言った。「いろいろあって」

「彼はきみを傷つけたのかい？」

「ちがうわ！」質問の意味をよく考えもしないうちにマイケルの弁護をしていた。「ちがう……そんなことはないわ」トミーが言ったような意味では。

彼はペネロペのことばを信じなかった。腕を組む。「マイケルをかばう必要はないよ。彼はきみを傷つけたの？」

「いいえ」

「だったら、なに？」

「彼にあまり会えなくて」

「そう聞いても驚かないよ」ペネロペはそのことばに棘を聞き取った。友だちらしい感情はそこにはなかった。トミーは長いあいだ無言でいたが、ようやくこう言った。「彼にもっと会いたいの？」

答えるのがむずかしい質問だった。土地のために自分と結婚した冷酷でよそよそしいマイケルとはなんのかかわりも持ちたくなかった。けれど、別のマイケル――自分を抱きしめて慰めてくれ、心と体にすばらしいことをしてくれたマイケル――とはもう一度会ってみてもかまわなかった。

もちろん、それをトミーに言うわけにはいかない。マイケルにはふたつの人格があって、彼に対して激怒すると同時に魅了されているなどと説明できはしない。

自分にもそうと認めたくないのだから。

「ペニー？」

彼女はため息をついた。「結婚ってなんだか不思議なものなのよ」

「たしかにそうなんだろうな。夫がマイケルだとなおさらそうなんだろう。彼がきみに近づこうとするのはわかっていたんだ。冷酷で無情で無慈悲になって、ファルコンウェルを手に入れるためにきみとできるだけ早く結婚できるよう画策するだろうと」ペネロペはトミーのことばを否定し、念入りに練り上げた作り話を聞かせるべきだと遅まきながら気づいた。けれど、トミーはすでに話を続けていて、もう手遅れだった。「ぼくが最初にきみと結婚しようとしたのは……きみがマイケルと結婚せずにすむようにと考えたからなんだ」

あの日、結婚を申しこんだときのトミーのことばがペネロペの頭のなかで響いた。「あれはそういう意味だったのね。あなたはわたしをマイケルから守ろうとしていたんだわ」

「彼は昔とは変わってしまった」

「どうしてそう言ってくれなかったの?」

トミーが首を傾げる。「言ったらぼくを信じていた?」

「ええ」――いいえ。

彼が微笑む。いつもより控えめな笑みだった。いつもより真剣な笑みだった。「ペニー、彼が近づいてこようとしていると知っていたら、きみは待っていただろう」いったんことばを切る。「いつだってマイケルだった」

ペネロペは眉を寄せた。そんなことはないはず。ちがう?

ある光景がひらめいた。暖かな春の日に三人でファルコンウェルの領地内にある古いノルマン様式の塔にいたときのことだ。探検しているうち、ペネロペの足もとで階段が崩れ、マイケルとトミーの一階上で動けなくなった。一、二ヤードの距離しかなかったが、ペネロペはこわくて飛び降りられなかった。助けてと声をあげたら、最初に見つけてくれたのはトミーだった。つかまえてあげるから飛び降りておいでと彼は言ってくれた。けれど、ペネロペは恐怖で凍りついてしまった。

そのとき、マイケルが来た。こわいもの知らずのマイケルは落ち着いてペネロペの目を見つめ、力をあたえてくれた。飛び降りろ、六ペンスくん。ぼくが受け止めてやるよ。

ペネロペはマイケルを信じた。

それを思い出してペネロペは大きく息をした。マイケルと過ごしたときのことを思い出して。彼はいつも安全だと感じさせてくれた。ペネロペはトミーを見た。「彼はもうあのころの少年ではなくなったわ」

「ああ、ちがう。ラングフォードのせいだ」少し間をおいてから続ける。「ぼくに止める力があったらよかったのにと思うよ、ペニー。すまない」

ペネロペは首を横にふった。「謝らないで。マイケルは自分の都合に合わせて冷酷で腹立たしい人になるけれど、とても多くをなし遂げたわ――自分の価値を十倍にもした。結婚生活は試練かもしれないけれど、きっとほかの夫婦だってそういう経験をしていると思うの。そうじゃなくて？」

「ぼくと結婚していれば試練になどならなかったよ」

「別の類の試練を受けていたはずよ、トミー。わかっているでしょう」ペネロペは微笑んだ。「あなたの詩は……ぞっとするほどひどいもの」

「そうだった」トミーはすぐに笑みを消し、話題を変えた。「インドへ行こうかとずっと考えていたんだ。あそこには可能性が無限にあるという話だから」

「イギリスを出るの？　どうして？」

トミーは長々と酒をあおり、空《から》になったグラスをそばのテーブルに置いた。「きみの夫がぼくを破滅させる計画を立てている」

ペネロペが意味を理解するのにしばらくかかった。「そんなはずはないと思うわ」

「いや、そうなんだ。マイケルがそう言った」

ペネロペは困惑した。「いつ？」

「きみが結婚した日だ。ぼくと結婚するようきみを説得しようと思ってニーダム・マナーに行ったんだけど、手遅れだった。きみはすでにマイケルと一緒にロンドンに発っていた。ぼくはきみを追いかけ、マイケルのクラブにまっすぐ行った」

マイケルからはなにも聞いていなかった。「彼に会ったの？」

「ああ。ぼくの父に復讐を企てていると聞かされたよ。ぼくに対してもね。彼が思いを遂げたら、ぼくはイギリスを出るしかなくなるんだ」

それを聞いてもペネロペは驚かなかった。無情な夫にはファルコンウェルを取り戻しただけではじゅうぶんではないはずだ。ラングフォードに復讐したいと思うのも当然だ。でも、トミーにまで？「彼はそこまでしないわ、トミー。あなたには過去がある。歴史があるのよ。わたしたち三人の歴史が」

トミーはかすかに苦笑いを浮かべた。「ぼくたちの過去なんて、復讐の前にはなんの意味もないんだよ、残念ながら」

ペネロペは頭をふった。「でも、マイケルはいったいなにを――」

「ぼくは……」トミーは息を吸いこんだ。「マイケルは知ってるんだ……」ためらい、顔を背ける。「ぼくはラングフォードの息子ではないんだ」

ペネロペは声も出ず、口をあんぐりと開けた。「まさか、ほんとうじゃないわよね」

トミーは卑下するように小さく笑った。「こんなことで嘘はつかないよ、ペニー」

それはそうだろう。ふつう、こういうことで人は嘘をつかない。「あなたは――」

「ああ」

「だれが――」

「わからない。二、三年前、ラングフォードから真実を聞かされるまで、自分が嫡子でないとは知らなかった」

トミーを注意深く見ていたペネロペは、彼の目のなかの静かな悲しみに気づいた。「なにも言ってくれなかったのね」

「こんなこと、なかなか話せるものじゃないからね」いったんことばを切る。「秘密を守ってくれるよね……だれにも知られないように」

でも、だれかがその秘密を暴いてしまったのだ。

ペネロペは唾を飲み、壁に掛けられた大きな油絵に目を転じた。これも風景画で、イギリス北部のごつごつして手つかずの荒野を描いたものだった。その絵の端に描かれた巨岩を凝視するうち、事情が呑みこめてきた。「それが公になったら、あなたのお父さまは破滅だわ」

「たったひとりの子どもが庶子とはね」

ペネロペはトミーに向きなおった。「自分をそんな風に言ってはだめ」

「じきにみんながぼくをそう呼ぶようになるんだよ」

沈黙のなかで、トミーの言うとおりだという意識が強まった。マイケルの計画によってトミーも破滅する。目的を達成するための手段。ペネロペが真実を理解した瞬間、トミーはそれを見て一歩近づいてきた。「ぼくと一緒に行こう、ペニー。この場所もこの人生も捨てて新しくはじめればいい。インドでも。アメリカでも。ギリシア。スペイン。東洋。どこでも好きな場所をきみが選んで」

ペネロペは目を見開いた。トミーは真剣なのだ。「わたしは結婚しているのよ、トミー」

彼の口角の一端が持ち上がってゆがんだ笑みを作った。「マイケルとね。ぼくと同じくらいきみも逃げ出す必要があるよ。ぼく以上かもしれない。少なくとも、ぼくの破滅はあっという間に果たされるからね」

「ともかく、わたしは結婚しているの。でも、あなたは……」ペネロペのことばは尻すぼみになった。

「ぼくは何者でもない。マイケルがぼくを破滅させたら」

ペネロペは夫のことを考えた。貞節と忠誠を誓った相手。家名の助けなく財産を回復するために長いあいだ闘ってきた人。マイケルは家名のたいせつさを理解している。素性というもののたいせつさを。その彼がそんなことをするとは信じられなかった。

ペネロペは頭をふった。「あなたはまちがっているわ。彼はそんなことは……」けれど、そう言いながらもそれがほんとうではないとペネロペにはわかっていた。

マイケルは復讐のためならどんなことでもするだろう。

友だちを破滅させることすら。

トミーが顎をこわばらせたので、ペネロペは急に不安になった。これほど真剣なトミーは見たことがなかった。これほど追い詰められているトミーは。「まちがってなどいない。彼は証拠を持っているんだ。ためらいもせずにその証拠を使うだろう。彼は無情な男なんだよ、ペニー……ぼくたちの知っていた友だちとは別人になってしまったんだ」トミーはペネロペの片手を両手で包んだ。「彼はきみにふさわしくない。ぼくと一緒に行こう。そうすれば、ぼくたちふたりとも孤独にならずにすむ」

ペネロペはしばらく無言でいたが、やがてそっと言った。「彼はわたしの夫よ」

「マイケルはきみを利用しているんだ」

真実だとしても、そのことばには傷ついた。ペネロペは彼と目を合わせた。「わかっているわ。わたしにかかわりのある男性みんなと同じにね。父。レイトン公爵。ほかの求婚者たち……あなた」トミーが否定しようと口を開きかけたが、ペネロペは頭をふって指を一本立てた。「やめて、トミー。わたしたちの友情を貶《おとし》めないで。あなたは土地やお金や評判のためにはわたしを利用していないかもしれないけれど、真実が明るみに出たらどうなるかと不安に思っていて、わたしがいればいい話し相手ができると考えているのよ——だれかがいれば孤独を寄せつけずにいられると」

「それがそんなにいけないかい？」捨て鉢な気持ちが声ににじみ出ていた。「ぼくたちの友情はどうなる？　ぼくたちの過去は？　ぼくはどうなる？」

ペネロペはそのことばの意味や、追いこまれた末の最後通牒《つうちょう》がこめられていることに気づかないふりはしなかった。トミーは彼女に選択を迫っているのだ。いちばん古い友人——一度も姿を消したことのない彼——か、夫や家族のどちらかを選べと。そんなことはできなかった。選択などと呼べるものではなかった。「彼はわたしの夫なのよ！　わたしの書いた筋書きではないかもしれないけれど、彼が夫なのは事実だわ」

いらだちともどかしさで息ができなくなり、ペネロペはことばを切った。トミーは彼女を長々と見つめ、その間ペネロペのことばが宙に漂っていた。「これで決まりか」トミーは寂しげな笑みを浮かべた。「驚きはしないが。きみは昔からマイケルのほうが好きだったから」

ペネロペは頭をふった。「それはちがうわ」

「ちがわないさ。いつの日かきみも気づくだろう」兄のようなしぐさでペネロペの顎に手をあてる。それが問題なのだった。トミーはいつだって恋人というよりは兄のような存在だった。だが、マイケルはちがう。マイケルには兄らしいところはみじんもない。

マイケルには親切なところもまったくない。この奇妙で悲しい戦争においてペネロペはマイケルを選んだかもしれないが、彼がトミーを徹底的に傷つけるのを黙って見ているつもりはなかった。「彼にあなたを破滅させはしない」ペネロペは断言した。「誓うわ」

トミーは片手でさっと宙を切って不信感を表わした。「ああ、ペニー……きみには止められないよ」

そのことばを聞いてペネロペは悲しく思うべきだった。そこに真実を聞き取るべきだった。けれど、ペネロペは腹を立てた。

マイケルはペネロペを家族から引き離し、あらゆる面で彼女の人生を変え、この茶番を押しつけ、たいせつな友人を脅している。しかも、そのあいだずっと、ペネロペを遠ざけていた。まるで、なんの心配もいらないつまらない存在だとでも思っているかのように。

マイケルはそろそろ心配しはじめたほうがいい。

ペネロペは顎を上げ、肩をいからせた。「彼は神じゃないわ」きっぱりとした口調で言う。「わたしたちをおもちゃの兵隊みたいにもてあそぶ権利は彼にはない」

トミーは彼女が怒っているのに気づき、悲しげに微笑んだ。「やめておいたほうがいい。ぼくにはそんな価値はないよ」

ペネロペは片方の眉を吊り上げた。「わたしはそうは思わないわ。たとえあなたに価値がないとしても、わたしにはあるもの。彼には愛想が尽きたわ」

「彼はきみを傷つけるよ」

ペネロペの口角が片方持ち上がり、苦々しげな笑みを形作った。「いずれにしても彼はわたしを傷つけるでしょう。だったら、よけいに彼に立ち向かわなくては」ペネロペはトミーのために応接間のドアを引き開けた。彼の黒く輝くヘシアン・ブーツが豪華な絨毯の上で静かな足音をたて、ペネロペは悲しみがよじれるのを感じた。「ごめんなさい、トミー」

彼はペネロペの肩に手を置いて額にやさしくキスをした。「きみの幸せを願っているのはほんとうなんだよ、ペニー。わかってくれているよね？」

「ええ」

「考えが変わったら連絡をくれるね？」

ペネロペはうなずいた。「そうするわ」

長いあいだ彼女を見つめたあと、トミーは顔を背けた。ハンサムな顔に陰がよぎる。「きみを待っているよ。待てなくなるまで」

ペネロペは行かないでと言いたかった。ここにいてと。けれど、悲しみのせいか恐怖のせいか、あるいは夫は航路を変えない船だというつらい思いのせいかはわからないが、言えなかった。「おやすみなさい、トミー」

彼は応接間から玄関広間へと出た。ペネロペはヘル・ハウスの正面ドアへと向かう彼の肩を目で追った。彼の背後でドアが閉まり、しんとした屋敷に馬車の音が響いてペネロペの孤独を強調した。彼女はひとりだった。

自分のものでないもので埋まり、自分の知らない人々しかいないこの霊廟《れいびょう》のような屋敷にひとりきり。この静かな世界にたったひとりだ。

廊下の奥でなにかが動き、ペネロペにはすぐさまそれがミセス・ワースだとわかった。それに、家政婦がだれに忠実であるかも。

ペネロペは暗がりに向かって話した。「夜の十一時にわたしが紳士の訪問を受けたのが夫の耳に入るまで、どれくらいかかるのかしら？」

家政婦は明かりのなかに出てきたが、長いあいだなにも言わなかった。ついに口を開いたときも、落ち着いた声だった。「ミスター・アレスがいらしてすぐ、クラブに伝言を送りました」

ペネロペは美人の家政婦を見つめながら――予想はついていたとはいうものの――裏切られたという思いに襲われ、それが怒りを煽《あお》った。「便せんをむだにしたわね」

ペネロペはヘル・ハウスの中央階段へ向かった。なかほどまで上がってから家政婦をふり返った。階段の下に立ってこちらを見ている家政婦は、完璧な髪型と完璧な肌と完璧な瞳だった。まるで自分が歩哨《ほしょう》に立っていれば、ご主人さまを怒らせるようなまねをするペネロペを妨害できるとばかりに。

そのせいでペネロペの怒りはさらに激しくなった。

突然、向こう見ずな気分になった。

「クラブの場所は？」

家政婦が目を丸くした。「存じあげません」

「おかしいわね。あなたは知っているとわたしは思っているのだけれど」ペネロペは声を落としもせず、良心の呵責《かしやく》も感じずにミセス・ワースを非難した。「あなたはこの屋敷のことはなんでも知っているんでしょう。人の出入りもすべて。それに、夫がこの屋敷ではなくクラブで毎晩過ごしているのも知っているんでしょうね」

ミセス・ワースは長いあいだ無言でいた。ペネロペはつかの間、無礼を理由に家政婦を解雇する権限が自分にはあるだろうかと考えたが、ついに片手をふって階段をふたたび上がりはじめた。「あなたに話すつもりがなくたってかまわないわ。いざとなったら、自分で貸し馬車をつかまえてクラブを探しにいくから」

「ボーン卿はお気に召さないと思います」家政婦は、長い廊下を寝室に向かっているペネロペについてきた。

「そうでしょうね。でも、夫のお気に召すか召さないかなんて少しも気にならないわ」実際、そんな気持ちになったことでとても自由に感じていた。ドアを開けて寝室に入り、衣装戸棚のところへ行って大きなマントを取り出した。くるりとふり返ると、目を丸くしている家政婦と目が合った。

そして思案した。ひょっとしたら、この人がマイケルの黒髪の女神なのかもしれない。マイケルの心と夜を独占しているのはミセス・ワースなのかもしれない。家政婦の磁器のような顔を見つめながら、彼女の背丈に見当をつけ、マイケルにぴったり合うかと考えた。自分よりも彼女のほうがマイケルとお似合いだった。そう思ったとき、ミセス・ワースがにっこり微笑んだ。ただの笑みではない。大きくて温かな笑みだった。「ミスター・アレスは奥方さまの恋人ではないのですね」

こんなとんでもないことを使用人が女主人に言うなんてとペネロペは一瞬たじろいだが、正直に答えた。「ええ、ちがうわ」はっきり言ったついでとばかりに続けた。「あなたはマイケルの愛人ではないわね」

驚いた家政婦はとっさに答えていた。「なんてこと。とんでもありません。請われたって彼の愛人になどなりません」ためらったあと続ける。「その……そういう意味で言ったのでは……彼はいい人です、奥方さま」

ペネロペは白い子山羊革《こやぎがわ》の手袋を群青色のスエードのものに替えた。手袋をはめながら率直に言う。「彼はばかよ。わたしだって、請われても彼を受け入れるかどうかわからないわ。ただ、わたしは彼と結婚してしまったのだけど」

「言わせていただけるのでしたら、彼が懇願するまで受け入れてはいけませんわ。ひどすぎますもの、奥方さまを……」

「放ったらかしにし続けるなんて？」ペネロペはあとを受けて言った。もしかしたら家政婦を誤解していたのかもしれない。「あいにく、懇願は夫にはない能力じゃないかと思うの、ミセス・ワース」

家政婦が微笑んだ。「ワースとお呼びください。みなさんからそう呼ばれています」

「みなさん？」

「〈堕ちた天使〉の共同経営者のみなさんです」

ペネロペの眉間にしわが寄った。「どうして夫の共同経営者をあなたが知っているの？」

「以前は〈堕ちた天使〉で働いていたんです。鍋を磨いたり、鶏の羽をむしったり、必要なことはなんでもやっていました」

好奇心が頭をもたげた。「屋敷で働くようになったのはどうして？」

家政婦の顔が曇る。「年齢とともに体つきが変化してきて、周囲の人がそれに気づくようになったんです」

「男の人たちがということね？」訊くまでもなかった。返事はわかっていた。ワースほどの美人だったら、賭博場の厨房にいてもその存在を長くは隠しておけなかっただろう。

「従業員たちは会員の男性が近づきすぎないよう手を尽くしてくれました――わたしだけでなく、女の子たちみんなに対して」ペネロペは身を乗り出した。この話の続きがどうなるかわかっていた。嫌気が差した。それがことばになる前に消してあげられればと思った。「でも、うかつでした。力のある男性は粘り強くなれるんです。裕福な男性は誘惑の魔の手なんです。そして男性全般はその気になればかなりの嘘つきになれるんです」

ペネロペにもわかっていた。夫が雄弁なのだから。

ワースの笑みは悲しげだった。「ボーンがわたしたちを見つけました」

家政婦が壁に掛かった大きな油絵の金の額縁を指でなぞるのをペネロペは見つめた。「彼は激怒したのね」本能的に、夫は――たとえどんな欠点があろうとも――そういうふるまいを絶対に許さないだろうとわかっていた。

「ボーンは相手の男性を危うく殺すところでした」ワースが続け、ペネロペは誇らしさで胸がいっぱいになった。「悪いことをするかもしれません……自分勝手かもしれません……でも、ボーンは善良な人です」ワースは油絵から離れてペネロペのドレスを吟味《ぎんみ》した。「〈堕ちた天使〉にいらっしゃるのでしたら、経営者専用口から入らなければいけませんわ。賭博室へはそこから入れます。それから、フードを深くかぶってお顔を見られないようになさってください」

ペネロペはそこまで考えていなかった。部屋を横切って薄暗い廊下に出る。「ありがとう」

「奥方さまが顔を出されたら、彼は激怒するでしょう。わたしが届けた手紙のこともありますし」しばしの間。「手紙の件はすみませんでした」

階段を下りきったペネロペはワースに鋭い視線を向けた。「それについてはあとで借りを返してもらうわ。でも、今夜はいいわ。今夜はただ、あなたの手紙は不完全だったとだけ言っておきます。残りの部分は自分で伝えるつもりよ」

親愛なるMへ、

またわたしの誕生日が来ました。今回はこれまでの誕生日よりも面倒なことになりそうです。母は社交界デビューの舞踏会を開くつもりでいて、肥えた子牛（あまりふさわしいたとえじゃありませんよね？）の役目はわたしです。いずれにしても、母はすでに三月の予定を立てはじめています。信じられる？　わたしはこの冬を乗り切るのだって無理だと思っているのに。

　右記の舞踏会には帰ってくると約束してください……まだ二十歳のあなたが舞踏会に出たり、社交シーズンを気にしたりするのは早すぎるとわかっていますが、お友だちがいたら心強いです。

いつもあなたのPより
一八二〇年八月　ニーダム・マナーにて

返信なし。


「きみは奥方と屋敷にいるべきだ」

ボーンは〈堕ちた天使〉の賭博室を見下ろす窓辺からふり向かなかった。「妻は安全なベッドのなかで眠っている」

　その光景がどんな風か、ボーンにはわかっていた。清らかな白の寝間着を着たペネロペが何枚もの毛布にくるまれ、横向きに丸くなっていて、ブロンドの髪が後ろに波打っている。眠りながらかわいらしく小さなため息をつき、空想のなかですらボーンを誘惑する。

　もっといいのは、ボーンのベッドで、ボーンの毛皮の上に横たわり、見つけてもらうのを待っている姿だ。

二度と触れないでと言われてからの日々は永遠にも思われた。

トテナム家の晩餐会の夜は、ただひとつの目的ではじまった――ボーンとペネロペの偽りの恋愛話を上流社会に信じてもらう基礎固めとして。そして、ペネロペは食堂という毒蛇《どくへび》の巣穴に果敢に飛びこみ、ボーンを好きな献身的な妻の役割を演じて彼の作り話を支援し、完璧で洗練されたやり方で彼を守った。

ペネロペを追いかけたのは、妻に夢中な夫であるとトテナム家の客たちに強調するためだったとどれだけ白分に言い聞かせても、それが真実でないのは心の奥底ではわかっていた。客たちなど頭になく、夢中なのも作り話からはほど遠かった。ペネロペに触れずにはいられなかったのだ。彼女のそばにいたかったのだ。

彼女にキスをした瞬間、状況はボーンの手に負えなくなった。空気を求めてあえぎ、ペネロペをかき抱き、人でいっぱいの屋敷のあの廊下以外の場所にいられたらと願った。じゃまをしたトテナムを殺してやりたくなったが、彼がちょうど現われなければどうなっていたかわからなかった。なぜなら、あのとき彼は妻のスカートをまくり上げ、自分はひざをつき、快楽がふたりをどこへ連れていってくれるかを示そうと真剣に考えていたからだ。トテナムが咳払いをしてくれたおかげで、ボーンの頭の霞《かすみ》も払われたのだった。

ペネロペが彫像のように体を硬くした瞬間、最悪のことを考えたのだとボーンにはわかった。あれはすべてトテナムに見せるためにやったことだと信じたのだ。たしかにそれもあった。だが、あそこまで進めるつもりではなかった。とはいえ、彼女と同じくらい自分もわれを忘れていたなどと認めるつもりはぜったいになかった。

だから彼は、ペネロペを傷つけると知りながら、取り決めについて真実を語った。彼女をだましたことでなおさら憎まれると知りながら。ペネロペが女王のような落ち着きを見せて、二度と触らないでと言ったとき、それがふたりにとって最善であるとボーンにはわかっていた。

彼女を家に連れ帰り、そのことばを撤回させたくてたまらなかったとしても。

チェイスがまた言った。「戻ってきて以来、毎晩ここにいるじゃないか」

「どうしておまえが気にする？」

「私は女性というものを知っているからだよ。女性は無視されるのが嫌いだ」

ボーンは返事をしなかった。

「小耳にはさんだんだが、マーベリー家の娘のひとりをレディ・トテナムにしようと画策しているらしいね」

ボーンは目をすがめた。「小耳にはさんだ、ね」

チェイスは片方の肩をすくめて気取った笑みを浮かべた。「情報源があるんだ」

ボーンは窓に向きなおり、眼下のピケットのテーブルについているトテナムを見つめた。

「マーベリー家の独身の娘たちがちょうど今日ロンドンに着いた。トテナム子爵の関心を引きつけるのに数日しかない」

「じゃあ、晩餐会は成功だったのかい？」

「招待状が山と届くのを夢見ているところさ」

チェイスが笑った。「かわいそうなボーン。たったひとつの望みのために、唯一望んでいないものを無理強いされるとは」ボーンはチェイスをにらみつけたが、否定はしなかった。

「きみはクラブのおかげで使いきれないほどの金《かね》を持っている。ひとかどの人間だと証明するために無理に復讐を果たす必要はないのだとわかっているだろう？」

「問題は金じゃない」

「じゃあ、なんなんだい？　爵位か？　彼がそれを安っぽいものにしてしまったことなのか？」

「爵位なんてどうでもいい」

「いや、どうでもいいなんて思ってないだろう。きみもほかの貴族と同じで、爵位という魔法の力に取り憑かれているんだ。それを腹立たしく思いながらも」いったんことばを切る。「まあ、いまさら言ってもしかたないんだが。きみは彼女と結婚し、すでに復讐に取りかかっているんだから。それとも、復讐じゃなくて復活かな？」

ボーンは顔をしかめて業火を表わす赤いステンドグラスを見つめた。ステンドグラス越しに、ルーレットのホイールがまわっているのが見える。「復活など計画していない。ラングフォードを破滅させるのに必要なことをするまでだ。それをなし遂げたら、おれはおれの人生に戻る」

「彼女なしで？」

「彼女なしで」だが、ボーンは彼女が欲しかった。

望みのものを手に入れられなくても、これまで生きてきた。生き延びてきた。

「それを奥方にどう説明するつもりだ？」

「彼女が望みの人生を手に入れるのに、おれは必要ない。好きなところで好きなように暮らせばいい。おれの土地で、おれの金を使って。喜んで彼女をひとりにしてやるさ」ボーンは以前にも一度ならず同じことを言ったが、自分のことばを信じるのがますますむずかしくなってきていた。

「どうしたらそんなことができると思っているんだ？」チェイスがもの憂げに正論を言う。

「きみは結婚しているんだぞ」

「それでも、彼女が幸せになれる道はいくらでもある」

「きみはそれを願っているのか？　奥方の幸せを？」

チェイスは意外そうだ。ボーンはそのことばをじっくり考えた。計画の実行に取りかかったときは、ペネロペの幸せなど少しも考慮していなかった。それでも――最低の夫になるとわかっていても――復讐のためなら彼女の幸せを犠牲にするだろう。とはいえ、彼も怪物ではない。可能ならば、ペネロペを幸せにして、なおかつラングフォードを破滅させるのだが。

その証として、触れないでくれという彼女の要求を尊重するつもりだ。

完璧で無垢な花嫁をベッドに連れていくのを習慣にするのはまちがいだとわかっているか

らだ。彼女はまさに、より多くを望む類の女性だから。

彼があたえられるものよりも遙かに多くを望む女性だから。

だから、彼女からは離れているつもりだ。

たとえことばにならないほど彼女を求めているとしても。

「おれは土地を手に入れるために彼女に結婚を強要した。だから、結婚して目的が達成されたあとは、せめて妻がどうすれば幸せになれるのかを考えるくらいはしてやりたいんだ。ラングフォードの転落が確実になったら、すぐに彼女を遠くにやるつもりだ」

「どうして？」

彼女はもっといい人生を歩んで当然だからさ。

ボーンは関心なさそうなふりをした。「彼女に自由を約束した。それに冒険も」

それを聞いてチェイスはくつくつと笑った。「そんなことを？　奥方はきっとわくわくしたんだろうな。最初の求婚からずいぶん長く――たいていの結婚が、許可証の紙切れほどの価値もないと気づくのにじゅうぶんなくらい長く――待ったんだから。じゃあ、きみは約束を守る気でいるんだね？」

ボーンは賭博室から目を離さないまま言った。「そうだ」

「どんな冒険も？」

ボーンはふり向いた。「それはどういう意味だ？」

「つまりだな、私の経験から言うと、手の届くところに刺激があるとわかっている女性はかなり……創造力を発揮するからだ。奥方に世界を旅してまわらせる覚悟はあるかい？　つまらないものにきみの金を散財される覚悟は？　騒々しいパーティを開いて上流社会を愕然とさせるかもしれないぞ？　愛人を作ったらどうする？」

最後のことばはさりげなく発せられたが、チェイスが自分を苦しめようとしているとボーンにはわかっていた。「なんだろうと彼女の好きにすればいい」

「それなら、奥方がそうしたいと決めたら浮気をするのもいいのか？」

それが餌なのはわかっていた。食いつくべきではないとわかっていた。ボーンは両手を握りしめた。「慎重にふるまうなら、おれがとやかく言う筋合いではない」

「奥方を自分だけのものにしておきたいとは思わないのか？」

「ああ」嘘つきめ。

「満足できなかったのか？　奥方はほかの男に任せておいたほうがいいというわけだ」

ボーンはチェイスを壁にたたきつけたいという衝動を懸命にこらえた。ほかの男がペネロペに触れるというのは気に入らなかった。ほかの男が彼女の欲求や情熱――カードよりも玉突きよりもルーレットよりもそそられるもの――を発見するのは気にくわなかった。ペネロペはボーンの自制心を、きつく抑えつけている欲望を、長いあいだ隠してきた良心をおびやかす。

ボーンには彼女を幸せにすることはできない。

それなのに、彼女を幸せにしたいと思うようになるのは時間の問題だった。

いまのままのほうがいいんだ。

ふたりにとって。

ドアが開き、ボーンはいまいましい会話を続けずにすんだ。テンプルが部屋に入ってくると、大きな体が背後の明かりをさえぎった。土曜の夜は、チェイス、クロス、テンプルの三人がフェローのゲームをするのが習慣になっている。

クロスがカードを切りながらテンプルのあとから入ってきた。彼は驚いたように言った。

「ボーンもやるのか？」

そのことばを聞いてわき起こった誘惑をボーンは無視した。参加したかった。単純で明白なゲームにふけりたかった。人生でだいじなのは運だけだというふりをしたかった。

だが、そうでないのはわかっていた。

もう長いこと、運は彼の味方をしてくれていなかった。

「おれはやらない」

三人はボーンが参加するとは思っていなかったが、いつも声はかけていた。チェイスがボーンと目を合わせる。「だったら、酒を飲みながら見ていればいい」

この場に残れば、チェイスはまた押してくるだろう。酒だけではすまなくなるだろう。

だが立ち去れば、ペネロペのことばかり考えてしまい、自分をとんでもない愚か者と感じるはめになるだろう。

ボーンはその場に残った。

三人はこのゲーム専用のテーブルについた。プレイヤーはテンプル、クロス、チェイスだけだ。ボーンは四つめの椅子に座った。テーブルについても、けっして参加はしない。

テンプルがカードを切った。マイケルは大男の手のなかでカードが一度、二度と躍ってからテーブルの上を飛ぶのを見ていた。分厚いベーズの上にカードが配られるようすそのものが誘惑だった。

二度勝負をしたあと、チェイスが質問をした。「それで、彼女が子どもを欲しがったときは？」

テンプルとクロスは自分のカードを吟味するのをやめた。チェイスの質問はあまりにも唐突で、興味を引かれずにいるほうがむずかしかった。クロスがまず口を開いた。「だれが子どもを欲しがったときなんだい？」

チェイスは椅子に背を預けた。「ボーンのペネロペだ」

ボーンはペネロペが自分の所有物のように言われたのが気に入らなかった。

あるいは、気に入りすぎたのかもしれない。

子ども。父親がロンドンにいて母親が田舎にいるのでは、子どもたちがかわいそうだ。賭博場の陰で暮らすなど、子どもたちにとってはよくない。それに女の子には、評判の悪い父親よりももっとましなものをあたえてやるべきだ。触れるものすべてを破壊する父親よりももっとましなものを。

子どもたちの母親にも。

くそっ。

「彼女は子どもを欲しがるぞ」チェイスが言い募る。「そういう類の女性だ」

「どうしてそんなことがわかる？」こんな話題を持ち出されていらだち、ボーンはたずねた。

「話題のレディのことならかなり詳しいからね」

テンプルとクロスはチェイスにさっと顔を向けた。「ほんとうか？」声に疑念をにじませてテンプルが言う。

「彼女は馬面なのかい？」クロスが訊く。「ボーンはちがうと言うんだが、彼が毎晩屋敷ではなくここで過ごして、こっちのほうが楽しいと暗に示すのは、彼女が馬面だからだと思うんだ」

ボーンのなかでいらだちが燃え上がった。「みんながみんな、盛りのついた豚みたいに夜を過ごすわけじゃない」

クロスが自分のカードに目を落とす。「豚じゃなくてウサギと言ってほしいな」彼が軽い口調で言うと、テンプルが大笑いしてからチェイスに視線を戻した。「正直なところを聞かせてくれ。レディ・ボーンはどういう女性だ？」

チェイスが手札を捨てる。「彼女は馬面じゃない」

ボーンは歯ぎしりした。あたりまえだ。

クロスが前に身を乗り出す。「頭の回転が鈍いのか？」

「私の知るかぎり、それはないな」そう言ってからボーンを見る。「奥方は頭の回転が鈍いかい？」

ある光景がよみがえった。真夜中にランタンを持って雪のなかをうろつき、内陸の海賊を探していると言った彼女。毛皮の上掛けの上で裸で横たわる彼女。「そんなことはぜったいにない」

テンプルがカードを一枚取った。「だったらなにが問題なんだ？」

しばらく間があり、ボーンは共同経営者の面々をひとりずつ見ていった。みんな、目を見開いていた。「正直に言わせてもらうが、おまえたち全員、うわさ話に興じる醜聞好きの女みたいだ」

チェイスが片方の眉を吊り上げた。「それなら、私からみんなに話して聞かせよう」ほかのふたりが身を乗り出してチェイスのことばを待った。「問題は、ボーンが奥方を遠くへやろうと頑なに決めていることだ」

テンプルがはっと身を起こす。「どれくらいの期間？」

「永遠にだ」

クロスが口をすぼめ、ボーンを見た。「奥方が純潔だったからなのか？　それはひどいんじゃないか、ボーン。それで非難するのはおかどちがいだ。私には理解できないが、たいていの貴族は純潔に重きを置くじゃないか。奥方に時間をやるんだ。きっとうまくなるさ」

ボーンは歯を食いしばった。「彼女に不満はなかった」

テンプルが真剣な表情で前のめりになった。「奥方のほうが気に入らなかったのか？」

チェイスにくつくつと笑われて、ボーンは目をすがめた。「これを楽しんでいるんだろう？」

「かなりね」

「ワースに助言を求めたらいいんじゃないかな」クロスが言い、手札を捨てた。

チェイスがそのカードを取る。「よかったら、私の経験談を話してやろうか？」

テンプルが自分の手札を見てにやりとする。「おれも話してやるぞ」

もうたくさんだった。「助言など必要ない。彼女はすごく楽しんだ」

「はじめてのときは楽しめない女性もいると聞いているが」クロスだ。

「それはほんとうだ」専門家面をしてチェイスが言う。

「奥方が楽しめなかったのだとしても、気にする必要はないんだぞ」テンプルが慰めにかかる。「またがんばればいいだけだ」

「彼女は楽しんだと言っただろう」低くこわばった声になっていた。ボーンは次に口を開いたやつを殺してやろうかと考えた。

「ひとつだけたしかなことがあるな」テンプルがさらりと言った。ボーンはきりきりと刺す失望を無視した。このテーブルについているなかで、殺すのがとても無理そうな唯一の人間がこの巨漢だったからだ。

「聞こうじゃないか」チェイスが手札を捨てて言う。

「奥方が子どもを望むなら、だれかがそうしてやらなくちゃならないってことだ」

ペネロペが子どもを望むなら、おれがその相手をする。

クロスが手札を捨てる。「奥方が不器量でないというのがほんとうなら、私が――」

クロスは最後まで言えなかった。ボーンが飛びかかったからだ。ふたりして床を転げ、椅子の壊れる音や笑い声がするなか、殴り合いの音が響いた。

ため息をついたテンプルは手札をテーブルに投げた。「おまえたちとやるフェローはいつだってふつうの終わり方をしないんだから」

「いいカード・ゲームというのは、かならず喧嘩で終わるものなんだと思ってたよ」チェイスが言った。クロスとボーンが椅子にぶつかって倒したとき、賭博室の責任者のジャスティンが入ってきた。眼鏡をかけた彼は床を転げまわっているボーンとクロスを無視し、テンプルとチェイスになにやら小声で告げた。

そこでテンプルが喧嘩に割って入ったが、どちらかの拳を頬骨に受けてののしりのことばを吐き、ボーンからクロスを引きはがした。クロスはハンカチを取り出して目の上の傷から血を拭い、訳知りの目をボーンに向けた。「結婚してまだ一週間でそれだけ神経を張り詰めているなら、奥方をベッドに連れこめよ。あるいは、奥方を屋敷から追い出すかだ」

ボーンは腫れた唇を手で拭った。クロスの言うことはもっともだとわかっていた。

「おれには彼女が必要だ。彼女がいなければ、ラングフォードを破滅させられない」

だが、もし彼女にもう一度触れたら、二度と放せなくなるかもしれない。

そして、これまで手にしていた価値のあるものすべてを台なしにしたように、ペネロペも傷つけてしまうのだ。

片目が腫れてほとんど見えない状態で、クロスがまるでボーンの考えをはっきりと読み取ったかのように日を輝かせた。「そうなると、きみの選択肢はかぎられてくるな」

「ボーン」ジャスティンが注意を引こうと声をかけた。「ワースから伝言が届いてます」

ボーンは不安に襲われながらヘル・ハウスの封印を破り、慌てて殴り書きされた数行の手紙を読んだ。信じられない思いと憤怒が体を駆け抜けた。

トミー・アレスがおれの屋敷にいる。おれの妻と。

ペネロペに触れたら殺してやる。

たとえ触れなくても殺してやる。

ひどい悪態をつきながら、ボーンは立ち上がってドアに向かった。ドアまであと半分というところでチェイスが口を開いた。「ルーレットのテーブルでも問題が起こっているらしいぞ」

「知るか」そうどなるとドアを乱暴に開けた。

「そうか。きみの奥方が階下《した》にいるんだが。クロスが喜んで相手をするだろうが――」

ボーンは凍りついた。共同経営者がきざな笑いを浮かべているのを見て、疑念と恐怖が胃の腑にどすんと落ちる。なんとか自制心を保って窓辺へ行き、賭博室を見下ろすと、ルーレット区画の片隅に立っているマント姿の人間にすぐさま視線が吸い寄せられた。その人物は番号が記されたベーズに一枚の金貨を置こうとしているところだった。

「どうやら奥方はきみが約束した冒険を実行しているようだな」チェイスが皮肉っぽく言った。

まさか。

あれがペネロペであるはずがない。こんな愚かなまねをするはずがない。

妹たちの評判を危険にさらすはずがない。

自分自身を危険にさらすはずがない。

毒蛇の巣穴である賭博室ではどんな目に遭うかわかったものではないのだ。男たちは酒を飲みすぎ、金を賭けすぎている。勝って興奮しているか、賭けているのが自分の金でなかったとしても、自分が状況を掌握《しょうあく》していると証明するのに躍起になっている男たちに囲まれているのだ。

ボーンは激しく悪態をつき、ドアに向かって駆け出した。

低い口笛の音がして、クロスのことばが背後に聞こえた。「外見が勇気の半分もすばらしいなら、喜んで奥方を譲り受けるぞ」

そんなことをさせてなるものか。

13

親愛なるMへ

今日のニーグム－ドルビー侯爵夫人はとても誇らしげです。わたしは宮殿で謁見《えっけん》を賜《たまわ》り、オールマックスへの出入りも認められ、無事に社交界デビューを果たしました。大成功だったのはまちがいありません。

驚くほどのことではないかもしれませんが、正式に結婚市場に出て二週間近く経ちますが、興味深い会話をひとつもしていません。たったのひとつもよ、信じられる？　母はわたしの夫候補に公爵をと考えているようですが、夫にふさわしい若い紳士はそれほどおおぜいいるわけではありません。

白状すると、あなたに会えるのではないかと期待していました——舞踏会で、晩餐会で、今週催されたそのほかのパーティで。でも、あなたは姿を見せないままで、わたしには便せん《フールスキャップ》があるだけです。

わたしにぴったりですね。ほんとうにばか《フール》だと思います。

署名なし
一八二〇年三月　ドルビー・ハウスにて
投函《とうかん》されず。

〈堕ちた天使〉は壮観だった。

これほど感銘を受けるものをペネロペは見たことがなかった。賭博場はろうそくの明かりと色彩にあふれ、人々はとんでもない賭け金を叫び、笑い転げ、さいころにキスをし、不運をののしっていた。

ペネロペはドアマンたちにそっと名前を告げたのだった。正体を明かしたくはなかったが、名乗らなければ入れてもらえないとわかっていた。ペネロペが名乗り、夫の名前も告げると、ドアマンは目を見開いた。彼らがそれを信じるかどうか迷っているあいだ、入り口の陰のなかにとどまっていた。

やがて、大男のドアマンのひとりがにやりと笑い、ハムほどの大きさのある手でクラブ内部のドアを二度たたくと、そのドアがほんのわずかに開けられた。「ボーンの奥方だ。入ってもらったほうがいい」

ボーンの奥方。

そのことばを耳にして、ペネロペは震えを感じた。望んではいないが、ちがうとも言えない呼称。今夜はそれを存分に利用して、心のなかの思いを夫にぶつけてやるつもりだ。

そのときドアが大きく開いて内部のにぎにぎしい音や人々の動きがあらわになり、ペネロペは自分がここへ来た目的を忘れた。

マントをきつく引き寄せる。ワースの助言に心のなかで礼を言い、大きなフードで顔を隠しながら周囲を見まわした。手札をどうしようか迷っている人、ルーレットのホイールをまわる小さな象牙の玉を目で追う人、贅沢な緑のベーズの上を運命の風に吹かれて転がるさころを見つめる人。

それはもっとも根源的で混じりけのない冒険だった。

ペネロペはおおいに気に入った。

マイケルがここで長い時間を過ごすのも無理はない。この場所がマイケルの女神、マイケルの黒髪の美人なのだ。ペネロペには彼を責めることなどできなかった。この場所はすばらしい愛人だ。

かちっとした黒い上着と完璧にアイロンのかかったクラバットというでたちの使用人たちが、スコッチやブランデーの載ったトレイを持って賭博室をまわっており、女性たちは肌を露出した派手なドレスを着ている。彼女たちは化粧をしておめかしし、きれいに髪を結っており、ペネロペは彼女たちのようになりたいと思った。ほんの一瞬、自分のこの手に運命を握るのはどんな感じか知りたくなった。さいころを投げ、胸を高鳴らせたかった。

けれど、ペネロペの息を奪ったのは、壁画のように巨大で紛れもなく美しいステンドグラスだった。堕天使ルシファーの足首に鎖が二重に巻きつけられ、その先は地獄へと消えていて、片手に持っている笏《しゃく》はまっぷたつに折れており、もう片方の手には王冠が握られているすばらしい絵だった。翼はもはや巨大な大天使を飛ばすことはできず、ルシファーは地獄の炎のなかにまっさかさまに堕ちていく。

それは美しいと同時に醜悪でもあり、この悪徳の巣窟の背景にはまさにぴったりだった。ペネロペは顔をうつむけたまま人々のあいだを縫って進むのを楽しんだ。まっすぐどこかへ向かうのではなく、人々のすき間を見つけては進みながら、行きあたった最初のテーブルで止まろうと決めた。

それがルーレットのテーブルだった。感謝の念と興奮とで心臓が飛び出しそうになった。このゲームならルールを知っていた。完全に運に左右されるゲームであることも。ペネロペは自分の運を試してみたくなった。

急にとても幸運だと感じたからだ。

ディーラーがペネロペを見て片方の眉を上げ、チップを集める長いレーキをふった。「紳士のみなさん……そしてレディ」抑揚をつけた重々しい口調で言う。「賭け《ベット》をお願いします」

ペネロペはすでにポケットに手を入れて金貨をいじっていた。きらめくソブリン金貨を一枚取り出し、その表面を親指でなでながらテーブルについているほかの人たちがベットしていくのを見つめた。深みのある緑色のベーズの上に硬貨が置かれていく。ペネロペの目は、テーブル中央の赤い区画に吸い寄せられた。

23。

「レディが賭けるまで少々お待ちください」

目がディーラーと合い、ペネロペはおずおずと手を伸ばしてベーズの上に金貨を置き、ろうそくの明かりを受けてきらきら輝くのをうっとりと見つめた。

「ベットはここまでです」

ホイールがまわりはじめ、玉が溝に沿って回転した。象牙が金属にあたる音そのものが誘惑だった。ペネロペは息を詰め、もっとよく見ようと身を乗り出した。

「ルーレットは堕天使ルシファーのゲームだと言われているんですよ」背後から声がして、ペネロペはそちらをふり向かずにはいられなかった。フードで顔をしっかり隠しておくのは忘れなかった。「ぴったりの表現じゃないですか？」

見知らぬ男性はテーブルの端に手を置いた。それはペネロペの手のすぐ近くで、ゆっくりと触れてきたところを見るとわざとそうしたようだった。ペネロペは不愉快に思ってさっと手を引っこめた。

「おもしろいわ」ペネロペはこのひとことで会話が終わりになりますようにと願いながら、いやな感じの男性からじわじわと離れた。彼女は赤と黒を識別できないくらい速くまわっているホイールに注意を戻した。

「ルーレットに魅せられすぎて、その秘密を知るために悪魔に魂を売ったフランス人男性の話があるんですよ」

ホイールの回転速度が落ちてきて、ペネロペは身を乗り出した。哀れなフランス人男性の気持ちがよくわかった。隣りの男性が注意を引こうと指でペネロペの腕をなでた。彼女の体をおぞましい震えが走る。「あなたが魂を売るとしたら、どんな誘惑に対してだろうか？」

ペネロペには返事をすることも、その手をどけてということもできなかった。男性が数フィート離れた床に投げ飛ばされたからだ。騒ぎにふり向くと、劇的な事件を見ようと賭博室のまん中で立ち止まった人々の脚のあいだへ向かってあたふたとあとずさる男性をマイケルが追っていた。

ペネロペの夫が体をかがめて男のクラバットをつかんだ。彼の大きな背中にじゃまされ、倒れている男の顔は見えなかった。「このクラブで二度とレディに触れるんじゃない」マイケルが凄みのある声で言い、拳をふり上げて脅した。

「ちくしょう、ボーン」男は苦しそうに言い、マイケルの手首を両手でつかもうとした。

「放してくれ。彼女はただの――」

マイケルの手が男の喉にまわされた。「最後まで言ったら、おれがあんたの息の根を喜んで止めてやる、デンズモア」獲物に顔を近づけて低く言う。「このクラブにいる女性にまたあんたが触っているのを目にするか、触ったと聞いたら、あんたが失うのはここの会員権だけじゃないからな。わかったか？」

「ああ」

「ちゃんと言え」マイケルは人を殺しかねない形相をしており、ペネロペはワースの話を思い出した。

「言うよ。ああ、わかった」

マイケルはデンズモアを床に放り投げ、ペネロペをふり向いた。ペネロペはとっさにフードを下げた。マイケルは彼女の手をつかむと、薄暗いアルコーブに連れこんで詮索好きの目から守るようにそばに立った。「それからきみだ」怒りのこもったささやきだった。「ここでなにをしている？」

ペネロペは怖じ気づくまいと、しっかりと彼の視線を受け止めた。自分の役――冒険に出た侯爵夫人――をきちんと果たさなければ。「あなたが騒ぎを起こすまでは楽しんでいたのよ」

マイケルの顎の筋肉がひくつき、彼女の手首をつかむ手に力がこもった。「おれが騒ぎを起こしたって？　ロンドンの半分の人間がこのクラブにいるんだぞ！　そんなマントで自分の正体を隠しきれるとでも思っていたのか？」

ペネロペはつかまれている両手をねじって放してもらおうとしたが、だめだった。「気づかれていなかったわ。だれにも」さらに暗い壁ぎわへとマイケルに押しやられた。「もちろんいまは、あの女はだれだろうとみんなが思っているでしょうけどね」

「彼らにはもうばれているだろうな」マイケルがざらついた笑い声をたてた。「おれはすぐにきみに気づいたぞ」

彼がわたしに気づいた？　ペネロペは体を突き抜ける喜びを無視し、屈服するまいと肩をいからせた。

ルーレット・テーブルのディーラーの補佐役《クルピエ》がアルコーブの入り口に現われた。「ボーン」

マイケルは軍隊すら止めてしまうほどの形相で肩越しをふり向いた。「あとにしろ」

「あなたが指摘してくださったように、わたしはすでにロンドンの半分の人たちの前に姿をさらしてしまったわけだから、これ以上悪い事態にはなりようがないんじゃないかしら？」

「そうだな」マイケルが声を落として皮肉を言った。「きみは誘拐され、虐待《ぎゃくたい》され、正体を暴露されていたかもしれない……」

ペネロペは体をこわばらせた。「わたしに対するあなたの扱いと、それがどれほどちがうというの？」マイケルにしか聞こえないように声を落としたまま言った。彼を限界まで追いやっているのはわかっていた。

マイケルの目がきらりと光った。「ぜんぜんちがう。それがわからないのなら――」

「お願い、やめて。わたしやわたしの幸せを気にかけているふりなんてしないで。看守がちがうだけで、独房であるのに変わりはないわ」

マイケルは歯を食いしばった。「あの豚野郎のデンズモアと三分も一緒にいたんだから、その辺の不埒者とくらべておれが本物の聖人だとわかっただろう。ここには来るなと言ったはずだ。おれが一緒でないかぎり」

「あれをするなこれをするなと人から命令されて黙ってしたがうのはもうやめたの」ペネロペは大きく息を吸った。こんな勇気がどこから湧いてきたのかわからないが、このまま消えたりしないでほしいと願った。マイケルがとてもこわい顔をしていたからだ。

それに、身なりがかなり乱れている。クラバットはなおしようがないほどしわくちゃだし、上着はゆがんでいるし、片方のシャツの袖口が上着の袖のなかに入ってしまっている。どうしたのだろう。マイケルはいつも几帳面なくらいきちんとしているのに。

「なにがあったの？」ペネロペはたずねた。

「ボーン」

クルピエにふたたび声をかけられ、マイケルはついにふり向いた。「くそっ、なんの用だ？」

「ご婦人の件です」

「彼女がどうした？」

ペネロペは正体がばれないようにフードを深くかぶり、マイケルの背後から覗き見た。クルピエは両の眉を吊り上げ、ふたりに向かって中途半端な笑《え》みを魅せた。「勝たれました」

一拍の間のあと、ボーンが言った。「なんと言った？」

「ご婦人が勝たれました」クルピエは驚きを隠しきれていなかった。「23。一目賭けであてられたんです」

マイケルの視線がルーレットのテーブルへ、そしてホイールへとすべった。『勝ったって？』

ペネロペは目を丸くした。「勝ったの？」

クルピエが彼女に向かってばかみたいに微笑んだ。「勝たれました」

「勝ち金を部屋に運んでくれ」ほんの何秒かでマイケルはペネロペを連れて近くのしっかり守られたドアをくぐった。

長くて暗い階段を上りながら、ペネロペは夫とやり合う覚悟を固めた。けれど、彼に遅れずについて行くのが先だ。マイケルは彼女の手を放す気配も見せないまま長い廊下を進み、階下の明かりがステンドグラスを通して入ってきていなければ——色彩のモザイクになっていた——まっ暗だっただろう大きな部屋に入った。

「なんて豪華なの」マイケルが手を放してドアに鍵をかけたのにも気づかず、ペネロペは言った。「階下《した》からはステンドグラスの向こうに部屋があるなんてわからなかったわ」

「それが狙いだからな」

「すばらしいわ」ペネロペは窓辺へ行き、片手を伸ばしてルシファーの髪を表わす金色のガラスに触れた。

「ここでなにをしている、ペネロペ？」

彼女はさっと手を引っこめてマイケルをふり向いたが、部屋が暗いので彼の表情ははっきり見えなかった。マイケルは部屋の反対側で暗がりに溶けこんでしまったように見えた。ペネロペの心臓が早鐘を打ち、なぜクラブに来たのかを思い出した。「話し合わなければならないことがあるわ」

「おれがヘル・ハウスに戻るのを待てないほど急ぎの話か？」

「あなたが帰ってくるとわかっていたら、待っていたかもしれないわ」つっけんどんに言う。「でも、あなたのご予定がわからなかったから、こちらから出向いたほうがいいと思ったの」

マイケルが広い胸の前で腕を組むと、たくましい腕のあたりで上着がぴんと引っぱられた。

「きみをここまで連れてきた御者を首にしてやる」

「それは無理ね。貸し馬車で来たのですもの」勝ち誇った声になるのを抑えきれなかった。

「トミーがきみを手助けしたのなら、あいつを滅ぼすのに大きな喜びを感じるだろうな」

ペネロペは顎をつんと上げた。「やはりその話になるのね」

「二度とあいつに会うな」

暗い部屋で腹を立てているマイケルからのしかかられるように感じたが、こわくはなかった。ペネロペだって彼に腹を立てているのだ。「その命令にしたがうかどうかはわからないわ」

「したがってもらう」マイケルが彼女をドアに追い詰める。「また会ったら、あいつを滅ぼす。それを頭にたたきこんでおけ」

ペネロペが待っていたきっかけだった。「どのみちあなたはトミーを破滅させるつもりだと聞いたけれど」マイケルは否定せず、ペネロペは失望に貫かれた。彼女は頭をふった。「何度あなたはもっとまともな人だと思い、何度まちがっていると思い知らされれば気がすむのかしら」ペネロペは彼に背を向け、もう一度窓辺に立って階下を眺めた。「あなたには心というものがないんだわ」

「結婚生活が長くなる前にきみがそれに気づいてよかったよ」

ペネロペは彼のほうに向きなおった。自分たちの人生を、彼女の人生をあんな風に冷ややかに言われてかっとなった。「この見せかけの結婚はどのみち長く続かないかもしれないわね」

「どういう意味だ？」

ペネロペは少しも楽しげでない笑い声をたてた。「あなたはこの結婚を少しもたいせつに思っていないという意味よ」

「きみのたいせつなトミーから、一緒に逃げようと言われたんだな？」今度黙りこむのはペネロペの番だった。彼は思いたいように思えばいい。マイケルが近づいてきた。「そのつもりなのか、ペネロペ？ 自分勝手な決断をして、おれたちの結婚ときみの評判と妹たちの名前を台なしにするつもりか？」

ペネロペは思わず言い返していた。「わ、わ、わたしが自分勝手ですって？」声をあげて笑い、マイケルを押しのけてドアに向かう。「あなたにそんなことを言われるなんて、笑えるわ。あなたはわたしが知っているなかでもいちばん身勝手な人なのに。友だちを破滅させ、自分の目的を達成するために妻を利用するような、自分のことしか考えていない人よ、あなたは」

ドアの取っ手に手を伸ばしたが、暗がりからぬっと出てきた彼の手に手首をつかまれてあえいだ。「この話が終わるまで、出ていかせはしない。トミー・アレスには近づかないと約束するまで出ていかせない」

もちろん、ペネロペはトミーとどこにも行くつもりはなかった。けれど、それを教えてマイケルをいい気にさせるつもりはなかった。「どうして？　わたしがトミーと出ていったほうがあなたにとってはいいんじゃないの？　そうすれば、復讐と自由をいっぺんに手に入れられるじゃないの」

「きみはおれのものだ」

ペネロペは彼に食ってかかった。「頭がどうかしているわ」

「そうかもしれない。だが、おれがきみの夫であることに変わりはない。それをよくおぼえておけ。おれにしたがうと誓ったことも」

ペネロペはおもしろくもなさそうに小さく笑った。「あ、あ、あなただって、わたしを敬うと誓ったじゃないの」嚙みつくように言う。それに、ふたりとも、相手を愛すると誓ったわ。その誓いも守られていないわね。

マイケルが身をこわばらせた。「おれに不名誉な目に遭わされたと思っているのか？」

「あなたに触れられるたび、不名誉な目に遭わされている感じがするわ」

それを聞いてマイケルは手を放した。ペネロペの肌にやけどを負わされたとばかりにすばやく。「それはどういう意味だ？」

ペネロペはためらった。話がいきなり妙な方向に進みはじめ、不安を感じた。

「ほら、ほら、マイ・レディ」マイケルは吐き出すように敬称を口にした。彼を傷つけたのだとペネロペは気づいた。「訊いたことに答えるんだ」

ええ、答えますとも。

「わたしに触れるたび、ほんのわずかでもわたしへの関心を見せるたび、それはあなた自身の利益のためなの。あなたの目的のためなの。わたしがなんのかかわりも持ちたくないと思っている復讐のため。わたしのためではまったくないわ」

「そうか？」皮肉たっぷりの口調だ。「おもしろいな。きみはおれに触れられて楽しんだみたいだったが」

「もちろん楽しんだわよ。わたしが炎をくぐり抜けるよう、あなたが手を尽くしてくれたんですもの。あなたは自分の……」ペネロペは躊躇し、彼の方向に手をふった。「……ベッドでの腕前を発揮して、さらに目的に近づこうとしたのよ」いまやことばはすさまじい勢いであふれ出てきた。「しかもあなたはすばらしい仕事をやってのけたわ。白状するけれど、感銘を受けたの。あなたの鮮やかな戦略と一分の隙もないベッドの腕前の両方にね。でもね、快楽なんてはかないものなのよ、ボーン卿。はかなすぎて、利用される屈辱に耐える価値もないほど」ドアの取っ手をつかむ。この部屋から早く出たかった。彼から逃げ出したかった。「なにもかもを放り出して結婚の誓いにしたがわなくてごめんなさい。でも、あなただって誓いを悪用したのだからおたがいさまよね」

「だいじなトミーが相手ならちがう風になると思っているのか？」

ペネロペの目がすがめられた。「彼を好きな気持ちを謝ったりしないわよ。あなただってトミーを好きだったときがあったでしょう。彼はあなたのいちばん古い友だちなのよ」三人組の三人め。ペネロペは失望の気持ちをことばにこめた。

マイケルの目が怒りでぎらついた。「いちばん必要なときに、彼は友人らしいことをしてくれなかった」

ペネロペは頭をふった。「お父さまのしたことをトミーが後悔していないとでも思っているの？　それはまちがっているわ。彼は後悔していたわ。はじめから」

「それではじゅうぶんじゃない。だが、おれが復讐を果たしたら、あいつもじゅうぶんすぎるくらい後悔するだろう」

ペネロペはトミーを守ってやらなくてはと感じた。「あなたに彼を傷つけさせはしないわ」

「きみに選択肢はない。きみのたいせつなトミーは父親と一緒に破滅する。おれは十年前に復讐を誓った。なにものにもじゃまはさせない。あいつと結婚しなかったことを神に感謝するんだな。そうなっていたら、きみもあいつらもろとも破滅していた」

ペネロペが目をすがめた。「あなたがトミーを破滅させたら、わたしはあなたと結婚したことを一生涯後悔するわ」

それを聞いてマイケルは笑った。少しもおかしそうではなかった。「きみはすでに後悔しはじめているんだと思ったがな、愛しい人」

ペネロペは首を横にふった。「ちゃんと聞いてちょうだい。心得ちがいのこの復讐だけれど、もし最後までやり遂げたら、昔のあなたは、あなたのなかのよいものは……すべてなくなってしまうわ」

マイケルは身じろぎもしなかった。ペネロペの話が聞こえたというそぶりも示さなかった。彼にはどうでもいいのだ。トミーのことも。わたしのことも。三人の過去も。その真実がペネロペの胸に突き刺さった。ことばがあふれ出るのをせき止められなかった。「トミーはあなたを失って打ちのめされたのよ。ちょうど――」ペネロペははっと口をつぐんだ。

「ちょうど？」マイケルがせっついた。

「わたしと同じように」ペネロペはそのことばを憎みながら吐き出すように言った。思い出がどっと押し寄せ、それとともにマイケルが破滅したと知らされたときに感じた、胸をうずかせる悲しみも戻ってきた。「彼はわたしと同じようにあなたを恋しがっていたわ。わたしと同じようにあなたを心配していた。トミーはあなたを探したのよ。見つけようとしたの。わたしと同じように。でも、あなたは消えてしまった」ペネロペはマイケルに一歩近づいた。「彼があなたを見捨てたと思っているの？　去っていったのはあなたのほうじゃないの、マイケル。あなたが彼とわたしを見捨てたのよ」ペネロペの声は震えていた。マイケルが消えたあとのあの何カ月、あるいは何年かに感じた怒りと悲しみと恐怖のせいだ。

「あなたがわたしを見捨てたの」ペネロペは彼の胸に両手をつき、すべての力と怒りをこめて押した。「あなたが恋しくてたまらなかった」マイケルはしんとした暗い部屋で数歩下がった。ペネロペは、言うべきでないことまで言ってしまったと――口にするなど想像すらしなかったことまで言ってしまったと――気づいた。大きく息を吸いこみ、あふれてきた涙をこらえた。泣くものですか。彼のために泣いたりしない。

喉のつかえを押してペネロペはささやいた。「あなたに会えなくてほんとうに寂しかった。いまいましいけれど、いまもそうなの」

ペネロペは暗がりのなかで待った。なんでもいい、マイケルがなにか言ってくれるのを。マイケルが謝ってくれるのを。

彼もペネロペが恋しかったと言ってくれるのを。

一分が経った。二分。さらに何分か。

マイケルにはなにも言うつもりがないのだと悟ったとき、ペネロペは彼に背を向けてドアを開けたが、マイケルが彼女の肩越しに手を伸ばしてたたきつけるように閉めた。ペネロペは力任せに取っ手を引っぱったが、彼は大きな片手でドアを押さえ続けた。「人でなし。わたしを出してよ」

「だめだ。この話を終えるまでは出ていかせない。おれはもうあのときの少年じゃない」

ペネロペは乾いた笑い声をあげた。「わかっているわ」

「それに、おれはトミーでもない」

「それもわかっているわよ」

マイケルに首のぴんと張った筋を指でたどられたので、脈が激しく打っているのを知られてしまっただろう。「おれがきみを恋しがらなかったと思っているのか？」ペネロペは立ちすくみ、もっと言ってくれないかと息を浅くして待った。「きみのすべてを恋しがらなかったとでも？　きみが象徴するすべてを？」

マイケルが体を寄せてきて、息がペネロペのこめかみにやさしくあたった。彼女は目を閉じた。傷ついて謎めいたマイケルの居場所で、どうしてこんなことになったのだろう？「おれが戻りたくなかったと思っているのか？」感情で喉が詰まったような声になっていた。

「でも、帰る家はおれにはなかった。だれもいなかった」

「それはちがうわ」ペネロペは言い返した。「わたしがいた。いたのよ。わたしは……」孤独だった。ペネロペは唾を飲んだ。「わたしが待っていたわ」

「いや」その声はざらついていた。「ラングフォードがすべてを奪った。あの少年……きみが恋しがった少年も……あいつが奪い去った」

「そうかもしれない、でも、それをしたのはトミーじゃない。わからないの、マイケル？トミーはあなたのゲームの駒にすぎないのよ……わたしと同じように……わたしの妹たちと同じように。あなたはわたしと結婚したし、妹たちを結婚させると約束してくれた。でも、トミーを破滅させたら……あなたは一生自分を許せなくなるでしょう。わたしにはわかるの」

「それはまちがいだ。ぐっすり眠れるようになるさ。この十年はまともに眠れなかったが」

ペネロペは頭をふった。「それはほんとうじゃないわ。復讐しても傷つかないと思っているの？　復讐の衝撃を受けて痛みを感じないと思っているの？　ラングフォードに破滅させられたのと同じ、計算尽くのおそろしいやり方で他人を破滅させたことに悩まされないとでも？」

「トミーはこの戦争において不運な犠牲者だった。だが、きみを連れ去ろうとした今日以降、おれがあたえようと考えていた罰を受けるいわれがないかどうか、はなはだ疑問だ」

「賭けをしましょう」ペネロペは考える間もなく言っていた。「ゲームの種類となにを賭けるかを決めてちょうだい。トミーの秘密を賭けるわ」

マイケルが体をこわばらせた。「きみはおれの欲しいものを持っていない」

ペネロペはそのことばと、それを言ったマイケルを憎んだ。わたしには自分という人間がある。彼との結婚生活がある。ふたりの将来が。けれど、そのどれひとつとしてマイケルには価値のないものなのだ。

その瞬間、ペネロペはトミーが正しかったと悟った――いつだって、彼女が知っていたあの強くて自信たっぷりなマイケルだったのだと。ともに笑い、ともに育ち、失って何年も悲しんだ相手。あの少年はいなくなり、代わりにこの陰鬱で復讐に取り憑かれたマイケルが現われた。その彼もまた、あの少年のマイケルとはちがう意味で魅力的だった。

ペネロペにはもう闘う気力がなかった。「放して」

マイケルが体を寄せ、彼女の耳もとで言った。「おれは復讐を果たす。きみがそれを理解するのが早ければ早いほど、おれたちの結婚生活は楽になるんだ」

ペネロペは黙ったままだった。沈黙が彼女の抵抗だった。

「立ち去りたいか？」感情がむき出しのざらついた声だった。

いいえ。とどまってほしいとあなたに思ってもらいたい。

どうしてだろう？　どうしてマイケルはわたしをこんな風にするの？　ペネロペは深呼吸した。「ええ」

マイケルはドアを押さえていた手を離して一歩下がった。ペネロペはすぐさま、彼の温もりを恋しく思った。「だったら行け」

ペネロペはためらわなかった。

急いで廊下に逃げ出しながら、たったいまふたりのあいだでなにかが起こったという感覚をふり払えなかった。取り消すことのできないなにかが。立ち止まって壁にもたれ、階下の賭博室から届くくぐもった喧噪《けんそう》を聞きながら暗がりに包まれた。

自分を抱きしめ、考えまいと目を閉じる。マイケルと交わしたことば。自分が持っているものや象徴するものや受けた教育以上の結婚をしたくて八年も待ったというのに、夫は彼女をまさにそういうものとしてしか見てくれないとは。

それだけではない。夫はずっと思っていた男性とは別人だった。

あの男性は存在しないのだ。

夫はペネロペが知っていた少年の成長した姿ではない。

ペネロペの愛していた少年の成長した姿では。

ふうっと長い息を吐き、彼女は暗がりのなかで耳障りな笑い声をたてた。

運命はほんとうに残酷だ。

「レディ・ボーン？」

まだ慣れない自分の名前を呼ばれてどきりとし、壁にぴたりと体をつけたとき、暗がりのなかからとても背の高い男性が現われた。体は葦《あし》のように細く、顎は四角くて力強く、目には同情だけでなくペネロペには判然としないものもたたえていて、敵というよりも味方だと直感した。

男性がほとんどわからないほどの会釈をした。「クロスと申します。あなたの勝ち金を預かっています」

クロスという男性が黒っぽい小袋を差し出した。ペネロペにはそれがなんなのか、すぐにはわからなかった。今夜は刺激と冒険と快楽を求めてここにやってきて、失望だけを抱えて立ち去るところだったと思い出すのに時間がかかった。

小袋を受け取った彼女は、なかに入っている硬貨の重さに驚いた。

クロスが低くて太い声で笑った。「三十五ポンドはかなりの額ですよ。それもルーレットでとはね。あなたはとても幸運だ」

「ぜんぜん幸運ではありませんわ」少なくとも今夜は。

一拍の間。「では、運が変わりつつあるのかもしれませんね」

それはどうかしら。

「そうかもしれませんわね」

長い間があり、クロスは彼女をじっくり観察してから小さく会釈した。「お帰りは気をつけて。泥棒にとっては一年分の金額ですから」彼がきびすを返し、ペネロペは小袋を片手からもう一方の手に移して重さをたしかめた。なかの硬貨がこすれ合う音がした。

考えなおす間もなく、ペネロペは彼を呼び止めていた。「ミスター・クロス？」

彼が足を止めてふり向く。「マイ・レディ？」

「あなたはわたしの夫をよくご存じ？」ことばがつい口から出てしまった。長い間があったので、彼は答えるつもりがないのかもしれないとペネロペは思った。

そのとき、クロスが口を開いた。「ボーンを知っているほかの人たちと同じくらいは」

ペネロペは思わず笑ってしまった。「わたしよりはよくご存じのはずだわ」

クロスはそれには返事をしなかった。その必要もなかった。「なにか訊きたいことがおありですか？」

訊きたいことなら山ほどあった。ありすぎるほどだ。

彼はだれ？　わたしが昔知っていた少年はどうなったの？　なにが彼をあんなによそよそしい人間にしてしまったの？　なぜ彼はこの結婚に歩み寄ろうとしないの？

そのどれも、たずねることはできなかった。「いいえ」

クロスはペネロペが考えなおすのをしばらく待ったが、その気配がなかったので言った。

「あなたは私が想像していたとおりの方だ」

「どういう意味でしょう？」

「ボーンをあれほどいらだたせられる女性は、非凡な人にちがいないということです」

「彼をいらだたせるなどできませんわ。彼は自分の目的に利用する以外、わたしのことなどなんとも思っていませんから」言ったとたんに後悔した。すねた言い方になってしまったからだ。

クロスの片方の眉が上がった。「それは断じてちがいますよ」

それがほんとうだったらいいのに。

もちろん、ほんとうであるはずがない。

「結局のところ、あなたも夫をよくご存じないみたいですわね」

ペネロペがそれについて話したがっていないのをクロスは理解したようで、話題を変えた。

「彼はどこです？」

ペネロペは頭をふった。「知りません。置き去りにしてきましたから」

暗がりのなかでクロスの白い歯がきらめいた。「ボーンはきっと敬意を持ったと思いますよ」

彼に追い払われたのに。「彼がどう思おうと、どうでもいいことです」

クロスが親しみのこもった大きな笑い声をあげた。「あなたは完璧だ」

ペネロペは完璧などという気分ではなかった。並はずれた愚か者の気分だった。『はい？』

「ボーンと知り合って長いですが、これまであなたのように彼に影響をあたえる女性はひとりもいませんでした。彼があなたにするようにだれかに抗うところなど見たこともありませんん」

「あれは抵抗ではありません。無関心ですわ」

赤褐色の眉が片方上がった。「レディ・ボーン、あれはぜったいに無関心などではありませんよ」

彼にはわからない。彼はマイケルがどんな風にわたしを置き去りにしたか見ていないのだから。彼がわたしからどれだけ遠くに離れているか。どれほどわたしを気にかけていないか。

ペネロペはそんなことを考えたくはなかった。今夜は。「貸し馬車をつかまえるのを手伝っていただけますかしら？　家に帰りたいと思います」

クロスが首を横にふる。「貸し馬車であなたを帰したとわかったら、ボーンに殺されます。彼を探してきましょう」

「やめて！」ペネロペはとっさにそう言ったあと、視線を落とした。「夫には会いたくありません」

彼はわたしに会いたがっていないの。

ペネロペはどちらがより重要なのか、もうわからなくなっていた。

「ボーンがだめなら、私がお送りしましょう。私は無害な人間ですよ」

ペネロペは目をすがめた。「あなたがほんとうのことを言っていると、どうしてわかります？」

クロスの唇の端が片方持ち上がった。「理由はいろいろありますが、もしあなたを傷つけたら、ボーンは大喜びで私を徹底的にたたきのめすだろうからです」

今夜、マイケルが汗のひとつもかかずにデンズモアを賭博室の床に投げ飛ばしたことをペネロペは思い出した。唾を飛ばしながらしゃべる伯爵におおいかぶさるように立ち、拳を握りしめ、怒りで声を震わせていた彼の姿がよみがえる。

ひとつだけペネロペにもたしかにわかることがあるとすれば、それはマイケルは妻が傷つけられるのをけっして許しはしないということだ。

妻を傷つけるのがマイケル自身の場合は、当然ながら話は別だが。

14

親愛なるMへ

あの人でなしのラングフォードがなにをしたか聞きました。極悪非道すぎます。あそこまでひどい人間だったなんて、だれも――トミーとわたし以外――思っていませんでした。トミーは……ずっとあなたを探しています。彼があなたを見つけてくれるよう祈っています。
少しでも早く。

いつもあなたのPより
一八二一年二月　ニーダム・マナーにて

投函されず。

テンプルの左フックを歓迎した。
当然の報いだった。

左フックが顎に入って頭がのけぞり、ボーンは〈堕ちた天使〉の地下にしつらえられたリングの木の支柱によろよろとぶつかった。おがくずを敷いた床に倒れる前になんとか体勢を立てなおし、ロープ越しにチェイスと目を合わせ、それから背筋を伸ばしてスパーリングの相手に向きなおった。

ボーンが近づいていくと、テンプルが軽快な足運びを見せた。「おまえはばかだ」

ボーンはそのことばの真実を無視してオークの木すら倒すほどのパンチをくり出した。

テンプルが身をかわしてにやりと笑う。「ばかなうえに腕が落ちてる。女性に対しても腕が落ちてるんじゃないのか？」

ボーンはすばやくテンプルの頬を殴り、拳が肉を打つ音に満足をおぼえた。「これでもおれの腕が落ちてるって？」

「情けないパンチじゃないか」テンプルがにっと笑い、ボーンの次のパンチを左によけた。「おまえの奥方はクロスと帰ったから、そっちについてはおれにはなんとも言えないな」

ボーンは悪態をつさ、テンプルに向かっていった。テンプルのほうが数インチ背が高く、横幅も半フィートは上まわるが、ボーンは機敏さと反応のよさで体格の差を補った。今夜はそこに気力がくわわっていた。

ボーンは布を巻いた拳でがむしゃらに大男の体を攻撃した。――左、右。パンチを受けてうめいたあと、テンプルはさっと飛びのいた。

「ボーンをからかうんじゃないよ、テンプル」リングの外で書類を整理しながらちらちらとスパーリングのようすを見ていたチェイスが声をかけた。「そうでなくても今夜のボーンはつらい思いをしているんだから」

たしかにそのとおりだよ。

ボーンはペネロペを家に帰した。これまででいちばんつらい決断だった。

なぜなら、彼が心からしたかったのは、経営者用の部屋の床でステンドグラスのさまざまな色に包まれたペネロペと愛を交わすことだったからだ。ペネロペを不名誉な目に遭わせるつもりなどけっしてなかったと証明したかった。

実際、彼女に恥辱を感じさせたと思ったら、自分がありとあらゆる類の愚か者になった気分だった。

テンプルの完璧な右ストレートが顎に入り、ボーンは後ろによろめいた。

「どうして追いかけない？」テンプルはボーンのパンチをかがんでよけ、すかさず胸に一発お見舞いした。「奥方をベッドに連れていけ。たいていはそれで機嫌がなおるものだろう？」

そもそも彼女とベッドをともにしたからこんな苦境に陥ったのだとは言えなかった。「おまえも妻を持ったら、好きなだけ助言してくれてかまわない」

「そのころには、おれが助言する必要もなくなってるだろ。おまえは奥方を永遠に追いやっちまってるだろうからな」テンプルが後ろにひょいと身をかわす。「おれは彼女が気に入った」

情けないことに、マイケルも同じだった。「おまえは彼女に会ってもいないじゃないか」

「会わなくたってわかるさ」ボーンの右フックはほかの男なら倒せただろうが、あいにくテンプルにはなんの影響もおよぼさなかった。テンプルはなにごともなかったかのように続けた。「おまえをそこまでかっかさせられる人間には、それだけで敬服する。今夜楽しませてくれた分だけで、奥方はおれの忠誠を勝ち取ったんだ。クロスだって戻ってくるころには奥方に半分恋しているだろうな」

それはボーンをかっとさせるためのことばで、たしかに狙った効果を上げた。ボーンはうなり声とともにテンプルに飛びかかったが、テンプルはすばやい二発のパンチを止めて彼の腹にジャブを打ちこんだ。ボーンは悪態をつき、相手にもたれかかった。息が浅くなり、汗が滴り落ちる。一秒、二秒。五秒。テンプルが離れ、動く間もなくジャブを一度、二度と浴びせられたボーンは、ロープのほうに向かってふらついた。鼻血が噴き出していた。

今度は体勢を立てなおすこともできず、リングにひざをついてしまった。

「一ラウンド終了だ」チェイスが言い、テンプルが助け起こそうと近づいてくるとボーンは口汚くののしった。

「放っておいてくれ」ボーンは嚙みつくように言って立ち上がり、緑色のハンカチが結びつけられたコーナーの椅子に向かった。「三十八秒だ」支柱からハンカチをむしり取って鼻にあて、顔をあおむける。「反撃を覚悟しておけよ」

テンプルは部下のグルーノから飲み物を受け取って長々とあおると、二頭筋のあたりに太い腕輪のように刺青《いれずみ》が施されている両腕を広げてロープにもたれた。リングの一辺の半分ほどをおおっている。テンプルは貴族の生まれかもしれないが、いまではこれが彼の王国だった。「奥方になにを言われたせいで、喜んで打たれる気になったんだ？」

ボーンはその質問を無視した。爆発するような頬の痛みも、先ほどの妻とのやりとりを忘れる助けにはなっていなかった。自分の利益を守るために彼女の体を利用したと非難したときのペネロペの青い瞳がどれほどぎらついていたことか。彼女は肩をいからせ、自分の名誉をしっかり守った。本来なら彼女のためにボーンがしなければならないことだったのに。

真実と涙にあふれた目でこちらをじっと見つめ、彼が恋しかったと言ってくれた。それを聞いてボーンは息ができなくなったのだった。純粋で完璧なペネロペが自分のことを考えていてくれた、心配してくれていたと知って。

ボーンも彼女が恋しかったから。

忘れるのに何年もかかった。それなのに、ペネロペに目を覗きこまれ、彼女を置き去りにしたと非難されたあの一瞬で苦労した何年間かがあっさり消えてしまった。

不名誉な目に遭わせたと非難された瞬間に。

そして、テンプルの拳を受けた痛みでもごまかせないほどの感情が腹部に居座っていた。この茶番のはじめからおそれていた感情だ。

罪悪感。

ペネロペの言うとおりだった。ボーンは彼女をいいように利用した。彼女を不当に扱った。ペネロペはそれに対し、矜恃《きょうじ》を持って力強く自身を守った。驚くべきことだ。

ペネロペを行かせよう、押しやろうとしながらも、ボーンは彼女が欲しかった。この欲望が目新しいものだなどと自分をごまかすつもりはなかった。身を守るものがランタンだけという恰好《かっこう》の彼女と真夜中のサリー州で出くわしたときから彼女が欲しかった。だが、いまは……欲望はもっと重大なものに変わっていた。もっと深いものに。もっと危険なものに。いまボーンは、日ごと変化して夜のサリー州で出会った女性とは別人のように花開いてこちらを誘惑する、強くて知的で情け深い妻が欲しかった。

ボーンは彼女と夫婦だ。神と人の法によって縛られている。妻を横たえ崇《あが》めるように。想像しうるかぎりのよこしまなやり方で彼女に触れるように。

彼女を自分のものだと主張するように。

だが、ペネロペは彼とはなんのかかわりも持ちたがっていない。

ボーンは左手を握りしめ、巻いた布の下に感じる痛み――いまの闘いの感触と、この先の闘いの見こみ――を楽しみ、ハンカチを下ろした。鼻血は止まっていた。

ペネロペが今日彼を押しのけていなくても、その日はいずれやってきただろう。ひょっとしたら、ボーンが彼女を手放したくなくなって手遅れになったころに。「彼女を見張る人間が必要だ」

チェイスがボーンを見た。「どうして？」

「アレスはおれに破滅させられるのを見越して、一緒に逃げようと妻に持ちかけた」

テンプルはチェイスと顔を見合わせてから言った。「奥方を連れ去られないように、だれかを雇うというのか？」

ボーンはそうはならないと信じたかった。ペネロペは自分を選んでくれると信じたかった。トミーのために戦ったように、彼女が自分のためにも戦ってくれると信じたかった。

求めてもいないのに、長らく埋もれていた記憶がよみがえった。子どものペネロペがガーデン・パーティで目隠し遊びの鬼になって両手を前に出している姿だ。子どもたちは散り散りになって声をかけ、ペネロペはよろめいたり飛び出したりしながらばかげた遊びに笑っていた。ボーンとトミーはペネロペに忍び寄り、同時に彼女の名前をささやいた。ペネロペはボーンのほうをさっとふり向いて簡単につかまえ、両手を彼の頰にあててかわいらしくにっこり微笑んだ。「マイケル」やさしい声で彼女は言った。「つかまえたわ」

ボーンは両手で顔をこすり、おがくずを敷いた床に視線を落とした。「それが最善なんだ」最初に口を開いたのはチェイスだった。「奥方に慕ってもらうには最善の方法とは言えないぞ、ボーン。あとをつけさせるなんて」

ボーンは立ち上がった。「もう少しましな方法があったら教えてくれ」

テンプルが気取った笑い方をした。「リングを出て奥方を追いかけるのはどうだ？　彼女が聞きたがっていることばを聞かせてやってベッドへ連れていき、アレスなんかよりおまえのほうがすぐれていると思い出させるんだ」ロープの反動を利用して夜の生活のまねをする。

「ちがう種類の戦いだが、そっちのほうがよっぽど楽しいぞ」

ボーンは渋面を作って立ち上がり、両手をふり、疲れた脚の調子をたしかめた。

「最後に眠ったのはいつだ？」チェイスがたずねた。

「眠ってるさ」たいして眠れてないが。

ボーンはリングの中央へ一歩踏み出し、周囲がほんの少しだけ揺れるのを感じた。テンプルは手加減をしない。ぜったいに。だから忘却を切望しているときには最高の敵になるのだ。

「あっちで一時間、こっちで一時間という寝方でなく、ちゃんと眠ったのはいつ以来だ？」

「うるさい母親は必要ない」

チェイスが片方の眉を吊り上げる。「必要なのは妻か？」

チェイスもリングに上がっていればよかったのに、とボーンは思った。

テンプルがリングのまん中でおがくずに線を描いている音が暗い洞穴のような部屋に響いた。「ほら、ちょちょいと引っかいてみな、爺《じい》さん。おまえにふさわしいパンチをくれてやるぞ。こてんぱんにのして侯爵夫人のところに送り届けてやるから、看病と心配をしてもらうんだな」

ボーンはテンプルのことばと、侯爵夫人は看病も心配もしてくれないだろうという胸に居座ったいやな思いを無視してリングの中央に出た。

もう一ラウンド戦ったあと、ボーンは左目が腫れてほとんど見えなくなり、リングを下りた。テンプルはリングに残り、ロープを使って屈伸をしながら、ボーンがブルーノの足もとの保冷箱から生の牛肉を受け取ってチェイスの隣りに座り、頭をのけぞらせて腫れあがった目に生肉をあてるのを眺めた。

数分が経ち、チェイスが沈黙を破った。「奥方はどうしてきみを置いて帰ったんだ？」

ボーンは長い息を吐いた。「おれに怒り狂っているんだ」

「妻とはそういうもんだろう」テンプルは言いながら、関節を守るために手に巻いた布をほどきはじめた。

「奥方はなぜそんなに怒っているんだ？」チェイスがたずねた。

ペネロペが激怒している理由は百ほどあった。だが、問題なのはただひとつで、それはすばやくはっきりと頭に浮かんだ。まるでテンプルの巨大な拳からくり出されたパンチのように。「おれがばかだからだ」

即座に肯定の声が聞かれると思っていたので、だれもなにも言わなかったとき、てっきりみんなは部屋を出ていったのだとボーンは思った。生肉を目からはずしたところ、チェイス、テンプル、ブルーノの三人が三人とも目を丸くして彼を見ていた。「なんなんだ？」

最初に声を出せるようになったのはチェイスだった。「きみと知り合って五年になるが――」

「おれはもっと前からの知り合いだ」テンプルが割りこんだ。

「――きみが非を認めるのを聞いたのははじめてだよ」

ボーンはチェイスからテンプルへ、ふたたびチェイスへと視線を移した。「出ていけ」また生肉を目にのせて椅子にもたれる。「おれは彼女が望んでいるものをあたえてやれない」

「奥方の望んでいるものとは？」

彼らの顔を見ずに話すほうが楽だった。「ふつうの結婚生活。ふつうの人生」

「どうしてあたえてやれない？」チェイスがせっつく。

「おれが得意なのは罪と悪徳だ。彼女はそのふたつとは正反対なんだ。彼女はもっと多くを欲しがるだろう。彼女は……」ことばが尻すぼみになる。

愛を欲しがるだろう。

彼女に買ってやれないもの。あたえる危険を冒せないもの。

チェイスの書類がかさかさと音をたてた。「だからアレスをこわがるわけか」

ボーンは体をこわばらせた。「こわがってはいない」

「そりゃそうだな」チェイスは皮肉たっぷりに言った。「奥方のあとをつけさせても問題は解決しないぞ。彼女の欲しがるものをあたえてやるんだ。彼女にふさわしい夫になるんだ。それが解決策だ」

いまいましいチェイス。ボーンは彼女にふさわしい夫になりたかった。彼女の強さと気概が少しずつ彼を破壊しつつあった。こんな風になるはずではなかった。明瞭で簡単なはずだった――手早く誘拐し、簡単に結婚し、おだやかに別れるはずだった。

だが、ペネロペのどこを取っても簡単でもおだやかでもなかった。

ボーンは指を曲げ伸ばしして具合をたしかめた。「そんなに簡単な話じゃない」

「女性が相手のときはいつだって簡単じゃないよ」チェイスが言った。「復讐を果たしたら奥方を追い払うと好きなだけ言っていればいいが、そうはできないんだ。完全には。きみは結婚しているんだから」

「奥方がアレスと行ってしまわないかぎりは」テンプルがリングから意地の悪いことを言う。

ボーンは彼に罵詈《ばり》雑言《ぞうごん》を浴びせた。「彼女が望む人生にアレスは必要ない。おれがそれをあたえてやる。彼女の望むすべてを」

「すべてをか？」チェイスが言ったが、ボーンは返事をしなかった。「もう領地と復讐だけの話ではなくなっているんだな？　きみは奥方をたいせつに思っているんだ」

たいせつに思うべきではないのだ。これまでだいじにしてきたものはすべて失った。この手に触れたよいものすべてを破壊してきた。ボーンがたいせつに思ったら、ペネロペは破滅してしまう。

それでも、イギリス中のどんな男だって、ペネロペと一日過ごせば彼女をだいじに思うようになるに決まっている。

「少なくとも、こいつは奥方を欲している」テンプルがことばをはさんだ。「ボーンを責めることはできないな。今夜の彼女の勇気には聖人だって誘惑されるだろうからな」

「聖人を誘惑したさ」チェイスだ。「クロスは彼女を送っていったんだからな」

それを聞いてボーンはかっとなった。「クロスは彼女に触れたりしない」

「ああ、しない。だが、それはきみの奥方に魅力がないからじゃない。彼がクロスだからだ」チェイスは言った。

「彼がクロスでなかったとしても、彼女には触れない。彼女がおまえのものだからだ」テンプルがつけくわえる。

ボーンはペネロペに自分のものでいてほしかった。

「彼女はおれのものじゃない。おれは彼女を自分のものにできない」

ペネロペがおれとはなんのかかわりも持ちたがっていないからだ。おれはせっかくの機会をだめにしてしまったのだ。人生において善良で正しいものすべてを破壊してしまったのと同じように。

「だが、ボーン」テンプルが言った。「彼女はおまえのものじゃないか」

部屋がしんとなり、テンプルのことばがこだました。もちろん、そんなのはほんとうじゃない。正しいことでもない。ペネロペがおれのものならば、彼女の待つ家に帰るのをこんなにおそれたりしないはずだ。おれは汗と生肉のにおいをさせながらここにいないはずだし、彼女がおれを置き去りにしたはずがない。

ついにボーンは口を開いた。「おれは彼女と結婚しているだけだ。そのふたつはちがう」

「まあ、とっかかりにはなるんじゃないかな」チェイスは立ち上がって書類を持ち上げた。「彼女は法的にきみのものだ。きみたちはたがいから逃れられないわけだから——奥方もかわいそうに——結婚生活がはじまったときと同じようなひどい終わり方をしないようにそろそろ努力してみたらどうだ？」

ペネロペがいつか自分をたいせつに思ってくれるようになるかもしれない、いつの日かふたりの結婚が見せかけ以上のものになるかもしれない。その考えは、カードよりもルーレットよりもボーンをそそった。

ペネロペにふさわしい夫になりたいと思った。

親愛なるMへ

レイトン公爵夫人。若くて望ましい公爵は数多く必要ではなく、ひとりでじゅうぶんだったようです。レイトン公爵がわたしに求愛したい旨《むね》を表明し、父が同意しました。母は大喜びです。

レイトン公爵には好ましい点がもちろんたくさんあります。容姿端麗で聡明で、裕福で大きな影響力を持ち、おまけに母が機会あるごとにわたしに思い出させてくれるように、彼は公爵です。もし彼が馬だったら、タッターソールの馬市場で買い手が殺到するのはまちがいありません。

わたしはもちろん自分の務めを果たすつもりでいます。世紀の結婚になるでしょう。自分が公爵夫人になるなんて信じられない思いです――ニーダム-ドルビー侯爵の長女が、ですよ。万歳。

もうずいぶんあなたを恋しく思わなくなっています。どこにいるの？

署名なし

一八二三年九月　ドルビー・ハウスにて

投函されず。

翌朝、ペネロペはドルビー・ハウスに落ち着いたばかりのオリヴィアとフィリッパを招待する手紙を送った。それは、夫を待つのはやめて自分の人生を生きはじめる最初の一歩だった。

アイススケートに行くのだ。

マイケルと不平をぶつけ合ったことやばかげた芝居――この結婚が悲劇的なごまかしではなく本物らしく見えるようにすること――を続ける理由を自分に思い出させるためにも、妹たちと午後を過ごす必要があった。

この結婚の真実が外に漏れれば、フィリッパとオリヴィアもたちまち醜聞に巻きこまれてしまう。妹たちはもっといい縁組に恵まれるべきなのに。もっと多くを手に入れられるべきなのに。

ペネロペは歯を食いしばった。あの晩、マイケルとの結婚という冒険を決意したときは、自分ももっと多くを手に入れられると思ったのだった。そんな思いを脇に押しやり、侍女にうなずいた。侍女は着替えを手伝い、コルセットの紐を締め、ボタンを留めた。

ヘル・ハウスを一歩出たら詮索好きの目にさらされるとわかっていたので、ボーン侯爵夫人のあらを探そうと鵜《う》の目鷹《めたか》の目《め》でいるだろうロンドン中の人間――少なくとも、一月にロンドンに残っている人間――を意識して念入りに身支度をした。

〈堕ちた天使〉の共同経営者のなかでもいちばんのならず者の心をとらえ、爵位の名誉を回復して上流社会に復帰するよう説得したと周囲から思われている女。それがペネロペだ。

でも、マイケルは全力を傾けてその女を避けている。

暖かいうえに明るい気分になれるだろうと、鮮やかな緑色のウールのドレスを選んだ。それに紺青色のマントを合わせる。あの暗くて寒い運命の夜にニーダムの領地からファルコンウェルへ足を踏み入れてマイケルに、いえ、ボーンに出くわしたときに着ていたマントだ。

そのマントを着たのは、あの夜を認めるしるしのつもりだったのかもしれない。この奇妙な人生の鍵を開けた瞬間を。夫は妻とはなんのかかわりも持ちたがっていないけれど、それでももっとなにかを見つけられるかもしれないという希望を。マイケルが一緒だろうとなかろうと、ペネロペはこのマントを着て冒険するつもりだった。

毛皮の縁取りがついたボンネットと手袋をつけたところで身支度が完成した。それもちょうどいい時間に。ヘル・ハウスの幅の広い中央階段を下りはじめると、玄関広間から妹たちのおしゃべりの声が聞こえてきて、夫の屋敷のあらゆる場所に潜む空虚な空間を埋めてくれるようだった。

わたしの屋敷でもあるのだろう。

妹たちと早く家を出ようと急いで踊り場まで来たとき、図書室のドアが開いて書類を手にしたマイケルが出てきた。フロックコートのボタンははずされ、白いリネンのシャツがたくましい胸に引っぱられている。彼はペネロペを見てはっと足を止め、すぐにフロックコートのボタンを留めにかかった。

ペネロペはその場に立ち尽くして彼の顔を見つめた。片目にあざができ、下唇は切れて痛そうだ。彼女は進み出て、自分でも気づかないままひどいありさまの彼の顔に触れようと手袋をした手を伸ばしていた。「なにがあったの？」

マイケルはその手から逃れ、ペネロペをちらちらと見た。「どこへ行くんだ？」

急に話題を変えられて、ペネロペは思わず正直に答えていた。「アイススケートよ。その目……」

「なんでもない」手であざに触れる。

「ひどい顔になっているわ」マイケルが片方の眉を上げたので、彼女は首を横にふった。

「つまり……わたしが言いたかったことはわかっているはずよ。黒と黄色のあざになっているわ」

「胸が悪くなりそうか？」

ペネロペは一度だけうなずいた。「かなりね」

「そうだといいと思っていたんだ」彼はからかっているつもりなのだろうか？「心配してくれてありがとう」長い間があった。マイケルをよく知らなければ、彼が気まずい思いをしているのかと思っていただろう。ようやく彼がまた口を開いた。「ボーフェザリングストン家の舞踏会への招待に行くと返事をしたのは知っているね？」

ペネロペは反射的に返事をしていた。「ええ。招待状に返事をするのはふつうは妻の役目だと知っているでしょう？」

「招待状を受けるのにもっと慣れてきたら、返事は喜んできみに任せるよ。そもそも招待されたこと自体に驚いたんだ」

「わたしは驚かなかったわ。レディ・ボーフェザリングストンはだれよりも醜聞が好きですもの。なかでも自分の舞踏会で起こる醜聞がいちばん好きなのよ」

一階から笑い声が聞こえてきて、ペネロペはそれ以上言わずにすんだ。マイケルが手すりから玄関広間を見下ろした。「マーベリー家のお嬢さんたちかな？」

ペネロペは彼の唇の傷からなんとか目をそらそうとした。ほんとうにそうしようとしたのだ。

結果的に目をそらせなかったのは重要ではない。

「ロンドンに戻ってきたの」しばしためらったあとに言ったことばは、棘が隠しきれていなかった。「きっとすぐに縁談に恵まれるでしょうね……」

マイケルが彼女に向きなおる。「アイススケート？」驚いているようだった。

「子どものころ、湖ですべったのをおぼえていないの？」ペネロペは考える間もなく言ってしまい、もっとちがうことを言えばよかったと後悔した。かつて知っていたマイケルを思い出させずにいてくれるものならなんでもよかったのに。あのころの彼なら理解できていたのに。

マイケルはまるでペネロペを記憶から消し去ったかのようだ。そう思ったら、とても悲しくなった。「行かなくては」ペネロペは彼に背を向けて階段を下りかけた。マイケルがなにか言うとは思っていなかった。彼はいつだって無口なのだ。せっつかれなくてもしゃべってくれると期待するのは諦めていた。それに、せっつくのも飽き飽きだった。

だから、マイケルが口を開いたことに彼女は衝撃を受けた。「ペネロペ」

彼に名前を呼ばれて動揺し、とっさにふり向いていた。「なに？」

「おれも一緒に行っていいかな？」

ペネロペは目を瞬いた。「いまなんて？」

マイケルは大きく息を吸った。「アイススケートだ。おれも行ってかまわないか？」

ペネロペは目をすがめた。「なぜ？　ボーン卿夫妻がサーペンタイン池で手をつないでべっているところをみんなに見せたら、新聞に記事を載せてもらえるから？」

マイケルは黒っぽい巻き毛を手で梳《す》いた。「そう言われるのも当然だな」

後ろめたく思ったりしないわよ。

「ええ、そうね。もっと言われても当然よ」

「埋め合わせをしたいんだ」

ペネロペは目を丸くした。どういうこと？

彼はわたしとふたりの将来を操ろうとしているのだろう。今度こそいいようにふりまわされはしないわよ。ばかにされるのはもうごめんだわ。

そんな手には引っかからない。マイケルがそばにいるたびに――そばにいないときも――胸の奥に居座ったうずきを感じるのにほとほと嫌気が差していた。争うことにもゲームにも嘘にもうんざりだった。失望を感じるのも、もうたくさんだった。

これまでさんざんしてきたこと……さんざんおびやかしてきたことを、ちょっと一緒に過ごそうと申し出たくらいで埋め合わせられると思っているとしたら虫がよすぎる。ペネロペは心を鬼にして、きっぱりと言った。「そううまくはいかないわ」

マイケルが目を瞬いた。「そう言われるのを覚悟しているべきだったよ」

ゆうべの別れ方を考えたら？　ええ、そうよ。覚悟しているべきだったのよ。ペネロペは夫に背を向け、妹たちに合流しようと階段を下りかけた。

「ペネロペ」低くすてきな声で彼女を呼び止める。

ペネロペはわれ知らずふり向いていた。「はい？」

「一緒に行かせてもらうにはどうすればいいんだ？」

「どうすればいいって？」

「なんでも言ってくれ」しばしためらう。「おれたちの過去も未来も関係なく、妻と午後を過ごしたい。それにはどうすればいい？」

ペネロペは躊躇なくずばりと答えた。「トミーを破滅させないで」

「いつだって他人のための願いごとをするんだな。きみ自身の願いごとはしたことがない」

「あなたはいつだって自分のことしか考えていない」

「そっちの結果のほうが好きなものでね」彼は人を怒らせるのがほんとうにうまい。マイケルが寄ってきて低い声で話すと、ペネロペはどきりとした。「今日の午後をきみと過ごすには、おれはなにをすればいい？」

ペネロペの呼吸が浅くなった。マイケルのことばのせいで、アイススケートや妹たちとはなんの関係もない場面が浮かんでしまった。彼の豪華な寝室の毛皮の上掛けがからむ場面だ。

マイケルが一本の指で彼女の頬をすっとなでた。「きみの条件を言ってくれ」

ああ、彼はこんなにも簡単にわたしを操ってしまう。

「一週間」ペネロペの声は震えていた。「一週間、彼になにもしないで」あなたがまちがっているという、復讐は答えではないと説得する一週間をちょうだい。

マイケルはすぐにはうんと言わなかった。ペネロペは彼に対してまったく影響力がないことにがっかりして、また階段を下りようとした。一段下りたところでフィリッパが姉に気づいた。「ペニー！　ボーン卿も！」

ペネロペはマイケルをふり返って小声で言った。「ついてこなくてもいいわ。ひとりでも玄関くらいちゃんと見つけられます」

「取り引き成立だ」ペネロペの横に立って静かに言う。「一週間はなにもしない」

ペネロペはくらくらするほどの成功感に酔った。なにも言えずにいるうちに階段を下りきってしまい、オリヴィアが駆け寄ってきた。「今日の『ザ・スキャンダル・シート』を読んだ？」

「残念ながらまだよ」ペネロペはからかい、妹たちがマイケルのあざを見て見ぬふりをしたのに気づいた。「どんなすごいうわさ話を読んだの？」

「他人のうわさ話じゃないの」ピッパが言った。「わたしたちについてのうわさ話だったのよ……というか、少なくともお姉さまについて書かれたものね」

どうしよう。わたしたちの結婚の真実をだれかが突き止めてしまったんだわ。わたしが田舎で破滅したと。「どんなうわさ話？」

「ロンドン中がお姉さまの華麗で耐えられないほどロマンティックな結婚をうらやんでいるというものよ！」オリヴィアが大きな声で言った。

いま聞いた話を理解するまでしばらくかかった。

「ふたりが聖ステパノの祝日に会ったなんて知らなかったわ」オリヴィアだ。「クリスマスにボーン卿がサリー州にいたことすら知らなかったんだから!」

 ピッパが真剣な目つきでペネロペを見た。「そうよ、知らなかったわ」

 ピッパはばかではない。ペネロペは無理やり笑みを作った。

「読んであげて、ピッパ」オリヴィアが言った。

ピッパは眼鏡を押し上げて『ザ・スキャンダル・シート』を読んだ。「〝通常、一月下旬はうわさ話が潤沢にある時期ではないが、今年は戻ってきたばかりのボーン侯爵をめぐる特別にすばらしいうわさ話に恵まれた！〟」ピッパは顔を上げてマイケルを見た。「あなたのことです、閣下」

「そんなの、わかってらっしゃると思うけど」オリヴィアが言う。

ピッパは妹を無視して読み進んだ。「〝本紙の明敏なる読者におかれては〟――『ザ・スキャンダル・シート』の読者が明敏というのはどうかと思わない？」

「いいから先を読んでちょうだい、フィリッパ！」

「〝本紙の明敏なる読者におかれては、侯爵が妻をめとったことはすでにお聞きおよびだろう〟」ピッパが顔を上げてペネロペを見たが、彼女がなにか言う前にオリヴィアがうめいて新聞を引ったくった。

「もういいわ。わたしが読むから。〝うわさによると、ボーン卿夫妻はいつも一緒で、離れているところはめったに見られないとのことだ。さらに垂涎《すいぜん》もののうわさを追加しておこう！　レディ・ボーンを追いかけているのは夫のボーン卿の目だけではなく……手と唇もである！　それも公衆の面前で！〟なんてすてきなの！」

「最後のひとことはオリヴィアの私見よ」ピッパが口をはさんだ。

ペネロペは恥ずかしさのあまり死んでしまいそうな気分だった。この場で。いますぐ。

オリヴィアが続ける。「〝ボーン卿に期待していなかったわけではないが――夫になろうとなるまいと、卿が放蕩者であることに変わりはない！　どんな名前で呼ぼうとも、放蕩者は醜聞を起こす！〟（『ロミオとジュリエット』の〝どんな名前で呼ぼうとも、薔薇はよい香りがする〟のもじり）」

「勘弁してちょうだい」ペネロペは呆《あき》れて目玉をぐるりと動かした。マイケルに目をやると、彼は……満足そうに見えた。「ほめられたと思っているの？」

　彼はしれっとした顔をした。「そう思っちゃいけないのか？」

「そうねえ」フィリッパが思わしげに言う。「シェイクスピアのもじりなら、どんな風に書かれていても漠然としたほめことばにはちがいないわね」

「そのとおり」マイケルがピッパに微笑んだので、ペネロペは妹に対して少しどころではないうらやましさを感じた。「どうぞ続けて」

「〝本紙読者のみなさん、われわれはこの冬物語をとても喜んでいると言っておこう——〟」

「これもシェイクスピアのもじりのつもりだと思う？」フィリッパが割りこんだ。

「そうよ」オリヴィアが言った。

「ちがうわ」ペネロペが言った。

「〝——そして、マーベリー家最後のレディふたりの到着が——〟」

　ピッパが眼鏡を押し上げて言った。「わたしとオリヴィアのことよ」

「〝——寒い日も暖かく感じるほどの刺激をあたえてくれるのを願うばかりである〟これまで読んだなかでいちばんみだらなことばじゃない？」オリヴィアが言い、ペネロペはばかげた新聞記事を細かく引きちぎりたい衝動に駆られた。

　妹たちが真実を知らないかもしれないなどとは考えもしなかったのだった。

　姉の結婚がいんちきであると。

　けれど、筋は通っていた。真相を知っている人間が少ないほど——真相を知っているうわさ好きの若い女性が少ないほど――妹たちがよい縁組に恵まれる可能性は高くなる。マイケルがペネロペの腰に腕をまわし、妹たちがそれを見ていた。温かい手が当然のように臀部の曲線に置かれる。まるでそこが彼の居場所であるかのように。

まるでペネロペが彼のものであるかのように。

彼女はマイケルの手から逃れた。

キリスト教世界の半分の人たちに嘘をつくのは覚悟したかもしれないけれど、妹たちには嘘はつけない。ペネロペは記事はまちがっていると真実を告げようとした。けれど、思いなおした。

恋愛結婚というのは茶番かもしれない。マイケルには彼なりの怪しげな目的があるのかもしれない。けれど、ペネロペにはしっかりした理由があった。はじめからそうだった。妹たちはずいぶん長いあいだペネロペの醜聞のせいでひっそりと暮らしてきた。これ以上妹たちの足を引っぱりたくはなかった。

マイケルがすらすらとしゃべっていた。「こんな記事が出たからには、どっと押し寄せるにちがいない求婚者たちの群れから守ってくれるものが必要になるな」

「一緒に来てくださらなきゃ！」オリヴィアが言い、ペネロペは、まんまと彼の策に落ちた妹たちに金切り声をあげたくなった。

マイケルがちらりと視線を送ってきたので、ペネロペは断ってちょうだい、さっき階上《うえ》でわたしが言ったことを思い出してちょうだい、と目で訴えた。「残念だけど、それは無理だな」

　ほっとすべきだったが、夫にかかわることとなると喜べばかならず失望に襲われるとわかっていたため、彼が自分の気持ちを尊重してくれたことに驚いてしまった。そして、オリヴィアの誘いにうんと言ってくれたらよかったのにと思ってしまった。

　そんなのはもちろんばかげているのだけれど。

　男の人ってほんとうに癪に障る存在だ。

　なかでも夫は抜きん出ている。

「お願い」オリヴィアが言い募る。「新しくできたお義兄《にい》さまと仲よくなれたらすてきですもの」

　ピッパも加勢する。「ほんとうに。ふたりは急いで結婚したから……わたしたち、きちんと知り合う機会もなかったでしょう」

　ペネロペははっとピッパに目をやった。なにかがおかしい。ピッパは知っているにちがいない。

　マイケルがまた首を横にふった。「すまないね。でも、スケート靴を持っていないんだ」

「馬車に予備のスケート靴があるわ」オリヴィアだ。「これで来ない理由はなくなったわね」

　ペネロペはすぐさま疑念を抱いた。「どうして予備のスケート靴なんて馬車にあるの？」

　オリヴィアが明るく美しい笑みを浮かべた。「スケートを一緒にしたいと思う人にいつ出くわすかわからないでしょう」

ペネロペが驚きの目をマイケルに向けると、彼は笑いをこらえるのに懸命のようだった。

「すばらしい格言だね。どうやらおれは付き添い役を務めなければならないようだ」彼のことばにペネロペは眉を上げた。

「あなたは付き添い役にふさわしくないかもしれないわ、ボーン」歯を食いしばりながら言う。「なんといっても、あなたは放蕩者なんですもの」

マイケルがウインクをした。ペネロペに向かってウインクをしたのだ！　この人はだれ？

「改心中の放蕩者ほど同類を見分けるのに適した男はいないんじゃないかな？　それに、妻とまたスケートをしてみたい。もうずいぶん昔にすべったきりだから」

嘘つき。

彼はわたしとスケートをしたことなどおぼえていない。階上にいるとき、そう認めたも同然だった。

みんなと一緒に出かけ、マイケルにしょっちゅう触れられ、楽しんでいるかとたずねられ、からかわれ、誘惑されるのに耐えられるとは思えなかった。

ゆうべはとても強くいられたけれど。自分にとても自信があったけれど。

自分の望みに対して。

不意に、やさしくておだやかなマイケルに抗えない気持ちになった。

とんでもないことになりそうだ。

15

親愛なるMへ

たとえあなたがどこにいようとも、きっともう耳に届いていると思います。わたしは破滅です。わたしが恥ずかしい思いをしないようにと公爵が手を尽くしてくれましたが、ここはロンドンで、そういう努力は当然ながら無意味でした。公爵は一週間もしないうちに結婚しました――もちろん恋愛結婚です。母は（驚くこともありませんが）気も狂わんばかりで、哀悼者の大合唱のように泣き叫んでいます。

なにか肩の荷が下りたように思うのはいけないでしょうか？　おそらくそうなのでしょう。

あなたがいてくれたらいいのにと思います。あなたなら、なんと言えばいいのかわかるでしょうから。

署名なし

一八二三年十一月　ドルビー・ハウスにて

投函されず。

ペネロペは木のベンチに座り、ロンドンの人口の半分が集まっているように見える凍ったサーペンタイン池を眺めていた。厳冬のおかげで氷の張りがこの十年でいちばん厚く、小さな池はアイススケートをして午後を過ごそうとやってきた人たちでいっぱいだった。

上流階級の鋭い目を逃れるのは無理というものだった。

彼女たちはサーペンタイン池へとゆるやかに下る丘の頂で馬車を降りると、順番に座って木と鋼の刃をブーツに取りつけた。ペネロペはできるだけ長く待ってからベンチに腰を下ろしてスケートの刃を結びつけた。マイケルはふたりの熱愛ぶりをみんなに見せつける機会を利用しようとするだろうから、彼と一緒にすべるのは試練になるだろう。

ペネロペはこれでもう百回はとんでもない茶番をののしりながら、妹たちが手に手を取って丘を下っていくのを見つめ、このいらだちはすべて彼女たちのためなのだと自分に言い聞かせた。

気もそぞろだったのでスケートがなかなかつけられず、三度失敗したときマイケルが自分のスケートを放り投げて彼女の前にひざまずき、なにをするつもりなのか彼女が気づく間もなく足首をつかんでいた。ペネロペがぐいっと足を引き抜いたので、マイケルはよろけて雪に手をつき、おかげでそばにいた若い女性たちの注意を引いてしまった。「なにをしているのよ？」ペネロペはこれ以上騒ぎを起こしたくなくて、身をかがめて小声で言った。

マイケルはハンサムな顔にしれっとした表情を浮かべてさらりと言った。「きみがスケートをつけるのを手伝おうとしたんだ」

「あなたの手伝いなんていらないわ」

「そうは見えなかったが」ペネロペだけに聞こえるよう声を落とす。「手伝わせてくれ」

彼はペネロペのために手伝うのではない。ふたりを見ている人々が、サーペンタイン池にいた人たちのなかでボーン侯爵がいちばん気づかいに満ちていてやさしくてすてきな男性だったと先を争って友人や家族に話せるよう手助けをしているのだ。

だからペネロペはうれしさなど感じない。

いまいましいスケートは自分でつける。

「わたしなら大丈夫。ありがとう」すばやくスケートの刃をブーツにあて、紐をきっちり結んだ。「ほらね」顔を上げてマイケルを見ると、彼はよくわからない奇妙な目つきで彼女を見ていた。「完璧よ」

マイケルは立ち上がり、ペネロペに手を差し伸べた。「少なくともこれだけはやらせてくれ、ペネロペ」彼女はそっとささやかれたことばに抵抗できなかった。

マイケルの手に手を重ねる。

彼はペネロペを引っぱって立ち上がらせ、よろめきがおさまるまで支えていた。「おれの記憶が正しければ、きみはすべるときだけでなく、スケートを履いて歩くのもあまり上手ではなかったな」

ペネロペは目をぱちくりして彼を見上げ、その拍子にふらついてしまい、彼の腕につかまって転びそうになるのをこらえた。「おぼえていないと言ってたじゃない」

「ちがう」マイケルはおだやかに言い、池のほうへといざなった。「おれはおぼえていないときみが言ったんだ」

「でも、おぼえているのね」

マイケルの片方の口角が上がり、小さくて悲しげな笑みを作った。「おれがどれだけおぼえているか知ったら驚くよ」

そのことばにはなにかがあった。彼に似つかわしくないやさしさのようなものが。ペネロペは疑念を口にせずにはいられなかった。「どうしてこんな風にふるまうの？」眉根を寄せる。「恋愛結婚だとまたみんなに証明しようとしているの？」

なにかが一瞬だけ彼の目をよぎって消えた。「証明する機会があれば利用する」そっと言ってから目をそらした。ペネロペが彼の視線の先を追うと、ピッパとオリヴィアが手をつなぎ、助け合いながら氷上に下りていくところだった。妹たちの縁組のためならどんな機会も利用する。

「妹たちのところに行くわ」ペネロペは顔を上げ、美しいハシバミ色の目と目を合わせた。そのときはじめて、彼がとても近くにいることや、斜面のおかげで目線がほとんど同じ高さであることに気づいた。

マイケルの口端が片方持ち上がった。「きみの頬はサクランボみたいだ」

ペネロペはフードつきマントの襟もとの毛皮に頬を隠した。「寒いからよ」弁解がましく言った。

マイケルが頭をふる。「文句を言っているわけじゃない。かわいらしいよ。冬の妖精みたいに見える」

「わたしは妖精という柄じゃないわ」

ペネロペの吊り上げた眉にマイケルが指を押しあてた。「昔はこんなしぐさはしなかった。昔は皮肉っぽくなかったのに」

ペネロペは温かな指から離れた。「あなたを見ておぼえたんだわ、きっと」

マイケルは真剣な面持ちで長いあいだ彼女を見つめたあと、身を寄せて耳打ちした。「妖精は皮肉っぽくなっちゃだめだよ、愛しい人」

不意に寒さが消えた。

マイケルが身を引いて頭をふった。「なんて残念なんだろう」

「なにが？」

マイケルが顔を寄せてきて、額と額がくっつきそうになった。「赤面しているだろう。寒さのせいでよくわからないが」

ペネロペは思わず微笑んでいた。からかい合いを楽しんでいて、これが本物でないのをつかの間忘れていた。「あなたにはけっしてわからないなんて、悲しいわね」

マイケルは彼女の両手を取って口もとへ運び、子山羊革の手袋に包まれた手の関節にキスをし、次いでもう片方の手にもキスをした。手袋をしていなければよかったのに。ペネロペはついそう思ってしまった。「氷が待っている、マイ・レディ。おれもすぐにくわわるよ」

ペネロペは彼の向こうに見える混み合った池に目をやった。妹たちは美しくなめらかな氷上で浮かれ騒いでいる人たちの輪にくわわっていたが、不意に氷上よりも彼とここに立っているほうが刺激的に思えてきた。けれど、このままこうしているわけにはいかなかった。

「そうね」

マイケルに岸までいざなってもらい、ペネロペはすっとすべり出して人々のなかに混じった。妹たちはすぐに見つかった。オリヴィアがペネロペの腕に自分の腕をくぐらせた。

「ボーン卿ってすてきね。ねえ、幸せいっぱい？」吐息をつく。「わたしなら幸せで有頂天になるわ」

ペネロペは足もとに視線を落とした。すべる動きに合わせてドレスの下からブーツが覗いている。「有頂天というのはあるわね」ほかにも、いらだっている、ありえないくらい混乱しているというのもあるけれど。

オリヴィアはわざとらしく周囲を見まわした。「彼はここにいる独身男性のだれかと知り合いかしら？」

マイケルのことばを信じるのなら、ここにいる半分が〈堕ちた天使〉に借金をしていることになる。「ええ、そうだと思うわ」

「すてき！　よくやってくれたわ、お姉さま。彼は義理のお兄さまとしてなかなかいいと思うわ！　それにハンサムだし、ね？　あっ！　ルイザ・ホルブルックだわ！」

オリヴィアがものすごい勢いで手をふって友人のほうへ行ってしまい、ひとり残されたペネロペはぼそりと言った。「ええ、彼はハンサムだわ」嘘をつかずにいられたひとときをありがたく思った。

ペネロペはつい先ほどまでマイケルがいた丘に目をやった。彼はじっと立ち尽くし、ペネロペだけを見つめていた。手をふりたくてむずむずした。でも、そんなのはばかげている。そうでしょう？

ばかげているに決まっている。

ペネロペがどうしようかと迷っていると、マイケルが決めてくれた。ペネロペに向かって手をふったのだ。

無視するのは失礼だ。

だからペネロペも手をふり返した。

マイケルはベンチに腰を下ろし、スケートを履きにかかった。ペネロペは吐息をつき、なにか愚かなことをしてしまう前に顔を背けた。

「ちょっとしたことが起こったの」

つかの間、ペネロペはマイケルとの奇妙なやりとりにピッパが気づいたのだと思った。どきどきしながら妹をふり返る。「なにが起きたの？」

「カッスルトン卿から求婚されたわ」

思いがけないことばにペネロペは目を見開き、いまその話を持ち出したのはなぜかをピッパが話してくれるのを待った。

ピッパはそれ以上なにも言わず、自分の将来ではなく天候の話をしていたかのようにすべっていく。ペネロペは思わず言っていた。「あまりうれしそうじゃないのね」

ピッパはしばらく顔をうつむけたままだった。「彼は伯爵だわ。気さくな感じだし、わたしがダンス嫌いなのも気にしないし、すばらしい厩を持っているの」

まるで、申し分のない結婚にはその四つでじゅうぶんとばかりの簡素なことばだった。ピッパの声に諦めを聞き取っていなければ、ペネロペは微笑んでいたかもしれない。

いまこのときを選んで打ち明けたのは、人がたくさんいて――たくさんの目が見つめ、たくさんの耳が聞いていて――真剣な会話ができないからではないかとペネロペはふと思った。

それでも、彼女はピッパの腕をつかんで池のまん中で止まらせた。身を寄せて小声でそっと言う。「イエスと言わなくてもいいのよ」

「ノーと言ってなにかが変わるの？」自分の将来についてではなく、夢についてではなく、楽しいできごとを話しているかのようにピッパは満面の笑みを浮かべた。「わたしの持参金が欲しい男性がまた現われるだけじゃない？　その人の次にまた次の人が？　さらにまた次の人が？　そうやってついに選ぶ余裕がなくなるのよ。カッスルトン卿はわたしのほうが頭がいいのを知っていて、喜んで領地の運営を任せてくれるつもりでいるの。それってすごいと思うわ」ピッパがペネロペと目を合わせる。「お姉さまがなにをしたか、わたしは知っているのよ」

ペネロペは訳知り顔のピッパと目を合わせた。「なんのことかしら？」

「わたしは聖ステパノの祝日にあそこにいたのよ、ペニー。ボーン卿が戻ってきたなら気づくと思わない？　わたしだけでなく、教区の半分の人間も」

ペネロペは唇を嚙んでどう言おうと考えた。

「わたしの言うとおりだと認めなくてもいいのよ」ピッパが救いの手を差し伸べてくれた。「ただ、お姉さまのしたことをわたしがわかっていると知っておいて。そして、感謝していることも」

ふたりはしばらく無言ですべっていたが、やがてペネロペが口を開いた。「あなたがカッスルトン卿の求婚を受けなくてもいいようにと考えてのことよ、ピッパ。マイケルとわたしは……あの話はあなたのためなの。あなたとオリヴィアの」

ピッパがにっこりする。「やさしいのね。でも、わたしとオリヴィアに恋愛結婚ができると思うなんてばかげているわ、ペニー。そういうのって毎日のように起こるわけではないのよ。だれよりもお姉さまはよくわかっていると思うけど」

ペネロペは喉のつかえを押して唾を飲んだ。そのことばで、自分の結婚が恋愛結婚からはほど遠いものであるのを思い出させられたせいだ。「愛のために結婚する人たちもいるわ」

ペネロペは毛皮の縁取りがされた手袋を整え、小さな池を見まわした。「レイトン公爵と奥さんみたいに」

ピッパが鋭い目で姉を見た。眼鏡のせいでフクロウのように大きな目になっている。「それがお姉さまの精一杯なの？　八年も前の醜聞にまみれた結婚を引き合いに出すのが？」

ずっと忘れられずにきた結婚の例よ。

「何年前の結婚かは関係ないわ。それに醜聞も」

「関係ありますとも」ボンネットのリボンを顎の下で結ぶ。「あんな醜聞を起こしたら、お母さまは狂乱状態になるわ。そして、みんなは姿をくらましてしまうの」

「わたしはそんなことはしないわ」ペネロペはきっぱりと言った。

ピッパはそのことばをじっくり考えた。「そうね、お姉さまはそんなことはしない。ご自分のだんなさまが醜聞にまみれた人ですもの」

ペネロペは池の反対側にいる夫を見た。顔の片側の大きなあざが気になってしまう。「彼は恥ずべき人だわ」

ピッパが姉の顔を見た。「結婚の事情がどうあれ……彼はお姉さまをだいじに思っているようね」

ドルリー・レーンは偉大なる俳優を見逃しているわけね。ペネロペは口に出しては言わなかった。ピッパに聞かせることはない。

「カッスルトン卿と結婚するのはかまわないの」ピッパが言った。「お父さまに喜んでもらえるでしょうし。それに、二度と社交シーズンを経験せずにすむわ。考えてもみてよ、仕立屋に何度も足を運ぶ苦役から解放されるのよ」

ペネロペはその冗談に微笑んだが、心のなかではすべての不公平さに金切り声をあげたい気分だった。マーベリー家のほかの娘たちと同様、ピッパだって愛のない結婚をしなければならないいわれはない。それをいえばペネロペだってそうだ。

けれど、ロンドンの社交界では愛のない結婚はごくふつうなのだ。ペネロペはため息をついたがなにも言わなかった。

「わたしのことは心配しないで、ペニー」フィリッパは姉を引っぱって流れのなかに戻った。「卿と仲よくやるから。彼は善良な人よ。そうでなければお父さまが彼の求婚を許すはずがないもの」彼女はペネロペに身を寄せた。「それに、オリヴィアのことも心配いらないわ。あの子はまったく気づいていないから。お姉さまとボーン卿が……」ことば尻を濁す。「オリヴィアはハンサムな貴族をつかまえることしか頭にないから」

自分たち夫婦が愛し合っていると末の妹が信じたかもしれないと思ったら、ペネロペは心地の悪い思いがした。とても。オリヴィア、『ザ・スキャンダル・シート』、上流社会の人々が、マイケルはペネロペを愛している——ペネロペもマイケルを愛している——と信じたということは、最悪の事態が証明されたことになる。ペネロペ自身がこの茶番に夢中になりはじめているということだ。

ペネロペのマイケルへの気持ちを妹たちが疑問に思わないのだとしたら、いくらもしないうちに彼女自身もこの虚構を信じるようにならないとだれが言えるだろう?

そうなったら、ペネロペはどうなるのだろう?

また孤独になるのだ。

「ペネロペ？」ピッパの声にペネロペはもの思いから引き戻された。

無理やり笑みを浮かべる。

ピッパは長いあいだ姉を見つめ、どうやら姉が見せたくないものまで見て取ったらしくすっと目をそらした。そしてこう言った。「オリヴィアとルイザと一緒にすべってくるわ。お姉さまも来る？」

ペネロペは首を横にふった。「いいえ」

「じゃあ、わたしも向こうへ行かないほうがいい？」

ペネロペは頭をふった。「ありがとう、でも行ってちょうだい」

ピッパが微笑んだ。「だんなさまを待っているの？」ペネロペはすぐさまそれを否定し、ピッパが訳知り顔になった。「お姉さまは彼を好きなんだと思うわ。不本意かもしれないけれど。でもね、なにも悪いことはないのよ」しばし間をおいてから淡々と続けた。「自分の夫を好きになれるってすてきだと思うわ」

ペネロペが返事をする前にピッパはもうオリヴィアたちのほうに向かっていた。彼女は無意識のうちにマイケルの姿を探したが、さっきいた丘にはもういなかった。池を見まわすと、ちょうど氷面のきわにいてトテナム子爵と話していた。

ペネロペがじっと見ていると、マイケルが真剣な目つきで氷上を見渡してすぐに彼女を見つけた。ペネロペはふたりのあいだにおおぜいの人がいるのを意識し、急に不安に駆られて目をそらした。マフに顔を埋めるようにしてそばの集団から離れて向こう岸まで行くと、凍った池から出て小高い場所に店を出している焼き栗売り《やぐり》によろよろと向かった。

いくらも進まないうちにおしゃべりの声が聞こえてきた。

「トテナム子爵が疑わしきは罰せずという態度で彼に接しようとしているだなんて、信じられて？」その声は背後から聞こえてきた。夫のことを言われているのだとすぐさま気づき、ペネロペははっとした。

「トテナム卿が彼みたいな人とどうやって知り合いになったのか想像もできないわ」

「ボーン卿はいまもあのとんでもないクラブを経営しているらしいわ。それってどういうことだと思って？」

「芳しいことではないわね。彼は罪深い邪悪な人間だわ。クラブに出入りしている男性も」

ペネロペはうわさ好き女たちをふり向き、〈堕ちた天使〉で遊ぶためなら左腕だって差し出すだろう人が、あなたたちの父親や夫である可能性がとても高いのだと言ってやりたい衝動を懸命にこらえた。

「うわさでは、彼は今年の社交シーズンの招待状を手に入れようとしているらしいわ。上流社会に復帰する心づもりなんですって。彼女のためらしいわ」

風が出てきて聞き取りにくくなってきたので、ペネロペは懸命に耳をそばだてた。「レディ・ホロウェイがうちの母のいとこに語ったところだと、先週の晩餐会で彼は彼女にずっとべたべたと触れていたんですって」

「わたしも聞いたわ――それに、今朝の『ザ・スキャンダル・シート』を読んだ？」

「信じられる？　恋愛結婚ですって？　相手はペネロペ・マーベリーなのに？　あの人は彼女の評判のために結婚したのだと思っていたわ。かわいそうに」

「ファルコンウェルも忘れてはだめよ。あの土地は侯爵領だったのですもの、彼が――」

その先は風のせいで聞こえなかったが、ペネロペにはどのみちどう続くのかわかっていた。彼が失う前は。

「ペネロペ・マーベリーみたいな清廉潔白《せいれんけっぱく》な人がどうしてボーン侯爵のような邪悪な男性を好きになれるのかしらね」

あまりにも簡単なことよ。ペネロペは沈む心で思った。

「なにを言っているの。彼を見てごらんなさいよ。彼みたいな人がどうして彼女のように退屈な人と恋に落ちることができるのかと問うべきだわ。彼女ったら、冷徹でなんのおもしろみもないレイトン公爵すらつかまえておけなかったのよ」

ふたりはくすくす笑い出し、ペネロペはその甲高い笑い声に思わず目を閉じた。「あなたってひどい人ね！　かわいそうなペネロペ」

その呼び方は大嫌い。

「彼って罪深い邪悪な男性で、ものすごくハンサムだわ。目にあざができていてもね。どこであんなあざを作ったのだと思って？」

「賭博場で喧嘩があったと聞いているわ。剣闘士にも負けないほど激しい喧嘩だったそうよ」ペネロペは呆れて目を上に向けた。夫にはさまざまな面があるけれど、現代の剣闘士はそのなかに入っていない。

「あら、白状すると、彼の傷の手当てをしてあげてもいいと思っているの……」声が尻すぼみになり、吐息が聞こえた。

人間はどれほどの傷を相手に負わせられるか、ペネロペは意地悪な女性に示してやりたい気持ちをぐっとこらえた。

「ペネロペに助言をお願いできるかもしれなくてよ。彼の共同経営者をつかまえるための」意地の悪い笑い声が遠くなっていった。ペネロペはふり返り、両手を拳に握って立ち去るふたりを凝視した。後ろ姿のため、だれなのかはわからなかった。わかったとしても、なにかをするつもりもなかったが。

彼女たちは当然ながらうわさをするのにおあつらえ向きの話だと思ったのだろう。ペネロペとマイケルが恋愛結婚だなんてお笑い種だ。便宜結婚以上のものだなんてありえない。彼のような人がわたしのような女を愛してくれるわけがない。

ペネロペは大きく息を吸いこんだ。刺すように冷たい空気が喉につかえた感情と闘っている。

「レディ・ボーン」いまだに奇妙に感じる呼び方をされてふり向くと、すぐそばまでドノヴァン・ウェストがやってくるところだった。新聞社を経営する彼は女性たちの話を聞いたそぶりは見せなかったが、きっと聞こえていただろうと思うしかなかった。

「ミスター・ウェスト」うんざりする思いを脇に押しやり、彼の笑みに笑みで応える。「奇遇ですわね」

「妹の付き添いですよ」数ヤード離れたところにいる若い女性たちの集団を指し示す。「それに、ぼくは冬のスポーツに目がないんです」ペネロペに腕を差し出し、そばの露天商を指した。「焼き栗はいかがです？」

ペネロペが彼の視線を追うと、焼き栗の手押し車から立ち上る煙で店主の顔がよく見えなかった。「ありがとうございます。喜んで」スケートを履いているペネロペの歩みはよろよろしていたが、ミスター・ウェストは紳士なのでそれには触れず、ふたりはゆっくりと露店に向かった。「わたしにも妹がいるんですよ」ペネロペはピッパの諦めを思った――カッスルトン卿に関心もないのに、ありとあらゆるまちがった理由で結婚を決めたその気持ちを。

「厄介な存在ですよね？」

ペネロペは無理やり微笑んだ。「わたしも女きょうだいのひとりなので、それには答えないでおきますわ」

「ごもっともです」ブロンドのウェストは少しためらったあと、からかうように続けた。「ボーン卿と結婚したら、どんな女きょうだいでも多少は厄介な存在になるんでしょうね」

ペネロペは微笑んだ。「あなたはわたしの兄でなくて幸運だと思わなくては」

ウェストは露天商に金を払い、焼き栗の袋をペネロペに渡して彼女がひとつ食べてから言った。「あなたはとてもうまくやってらっしゃいます」

ペネロペははっとしてウェストの抜け目のない茶色の目を見た。彼は知っている。ペネロペは動揺などしていないふりをして、彼のことばをわざととりちがえて言った。「子どものころからすべっていますから」

ウェストは首を傾げ、ペネロペが自分のことばを避けたのに気づいていると示した。「あなたの技術は淑女から予想する以上のものです」

ふたりが話しているのはスケートについてではない。ペネロペにもそれくらいはわかっていた。でも、ウェストは彼女とマイケルについてのうわさについて言っているのだろうか？それとも、恋愛結婚の芝居のことを言っているのだろうか？　あるいは、それよりもっとおそろしいことを？

ペネロペは焼き栗をかじり、その甘さを味わいながら返事を考えた。「周囲を驚かすのが好きなんです」

「それほどのすばらしさを発揮するにはかなりの強さが必要ですね」

ペネロペは片方の眉を吊り上げ、包み隠しのない表情で彼を見た。「何年も練習を積み重ねてきましたから」

ウェストが温かみのこもった笑みを浮かべた。「おっしゃるとおりですね、マイ・レディ。ついにあなたをつかまえたボーン卿は幸運な方だと言わせてください。社交シーズン中にまたお目にかかれるのを楽しみにしていますよ。あなた方おふたりはロンドンでもっとも話題に上るご夫婦になるでしょう。おふたりがロンドンにいらしたので、うちの記者はすでにわくわくしているんですよ」

凍《い》てつく風のように、あることが明瞭になった。「お宅の記者」

ウェストは密かに微笑みながらうなずいた。「『ザ・スキャンダル・シート』はぼくの所有している新聞のひとつなんです」

「今日の記事は……」ペネロペのことばが尻すぼみになる。

「あなたのスケートの腕前には遠くおよびません」

ペネロペは唇をすぼめた。「予想外でしたわ」

ウェストは笑ったが、ペネロペは冗談を言ったつもりはなかった。

「ペネロペは、立ち上がるのがやっとの小さなころから私よりもうんとスケートがうまかった」マイケルの声に驚いたペネロペはさっとふり向き、その拍子によろめいた。まるでこのすべてを企んだかのような彼の待ちかまえた腕のなかに倒れこみ、抱き寄せられて小さく悲鳴をあげる。

「まさにたったいまのすばらしく優雅な動きでおわかりのとおりにね」ペネロペが言うとマイケルがやさしく笑い、その声がうれしい響きとなって彼女に伝わった。ペネロペは身を引いて彼の目を見た。

マイケルは目をそらさずに言った。「彼女と結婚した理由のひとつがこれなんだ。無理もないと思わないか、ウェスト」

ペネロペが頬をまっ赤にしてウェストを見ると、彼はうなずいた。「まったくです。あなた方はほんとうに幸運なご夫婦だ」ペネロペにウインクをする。「奥方さまはどう見てもあなたに夢中のようですし」ウェストは遠くに目をやってから帽子を上げてペネロペに軽くお辞儀をした。「妹を長く放っておきすぎたようです、レディ・ボーン。お話しできて光栄でした」

ペネロペも小さくお辞儀をした。「こちらこそ、楽しかったですわ」ウェストが離れていくと、ペネロペはマイケルに向きなおって声を落とした。「わたしたちのあいだには恋愛結婚以上のものがあるとあの人は感づいているわ」

マイケルが身を寄せて同じように小声で話した。「以上じゃなくて以下と言いたかったのでは？」

ペネロペは目をすがめた。「論点をずらさないで」

「もちろんウェストは感づいているさ」無頓着な口調だ。「彼はイギリスでもっとも頭のいい人間のひとりなんだから。ひょっとしたら最高に頭のいい人間かもしれないし、おまけにもっとも成功しているひとりだ。だが、彼はおれたちの秘密を漏らしはしない」

「でも、ゴシップ紙の発行人よ」ペネロペは指摘した。

マイケルが心から笑い、その姿は一段とハンサムに見えた。「ばい菌みたいな言い方をしなくたっていいだろう」マイケルは話題の人物が妹とその騒々しい友人たちに愛想をふりまいているのを見つめた。「彼はおれたちの結婚の真実を記事にするようなばかなまねはしないさ」

ペネロペにはどうにも信じられなかった。この結婚をめぐるほんとうの事情が明らかになったらとんでもない醜聞が巻き起こる。「彼とはどういう知り合いなの？」

「ウェストはさいころ賭博のハザードが好きなんだ」

「イギリスでいちばん頭のいい人なら、運に左右されるゲームを楽しんだりはしないと思うけれど」

「悪魔も負けるほどの運に恵まれていれば楽しむさ」

「彼に知られているのを心配していないみたいね」

「心配はしていない。おれは彼の秘密を知りすぎているから、あっちもおれの秘密を明かしたりしない」

「その彼も、トミーの秘密は喜んで明かすの？」

マイケルは横目でペネロペを見た。「その話はやめておこう」

ペネロペは引き下がらなかった。「いまも彼を破滅させるつもりでいるの？」

「今日はちがう」

「では、いつ？」

マイケルがため息をついた。「約束したとおり、少なくとも今日から一週間はそのつもりはない」

諦めきったおだやかな声にはなにかがあった。ペネロペはそのなにかを突き止めたかった。疑念だろうか？　それとも後悔？「マイケル――」

「おれは今日の午後という時間を買ったんだ、奥さん。それ以上言うな」ペネロペが持っている袋に手を伸ばして焼き栗をひとつ口にぽんと放りこんだ。すぐに目を丸くして息を大きく吸った。「熱い！」

いけないとわかってはいたが、マイケルが苦しむのをペネロペは楽しんだ。「欲しいと思ったものを勝手に取る前にいいかどうかたずねていれば、気をつけてと教えてあげたのに」

マイケルの眉が片方上がった。「おれはたずねない。望みのものを望んだときに手に入れる」

「それも不埒者の鉄則かしら？」

ペネロペの皮肉はわかったというしるしに彼はわずかに頭を下げた。「楽しみの一部だ」

記憶が勝手によみがえった。マイケルの肩にかつがれたあの最初の晩……すべてが変わった夜のこと。

気恥ずかしさなど感じてたまるものですか。ペネロペは顎とつんと上げた。「ええ、ゆうべあなたのクラブでルーレットで勝ったときにわかったわ」マイケルの眉が両方吊り上がり、彼女は自分を誇りに思った。命中だわ。

「あれは運がものをいうゲームだ。なんの技術もいらない」

「技術はいらなくても運は必要よ」辛辣に言う。

マイケルが微笑んだ。罪なほどハンサムだった。「行こう、奥さん。すべろう」

　彼はペネロペの手から袋を取り上げて上着のポケットにしまい、彼女をいざなって氷上に下りた。ペネロペは秘密についての会話を蒸し返した。「そういう仕組みなの？　秘密を交換しているの？」

「その必要があるときだけだ」

「目的を達成するための手段としてだけ」マイケルにというよりも、自分自身に向けて言ったことばだった。

「おれはたしかに十年間も上流社会から遠ざかっていたが、ここがロンドンであるのに変わりはないだろう？　いまでも情報はもっとも価値のあるものだろう？」

「そうだと思うわ」彼にとってそんなに簡単なものだというのが気に入らなかった。彼が無情なのも、たやすく秘密を保っているのも気に入らない。そして、その秘密を使って周囲の人間をひどい目に遭わせていることも。ペネロペはまわりの目を意識して無理やり微笑んだ。

「あなたとラングフォードのあいだも同じなの？」

　マイケルは首を横にふった。「今日はラングフォードの話もしたくない。取り引きしたじゃないか」

「同意したおぼえはないわ」

「ここへ来る馬車からおれを放り出さなかったことで同意したとみなされる」マイケルが淡々と言う。「だが、正式に取り引きを締結したいなら、きみの誓い《マーカー》のしるしを誠意を持って受けよう」

「わたしには自分のマーカーなんてないわ」

「しかたない」マイケルが微笑む。「おれのを貸してやろう」

ペネロペは彼をにらんだ。「あなたのマーカーを返してくれということでしょう」

「細かいことを言うなよ」

ペネロペは笑みを隠しきれず、マントのポケットに手を入れて彼からもらったギニー金貨を取り出した。「今日の午後のために」

「一週間の保留だ」

差し出された彼の手に金貨を落とし、彼がそれを上着のポケットに入れるのを見届けたペネロペは、視線を転じて若い女性たちと一緒に笑っているピッパを見た。「カッスルトン卿がピッパに求婚したの」

マイケルは動かなかった。「それで？」

「妹はお受けするつもりよ」マイケルはなにも言わない。当然だろう。彼にはわからないのだから。わかろうともしないだろう。「ふたりは似合いじゃないわ」

「珍しいことか？」

いいえ、そんなことはない。でも、そんなに無神経な言い方をしなくてもいいじゃないの。

ペネロペはかなりの速度ですべりはじめた。「ピッパはもっと多くをあたえられるべきだわ」

「だったら承諾しなければいい」

ペネロペは横目で彼を見た。「あなたがそんなことを言うなんて驚きだわ。できるだけ早くピッパを結婚させたいのではないの?」

マイケルは顔を背け、しばらくスケートに集中した。「そうだよ。だが、彼女に無理強いするつもりはない」

「無理強いしてもいいのはわたしに対してだけなのね?」

「ペネロペ」彼女は速度を上げてマイケルの前に出た。冷たい風を頰に受け、このままずっと進み続けられればいいのに、無理やり連れこまれたこの奇妙な人生からすべり出られればいいのにと思った。大きな集団の横を過ぎるころにはマイケルがまた隣りに来て、彼女の腕に手をかけて速度をゆるめさせた。「ペネロペ、頼む」

おだやかに発せられたそのことばが効いたのかもしれない。彼が珍しいことを言ったからかもしれない。ペネロペが無視したら諦めるという口調のせいかもしれない。

いずれにしろペネロペは止まった。彼と向かい合ったとき、スケートの刃が氷を削った。

「わたしは止めることになっていた」あまりにも感情がこもってしまっているのはわかっていた。「妹たちがちがう人生を送れるようにするはずだった。彼女たちの結婚が……」

「莫大な持参金よりも多くのものにもとづくものになるように」

ペネロペは顔を背けた。「あの子たちは、わたしたちよりも良縁に恵まれるはずだったのに。あなたはマーカーをくれて約束してくれたのに」

「少なくともひとりはそうなる」マイケルが池の反対側を指さした。ペネロペが見ると、オリヴィアとトテナム子爵が立ち止まって話をしていた。オリヴィアの完璧な頬はピンク色に染まり、トテナム卿は満面の笑みだ。「彼は裕福だし、いずれ首相になれるくらい評判がきれいだ。相性が合えば、すばらしい縁組になるだろう」

「ふたりきりで一緒にいるの？」ペネロペは彼らのほうへすべり出した。「マイケル、戻らなくては！」

　彼がペネロペの手をつかんで速度を落とさせた。「ペネロペ、彼らは舞踏室のバルコニーでふたりきりでいるわけじゃない。池のほとりで楽しそうに立ち話をしているだけじゃないか」

「付き添いなし《サン・シャプロン》によ。まじめに言っているの。戻らなくてはいけないわ！」

「ふむ、フランス語を使ったということは、かなりゆゆしき問題なんだな」マイケルは顔を背けていたのではっきりとはわからなかったが、なんだかペネロペはからかわれているような気がした。「ほんとうにやましいところなどないのに」マイケルはペネロペの手を取り、抗う彼女をものともせずにちがう方向へと引っぱっていった。「きみはおれに午後をくれる約束だろう、奥さん」しっかりつかまれたとき、ペネロペは抵抗するのをやめた。彼にくるくるとまわされ、ついにあきらめて向かい合ったまま彼についていった。

　すると、彼がダンスをするかのようにペネロペを抱き、ワルツのような動きをしながら周囲に声の届かないところまで離れていった。

「みんなが見ているわ」

「見させておけばいい」マイケルは彼女をしっかりと抱きしめて耳もとで低くささやいた。

「はじめて求婚者とふたりきりで過ごした、息切れするような瞬間をおぼえていないのか？」

「ええ」ペネロペは彼から離れようとした。「マイケル、戻らなくては」

突然、それはオリヴィアのためではなくなった。自分のためだった。自分の正気を保つために。こんな風に彼の腕のなかにいて耳もとでささやかれたら、気持ちがぐらついてしまう。

マイケルが彼女を抱いたままゆっくりとまわった。「あとちょっとしたらみんなのところに戻ろう。いまはおれの質問に答えてくれ」

「もう答えたわ」ペネロペは離れようとしたが、マイケルはしっかり抱きしめて放してくれなかった。「こういうのはよくないわ」

「きみを放すつもりはない。だれかに見られても、ボーン侯爵が美しい妻に夢中になっていると思うだけだ。さあ、答えてくれ」

ただ、彼はペネロペに夢中などではない。真実ではない。

そうだろうか？

「息切れするような求愛はされた経験がないの」マイケルに認めたことが自分でも信じられなかった。

「公爵はきみを口説こうとしなかったのか？」

ペネロペはがまんできずに笑ってしまった。「レイトン公爵に会ったことがないの？　女性を口説くのが得意な人じゃないのよ」未来の花嫁のために舞踏会に乱入した公爵のことがぱっと思い出された。「少なくとも、わたしが相手では」

「じゃあ、ほかの男たちは？」

「ほかの男の人たちとは？」

「ほかの求婚者たちだよ、ペネロペ。そのなかのだれかは全力を尽くして……」

ペネロペは頭をふり、妹たちを探して周囲を見まわした。こんなところを見られたくなかったのだ。フィリッパはきらめく池の中央に女性たちと一緒にいた。「求婚者から息切れするような思いをさせられたことは一度もないわ」

「トミーもか？」

ええ。そう言うべきだったが、そうしたくはなかった。友だちを裏切りたくなかった。みんなにとって……トミーにとってすら、自分が目的を達成するための手段でしかなかったのだとマイケルに知られたくなかった。「トミーの話はしないんじゃなかったかしら」

「彼を愛しているのか？」彼の声には切羽詰まったものがあって、答えるまで引き下がりそうになかった。

ペネロペは一方の肩をすくめた。「彼はたいせつな友だちよ。もちろん好きに決まっているでしょう」

マイケルの瞳が翳った。「おれの言ったのはそういうことじゃない。わかっているはずだ」

ペネロペは誤解したふりはしなかった。マイケルに力をあたえてしまうと知りながらほんとうのことを言った。それでもかまわなかった。ふたりの関係になにかしらの真実が欲しかったからだ。「彼といて息切れするような思いはしたことがないわ」

小さな子ども――まだ五歳にもなっていないだろう――がふたりの脇を通り、その後ろから申し訳なさそうな父親と、笑いながらお辞儀をした母親がすべっていった。ペネロペはにっこり笑い、手をふって謝罪をしりぞけた。「ひょっとしたら、それが問題なのかもしれないけれど。息切れするような体験を長く待ちすぎて……その……ほかのすべてを取り逃してしまったのかもしれないわ」そっと言う。

マイケルからなにも返ってこなかったので顔を上げてみると、彼も同じ家族を目で追っていた。ようやくペネロペのほうを見た彼はとても真剣な面持ちをしていて、彼女は目を離せないままくるくるとワルツを踊った。ふたりともまわろうともしていないのに自然とそうなっていたのだ。ふたりのあいだでなにかが変わっていた。

「きみがレイトンともトミーとも、ほかのどうしようもない男とも結婚せずにいてくれてうれしいよ、六ペンスくん」

六ペンスくんと呼ぶのはマイケルしかいなかった。ずっと昔に彼がペネロペにつけたばかみたいなあだ名で、彼にとって自分は一ペニーよりもうんと価値があるのだと思えた。当時はすてきなことばだと思っていて、いつも微笑んでしまったものだ。いまもそれは変わらなかった。

あだ名で呼ばれて温もりに包まれたが、そのあとから名前などよりももっと重大な疑問が浮かんだ。「それは正直な気持ちなの？　それともまことしやかな嘘？　いまのあなたはただれ？　ほんとうのあなたなの？　それともみんなが見たがっているとあなたが思っている見せかけのあなた？　どうでもいいなんて言わないでね。なぜなら、いまは……いまこの瞬間は……たいせつなことだから」ペネロペの声がやさしくなった。「なぜだか自分でもわからないけれど」

「正直な気持ちだ」

愚かかもしれないが、ペネロペは彼を信じた。

ふたりはその場に立ち尽くした。マイケルは灰色、金色、緑色の混じる瞳で一心にペネロペを見つめていた。まるで、この池にはふたりしかいないかのように。ふたりの周囲でおおぜいの人間がスケートをしてなどいないかのように。ペネロペは、みんながいなければなにが起きていただろうと考えた。みんなの存在など気にならなかったら。

マイケルはあまりにも近くにいて、彼の体の熱は現実で誘惑的で、ペネロペはこの場でキスされるのかしらと思った。

だめ。

マイケルがそうする前に、彼女は体を引き離した。

そうしなければならなかった。

また彼に利用されるのは耐えられなかった。

雪が降り出し、ペネロペのピンストライプの帽子の縁や、マイケルのすばらしい仕立ての上着の肩を白くしていた。「オリヴィアとトテナム卿が駆け落ちしようと決める前に彼らのところに行かなくては」ペネロペはためらってから言った。「今日の午後はありがとう」

きびすを返してすべり去ったペネロペは、マイケルと離れる寂しさを痛いほど感じていた。たった一回やさしく微笑まれたからって、やさしいことばをかけてもらったからって、こんなに早く、こんなにも彼を欲しがるようになるなんてまちがっている。マイケルのこととなると弱くなってしまう。

そして、彼はとても強い。

「ペネロペ」マイケルに声をかけられ、彼女は止まってふり向いた。彼のハシバミ色の瞳が危険なきらめきを宿していた。「午後はまだ終わっていないぞ」

ほんのつかの間、ペネロペは息切れしそうだと思った。

16

親愛なるＭへ

今年の社交シーズンが忌まわしいものになるだろうというのはわかっていましたが、想像していた以上でした。いえ、うわさ話やひそひそ話、以前はダンスを申しこんできた独身男性がわたしなど見えないふりをするのには耐えられます。でも、結婚したばかりの公爵夫妻の姿を見るのは……つらいです。

ふたりはとても愛し合っています。自分たちがうわさの的になっているのにも気づいていないようです。昨日は貴婦人用サロンで、公爵夫人がおめでただという話を耳にしました。

自分が送るはずだった人生をほかの人が送っているのを見るのはとても不思議な感覚です。もっと不思議なのは、胸のうずきを感じるのと同時に、その人生を送らずにすんで胸が高揚するほどの自由を感じることです。

署名なし

一八二四年四月　ドルビー・ハウスにて

投函されず。

それはたしかに不思議な感覚だった。妻を口説くのは。ろうそくの明かり、静かな寝室、それにみだらなことばを一、二時間ささやくことが必要だと思っていた。だが、彼の妻を口説くには、妹たち、ちょっとばかり滑稽な母親、父親の猟犬五頭、それにジェスチャー遊びのシャレードがからむのだった。

シャレードで遊ぶなど、十八年前に寄宿学校に入って以来だった。

「ここにいなくてもいいのよ」ドルビー・ハウスの客間の長椅子で隣りに座っているペネロペが小声で言った。

マイケルは背もたれに体を預けて足首を交差させた。「みんなと同じようにおれもシャレードを楽しめるよ」

「わたしの経験からいって、男の人はみんな室内遊戯が好きですものね」ペネロペが皮肉っぽく言う。「おわかりでしょうけど、午後はもう終わっているのよ」

完全に払いきった……マイケルの買った時間は終わったと告げる、あまりさりげなくないことばだった。マイケルは彼女の青い瞳を見つめた。「いまも昼のあとの時間だぞ、六ペンスくん」声を落とす。「おれに言わせれば、あとまだ五時間はきみと一緒に過ごせるはずだ——夜中まで」

ペネロペが頬を染めたのを見て、マイケルはその場で愛を交わしたい――とてもよく似合っているフロック・ドレスを剝ぎ取って、いまふたりが座っている長椅子に裸の彼女を横たえたい――気持ちをぐっとこらえた。

ペネロペの家族はきっと気に入らないだろうから。

その日、彼がペネロペの服を脱がせたいと思ったのはこれがはじめてではなかった。十回めでもなかった。それどころか、百回めでもないだろう。

氷上でなにかが起きたのだ。マイケルには心の準備のできていないことが。

楽しい時間を過ごした。

ペネロペとの時間を楽しんだ。

一緒にスケートをし、彼女をからかい、それぞれに魅力的な妹たちといる彼女を見るのが楽しかった。そして、ペネロペが自分のものであると見せつけたくてたまらなかった。だが、彼がそうしようと手を伸ばしたとき、ペネロペは――みごとな強さを発揮して――彼に背を向けた。顎をかわいらしくつんと上げ、自分にふさわしいもの以下では妥協しないと示した。

マイケルは彼女に置き去りにされたまま釘づけされたように立ち尽くし、サーペンタイン池をすべっていく彼女を誇らしい気持ちで見つめたのだった。ペネロペを追いかけていき、現実の自分たちの結婚生活から遠くかけ離れた場所に彼女をとどめておきたい気持ちをこらえるには、ありったけの自制心が必要だった。スケートをしているときは腕のなかのペネロペの感触を満喫し、紙袋から焼き栗を勝手に取ったときは彼女が見せた笑顔に心が高揚し、彼女が目を見開いてほんとうのことを言ってほしいと言ったときは喜んで真実で答えた。ただ、真実を語るだけではじゅうぶんではなかった。骨身にしみる教訓になった。シャレードの誘いを断るとペネロペから思われていたのは知っていた。断るべきだったのかもしれない。だが、まだペネロペと離れたくなかった。実際、彼女とは二度と離れたくないと思っている自分がいた。だからこうして客間に座り、家族とシャレードをしてのどかに遊ぼうとしているのだ。

ペネロペの妹たちが客間に転がりこんできた。紙片でいっぱいのボウルを持ったフィリッパの後ろから大きな茶色の犬が入ってきたかと思うと、とことこと長椅子までやってきてマイケルとペネロペのあいだに上がり、二回まわってから身を落ち着け、彼女のひざに頭を乗せ、マイケルの腰を尻で押した。彼は犬のために少しずれてやった。ペネロペが猟犬の耳をなではじめた。

猟犬が吐息をついて彼女の手に体をすり寄せると、嫉妬の炎が燃え上がった。マイケルはそんな自分にいらだって咳払いをした。「この屋敷には何頭くらい犬がいるんだい？」

ペネロペが鼻にしわを寄せて考えるのを見て、彼は子どものころを思い出し、そこに指を這わせたい衝動に駆られた。「十頭？　十一頭かしら？」ペネロペがかわいらしく肩をすくめる。「はっきりわからないわ。この子はブルータスというの」

「ブルータスはきみが好きみたいだ」

ペネロペがにっこりした。「この子はかまってもらうのが好きなのよ」

ばかげていようといまいと、あんな風になだめるようにやさしく彼女になでてもらえるなら、〈堕ちた天使〉の自分の持ち分を喜んで譲れると思った。

「トテナム卿がすごく背が高いって気づいた？　それに、とってもハンサム！」オリヴィアが興奮して言い、マイケルの隣りの椅子に座って彼に身を寄せた。「あなたみたいな評判の義理のお兄さまが、あんなにすばらしい夫候補と知り合いだなんて思ってもみなかったわ！」

「オリヴィアったら！」ニーダム‐ドルビー侯爵夫人はきまり悪くて死んでしまうとばかりの表情だった。「貴族相手にそういうことを言うものではありません！」

「その貴族が義理のお兄さまでもだめなの？」

「そうです！」レディ・ニーダムの声は数オクターブ高くなっていた。「謝らなくてはいけませんよ！」

ピッパがシャレードのお題が書かれた紙片を入れた大きなボウルから顔を上げ、眼鏡を鼻の上に押し上げた。「オリヴィアは、あなたの評判が悪いと言ったのではないんですよ。ただ……」

彼女はどう続けるつもりだろうと思い、マイケルは片方の眉を吊り上げた。

「いやだ、ピッパったら。彼はおばかさんじゃないのよ。ご自分が外聞の悪い評判の持ち主だってことくらいご存じよ」オリヴィアが歯を見せて彼ににこっと笑ってみせた。マイケルはペネロペの妹たちを気に入った。なにはともあれ彼女たちは愉快だ。

「はい、はい。もうじゅうぶんよ」ペネロペが口をはさんだ。「はじめましょうか？　オリヴィア、あなたが最初よ」

オリヴィアはやる気満々のようすで大きな暖炉に向かった。ボウルから紙片を一枚取り、唇をとがらせ、いかにも戦略を考えている風の表情を作った。

紙に書かれたお題を身ぶりで表現するのではなく、顔を上げてこう言った。「トテナム卿は大きな婚約指輪を買ってくれると思う？」

「『フィガロの結婚』」ペネロペがあたりまえのように言った。

「正解！」オリヴィアが言う。「どうしてわかったの？」

「どうしてかしらね」ペネロペはそう返事をした。

「なんて頭のいい娘かしら！」侯爵夫人だ。

マイケルはがまんできずに笑ってしまい、妻の注意を引いた。彼女は発見したばかりの変わった植物を見るように困惑して眉を寄せていた。「なんだい？」

「なんでもないわ……ただ……あなたが笑うのは珍しいから」

あいだに犬をはさみながら、マイケルはできるだけ彼女に身を寄せた。「似合わない？」

ペネロペの笑い声は音楽のようだった。「いいえ……わたし……」ペネロペがまた頬を染めた。彼女がなにを考えているのか知ることができるなら、マイケルは全財産を差し出しただろう。「いいえ」

「オリヴィア」ピッパが言った。「別の問題を出して」

オリヴィアはまたボウルに手を伸ばしたが、その前にまっすぐにマイケルを見てこう言った。「わたしは昔からルビーが好きなの、ボーン卿。わたしの肌を引き立ててくれるから。なにかの会話でだれかとそんな話になったときの参考までに」

トテナムはかなり大きな厄介ごとに巻きこまれているようだ。

「きっとそんな話になるでしょうね」ペネロペがそっけなく言う。「マイケルやトテナム卿のような男性は宝石だとか女性の肌の色の話をするものだから」

「じつはそうなんだよ」マイケルがまじめな顔で言ったものだから、ペネロペはまた笑った。

「きみがルビーが好きだというのをおぼえておくようにするよ、レディ・オリヴィア」

オリヴィアがにっこりする。「お願いね」

「宝石が肌を引き立てるなんてありうるかしら」ピッパがさらりと言ってのける。「お芝居」

「ピッパ、明日の昼食にカッスルトン卿をお招きしましたよ」侯爵夫人が言った。「ふたりで午後のお散歩をする時間を設けるわ」

「わかったわ、お母さま」ピッパは少しも注意をそらさずに言った。「九文字」

「トテナム卿は招かれていないのに」オリヴィアが唇をとがらせる。

「あなたはしゃべっちゃいけないのよ、オリヴィア」ピッパが言う。「それに、九文字を大幅に超えているし」

うまい言い返しにマイケルは微笑んだが、義理の妹が少しも関心を示さないようすを見逃さなかった。ピッパはカッスルトンとの結婚を望んでいない。マイケルは彼女を責める気になれなかった。カッスルトンは愚か者だからだ。フィリッパがたいていの男よりも頭がよく、カッスルトンは彼女にはあまりにも不釣り合いだというのがほんの何時間かでマイケルにもわかった。もちろん、カッスルトンはどんな相手にも不釣り合いな男なのだが、とくにフィリッパにとっては死ぬほど退屈な結婚生活になるだろう。

この結婚を止めなければ、ペネロペに恨まれるにちがいない。

マイケルが妻に目をやると、彼女はこちらを注意深く見つめていた。ペネロペが顔を近づける。「この縁組を気に入らないんでしょう」

嘘をつくこともできた。フィリッパとカッスルトンが早く結婚してくれれば、それだけ早く復讐を果たせるし、そうなればこの十年の激しい怒りという雲の下から出て生きていくのがそれだけ早くできるようになる。なにも変わっていないのだ。

だが、なにかが変わっていた。

ペネロペ。

マイケルはうなずいた。「気に入らない」

ペネロペの美しい青い瞳のなかでなにかがきらめいた。マイケルが中毒になってしまいそうななにかが。希望。幸福。自分がそれをもたらしたと思ったら、十倍はいい人間になれた気がした。「止めてくれるわよね?」

マイケルはためらった。止めるつもりがあるのか?

止めれば、ペネロペを幸せにできるんだぞ。

だが、その代償は?

マイケルはフィリッパに救われて答えずにすんだ。彼女がふたりのほうを向いて言ったのだ。「なにかしら？　わかる？」

マイケルは注意を払っていなかったのだが、オリヴィアが鞭を打つ身ぶりをし、両目を閉じ歯をむき出して顔をしかめ、口の両側で指を広げる動作をくり返していた。

「イカを追い立てている！　陽だまりを鞭打っている！」侯爵夫人が誇らしげに大声で言い、みんなの笑いを誘った。

「そんなお芝居があったら、ぜひ本を読んでみたいわ」フィリッパがくすくす笑いながら言い、ペネロペに顔を向けた。「ペニー、お願い。お姉さまに助けてもらえないと解けないわ」

ペネロペは長々とオリヴィアを観察した。マイケルは彼女の集中力に魅了され、目をそらせなかった。こんな風に関心を持って見られるのはどんな感じなのだろう。こんな風に満足げに見られるのは。またもや嫉妬心がわき起こり、マイケルは自分を叱った。大のおとなが犬や義理の妹をうらやましがるとは情けない。「『じゃじゃ馬ならし』」

オリヴィアが身ぶりをやめた。「正解よ！　ありがとう、ペニー。自分がばかみたいに思えてきたところだったわ」

「どうして〝じゃじゃ馬〟でそういう表現になるのか見当もつかないわ」ピッパがそっけなく言った。

「うるさいわね。だったら、あなたがもっとうまくやればいいでしょう。次はだれの番？」

「ペニーよ。いまのをあてたのだから」

ペネロペが立ち上がってスカートをなでつけ、間に合わせの舞台に向かい、紙片を一枚取って広げた。長いあいだお題を見つめていたが、ひらめきを得たらしくぱっと顔を輝かせた。マイケルは不意に心地が悪くなってもぞもぞと身じろぎした。彼女をこの屋敷から連れ出して家に戻り、ベッドに入りたくなった。

だが、新たなお題がはじまり、待たなくてはならなくなった。

ペネロペは指を七本立てた。彼はその指が自分の顎に、唇に、頬に触れる感触を想像した。

「七文字ね！」

彼女は体を硬くして妹たちに敬礼し、舞台の周囲を堅苦しいようすで行進を模して歩いた。胸の部分のドレスがぴんと引っぱられている。マイケルは前のめりになってひざに肘をつき、その光景を楽しんだ。

「行進！」

「兵士！」

その調子とばかりにペネロペが手ぶりで励ます。

「ナポレオン！」

ペネロペが小銃を撃つまねをすると、マイケルの注意は首のつけ根に引きつけられた。あのやわらかなくぼみにキスをしたくてたまらない……ふたりの結婚がいまとはちがっていて、彼が別人だったなら、別の場所、別の時間にあそこにキスしていただろう。

もし彼がペネロペに愛してもらえる男だったら。

ふたりの結婚が復讐とは別のものを土台にしていたら。

〝わたしに触れないで〟頭のなかで響く彼女のことばがたまらなくいやだった。そのことばの示すもの――彼女にどう見られているのか、どんな扱いをすると思われているのか――がたまらなくいやだった。彼がした扱い。

いまもしている扱い。

「狩り！」

「お父さま！」

「ナポレオンを狩っているお父さま！」オリヴィアのばかげた連想にペネロペは身ぶりをやめて笑い出した。それから首を横にふり、自分を指さした。「お姉さまを狩っているお父さま！」

ピッパがオリヴィアに目をやった。「どうしてそんなものがシャレードのお題に入っているのよ」

「知らないわ。前に一度、〝ヘスターおばさまのかつら〟というお題が出たことがあったでしょ」

ピッパが笑った。「わたしが書いたのよ！」ペネロペが咳払いをした。「ごめんなさい、ペニー。どこまでいったんだったかしら？」

ペネロペが自分を指さした。

「淑女？」

「女性？」

妻だ。おれの妻。

「女の子？」

「娘？」

「侯爵夫人よ！」ニーダム－ドルビー侯爵夫人があまりにも意気揚々と叫んだので、マイケルは義母が長椅子から転げ落ちるのではないかと思った。

ペネロペがため息をついて目をぐるりと上に向けたあと、両の眉を上げてマイケルを見た。助けてくれないかしら、と言っているようだった。

驚くほど誇りに似たなにかがマイケルの胸のなかで爆発した。彼女が助けを自分に求めてくれた。ペネロペに頼られる男になりたいと思っている自分がそこにいた。彼女を助けてやりたい。

なにやってるんだ、ボーン。ただの遊びじゃないか。

「ペネロペ」マイケルは言った。

彼女は瞳を輝かせ、マイケルを指さした。

「ペネロペですって？　お姉さまがお題の一部なの？」オリヴィアは疑わしげだ。ペネロペがまた身ぶりをはじめた。「縫い物？」

ペネロペは笑顔を見せてオリヴィアを指し、糸を引っぱるしぐさをした。「ほどいているの？」

ペネロペがふたたびオリヴィアを、次に自分を指し、それから縫い物をしてほどく身ぶりをもう一度くり返してからピッパを見た。すべての手がかりから答えを導き出せる相手だと思っているのは明らかだ。

マイケルはピッパに正解してほしくなかった。自分が答えを言いたかった。ペネロペに感銘を受けてもらいたかった。

「『オデュッセイア』だ」

ペネロペが大きく美しい笑みを浮かべ、両手を握り合わせてぴょんぴょんと飛び跳ねてつかの間の勝利を味わったあと、ふたたび小銃を撃って小さな舞台を行進するまねをした。ペネロペはくるりとふり向いてまっすぐマイケルを指した。彼女から一心に注目されたマイケルは、正解を思いついて英雄のような気分になった。「トロイ戦争」

「正解！」ペネロペはほっと大きく息を吐いた。「よくわかったわね、マイケル」

彼はつい得意がってしまった。「難問を解いたよな？」

「まだわからないのだけど」オリヴィアだ。「どうしてペネロペが縫い物をしてそれをほどくのがトロイ戦争になるの？」

「ペネロペはオデュッセウスの妻なの」フィリッパが説明する。「オデュッセウスに去られた彼女は一日中機織《はたお》りをして、夜になると全部ほどいたのよ。何年も」

「どうしてそんなことをするのよ？」オリヴィアは鼻にしわを寄せ、そばのトレイから菓子を取った。「何年も？　ほんとうに？」

「夫の帰りを待っていたのよ」ペネロペはマイケルの目を見ながら言った。そこにはなにか意味のあるものがあり、マイケルは彼女がギリシア神話のことだけを言っているのではないように思った。夜、彼女はおれを待っていたのか？　ペネロペはおれに触るなと言った……彼女はおれを押しのけた……だが、今夜彼女のもとへ行ったら、おれを受け入れてくれるのだろうか？　同じ名前の女性と同じ道を歩んでくれるのか？

「お義兄さまの帰りを待っているとき、お姉さまにはもっと刺激的な暇つぶしがあるよう願っているわ」オリヴィアがからかった。

ペネロペは笑みを浮かべたが、そこにはマイケルの気に入らないなにかがあった。悲しみのようなものが。彼は自分自身を責めた。彼が現われるまでは、ペネロペはいまよりは幸せだったのだ。彼が現われるまでは、ペネロペは自分の不運など考えもせずに微笑んだり、笑ったり、妹たちとゲームに興じていたのだ。

長椅子に戻ってくるペネロペをマイケルは立ち上がって迎えた。「おれはペネロペを何年も置き去りにしたままにはぜったいにしない。だれかに彼女を奪われてしまうのではないかと気が気じゃなくなるだろうから」義母が部屋の反対側から大きな吐息をつき、ペネロペの妹たちが笑った。彼はペネロペの手を取って関節にキスをした。「いずれにしろ、ペネロペとオデュッセウスは好きな神話の夫婦じゃない。ペルセポネとハデスのほうが昔から好きだった」

ペネロペが彼に微笑み、突然部屋が暑くなった。「彼らのほうが幸せな夫婦だと思うの？」

皮肉たっぷりに訊く。

マイケルはちょっとした笑みを浮かべている彼女と顔を合わせ、このやりとりを楽しみながら声を落とした。「二十年間の飢饉《ききん》よりも六カ月の祝宴のほうがいいと思うが」ペネロペが頬を染め、マイケルはそこにキスをしたくてたまらなくなった。客間で。礼儀作法や貴婦人の繊細な感受性などくそくらえだ。

ふたりのやりとりに気づいていなかったオリヴィアが言った。「ボーン卿、次はあなたの番よ」

彼は妻から目をそらさなかった。「残念だがもう遅い時間だ。妻と一緒においとましようと思う」

侯爵夫人が立ち上がり、その拍子にひざに乗っていた小さな犬が転がり落ちてきゃんと鳴いた。「あら、もう少しだけいてくださいな。わたくしたち、あなたがいらしてくれてとても喜んでいるのですから」

マイケルはペネロペを見た。闇の世界へさらっていきたかったが、どうするか決めるのを彼女に任せた。ペネロペは母親に言った。「彼の言うとおりよ」マイケルの体を興奮が走った。「ずいぶん長い午後だったから、もう家に帰ります」

彼と一緒に。

勝利に酔ったマイケルだが、ペネロペを肩に担いで部屋を出たい衝動はこらえた。今夜、彼女は触れさせてくれるだろう。口説かせてくれるだろう。

マイケルには自信があった。

明日のことはわからないが、今夜は……今夜はペネロペは彼のものだ。

ペネロペにふさわしい男でないとしても。

親愛なるMへ

ヴィクトリアとヴァレリーは今日、可もなく不可もない男性とふた組同時の結婚式を挙げました。わたしの醜聞のせいでふたりの選択肢がせばまってしまったのは疑いようもなく、怒りと不公平さで耐えがたい思いです。

幸せと愛とすばらしい相手、それにめったに存在しないうえ由緒あるイギリスの結婚に期待できるものではないから夢見てはいけないと教わった諸々に恵まれた人生を得られる人もいるなんてとても不公平です。

嫉妬と強欲が罪なのは知っています。でも、ほかの人たちの持っているものを、わたしと妹たちにも欲しいと思ってしまう気持ちは止められません。

署名なし
一八二五年六月　ドルビー・ハウスにて

投函されず。

ペネロペは夫に恋をしつつあった。

実家を出て夫の手を借りて馬車に乗りこみ、彼が天井を二回たたいてから隣りに座ったとき、その驚くべき啓示が降りてきた。

彼女が恋に落ちつつあったのは、スケートをし、シャレードにつき合い、ことば遊びでからかい、彼女が世界でたったひとりの女性であるかのように微笑んでくれた夫だ。彼の奥深くに潜むやさしさに恋をしつつあった。

それに、夫のそれ以外の面にも恋をしつつある、暗くて静かなペネロペもいた。どうしたらさまざまな面を持つ夫に恋をすることができるのかわからなかった。彼はあまりにも手にあまる。

ペネロペは身震いした。

「寒いのか?」そう言いながらも、すでに毛布をペネロペにかけていた。

「ええ」寒さのせいにして毛布を体に引き寄せながら、この気づかいに満ちたやさしい男性は夫のほんの一部なのだと自分に言い聞かせた。

わたしが愛している一部。

「すぐに家に着くよ」マイケルが近寄ってきて、鋼鉄の帯のような温かい腕をペネロペの肩にまわした。その感触が彼女は大好きだった。「今日の午後は楽しかった?」

そのことばは約束のようにペネロペの体を熱くし、彼と彼の引き起こす感情から距離をおこうと思っているにもかかわらず、思わず頬が赤くなってしまった。「ええ、楽しかったわ。妹たちと遊ぶシャレードはいつもおもしろいの」

「きみの妹たちが好きだよ」やさしいそのことばが暗がりのなかで低く響いた。「一緒にシャレードができてよかった」

「すてきな義理のお兄さんができて、妹たちも喜んでいると思うわ」自分の義理の弟たちを思い浮かべる。「ヴィクトリアとヴァレリーの夫たちはあなたほど……」ことばが尻すぼみになる。

「ハンサムじゃない？」

ペネロペは微笑んだ。微笑まずにはいられなかった。「それもあるけれど、わたしが言おうとしたのは――」

「すてきじゃない？」

「それもあたり。でも――」

「とんでもないほど魅力的じゃない？」

ペネロペの眉が両方とも上がった。「あなたがとんでもないほど魅力的？」

マイケルは傷ついたふりをした。「きみは気づいてなかったのかい？」

ペネロペは気づいていた。マイケルにそれを認めるつもりはないが。「気づいていなかったわ。でも、あなたがほかの人よりもうんと謙虚でもあるとわかったわ」

今度はマイケルが笑う番だった。「となると、彼らはかなり扱いにくいんだろうな」

ペネロペはにっと笑った。「あなたは自分の限界を知っているようね」

沈黙が落ちた。その後のマイケルのことばを聞いて彼女は驚いた。「シャレードは楽しかった。おれも家族の一員になれたような気がした」

正直で予想外のことばを聞いて、ペネロペの目に涙がこみ上げてきてちくちくした。瞬きで涙をこらえ、さらりと言う。「わたしたち、結婚しているんですもの」

マイケルは暗がりで彼女の目を探った。「それだけでいいのか？　コンプトン牧師の前で誓いのことばを交わせば家族になるのか？」ペネロペがなにも言わないと見ると、彼は続けた。「そうだったらいいのにと思うよ」

ペネロペは軽い口調を心がけた。「喜んで妹たちをあげるわ、だんなさま。彼女たちもあなたをお義兄《にい》さんに持てて満足していると思うわよ……あなたはトテナム卿とお友だちだし、それに……」

「それに？」マイケルがせっついた。

ペネロペは息を吸いこんだ。「それに、ピッパがレディ・カッスルトンになるのを止められるから」

彼はため息をつき、背もたれに頭を預けた。「ペネロペ……そう簡単にはいかないんだ」

ペネロペは体をこわばらせ、彼の抱擁から逃れた。すぐさま冷気に襲われる。「ふたりの結婚をじゃますするのは、あなたの利益にはならないということね」

「ああ、おれの利益にはならない」

「どうして妹たちを早く結婚させようとするの？」マイケルがためらい、ペネロペはその沈黙を埋めた。「理解しようとしたのよ、マイケル……でも、わからなかった。あなたにどんな得があるの？　トミーが非嫡出子だという証拠をすでに握っているわけだから……」不意に合点がいった。「証拠を持ってはいないのね？」

彼は顔を背けはしなかったが、返事もしなかった。ペネロペは事情を理解しようと懸命に頭を働かせた。どんな風に計画されたのか、だれが関与しているのか、この事態の筋道はどうなっているのか。『あなたは証拠を持っていないけれど、わたしの父が持っているのね。それを手に入れるための代償が、妹たちを結婚させることなんだわ。父のお得意の手ね」

「ペネロペ」マイケルが身を寄せる。

ペネロペは馬車の扉にぴたりと体をつけて彼からできるだけ離れた。「否定するの？」

マイケルが体をこわばらせる。「いや」

「やっぱり」ペネロペは苦々しい口調だった。事態を取り巻く現実が馬車という狭い空間をいっぱいにし、彼女は窒息しそうに感じた。「父と夫が協力して、妹たちとわたしを操ろうとしていたわけね。なにも変わっていないんだわ。妹たちの評判を守るか、お友だちの評判を守るか、そのどちらかしかないのね？」

「はじめのうちはそうだった」マイケルは認めた。「だが、いまは……きみの妹たちが破滅するのは許せない」

ペネロペは片方の眉を吊り上げた。「あなたを信じなくても許してね、だんなさま。だって、再会してからずっと、あなたはその評判を使って脅しをかけてきたんですもの」

「もう脅しはなしだ。彼女たちには幸せになってほしい。きみに幸せになってほしい」

彼はわたしを幸せにできる。ささやきとなって聞こえてきたその思いをペネロペは疑わなかった。みじんも。彼はただひとつの目的に邁進《まいしん》する人で、その彼がペネロペの生涯の幸せを目的に据えたとしたら、かならずや成功するだろう。けれど、それは手札のなかにはない。

「でも、復讐のほうがだいじなんでしょう」

「両方を手に入れたい。おれはすべてが欲しい」

ペネロペは顔を背けて窓の外の通りに向かってしゃべった。急にいらだちに襲われたのだ。

「ああ、マイケル。なにもかも手に入れるなんてできないのよ」

永遠とも思える長いあいだ、ふたりは無言のままだった。やがて馬車が停まり、マイケルがまず降りてペネロペに手を貸そうとふり向いた。馬車の影のなかに立って片手を差し出している彼を見て、ペネロペはファルコンウェルでの夜を思い出した。彼が手と名前と冒険を差し出してくれて、ペネロペは彼がいまも昔知っていた少年だと思ってそれを受け取ったのだった。

けれど、ちがった。彼はあの少年ではなかった。やさしい保護者と不埒な復讐の鬼というふたつの面を持つ男性になっていた。それが夫だった。

それでもペネロペは彼を愛していた。

長い年月を通し、彼女は愛を悟るこの瞬間を待っていた。そうなったときには人生が変わり、花が咲き、鳥が有頂天にさえずると信じていた。

けれど、この愛は有頂天になるようなものではなかった。苦痛だった。

じゅうぶんではなかった。

ペネロペは手袋をした夫のたくましい手を避け、踏み台を使ってひとりで馬車を降りて町屋敷に入った。マイケルがあとから玄関広間に入ってきたが、彼女はためらいもせずにひとりで階段を上がりはじめた。

「ペネロペ」マイケルが階段の下から声をかけてきた。彼女は目を閉じて、彼の呼び方に胸がうずく気持ちを締め出した。

ペネロペは足を止めなかった。

マイケルは彼女のあとからゆっくりと落ち着いて階段を上り、長く薄暗い廊下を進んでペネロペの寝室へ向かった。彼女はドアを開けたままにしていた。鍵をかけても、マイケルならなんとかして入ってくるだろうとわかっていたからだ。彼がなかに入ってドアを閉めたとき、ペネロペは化粧台のところへ行って手袋を脱ぎ、椅子に丁寧にかけた。

「ペネロペ」服従を要求する断固たる口調だった。

おあいにくさま、もう服従するのはやめたのよ。

「頼む、おれを見てくれ」

ペネロペの気持ちは揺らがなかった。返事をしなかった。

「ペネロペ……」ことばが尻すぼみになった。視野の隅でマイケルが髪をかきむしるのが見えた。おかげで完璧さが崩れ、かえってハンサムに、いつもとちがって見えた。「十年間というもの、おれはこの人生を生きてきたんだ。復讐。仕返し。それがおれに生きる糧《かて》をあたえてくれた。生き甲斐《がい》をあたえてくれたんだ」

ペネロペはふり向かなかった。ふり向けなかった。どれほど心を揺さぶられているか、彼に見られたくなかった。人生はそれだけのものじゃない……そんな邪悪な目的などよりもっとすばらしいものがあるのだと、叫び、悪態をつき、諭してやりたかった。

でも、彼は耳を傾けないだろう。

「あなたはまちがっているわ」窓辺の洗面台へ行く。「復讐心はあなたに害をなしただけ」

「そうかもしれない」

ペネロペは冷たい水を磁器の洗面器に入れて両手を浸し、青白く揺らめくのを見つめた。水が真実をゆがめるのを見つめた。彼女は口を開いたが、自分のものとは思えない手に向かってだった。「うまくいかないのはわかっているんでしょう？」マイケルが無言のままだったので、彼女は続けた。「たいせつな復讐を果たしたら、またなにかが出てくるとわかっているんでしょう？　ファルコンウェル、ラングフォード、トミー……そのあとは？　次はどうするの？」

「生きるんだ。ようやく」マイケルはこともなく言った。「あの男とあの男がおれにあたえた過去という亡霊の下から出て、生きるんだ。復讐のない人生を」しばし間があった。「きみとの人生を」

そう言ったときのマイケルは、ペネロペが思っていた以上にそばにいた。彼女は水のなかから手を出してふり向いた。彼のことばが胸に突き刺さった。うずきをもたらした。聞きたいと切に願ってきたことばだった……結婚生活のはじめから……ひょっとしたらそれ以前から。マイケルが受け取ることはないと知っていながらも手紙を書きはじめたころからかもしれない。けれど、いくら聞きたかったことばとはいえ、マイケルを信じることはできなかった。

重要なのは真実ではなく、信じられるかどうかだった。マイケルが彼女にそれを教えてくれたのだ。

彼は真剣でこわばった表情をして、腕を伸ばせば届く距離にいた。ハシバミ色の目が暗い部屋のなかで黒く見える。ペネロペは彼に真実を見るように仕向けることなどけっしてできないとわかってはいたが、言わずにはいられなかった。「まちがっているわ。あなたは変わらない。ずっと復讐心に包まれて闇のなかにとどまることになるの」ペネロペはいったんことばを切った。次に言うことが彼に聞いてもらわなければならない、もっともたいせつなことばだった。「あなたは不幸せになるわ、マイケル。そして、あなたと一緒にいるわたしも不幸せになる」

彼は顎をこわばらせた。「きみになにがわかる？　サリー州でひっそりと守られて安寧に暮らし、一瞬たりとも危険を冒さず、完璧ですばらしい名前には汚点ひとつないくせに。怒りや失望やはらわたがよじれるような思いなどなにも知らないくせに。人生を奪われることや、それを奪った相手をなにがなんでも罰してやりたいという気持ちなどきみにはわからない」

おだやかに発せられたことばが砲撃のようにペネロペのまわりで響いた。彼女はついに黙っていられなくなった。「あなたは……自分本位な……人ね」彼に向かって一歩踏み出す。「わたしが失望のなんたるかを知らないと思っているの？　周囲で友だちや妹たちが結婚していくのを見ていたとき、わたしが失望しなかったと思っているの？　婚約者がほかの女性を愛していると知ったとき、はらわたがよじれるような思いをしなかったとでも？　父の屋敷で毎朝目を覚まし、自分には幸せは訪れないかもしれない……一生、愛を見つけられないかもしれないと思って腹を立てなかったとでも？　わたしみたいに父親、婚約者、そして今度は夫と、男の人から男の人へと翻弄《ほんろう》され支配される人生が簡単だとでも思っているの？」

ペネロペは詰め寄り、彼はドアのほうへと押しやられていた。あまりに腹を立てていたため、マイケルがあとずさっているのを楽しむ余裕もなかった。「自分の人生をどう生きるかという選択肢など、一度も、一度もよ、あたえられたことがないとわざわざ言ってあげないとわからないの？　わたしの行ないすべて、わたしという存在のすべてがほかの人間に奉仕するためのものでしかないと？」

「それはきみ自身のせいだ。おれたちのせいじゃない。拒絶だってできたはずだ。脅されていたわけでもあるまいし」

「脅されていたのよ！」ペネロペは怒りを爆発させた。「わたしの安全を、安心を、将来を。相手がレイトン公爵でもなくトミーでもなくあなたでもなかったら、どうなっていたと思うの？　父が死んでわたしにはなにもなかったら、どうなっていたと思うの？」

マイケルが近づいてきて彼女の肩をつかんだ。「ただ、それは自分のためではなかったんだな？　罪悪感と責任感、それに自分が持てなかった人生を妹たちにあたえてやりたいという願望から来たものだったんだ」

ペネロペは目をすがめた。「妹たちのためにしたことを謝ったりしないわよ。みんながみんな、あなたみたいに甘やかされて、わがままで……」

「続けて、愛しい人」もの憂げに言ってペネロペの肩から手を放し、広い胸の前で腕を組んだ。「これからいいところに差しかかるんだから」ペネロペがなにも言わずにいると、彼が片方の眉を吊り上げた。「臆病者。気に入ろうと入るまいと、きみは自分で選択したんだ、六ペンスくん。ほかのだれが決めたわけでもない」

こんなときにあだ名で呼んだマイケルを憎んだ。「あなたはまちがっている。わたしが公爵を選んだと思っているの？　トミーを選んでいただろうと思っているの？　わたしが……」

ペネロペははっと口をつぐんだが……あなたを待つ道を選んでいただろうと思っているの、と最後まで言い切ってしまいたかった。マイケルを傷つけてやりたかった。なにもかもをこんなにむずかしくした彼を罰してやりたかった。ただ愛するということを不可能にしてしまった彼を。

いずれにしろ、彼は続きを感じ取ったらしい。「言えよ」

ペネロペは首を横にふった。「いやよ」

「どうして？　ほんとうのことだろう。たとえイギリス中で最後のひとりの男だったとしても、おれがきみに選ばれたはずはないんだ。この茶番のなかで、おれは完璧な田舎暮らしかきみをかっさらった、復讐しか頭にない冷酷で無情できみにふさわしくない悪党だ。きみの気持ちにふさわしくない。きみの相手としてふさわしくない」

「あなたが言ったのよ。わたしじゃありませんからね」とはいえ、彼のことばは真実ではなかった。なぜなら、これまでさまざまな人に求婚されてきたけれど、ペネロペがほんとうに望んでいたのはマイケルだったからだ。

マイケルが一歩下がって髪を手で梳き、ははと短く笑った。「きみは戦うことをおぼえたんだな？　もうかわいそうなペネロペではなくなったんだ」

ペネロペは肩をいからせて息を大きく吸い、マイケルを――そして、彼を愛しているという事実を――心から追い出すと自分に誓った。「ええ」とうとう彼女は言った。「もうかわいそうなペネロペじゃないわ」

彼のなかでなにかが変化した。そして、結婚してはじめて、ペネロペはマイケルの瞳のなかの感情がなんなのかわかった。諦めだ。「じゃあ、それで決まりなんだな？」

ペネロペはきっぱりとうなずいたが、体中がそのことばに抗っていた。ことの不公平さに金切り声をあげたかった。「これで決まりよ。どうしても復讐するというのなら、もうあなたとはいっさいかかわりたくないわ」

最後通牒も効果はないとわかってはいたが、それでもやはり彼がこう言ったときは殴られたように感じた。「それならそれでしかたない」

17

親愛なるMへ

今夜、劇場であなたの名前を耳にしました。何人かの女性が新しくできた賭博場とんでもない経営者たちについて話していて、そこにあなたの名前が出たので思わず聞き耳を立ててしまいました。あなたがボーンと呼ばれるのを聞くのはとても奇妙な感じでした。わたしにとっては、その名前はあなたのお父さまのものだからです。でも、考えてみたら、あなたがそう呼ばれるようになってもう十年になるんですね。

十年だなんて。あなたを最後に見て、あなたと最後に話をしてから十年。すべてが変わってから十年。十年経っても、わたしはいまだにあなたを恋しく思っています。

署名なし

一八二六年五月　ドルビー・ハウスにて

投函されず。

一週間後、マイケルはドルビー・ハウスの外階段を上っていた。その日の朝、ヘル・ハウスに届いた義理の父親からの手紙で呼び出されたのだ。そのときの彼は書斎にいて、家のなかを突進して妻をつかまえ、ふたりが結婚していて彼女が自分のものであるときっぱりと証明したいという衝動を抑えようとしていたのだった。

いまや、ずっとそういう状態だった。家にいる時間のほとんどを、ドアの向こうの妻の足音に耳を澄ませ、彼女が自分のところにやってきて考えなおしたと言い、触れてほしいと懇願するのを待って過ごしているというばつの悪い真実。

六晩というもの、マイケルは屋敷で過ごし、妻を避けながらもふたりの寝室をつなぐ自分の側のドアのそばにいて、使用人が妻のために風呂に湯を張る音やおしゃべりの声に耳を傾け、妻が湯船に入る音を聞いていた。湯船のなかで彼女が動く音は彼をそそり、体をうずかせた。

自分の力量を妻に証明したいという欲望で。

それは拷問のような体験だったが、自分にふさわしいものと受け止め、妻の部屋に入って風呂から引っぱり出し、官能的で美しい彼女をベッドに横たえて思う存分貪《むさぼ》るのを禁じて自分を罰した。部屋の向こう側の秘密をけっして明かしてくれないドアに背を向けたマイケルが感じていたのは後悔だった。

ペネロペは彼が望むすべてになりつつあった。しかも、彼女は昔からずっと、マイケルにはもったいない女性だった。

ゆうべは最悪だった。ペネロペはなにかについてメイドと笑っていて、その軽やかでやわらかな笑い声がセイレンのように彼を誘い、彼は片手をドアの取っ手にかけて立ち尽くした。愚か者のように額をドアに押しあて、なにかが変わるのを待ちながらずっと耳をそばだてていた。

ペネロペのもとへ行きたいといううずきを感じながら、とうとうドアに背を向けたとき、廊下側のドアを入ったところにワースが立っていた。

マイケルはきまりの悪さといらだちを感じた。「ノックをするものじゃないのか？」

ワースは赤毛の眉を片方くいっと上げた。「あなたはこの時間にめったにご在宅ではないのだから、ノックは必要ないと思ったんです」

「今夜はいるんだ」

「あなたはばかです」家政婦はことばを控えるということがなかった。

「失礼な態度を理由に首にしてもいいんだぞ」

「でも、そうはなさらない。わたしが正しいから。いったいどうしてしまったんですか？あなたが奥方さまをたいせつに思い、奥方さまもあなたをたいせつに思っているのは明らかなのに」

「明らかなことなどなにもない」

「そうですね」家政婦は積み重ねたタオルを洗面台のそばに置いた。「まったく明らかじゃないわ。どうしてふたりとも自分の部屋にいて、隣りの部屋のようすをうかがってばかりいるのか」

マイケルの眉間にしわが寄った。「彼女は――」

ワースが肩を片方だけすくめた。「あなたには一生わからないでしょうね」しばし無言になる。「なにやってるんですか、ボーン。おとなになってからのあなたはずっと周囲のみんなを守ってきたけれど、あなた自身からあなたを守るのはだれがやってくれるんです？」

マイケルは家政婦に背を向けた。「ひとりにしてくれ」

その晩、マイケルは熱心に耳を澄まし、風呂から上がったペネロペが彼の部屋につながるドアのところに来るのを待った。彼女がドアの向こう側で待っている気配をほんのかすかにでも感じたら、ドアを開けてこの状態に片をつけようと誓った。ところが、ドア下のすき間から漏れていた明かりが消え、上掛けがめくられる音がしてペネロペがベッドに入ったのがわかった。マイケルは〈堕ちた天使〉へと逃げ出し、何万ポンドもの金《かね》が賭けられては失われるのを眺め、欲望の力や弱さを思い出しながら夜を過ごした。自分が克服したものを思い出しながら。

自分が失ったものを思い出しながら。

上着と帽子を身につけたまま、ボーンは従僕のあとからドルビー・ハウス――ロンドン市内にある、ニーダム゠ドルビー侯爵の数少ない地所のひとつ――の迷路を進み、雪におおわれた敷地へと下りていける大きなバルコニーに出た。雪の上には屋敷から遠ざかっていく人間と犬の足跡が残されていた。

銃声が静寂を引き裂いた。マイケルは従僕をふり向いてからその音を頼りに雪のなかに足を踏み出した。義父のもとに向かうマイケルの足跡が新たな雪におおわれていく。

身を切るような風が吹き、マイケルは歩みを落として顔を背けた。猟銃の発砲音が小高い丘の向こう側から聞こえてきて、ふと狼狽する。ニーダム－ドルビー侯爵に撃ち殺されるつもりはなかった。少なくとも、誤射では。

取りうる行動を検討した結果、マイケルは立ち止まり、丸めた両手を口にあてて叫んだ。

「ニーダム！」

「ここだ！」丘の向こうから朗々とした声が聞こえ、何頭ものの吠え声がした。

ボーンはそれを近づいてもよいという合図ととらえた。

頂で足を止め、テムズ川へと続く広い土地を眺めた。深呼吸をし、肺が冷たい空気で満たされる感覚を味わうと、朝日を受けて手びさしを作っているニーダムに注意を向けた。

丘を半分ほど下ったとき、ニーダムが声をかけてきた。「来たのか」

「義理の父親から呼び出されたら、応えるのが義務だと思ったので」

ニーダムが笑った。「その義理の父親がきみの望むたったひとつのものを持っているとなればなおさらだな」

マイケルはニーダムとしっかり握手した。「凍《こご》えそうに寒いな。こんなところでなんの話ですか？」

ニーダムはその問いを無視し、くるりと向きを変えて「はっ！」と大声を出し、猟犬たちを二十ヤード向こうの茂みへと走らせた。キジが一羽、飛び出してきた。ニーダムが猟銃をかまえて撃った。

「くそ！　仕留めそこねたか！」

驚くにはあたらなかった。

一緒に茂みに向かいながら、ボーンは義父が先に口を開くのを待った。「うちの娘たちの評判を守るためによくやってくれた」マイケルが黙ったままでいると、ニーダムが続けた。「カッスルトンがピッパに求婚した」

「聞きました。あなたが認めたのには驚いたが」

風が吹き、ニーダムが顔をゆがめた。そばで一頭の犬が吠《ほ》え、彼はふり向いた。「来い、ブルータス！　まだ終わりじゃないぞ！」ふたたび歩き出す。「猟犬なんてまったくあてにならんな」ボーンは明白な事実を指摘せずにおいた。「カッスルトンはまぬけだが、伯爵の爵位は妻を幸せにする」猟犬たちがまたキジを茂みから追い出し、ニーダムが発砲し、また仕留めそこねた。「ピッパは本人のためにならんくらい頭がいい」

「彼女はカッスルトンと暮らすには頭がよすぎる」そんなことは言わずにおいたほうがいいのはわかっていた。婚約が成立してラングフォードへの復讐を手に入れられるかぎり、ピッパの相手がだれになろうと気にかけるべきではないのだ。

けれどマイケルは、理想的とは言いがたいピッパの縁談で妻が動揺していることを考えずにはいられなかった。ペネロペを動揺させたくはなかった。彼女を幸せにしてやりたかった。

おれはやわになってきているな。

ニーダムは義理の息子のようすに気づいていないようだった。「娘は受諾した。なかったことにはできない。まともな理由がなければ」

「カッスルトンがまぬけだという事実では？」

「じゅうぶんではないな」

「おれがなにかもっといい理由を見つけたら？」〈堕ちた天使〉の書類のなかにはきっとなにかあるはずだ。カッスルトンを貶め、婚約を解消するなにかが。

ニーダムがマイケルをにらんだ。「婚約を解消すればひどい目に遭うのは身をもって体験しているのだ。どれほどもっともな理由があろうとも、女の側は被害を受ける。本人だけでなく、姉妹もだ」

ペネロペのように。

「二、三日ください。婚約を取り消せるようななにかを見つけてみせますよ」突然、ピッパに婚約を逃れる道を見つけてやるのがきわめて重要になった。甘い復讐が目の前にぶら下がっていることなどどうでもよかった。

ニーダムが頭をふった。「申し出をされたらそれを受けるしかない。さもなくば、ペネロペのときの二の舞になる。そんな余裕はないのだ」

マイケルは歯ぎしりをした。「ペネロペは侯爵夫人だ」

「きみがファルコンウェルを追ってこなければ、侯爵夫人にはなっていなかった。ちがうかね？　どうして私がペネロペの持参金にあの土地をくわえたと思っているんだ？　あれは私にとって最後の勝負どころだった」

「なんのための最後の勝負どころだったんです？」

「私には息子がいない」ニーダムはドルビー・ハウスに目をやった。「私が死んだら、この屋敷も領主館もたいせつにしてくれそうもない、ばかないとこのものになってしまう。地所もしかりだ。ペネロペはいい娘だ。あの子は言いつけにしたがう。妹たちがまともな縁談に恵まれるよう、おまえは結婚せねばならんとペネロペにはっきり言ったのだ。オールドミスになってサリー州でひっそりと暮らされては困るからな。あの子は自分の務めを心得ていた。ファルコンウェルがいずれ自分の子どもたちのものになり、それとともにニーダムの領地をめぐる歴史の一部も継がれるとペネロペにはわかっていたのだ」

亜麻色の髪の少女たちの姿がマイケルの頭に浮かんだ。記憶ではなく、空想だ。

ペネロペの子どもたち。

おれと彼女の子どもたち。

その思いと、それとともに感じた欲望に焼き尽くされるようだった。子どもなど考えたこともなかった。自分が子どもを欲しがるとは想像もしていなかった。子どもたちにふさわしい父親になれるとは思ったこともなかった。「過去のなにかを将来に託したいんだな」

ニーダムは屋敷をふり返った。「その気持ちはきみにもわかるはずだ」

奇妙だが、そんな風に考えたことはなかったのだった。いままでは。ファルコンウェルを取り戻すことばかり気にかけていて、取り戻したらそれをどうしたいかまで頭がまわっていなかった。次になにが起きるかは。次にだれが来るかは。

マイケルの頭のなかでは、ファルコンウェルを回復したあとにはなにもなかった。復讐以外は。

だが、いまは屋敷と過去という巨大な影の向こうになにかがあった。

復讐によって台なしにされてしまうなにかが。

マイケルはその思いを脇に押しやった。

「白状すると、ラングフォードがカード・ゲームの賭け金としてファルコンウェルを差し出したとき、きみが現われるとわかっていた。きみをおびき寄せられるとわかっていたから、勝ってうれしかったのだ」

マイケルは義理の父の声に自己満足を聞き取った。「なぜです？」

ニーダムが片方の肩を小さくすくめた。「ペネロペはきみかトミー・アレスと結婚するだろうと昔から思っていた。ここだけの話だが、娘の相手はきみであってくれとずっと願っていた。トミーが非嫡出子だという明らかな理由からではない。まあ、それも理由の一部ではあったが。私は昔からきみが気に入っておったのだよ。学校を卒業したら戻ってきて、称号と地所を相続し、ペネロペをめとってくれると思っていた。ラングフォードがきみからすべてを奪ったとき、狙いをレイトンに変更せざるをえなくなったが、かなりつらい決断だった」

ニーダムがペネロペの相手にずっと自分をと考えていたと聞いて衝撃を受けていなければ、

マイケルは義父の利己的な考え方をおもしろいと思っていたかもしれない。

「なぜおれなんです？」

ニーダムはテムズ川を見つめながらその問いについて考え、やがてこう言った。「領地をいちばんだいじに考えていたからだ」

それはたしかにそうだった。マイケルは領地とそこに住む人々をだいじに思っていた。それだからこそ、すべてを失ったとき、戻ってきて彼らと顔を合わせる勇気がなかったのだ。ペネロペに会う勇気がなかったのだ。

そのまちがいを正すのはもう手遅れだ。

「それと」ニーダムが続けた。「ペネロペがいちばん好きなのがきみだったからだ」

それを聞いて、そこに真実を聞き取って、マイケルの体を興奮が駆けめぐった。ペネロペは彼がいちばん好きだった。彼が去ってしまうまで。それ以降の彼女は孤独だった。そして、マイケルを信頼するのをやめた。もちろん、ペネロペが正しい。彼は明確な目標を立てており、その唯一の望みを果たせば彼女を失うことになる。

はじめから彼女を犠牲にする計画ではあったが、あのころはたいした犠牲ではないと思っていた。いまでは考えられないほど大きな犠牲になっていた。

もちろん、こうなるのは予想がついた。マイケルの手にかかれば、たいせつに思っていたすべてが破壊されるのだから。

「だが、それもいまではどうでもいいことだ」ニーダムがマイケルの思いも知らずに続けた。

「きみはよくやってくれたよ。今朝の新聞にきみたちの結婚をほめそやす記事が載っていた。白状すると、きみがわざわざ作り話に協力するとは意外だったぞ。焼き栗を食べたり、氷上でワルツを踊ったり、うちの娘たちと午後を過ごしたり、そのほかにもばかばかしいあれこれをしてくれた。ほんとうによくやってくれたな。ウェストも信じているようだ。記事には恋愛結婚だと書かれていたしな。うちの家名が外聞の悪い結婚に少しでも関係していると思ったら、カッスルトンは求婚しなかっただろう」

その結婚に反対するのはカッスルトンではなくあなたの仕事だろう。ピッパはあんなまぬけ男なんかと一緒にならないほうが幸せだ。マイケルがそう言おうと口を開いたまさにそのとき、ニーダムが言った。「いずれにしろ、きみは周囲をだましきった。約束どおり、復讐はきみのものだ」

〝復讐はきみのものだ〟マイケルが十年待ったことばだった。

「例の手紙はきみに渡そうと屋敷に置いてある」

「オリヴィアも婚約するまで待たなくていいのか？」止める間もなくそのことばが出ていた。マイケルの側がまだ取り決めを果たしていないと義父にわざわざ思い出させる前によく考えるべきだったのに。

ニーダムが川岸の低木に猟銃を向けた。「今日、トテナムがオリヴィアを乗馬に誘った。彼はいずれ首相になるだろう。オリヴィアの将来は明るいようだ」猟銃を発砲したあとマイケルを見る。「それに、きみは娘たちによくしてくれた。私は約束を守る男だ」

だが、マイケルは彼女たちによくしてはいない。ちがうか？　フィリッパは低能男と結婚することになったし、ペネロペは最低男と結婚した。彼は両手をポケットに突っこみ、そびえ立つドルビー・ハウスをふり返った。「どうしておれにくれるんです？」

「私には娘が五人いる。たしかに娘たちのせいで酒に走ることもあるが、自分の身になにか起こったときにそなえて、指名した保護者が父親の私と同じように娘たちの面倒をみてくれるようにしておきたい」屋敷に向かって戻りはじめる。「ラングフォードはその掟《おきて》を無視した。彼はきみからなにをされても当然だ」

勝利感を味わってもいいはずだった。喜びを感じてもいいはずだった。世界中でなにより望んでいたものをたったいまあたえられたのだから。

だが、マイケルは空虚を感じていた。ただひとつの明白な真実をのぞいて。

これでペネロペに憎まれる。

だが、彼が自分を憎むほうが激しいだろう。

今夜。玉突き。

十一時半に迎えの馬車を差し向ける。

エロア

昼食後、訳知りの笑みを浮かべたワースが、繊細な女性の天使が刻印された淡褐色の小さな四角い封筒を持ってきた。ペネロペは震える手で手紙を広げ、謎めいた約束を読んだ。

冒険の約束。

頬を染めて顔を上げ、家政婦にたずねた。「夫はどこ？」

「一日中外出されています、奥方さま」

ペネロペは手紙を掲げた。「それで、これは？」

「五分ほど前に届きました」

ペネロペはうなずき、招待状とその内容を考えた。スケートをして喧嘩をし、ペネロペが夫を愛していると悟ったあの日以来、マイケルとは会っていなかった。あの晩、マイケルは妻の寝室を立ち去ったあと、二度と戻ってこなかった。ペネロペは、彼が復讐を諦めて自分と人生を歩む道を選んでくれることなど望んではいけないと思いつつ、彼を待ち続けた。

この招待状がマイケルからということはあるだろうか？

そう思ったら息が浅くなった。ほんとうにそうかもしれない。ひょっとしたら彼はわたしを選んでくれたのかもしれない。わたしに冒険を、ふたりに新たな人生への機会をあたえようとしてくれているのかもしれない。

でも、そうではないかもしれない。

いずれにしろ、この招待は抗えない誘惑だった。〈堕ちた天使〉で、夜に、玉突きをして、冒険をしてみたい。それに、正直なところ、夫の姿を見る機会を見逃したくない気持ちもあった。むだだとわかってはいても、夫を思うと胸のうずきを止められない。夫を避け、夫の誘惑から距離をおき、夫のもたらす感情から自分を守ろうとしてきたかもしれないが、それでも彼に抗うことはできなかった。

夜の帳《とばり》が下りるのをひたすら待ち、そのあとは暗がりのなかで約束の時間になるのをひたすら待った。マイケルにどう思われようと気にならなければいいのにと思いながら、念入りに身支度をした。選んだのは濃いサーモンピンクのシルクのドレスで、二月上旬にはまったくそぐわないものだった。その色は自分の肌の色を引き立ててくれ、ただの地味な女ではなく……それ以上に見せてくれるとずっと思ってきた。

馬車が使用人用の出入り口に現われ、ミセス・ワースが呼びにきた。家政婦は目をきらめかせており、ペネロペは期待で頬を染めた。

「これがご入り用でしょう」家政婦は緋色のリボン飾りがついた黒の簡素なシルクのドミノ仮面をペネロペの手に押しつけた。

「そうなの？」

「ご自分が何者か知られる心配をせずにすむほうが楽しめると思います」

仮面をなでるペネロペの鼓動が速くなった。シルクの手触りとそれが約束してくれる刺激を愛《め》でた。「仮面」家政婦にというよりも自分にそっと言う。期待感が燃え上がる。「ありがとう」

家政婦は心得顔で微笑んだ。「お役に立ててうれしいです」ペネロペは仮面を目もとへ持っていって紐を結び、つけ具合を調整した。「差し出がましいでしょうけど、彼が選んだのが奥方さまでよかったと思っています」

家政婦という立場からすると出しゃばったもの言いではあったが、ワースはふつうの家政婦とはちがうのだ。だからペネロペはにっこり微笑んだ。「夫もそう思ってくれるかどうかはわからないけれど」

家政婦の瞳がなにかできらりと光った。「彼がそう思うのも時間の問題だと思います」

ワースがよしとばかりにうなずき、ペネロペはドアをくぐり、心臓が喉から飛び出しそうに感じながら、尻ごみしてしまわないうちにと待っている馬車に乗りこんだ。

考えなおしてしまう前にと。

馬車がつけたのは〈堕ちた天使〉の正面入り口ではなく、建物の横の厩を通って入るなんの変哲もない入り口だった。ペネロペは御者の腕を握ってほぼまっ暗ななかに降り立ち、そのまま黒い鋼鉄のドアへといざなわれた。不安がどっと押し寄せた。

ペネロペはふたたびマイケルのクラブに来ていた。今度は招待を受けて、いちばんきれいだと思っているドレスを着て、玉突きをするために。

尋常でないほど、どきどきしていた。

御者がペネロペのためにノックして脇にどくと、ドアについた小さな細長い扉が開いて炭のように黒い目が覗いた。ドアの向こうからはなんの音も聞こえてこなかった。

「あの……招待状を受け取りました。玉突きの」ドミノ仮面がしっかりついているかどうか片手でたしかめ、そんなしぐさをしたことと喉のつかえに、不安が最高潮に達していることに嫌気が差した。

しばし間があったあと小さな扉が閉まり、ペネロペはまっ暗ななかにひとり立ち尽くした。ロンドンの賭博場の裏で。

ペネロペはごくりと唾を飲んだ。ちょっと思っていた展開とはちがっていたわね。

もう一度ノックをした。細長い扉がまた開いた。

「夫は――」

扉が閉まる。

「――あなたの雇い主なのよ」正しい刺激をあたえてやれば勝手に開いてくれるとばかりにドアに向かって言った。

残念ながら、ドアはしっかり閉まったままだった。

ペネロペはマントを体に引き寄せて、肩越しに御者を見た。彼は御者台に上ったところで、幸いペネロペの苦境に気づいてこう言った。「こういうときは合いことばを言うものですよ」

それもそうね。招待状の最後に書かれていた不思議なことばがそれなのだろう。

合いことばが必要だなんて、まるでゴシック小説のようだわ。ペネロペは咳払いをして大きなドアにもう一度向き合った。

ノックをする。

かちっという音とともに細長い小さな扉が開いたので、ペネロペはそこから覗いている目に向かってにっこり微笑んだ。

こちらに気づいた色はまったくない。

「合いことばを知っています！」勝ち誇って言う。

その目は少しも感銘を受けていなかった。

「エロア」どういう仕組みなのかわからず、小さな声で言った。

小さな扉がふたたび閉じられた。

どうなっているの？

ペネロペは馬車をふり返り、不安げな目で御者を見た。御者はさっぱりわからないとばかりに肩をすくめた。

諦めかけたとき、かちりという鍵の音と金属がこすれ合う音がして……巨大なドアが開いた。

ペネロペは興奮を抑えられなかった。

ドアの内側にいた男は巨漢で、浅黒い肌と黒い目と人を不安にするような無表情だったが、わくわくしているペネロペには気にもならなかった。男はブリーチズと、薄暗い明かりのせいで黒っぽいとしかわからないシャツといういでたちで、上着を着ていなかった。こういう場にふさわしい恰好とは思えなかったが、合いことばの必要な謎めいたドアを通って賭博場に入った経験がないのだから、こういう状況でのふさわしい服装については判断できる立場にはないのだとすぐに自分をたしなめた。

ペネロペは今日届いた手紙をひらひらとふって見せた。「招待状をたしかめます?」

「いいえ」男はペネロペを通すために脇にどいた。

「そう」少しばかりがっかりしながら狭い通路に入り、男が不気味な音をたててドアを閉めるのを見つめた。彼はペネロペを見もせずにドアのそばの腰掛けに座り、棚から本を取って突き出し燭台の明かりのなかで読みはじめた。

ペネロペは目を瞬いた。どうやら彼は読書家らしい。

次はどうすればいいのかわからず、ペネロペは静かにじっと立っていた。男はまるで気づいていないようだ。

ペネロペは咳払いをした。

彼がページをめくる。

とうとうペネロペは言った。「すみません」

彼は顔を上げもしなかった。「はい?」

「わたしはレディ――」

「名前はなし」

ペネロペは目を見開いた。「なんですって?」

「こちら側では名乗らなくてけっこうです」彼はまたページをめくった。

「あの――」なにを言えばいいのかわからず、ペネロペは口をつぐんだ。こちら側ですって?「わかりました。でも……」

「名前はなし」

ふたりはしばらく黙ったままでいたが、ペネロペはそれ以上がまんできなくなった。「ここにひと晩中立っていればいいのかしら？　もしそうなら、わたしも本を持ってくればよかったわ」

そのことばに男が顔を上げた。驚いたかのように黒い目をわずかに見開いているのを見て、ペネロペは溜飲を下げた。彼は通路の奥の暗がりにある、彼女が気づいていなかった別のドアを指さした。

ペネロペはそちらに向かって歩き出した。「玉突きの場所はこのドアの向こうなのね？」

男は珍しい標本でも見るような目でペネロペを観察した。「ほかにもいろいろありますが、そうです」

ペネロペは微笑んだ。「すばらしいわ。きちんとお礼を言えるようにあなたのお名前をうかがいたいところだけれど……」

彼は本に戻った。「名前はなし」

「だと思いました」

ペネロペがドアを開けると、明かりの洪水に襲われた。奇妙な男をふり向き、黄金色の明かりが浅黒い肌の上で躍っている光景に感銘を受けた。「あの、それでも言っておくわ。ありがとう」

男は返事をせず、ペネロペは明るい廊下へと足を踏み出した。ドアを閉めると、新たな場所にぽつんとひとりきりになった。その廊下は広くて長く、左右両側に伸びており、二、三フィートおきに灯されたろうそくの明かりが黄金色の装飾品をきらめかせていて、その空間全体を明るく温かみのあるものにしていた。壁はペイズリー模様の緋色のシルクとワイン色のビロードでおおわれており、ペネロペは思わず手を伸ばしてその感触を楽しんだ。

女性の笑い声が廊下の片側から聞こえてきて、ペネロペはとっさにそちらに向かっていた。なにを目にすることになるのかわからなかったが、次になにが来ようとも不思議と心の準備ができている気がした。手で壁をなでながら、次々と閉じられたドアの前を通っていった。ドアの開いた部屋があり、そこで立ち止まる。部屋のなかは長テーブルがあるだけで、ペネロペはもっとよく見ようとその部屋に入った。

テーブルはなかが数インチ低くなっており、緑色のベーズが張られていて、縦横に白い糸で四角に囲まれた数字が縫い取られていた。ペネロペは念入りに作られたものを身を乗り出して見た――数字と区画とことばの謎めいた組み合わせだった。

ペネロペは手袋をはめた指で〝チャンス〟ということばをなぞり、興奮が駆けめぐるのを感じた。

「ハザードですよ」

ペネロペは驚きにあえぎ、手を喉もとにあててふり向いた。ハンサムな顔に控えめな笑みを浮かべたミスター・クロスが戸口にいた。勝手なことをしているところを見つかった彼女は体をこわばらせた。「ごめんなさい。どこへ行けばいいのかわからなくて……。だれもいなかったので……」ばかみたいにべらべらしゃべるよりも黙っているほうがましだと思って口をつぐんだ。

クロスが笑いながら部屋に入ってきた。「謝る必要はありませんよ。あなたはもうここの会員なのだから、好きなようにうろついてもらってかまいません」

ペネロペは首を傾げた。「会員？」

彼が微笑む。「ここはクラブなんですよ、マイ・レディ。会員でないと入れないのです」

「玉突きをしに来ただけなんです。――マイケルと？」質問のように尻上がりに言うつもりはなかったのだが。

クロスが首を横にふった。「私とです」

「わたしは――」ペネロペは言いかけ、眉根を寄せた。マイケルとではない。「招待状は夫からのものではなかったんですね」

クロスが笑みを見せたが、ペネロペの気は楽にならなかった。「ちがいます」

「夫はここにはいないのでしょうか？」ここでも彼に会えないの？

「彼はここにいます。ここのどこかに。ですが、彼はあなたがここにいるとは知りません」

失望に襲われる。

もちろん彼は知らないはず。

マイケルはわたしと夜を過ごすことに関心がない。

そう思った直後、別の思いが浮かんだ。彼は激怒するだろう。

「招待状はあなたが送ってくださったのね」

クロスが首を傾げる。「〈堕ちた天使〉からです」

ペネロペはそのことばと謎について考えた。〈堕ちた天使〉。

「これは招待以上のものなのでしょう？」

クロスが片方の肩をすくめた。「もう合いことばをご存じでしょう。合いことばを知っていれば会員です」

会員。

その申し出は誘惑的だった。ロンドン一有名なクラブに入ることができ、望んでいた冒険すべてを経験できるというのは。玉突きへの招待を受けたと知ったときの興奮や、この謎めいたクラブの明るく暖かな廊下に足を踏み入れたときの驚嘆を思い出した。はじめてここを訪れたときに、ルーレットのホイールがまわるのを見てわくわくしたのを思い出した。

けれど、二回めの今夜はマイケルと一緒に過ごすのだと思っていたのだ。

まちがいだったけれど。

マイケルは彼女とはなんのかかわりも持ちたがっていない。こんな風には。

恋愛結婚のふりをするたび、彼はそれを思い出させてくれた。彼女にしっかり芝居をさせるために触れてくるたびに。夜、一緒に過ごそうとはせずに屋敷を出ていくたびに。愛よりも復讐を選ぶたびに。

ペネロペは喉につかえた感情をぐっと押しやった。

マイケルは彼女に結婚生活をあたえようとはしてくれない……。だから彼女はその代わりに冒険を取るしかない。

すでにこの道を進みすぎていたため、いまさら立ち去るなどできなかった。

クロスのおだやかな灰色の目を見つめて深呼吸をする。「では、玉突きをしましょう。その約束は守ってくださるおつもり？」

クロスがにっこりして手ぶりで戸口を示した。「玉突きの部屋は廊下の反対側です」ペネロペの胸が高鳴りはじめた。「マントをお預かりしましょうか？」

「すてきだ」黒いウールのマントの下からサーモンピンクのドレスが現われるとクロスが言った。別の男性のために着たドレスだったが、その男性はこのドレスを見ることはなさそうで、見たとしてもそれを着たペネロペがどう見えるかなどまったく気にしないだろう。

ペネロペはそんな思いを頭から追いやって、人なつっこい笑みを浮かべているクロスと目を合わせた。彼から白い薔薇を差し出されてにっこりする。「こちらの世界へようこそ」クロスは言い、ペネロペは薔薇を受け取った。「行きましょうか？」

彼が廊下の先を指し示し、ペネロペは先に立って部屋を出た。玉突き用の部屋のドアを開けようとしたとき、廊下の先からおしゃべりが聞こえてきた。仮面をつけているので安心してペネロペがふり向くと、同じように仮面をつけた女性の一団が急ぎ足でこちらに向かってくるところだった。

通り過ぎざまに会釈をしていく女性たちを見て、ペネロペは好奇心に駆られた。彼女たちも貴族なのかしら？　わたしと同じような立場の女性なの？　冒険を求めている女性たちなの？

彼女たちも夫から無視されているのだろうか？

ペネロペは頭をふって横道にそれたうれしくない思いをふり払った。ちょうどそのとき、女性たちのひとりがクロスの前で立ち止まった。ピンク色のドミノ仮面の奥で青い瞳がきらめいている。

「クロス……」もの憂げに言い、前のめりになって彼に胸もとを見せた。「ときどき寂しい夜を過ごしていると聞いたけれど」

ペネロペはあんぐりと口を開けた。

クロスが片方の眉を吊り上げる。「今夜はちがいますよ、愛しい人」

その女性がペネロペに視線を転じ、手のなかの薔薇をしげしげと見つめた。「はじめて？よろしければわたしたちとご一緒しません？」

それを聞いたペネロペは目を丸くした。「ありがとうございます。でも、けっこうです」少し間をおいてからつけくわえる。「誘っていただいて……光栄ですけれど」そう言っておくのが礼儀に思われた。

相手は頭をのけぞらし、ためらいもなく大きな声で笑った。ペネロペは家族以外の女性でこれほど心から笑う声を聞いたことがなかった。ここはいったいどういう場所なの？

「さあ、もう行って」クロスが明るい笑みを浮かべて言った。「ボクシングの試合を観るんでしょう？」

女性の笑顔が完璧な膨れっ面になったのを見て、ペネロペは自分もその表情をまねしてみたくなった。浮ついたふるまいがとても自然にできる女性がうらやましかった。「ええ。今夜のテンプルは調子がいいそうね。試合のあと、彼が寂しくなるのに期待しようかしら」

「期待できるかもしれませんね」クロスの口調から、テンプルが試合後に寂しくなるのはまちがいなさそうだった。

仮面の女性が一本の指を唇にあてた。「テンプルでなければボーンでも……」思案顔で言う。

ペネロペの眉間にしわが寄る。

マイケルはぜったいにだめよ。

この女性が夫と一緒に過ごすと考えただけで、ペネロペは彼女の仮面を引きはがして殴りつけてやりたくなった。口を開いてそう言おうとしたとき、この会話の先行きを察知したらしきクロスが割って入った。「ボーンは相手をできないと思いますよ。急がないと試合がはじまってしまうんじゃないかな」

それを聞いて女性が慌てた。「いやだ。もう行かなくては。悪魔の巣で会えるかしら？」

クロスが優雅にお辞儀をした。「ぜったいに行きますよ」

急いで立ち去る女性の後ろ姿をペネロペは長々と見つめていたが、やがてクロスをふり返った。「悪魔の巣とはなんですの？」

「あなたは知る必要のないものです」

ペネロペが食い下がろうかと考えたとき、クロスが玉突き部屋のドアに手を伸ばした。他の女性も参加するのなら、ペネロペもそうしたかった。破廉恥女のじゃまをするだけのためでも。

とはいっても、ペネロペだって彼女とそれほど変わらないのだが。

なんといっても、ペネロペも仮面をつけていて、夫でもない男性から玉突きを教わろうとしているのだから――。

「やっと現われたか。おまえとおまえのレディたちを延々待っている時間はないんだぞ。それに、こっち側でいったいなにをしようって言うんだ？　チェイスにひどい目に遭わせられれ――」

夫だ。キューを手に玉突き台に寄りかかり、とてもハンサムに見える。

おまけにとても激怒しているようだ。

彼がはっと身を起こした。「ペネロペ？」

なんのための仮面なのだか。

「こっち側のほうがレディにプレイしてもらいやすいからね」クロスは明らかにこの状況を楽しんでいるようすだ。

マイケルはふたりのほうへ二歩進んでから立ち止まった。体の脇で両手を拳に握っている。ペネロペを見た彼の目はろうそくの明かりを受けて緑色にきらめいていた。「彼女はプレイしない」

「あなたにどうこう言う権利はないと思うけれど」ペネロペは言った。「わたしは招待を受けてここにいるのだから」

そう言われても、マイケルは気にもならないようだった。「そのばかげた仮面を取るんだ」

クロスがドアを閉め、ペネロペはドミノ仮面に手を伸ばした。夫の前で仮面を取るのは議員全員の前で裸になるよりもむずかしかった。

それでも、ペネロペは肩をそびやかして仮面をはずし、夫をまっすぐに見つめた。「わたしは招待されたのよ、マイケル」弁解がましい口調になっていた。

「どうやって？　真夜中にクロスが送っていったときに招待されたのか？　彼はほかにどんな申し出をした？」

「ボーン」警告に満ちた声でクロスが言い、弁解しようと前に進み出た。

ペネロペを守ろうとして。だが、ペネロペには守ってもらう必要などなかった。悪いことはしていないのだから。「いいんです」ペネロペは冷ややかな声で言った。「悲惨なこの結婚をしてからまだ日が浅いけれど、その間わたしがどこにいて、だれと一緒だったかをボーン卿は正確に把握しています」腹が立つあまり大胆になり、ペネロペはマイケルに近づいた。「家にいたのよ。ひとりきりで。ロンドンの女性の半分が彼のベッドに入る合いことばを欲しがっているこの場所ではなく」マイケルが目を見開いた。

「出ていってくださらないかしら、マイケル」仮面を放り投げ、玉突き台へ向かう。「玉突きを教えてもらうのを楽しみにしていたの。でも、あなたがいると楽しめないから」

18

親愛なるMへ

あなたのクラノへ行って、幼なじみだと名乗る勇気があればいいのにと思います。もちろんそんな勇気はありません。でも、それでいいのかもしれませんね。だって、あなたを殴りたいのか抱きしめたいのか決めかねているのですもの。

署名なし

一八二七年三月　ドルビー・ハウスにて

投函されず。

マイケルはペネロペにふりまわされていた。

めとったはずのおだやかでやさしい妻は姿を消した。雪をかぶったマント姿で過去の交際を打ち明け、顔を上げて彼に微笑んだ拍子に鼻の頭に落ちた雪片がすぐに溶けた、あのときの彼女は。

その代わりに現われたのはアマゾネスで、ロンドンの闇世界の中心である彼のクラブに来て街中の人間が見ているなかでルーレットをし、友人の安全や妹たちの評判を守れと要求を突きつけ、ロンドンでもっとも有力でおそれられている男のひとりから玉突きを教わる予定を入れた。

いま、その彼女はマイケルの前に立ち、厚かましくも放っておいてくれと言っている。

そうしてやればいいのだ。

彼女の前から立ち去り、夫婦でなどないふりをすればいいのだ。

ペネロペをサリー州に送り返すか、いや、それよりもいいのは遠く離れた北部に追いやって、そこで新たに見つけたとんでもない欲望を存分に満たさせてやればいいのだ。彼にはファルコンウェルがあり、復讐のための手段もあるのだから、ペネロペを追い払ういいころ合いじゃないか。

だが、ペネロペを諦めたくはなかった。

彼女を肩に担ぎ上げ、家のベッドに連れ帰りたかった。いや、ベッドすら必要ない。雪におおわれたサーペンタイン池の堤か、義父の屋敷の客間か、馬車の狭い座席にどさりと落として裸にし、この手と唇で思う存分に愛撫するのだ。その欲望はいまも変わっていなかった。

玉突き台はふたりの体重も楽々と支えられるくらいしっかりしている。

「どうしてここにいるのかを聞くまではどこにも行かないぞ」マイケルはうなるように言った。ペネロペに近寄りはしなかった。ここは彼女が来るような場所ではないときちんと説明もせずに激しく非難してしまいそうだったからだ。

彼女はここでは歓迎されないと。

ここは彼女を破滅させてしまう場所だと。

その思いがとどめとなった。「答えるんだ、ペネロペ。どうしてここへ来た？」

ペネロペは彼と目を合わせた。青い瞳は少しも揺らいでいなかった。「言ったでしょう。玉突きをするために来たのよ」

「クロスと」

「正直に言うと、相手はあなたかもしれないと思っていたわ」

「どうしてそう思った？」マイケルならぜったいに自分の賭博場に彼女を招待などしなかっただろう。

「ミセス・ワースから手渡されたから、あなたが送ったのかと思ったの」

「どうしておれがきみに招待状を送ったりする？」

「知らないわ。まちがいに気づいたのに、はっきりそうと言いたくなかったからとか？」

ドアのそばに立っているクロスが鼻で笑ったので、マイケルは彼を殺してやろうかと思った。だが、気むずかし屋の妻の相手をするので手一杯だった。「はずれだな。また貸し馬車で来たのか？」

「いいえ。馬車が迎えにきてくれたわ」

マイケルは目を見張った。「だれの馬車だ？」

ペネロペは小首を傾げて考えた。「だれの馬車かしら」

マイケルは本気で自分の頭がおかしくなったと思った。「だれのものかもわからない馬車でロンドン一悪名高い賭博場の裏口に乗りつけたというのか――」

「夫の所有する賭博場にね」その点が重要だと言わんばかりの口調だ。

「だからなんなんだ」マイケルは一歩下がり、強いて玉突き台に寄りかかった。「きみは知りもしない馬車でここへ来たんだぞ」

「あなたが差し向けてくれた馬車だと思ったのよ！」

「おれじゃない！」大声でどなった。

「わたしの落ち度じゃないわ！」

ふたりは黙りこんだ。ペネロペの怒りに満ちたことばが小さな部屋に反響するなか、ふたりは息を荒らげていた。

彼女に勝たせてなるものか、とマイケルは思った。「どうやってここに入った？」

「招待状には合いことばも書かれていたのよ」ペネロペの声には満足がにじんでいた。彼女はおれが驚いているのを楽しんでいる。

ペネロペが近づいてきて、マイケルは彼女の肌が明かりを受けてきらめくようすに惹きつけられた。深呼吸をし、これは心を落ち着けるためにしているのだ、彼女の優美な香り――サリー州の夏に育つスミレのような香り――をかぎたくてたまらないからではないと自分に言い聞かせた。「ここに入ってくるところをだれかに見られなかったか？」

「御者と入り口のところで合いことばを聞いた人だけよ」

それを聞いても不安は消えなかった。「きみはここにいるべきではない」

「わたしにはどうしようもなかったのよ」

「ほんとうに？　夜の夜中に暖かくて快適なおれたちの屋敷を出て、おれの仕事場に来るしかなかったというのか？　ぜったいに来るなとはっきり言ってあったはずだが。きみのような女性が来る場所ではないと」

　体をこわばらせたペネロペの青い目は、マイケルには判別のつかないものできらめいていた。「まず最初に言っておきますけど、あれはわたしたちの家ではないわ。あなたの家よ。ほとんどそこで過ごさないのに、そもそもなぜ家を持とうと考えたのか想像もつかないけれど。いずれにしても、あそこはわたしの家ではないわ」

「きみの家に決まっているじゃないか」ペネロペはなにを言っているんだ？　おれはあの屋敷を彼女に明け渡したも同然なのに。

「いいえ、ちがいます。使用人たちはあなたの指示にしたがうわ。郵便物はあなたのところに届けられる。だいたい、社交行事の招待状に返事を書くことすらあなたはわたしにさせてくれないじゃないの！」マイケルは反論しかけたが、言えることばがなかった。「わたしたちは夫婦でしょう。それなのに、あの屋敷がどう切り盛りされているかもわたしにはわからない。あなたがどうやって暮らしているのかも。あなたの好きなプディングすら知らないのよ！」ことばはどんどん激しくなっていき、どんどん速くくり出されてきた。

「プディングを土台にした結婚は望んでいないのだと思っていたが」マイケルは言った。

「望んでないわ！　少なくとも、望んでないと思っていた！　でも、あなたについてほとんどなにも知らないのだから、好きなプディングくらい知っておきたいじゃないの！」

「無花果のプディングだ」からかい口調で言う。「きみのせいで無花果のプディングが好きになった」

ペネロペは目をすがめて彼を見た。「無花果のプディングをあなたの頭の上に落としてやりたい」

クロスがくつくつと笑い、マイケルはふたりきりでないのを思い出した。共同経営者に向かって言う。「出ていけ」

「だめよ。彼がわたしを招待してくれたの。ここにいてもらいます」

クロスが眉を片方吊り上げた。「レディの頼みは断れないな、ボーン」

赤褐色の髪の背高のっぽを殺してやる。それも、楽しみながら。マイケルは内心でひとりごちた。「真夜中におれの妻を屋敷から引っぱり出すとはどういう了見だ？」マイケルは自分を抑えられず、すさまじい形相で元友人に一歩近づいた。

「言っておくがね、ボーン、招待状を送ったのが私だったらよかったのにと思うくらい、奥方のせいできみが堂々めぐりをしているのを見るのは最高だよ。だが、私ではないんだ」

「なんですって？」ペネロペが口をはさんだ。「招待状を送ってくださったのはあなたじゃなかったんですか？　だったら、だれが？」

だれだったのか、ボーンにはわかった。「チェイスだな」

チェイスは他人の事情に首を突っこまずにはいられなかったのだ。

ペネロペがマイケルに顔をめぐらせた。「チェイスというのはどなた？」

彼が返事をしなかったので、クロスが答えた。「〈堕ちた天使〉の創設者で、われわれを共同経営者にしてくれた人物ですよ、マイ・レディ」

「なぜそのチェイスという方がわたしを玉突きに招待してくださったの？」

「いい質問だ」マイケルがクロスに向きなおる。「クロス？」

クロスは腕を組み、ドアにもたれた。「チェイスはこのご婦人に借りがあると感じているらしい」

マイケルは片方の眉を上げたが、なにも言わなかった。

「ありえないわ。会ったこともないのに」ペネロペが頭をふりながら言う

目をすがめるマイケルに、クロスはにっこり微笑んだ。「悲しいかな、チェイスはいつもわれわれの一歩先を行っているんです。私があなたなら、その支払いを黙って受け取りますよ」

ペネロペが眉を吊り上げた。「賭博場を訪問することで？」

「どうやらそういう申し出のようですし」

ペネロペが笑顔になった。「お断りするのは失礼にあたるわね」

「おっしゃるとおりです、マイ・レディ」クロスは声をたてて笑い、マイケルはそのなれな

れしい笑い声にむっとした。

「〈堕ちた天使〉への招待がチェイスからだろうとほかのだれからだろうと、妻にはぜったいに受けさせない」マイケルがうなり、ようやくクロスも彼が本気であると気づいたようだった。「出ていけ」

クロスがペネロペを見やった。「私が必要になった場合にそなえ、すぐ外にいますから」

それを聞いてマイケルはさらに激怒した。「妻がおまえを必要とすることはない」

彼女が必要とするものは、どんなものでもおれがあたえる。

そう口にする機会はなかった。というのも、クロスはすでに部屋の外に出ていたし、ペネロペがしゃべっていたからだ。「わたしは長年男の人たちにがまんしてきたの。わたし自身のことなど少しも気にかけず、わたしの評判だけを考えていた人と婚約し、その婚約者が愛する女性と結婚して跡継ぎをもうけたあいだ、みんなはそれについてなにも言わなかったくせに、婚約解消の話題は社交シーズンの舞踏室でうわさされ続けたわ」

ペネロペは問題を指折り数えながらマイケルのほうに向かっていった。「そのあとは持参金しか目に入っていない男性から求愛された。せっかくそういう人たちを避けてきたのに、結局わたしなんて関係なくて土地とのつながりだけで結婚を決めた人を夫に持ってしまった」

「きみの愛しいトミーはどうなんだ？」

ペネロペの目が怒りで燃え上がった。「彼がわたしの愛しい人などではないと知っているくせに。彼はわたしの婚約者ですらなかったわ」

マイケルは驚きを隠せなかった。「ちがったのか？」

「ええ。あなたに嘘をついたの。わたしを誘拐して結婚するという非常識な計画を諦めさせようと思って、彼と婚約しているとにおわせたのよ」

「だが、おれは諦めなかった」

「ええ。そのころには、ほんとうのことを打ち明ける気にもなれなくなっていたわ」ペネロペはいったん口をつぐみ、気を静めた。「あなたもほかの男の人たちと同じだったんですもの。真実を話さなかったからといってなんなの？　少なくとも、レイトン公爵との婚約ではわたし自身を評価してもらえたわ。退屈でお行儀のいい面しか評価されなかったとしても」

近づいてくるペネロペに対し、マイケルは沈黙を守った。賭博場が自分のものであるかのように堂々としていて、激怒している目の前の彼女は退屈でもないしお行儀よくもない。生気にあふれていてすばらしく、いまこの瞬間の彼女がほかのなによりも彼は欲しかった。

ペネロペが言い募る。「あなたはわたしの望みなど気にもかけていないから、わたしは自分で楽しもうと決めたの。冒険に招待してもらったら、それを受けるわ」

おれが一緒でなければだめだ。

今度はマイケルが彼女に迫る番だった。どこからはじめたらいいのかわからなかったが、とりあえずペネロペを玉突き台に追い詰める。「こういう場所でどんな目に遭う危険があるかわかっているのか？　襲われた挙げ句放っておかれて死ぬことだってあるんだぞ」

「メイフェアでそういうことはめったに起こらないわ、マイケル」ペネロペは小さく笑った。ほんとうに笑ったのだ。マイケルは彼女の首を絞めてやろうかと思った。「文学好きのドアマンに話しかけたときに危険にさらされなかったのなら、ここは実際とても安全な場所だと思うわ」

「どうしてそんなことがわかる？　きみは自分がどこにいるかすらわかっていないじゃないか」

「〈堕ちた天使〉の別の側にいるのはわかっているわ。ドアマンがそう言っていたし、ミスター・クロスも同じことを言っていたもの。あなたもそう言ったわ」

「どの合いことばを教えられた？」

「エロアよ」

マイケルは息を呑んだ。チェイスは彼女に白紙委任状を渡したのだ。どんな部屋にも行け、どんな催し物にも参加でき、どんな冒険も体験できる合いことばだ。付き添い人なしに。おれなしに。

「どういう意味なの？」マイケルが驚いた顔になったのを見て、ペネロペはたずねた。

「チェイスに文句を言わなければならないという意味だ」

「そうじゃなくて、エロアとはどういう意味なの？」

マイケルは目をすがめ、文字どおりの返事をした。「天使の名前だ」

ペネロペは首を傾げて考えた。「聞いたことがないわ」

「それはそうだろう」

「彼も堕天使なの？」

「彼女だ。それに、そう、堕天使だ」マイケルはためらった。彼女にエロアの話をしたくはなかったが、自分を止められなかった。「ルシファーがエロアをたぶらかして地獄に堕ちるように仕向けた」

「どうやってたぶらかしたの？」

マイケルは彼女の目を見た。「エロアはルシファーに恋をしたんだ」

ペネロペの目が見開かれる。「彼はエロアを愛していたの？」

常習者が依存物を愛するように。「彼なりに」

ペネロペは頭をふった。「どうしてエロアをたぶらかしたりできたの？」

「彼は自分の名前をエロアにけっして教えなかった」

一拍の間。

「名前はなし」

「こちら側では、そうだ」

「こちら側ではなにが行なわれているの？」ペネロペは背後の玉突き台の縁をつかんで寄りかかった。

「きみが知る必要はない」

ペネロペが微笑む。「隠し続けるのは無理よ、マイケル。いまではわたしは会員なのだから」

彼はペネロペに会員になどなってほしくなかった。彼女がこの世界に接するのがいやだった。がまんできず、ゆっくりと彼女に近づいていった。「会員になるべきじゃない」

「わたしが望んでいるのだと言ったら？」

マイケルは彼女の目の前まで来ていた。手を伸ばせば、ペネロペのなめらかで白い頰をなでられるほど近かった。まさにそうしようと手を上げたとき、ペネロペがすっとずれて向きを変え、手袋をした手で緑色のベーズをなでながら離れていった。

〝わたしに触れないで〟

ペネロペのことばがささやきとなって頭に浮かび、マイケルは彼女を追うのをやめた。

「マイケル？」自分の名前を呼ばれてはっとわれに返る。「ここではなにが行なわれているの？」

マイケルは彼女の青い瞳を見つめた。「ここはクラブのレディ専用の施設だ」

「あちら側にも女性はいるわ」

「だが、貴婦人ではない。彼女たちは男たちと一緒に来る……あるいは男たちと帰っていく」

「愛人ね」ペネロペが白い玉に手を置いて前後に転がすのを見て、マイケルはその手の動きに魅せられた。つかみ、放し、転がし、止める。

彼はその手を自分の体に感じたかった。

「そうだ」

「こちら側は？」

ペネロペはいま、ベーズ張りの玉突き台の反対側にいて、ふたりのあいだには六フィートの距離があった。「こちら側にいるのはレディだ」

ペネロペが目を丸くした。「本物のレディ？」

マイケルはそっけない口調になるのを止められなかった。「彼女たちがどれほどそう呼ばれるにふさわしいかはわからないが、そうだ。大半の女性は称号を持っている」

「何人くらいいるの？」ペネロペは魅了されていた。マイケルには彼女をとがめられなかった。おおぜいの貴族女性がいつでも悪徳と罪の場に出入りできるというのはかなり刺激的なことなのだ。

「それほど多くはない。百人くらいか？」

「百人も？」ペネロペが玉突き台に両手をついて身を乗り出した。マイケルの視線は、ドレスの下で激しく上下している胸の膨らみにすぐさま引きつけられた。胸もとは白くて長いシルクのリボンで結ばれており、その先端がほどいてくれと誘っていた。「どうして秘密を保てているの？」

マイケルは微笑んだ。「前にも言っただろう。おれたちは秘密を扱う商売をしているんだ」

ペネロペは賞賛の表情を浮かべて頭をふった。「驚くばかりだわ。それで、彼女たちは賭けごとをしにここへ来るの？」

「それもある」

「ほかにはどんなことを？」

「男たちと同じだ。賭けごとをし、ボクシングを観戦し、酒を浴びるほど飲み、たらふく食べ……」

「ここで愛人たちに会ったりもするの？」

マイケルはその質問が気に入らなかったが、答えなければならないのはわかっていた。ひょっとしたらそれで怖じ気づいてくれるかもしれない。「ときには」

「すごいわ！」

「その気になるなよ」

「愛人を作る気になるなということ？」

「全部だ。〈堕ちた天使〉を利用するのは許さない、ペネロペ。ここはきみのような女性には不向きなところだ」愛人だなんてとんでもない。ほかの男がペネロペに触れると考えただけで、マイケルはなにかを殴りたい気分になった。

ペネロペは無言のままマイケルをじっと見つめたあと、玉突き台をぐるりとまわって彼のほうに向かってきた。「さっきから同じようなことばかり言っているわね。〝わたしのような女性〟と。それはどういう意味？」

その質問にはいく通りもの答えがあった。無垢な女性。完璧なふるまいをし、完璧な家柄と教養があり、完璧な人生を送っている女性。完璧な女性。「こんな人生に接してほしくない」

「なぜ？　これはあなたの人生でもあるのよ」

「それはまた別の話だ。きみには向いてない」

きみにはふさわしくない。

マイケルは、玉突き台の角で止まったペネロペが傷ついた表情になったのに気づいた。彼のことばに傷つけられたのだ。ペネロペが傷ついたままでいてくれることがふたりにとって最善なのだとマイケルにはわかっていた。そして、この賭博場に近づかずにいてくれることが。

「わたしのなにがそんなにいけないの？」ペネロペが小声で言った。

マイケルは目を見開いた。この状況でペネロペがなにを言うかと考える時間が一年あったとしても、〈堕ちた天使〉に来るのは許さないということばを、ペネロペが自分に非があるせいだと受け取るとは想像もつかなかっただろう。

くそ、いけないところなどひとつもない。彼女は完璧なのだ。こういうことには完璧すぎるほどなのだ。

おれには完璧すぎる。

「ペネロペ」マイケルは彼女のほうへ一歩踏み出してから止まった。正しいことを言いたかった。イギリス中の女性にはなにを言えばいいのかわかるのに、ペネロペに対してはいつだって正しいことを言えないような気がした。

ペネロペの放した玉が玉突き台を転がり、ぶつかった玉が新たな方向に転がっていった。その玉が止まったとき、ペネロペは彼に視線を向けた。彼女の青い瞳はろうそくの明かりを受けて光っていた。「わたしがペネロペではなかったら、マイケル？　きまりごとがここで有効だったら？　ほんとうに名前はなしだったら？」

「ほんとうに名前はなしなのだったら、きみはとんでもない危険にさらされていただろう」

「どんな危険？」

天使がもうひとり堕ちるという危険だ。

「そんなことはどうでもいい。名前はあるんだから。きみはおれの妻だ」

ペネロペが苦笑いになった。「皮肉なものだと思わない？　あのドアの向こうではイギリスでもっとも有力な男性の妻百人が好きな相手と好きなことをしているというのに、ドアのこちら側ではわたしがその片鱗《へんりん》だけでも見せてくれるよう夫を説得できないなんて。夫はこのクラブを所有し、愛しているというのに。どうしてそれをわたしと分かち合ってくれないの？」やわらかで心をそそることばだった。その瞬間、マイケルはこの頽廃的な人生のすべてを彼女に見せてやりたくてたまらなくなった。

だが、一生にこの一度だけは正しいことをするつもりだった。

だから彼はこう言った。「きみにはもっといいものがふさわしいからだ」マイケルが近づいていくと、ペネロペは目を見開いて玉突き台からあとずさった。「賭博場の玉突き用の部屋よりも、きみのことをよくて愛人、悪くするともっとひどいものに思うような男たちと一緒にルーレットをするよりも、もっといいものがきみにはふさわしい。いつなんどき喧嘩がはじまるかもしれなかったり、大金が賭けられたり、純真さが失われたりするかもしれない場所よりももっといいものがふさわしい。赤と黒やはずれたり入ったりで絶望や快感を味わう、罪と悪徳のこんな人生から遠く離れているほうがいいんだ。きみはもっといいものをあたえられてしかるべきなんだ。おれなんかよりももっといいものを」

マイケルはさらに近づいていき、ペネロペの目が丸くなり、その青い瞳が恐怖か不安かもっとほかのなにかだかで翳るのを見たが、自分を抑えられなかった。「おれの人生のなかで、おれが触れて壊されなかったたいせつなものはひとつもないんだ、ペネロペ。おれはきみを同じ目に遭わせたくない」

ペネロペは首を横にふった。「あなたはわたしを壊したりしない。ぜったいに」

マイケルは信じられないほどなめらかな彼女の頬を親指でなでた。そんなことをすればますます彼女を手放すのがつらくなると知りつつ。彼は頭をふった。「わからないのか、六ペンスくん？　おれはすでにきみをだめにした。きみをここに連れてきて、この世界にきみをさらした」

ペネロペが首を横にふる。「ちがうわ！　わたしが勝手にここへ来たのよ。そうすることを自分で選んだの」

「だが、おれがいなければ、きみはそうしなかったはずだ。最悪なのは――」

それ以上言いたくなくて、マイケルは口をつぐんだ。それなのに、ペネロペが彼の手に手を重ねて頰から離せないようにした。「なんなの、マイケル？　なにが最悪なの？」

彼女の手の感触に焼き尽くされるように感じ、マイケルは目を閉じた。

こんな風になるべきではないのだ。

おれはこんな風に彼女に影響されるべきではない。

こんなに彼女を欲しがるべきではない。

冒険好きで刺激的な女性へと変容を遂げた妻にこれほど惹きつけられるべきではないのだ。けれど、そうなっていた。

マイケルは彼女と額を合わせた。ペネロペにキスしたい。触れたい。彼女を横たえて愛を交わしたい。「最悪なのは、もしきみを送り返さなければ、ここにずっととどめておきたくなることだ」

たっぷりの黄金色のまつげに縁取られた彼女の瞳はとても青くて美しく、マイケルはそこに欲望を見て取った。彼女はおれを欲している。

ペネロペは彼の胸に手を置き、しばらくしてからその手を彼のうなじにまわしてそっと髪にからませた。腕のなかの彼女の感触を味わっているマイケルには、時がゆっくり流れるように感じられた。ペネロペの香りのせいでなにも考えられなくなる。彼女はやわらかで非の打ちどころがなく、いまこの瞬間はマイケルのものだった。

「そんなおれをきみは憎むようになるだろう」マイケルは目を閉じてささやいた。「きみにはもっといいものがふさわしいんだ」

おれなんかよりもうんといいものが。

「マイケル」ペネロペがそっと言う。「あなたよりいいものなんてないのよ。わたしにとっては」

そのことばが大音響となってマイケルを襲った。ペネロペが首を傾げてつま先立ちになり、唇にキスをした。

それは彼が経験したなかでもっとも完璧なキスだった。しっかりと押しあてられた彼女の唇は、やわらかくて甘くて、完全に彼を魅了した。マイケルは彼女が欲しくて何日も苦しんだのだった。ペネロペはいま、下唇をそっと噛んで一度、二度と舌でなで、マイケルが唇を開くとおずおずとシルクのようになめらかな舌で探検をはじめて彼の息を奪った。彼はペネロペの体に腕をまわして引き寄せ、自分の硬いからだにあたる彼女のやわらかさを、鋼とシルクの対比を楽しんだ。

ようやくキスを終えたとき、ペネロペの唇はピンク色に腫れ上がっており、マイケルはそこから視線をはずせなかった。彼女の唇が甘く開いた。「今夜は玉突きのやり方を学びたくないわ、マイケル」

マイケルは唇から視線を引きはがしてペネロペの目を見た。「そうなのか？」

ペネロペがゆっくりとうなずく。その動きは罪深い約束だった。「あなたについて学ぶほうがいいわ」

ふたたび唇を重ねてきたペネロペにマイケルは抗えなかった。抗える男などこの世にいないだろう。彼はペネロペをきつく抱き寄せた。

われを忘れた。

誘惑の化身のような妻が目の前にいて、愛を交わしてと彼を誘っている――彼女の評判と、彼が懸命に築いてきたものすべてを危険にさらして。

かまうものか、とマイケルは思った。

彼はペネロペの体の向こうに手を伸ばして隠しスイッチを入れた。壁が動き、ぽっかりと口を開けた暗闇へと上っていく階段が現われた。てのひらを上にして差し出し、一緒に上に行くかどうかをペネロペに決めさせた。無理強いしたと思われたくなかった。実際はそれとは反対に、この勇敢な女性冒険家から働きかけられているように感じられたが。

ペネロペがなんのためらいも後悔も見せずに彼の手に手を重ねると、耐えられないほどの欲望がすばやくマイケルを襲った。

彼はペネロペをぐいと引き寄せてたっぷりキスをし、それから暗がりのなかへといざなってドアを閉めた。暗闇がふたりを包んだ。

「マイケル？」

彼女のささやきはやわらかで頽廃的で、セイレンの誘いだった。マイケルは彼女のほうを向いて手をぎゅっと握り、一段めに引き上げた。彼女の腰を探り、くびれや腹部のやわらかさを堪能した。

マイケルから一段上に持ち上げられ、ペネロペは引きつるようにあえいだ。ちょうど彼女の唇が目の前に来て、マイケルはキスを盗み、舌を深く差し入れてペネロペを味わった。薬物依存のように、何度味わっても満足しきれなかった。

ほんの少しだけ唇を離すと、ペネロペが満足のため息をついた。マイケルは想像もしたことがないほど彼女が欲しくてたまらなくなった。ふたたび唇を重ねると、ペネロペの両手が彼の巻き毛にからんで引っぱった。ふたりが裸で、彼女がいちばん望んでいる場所に彼の唇を導いてくれているのならよかったのに、とマイケルは思った。

その空想にうめき声を発して唇を離し、彼はペネロペの手をつかんだ。「ここではだめだ。まっ暗ななかでは。きみを見たい」

ペネロペが胸を押しつけてキスをし、マイケルの息を奪った。彼はなにがなんでもペネロペが欲しくなった。彼女の肌を愛撫し、彼女から触れられ、分身を岩のように硬くするしどけない声を聞きたくてたまらなかった。酔わせるような愛撫から解放されたとき、マイケルはもう忍耐の限界だった。

ペネロペが欲しい。

いますぐに。

なんのためらいもなく。

だからマイケルは彼女を抱き上げて階段を上った。頽廃へと向かって。快感へと向かって。

19

親愛なるMへ

今日、わたしは二十六歳になりました。

二十六歳で未婚で、母は例の金切り声で否定しますが、どんどん年寄りになりしわくちゃになりつつあるのは事実です。

社交シーズンを八年も経験したのに、そこそこの縁談すらまとまりませんでした……ニーダム‐ドルビー家の長女としてははなはだ情けない成績です。朝食の席で、家族みんなの目に失望が浮かんでいるのを目にしました。

けれど、わたしにあたえられた選択肢が選択肢だっただけに、家族の非難がもっともだとはどうしても思えませんでした。

わたしはほんとうに悪い娘です。

署名なし

一八二八年　ニーダム・マナーにて

投函されず。

その階段は経営者用の部屋へと続いていた。

階段を上りきったところにある秘密の扉を入ってペネロペを立たせ、扉をしっかりと閉めると優雅な動きで部屋の奥のドアに向かった。ペネロペは彼にぴったりついていった。次はどうなるのかと好奇心に駆られ、一瞬たりともこの機会を見逃したくなかったから。彼と離れたくなかったから。

マイケルはベッドに連れていってくれるのだとペネロペは思っていた。男性たちが邪悪と快楽を探求するこの広大なクラブのなかには、マイケルが眠る場所もきっとあるはずだった。ペネロペが彼と一緒に眠れる場所が。

現実に立ち戻り、結婚生活が危機的状況にあって、ふたりの人生が完全にまちがっていると思い出す前に、眠る以外のこともできる場所が。

彼がドアに鍵をかけてふり向くと、ペネロペは動きを止めた。その姿は、〈堕ちた天使〉の賭博室を見下ろす黄金色の大きな窓からの温もりのある明かりに包まれていた。

ペネロペははっと気づいた。彼はわたしと……。

ここで。

ペネロペはとっさにあとずさった。マイケルが甘い約束をその目にたたえてゆっくりとたしかな足取りでそれを追う。「どこへ行くんだ?」低くざらついた彼の声を聞いて、ペネロぺは息を呑んだ。

また一歩あとずさる。「だれかに見つかるわ」

マイケルが首を横にふる。「じゃまは入らない」

「どうしてわかるの？」

彼が片方の眉を上げる。「わかるからさ」

ペネロぺは彼を信じた。マイケルが窓辺に向かって暗い大きな部屋を横切ってくると、彼女の胸が早鐘を打った。彼がなにをしようとしているのかは明らかだった。

マイケルは彼女を自分のものにしようとしているのだ。すばらしい経験になるだろう。

突然、ペネロぺは不安や心配や気恥ずかしさのせいであとずさっているのではなくなった。マイケルに追いかけられるのがたまらなく刺激的だからあとずさっているのだ。彼は美しくて物腰がやわらかく、彼ほどの男性でなければ持つことのかなわない確固たる足取りで近づいてきた。ペネロペが惹かれ、彼をとても魅力的にしているのが、そのひたむきさなのだった。望みのものを追う彼は執拗《しつよう》だ。

いまその彼はペネロぺを望んでいる。

期待感が体を駆けめぐり、ペネロぺはあとずさるのをやめた。次の瞬間、マイケルが迫ってきた。彼女の頰を手で包んで顔を上げさせ、激しいまなざしでその目をとらえた。情熱をこめて。

ペネロぺにすべてを注いだ。

それに気づいた彼女は興奮で焼き尽くされる思いだった。息もできない。

「なにを考えている?」親指でペネロペの顎の線をたどり、そのあとに熱いものを残していった。

「あなたがわたしを見るその目」ペネロペは彼から視線をはずせなかった。「その目で見られると、わたしは……」どう続けていいかわからず、ことばを濁した。マイケルが顔を近づけて、激しく脈打っている喉もとに唇を押しつけた。

そして、顔を上げた。「どんな風に感じるんだ、愛しい人?」

「力を得たように感じるわ」

ことばにしてはじめて、ペネロペはそれに気づいた。マイケルの唇の片端が持ち上がって笑みらしきものになり、指先はペネロペの肌をたどっていった。鎖骨をかすめ、シルクのドレスのきわをたどり、鳥肌を立たせた。「どうして?」

マイケルに快感をもたらされ、彼の目が指先を追っていくようすにそそられ、彼女は大きく息をした。「あなたはわたしを欲しがっている」

ハシバミ色の瞳が翳って茶色になり、声は煙ったようになった。「そうだ」

「だから、なんでも手に入れられるように感じるの」

マイケルは胸もとで結ばれたリボンをやさしく引っぱった。リボンがゆるんで布地が開く。彼が布地の端から手を入れてじらした。「きみの欲しいものはなんでもあたえてやる。頼めばなんだって」

わたしを愛して。

それはだめだ。それだけはあたえてもらえないとペネロペにはわかっていた。けれど、それ以上考える間もなく、マイケルが彼女の両手を取って手袋のボタンをはずし、ゆっくりと脱がせていった。子山羊革が肌をすべる感触は官能的で、これから手袋をはめたりはずしたりするときはこのみだらな場面をかならず思い出すだろうと彼女は思った。

マイケルはぱっくりと口を開けたボディスの下のシュミーズに手を入れ、胸をあらわにした。ペネロペがあえぐと、彼はその声をキスで封じた。「〈堕ちた天使〉の明かりのなかにきみを横たえて愛を交わしたい」そのことばと同時にマイケルが親指で胸の頂をすっとなで、歯で首筋をたどっていった。「きみもそれを望んでいるんだろう」

ペネロペは思わずうなずき、こう言っていた。「望んでいるわ」

相手があなたなら。

マイケルは巨大なステンドグラスの窓のほうに彼女の体を向けた。ペネロペが人でいっぱいの階下を見下ろしているあいだ、彼は丁寧にドレスのボタンをはずしていった。「なにが見えるか言ってくれ」肩の曲線に熱くやわらかな唇を押しつけていきながら、マイケルがささやいた。

「いたるところに……男の人たちが……いるわ」ペネロペはあえぎ、あっという間にはだけていくドレスを胸もとでつかんだ。

マイケルはコルセットの紐を手早くほどき、ペネロペを骨とリネンの牢獄《ろうごく》から解放した。

彼女がほっと息をつくと、マイケルの両手が木綿のシュミーズの上からなでてくれた。ペネロペは片手を窓につき、締めつけられていた肌をなだめる彼の手の感触に浸った。

マイケルは吐息の意味を理解したらしく、耳に舌を這わせながらドレスとコルセットの下に両手をもぐりこませて肌をじかになでた。快感の小径《こみち》を残しながら。「かわいそうに」高級なブランデーのようなささやきだった。「ずっと待ってたんだね」

ほんとうにそんな風に感じられた。ペネロペの肌は彼に触れられるのを求めてうずいているかのようだった。彼のキスを求めて。耐えがたいほどの悦びをもたらす、温かなゆったりとした愛撫を求めて。

「男たちだけか？」ペネロペははっとわれに返り、ルシファーの筋張った美しい首をかたどるまだらのガラス越しに階下を見た。

マイケルの手が背後からまわってきてシュミーズの上から胸を包み、温かなてのひらで持ち上げたりこねまわしたりしたあと、うずいている頂を指でつまんだ。快感の矢が体を突き抜け、ペネロペはあえいだ。「答えるんだ、ペネロペ」

彼女は眼下の光景になんとか意識を向けた。「いいえ、女性もいるわ」

「なにをしている？」

ペネロペはひとりの女性に注意を引かれた。紫がかった青いシルクの美しいドレスを着て、黒髪を頭頂部でまとめて巻き毛を垂らしていた。「紳士のひざに座っている女性がいるわ」

マイケルが体を押しつけてきて、腰を揺らした。ふたりを隔てる何層もの服がなければばいいのに、とペネロペは思った。「ほかには?」

「女性は紳士のうなじに腕をまわしているの」

マイケルが窓についていた彼女の手を取り、自分のうなじにまわさせた。美しい曲線を愛撫しやすくなった。「それから?」

「彼女は紳士に耳打ちしているわ」

「カード・ゲームの手ほどきをしているのか?」マイケルの指でまた頂をつねられてペネロペは息を呑み、目を閉じて彼のほうに顔を向けた。

「マイケル」キスをしてほしいと思いながらささやく。

「おれの名前を呼ぶきみの言い方が好きだ。おれをマイケルと呼ぶのはきみだけだ」マイケルは彼女が望んでいたものをあたえた。舌を深くなめらかに差し入れられ、ペネロペは彼の腕のなかで身もだえし、魔法のような彼の手に胸を押しつけた。

「嫌っていたじゃない」

「根負けしたんだ」彼はペネロペのやわらかな首筋をそっと吸った。「その女性についてもっと教えてくれ」

ペネロペは窓に向きなおり、集中しようと努めた。女性が前のめりになり、相手の男性に胸もとが見えるようにした。男性は微笑み、彼女の鎖骨にキスをした。彼の片手が太腿からふくらはぎへと這い、最後にはドレスの裾のなかに消えた。

ペネロペは背をそらしてマイケルにもたれかかった。「まあ、あの人、彼女に触れているわ……」

マイケルの指づかいが軽くなり、ほとんど触れていないかのようになった。そのやさしい愛撫に、ペネロペはふたりとも裸で暗い部屋にいるのだったらいいのにと思った。「彼女のどこに触れているんだ？」

「彼女の――」マイケルの手が、彼を求めてうずいている場所に向かって下がっていき、ペネロペのことばがとぎれた。ペネロペの中心を見つけた彼の手にやさしくなでられ、ペネロペは吐息をついた。『スカートの下に』

「こんな風に？」ドレスのスカートがじゃましているにもかかわらず、マイケルは彼女の太腿をひざで割って広げさせ、熱くなっている場所を手のつけ根でこすった。

ペネロペが彼の肩に頭をもたせかけた。「わからないわ」

「どう思う？」

「彼女のためにもそうであればいいと思うわ」マイケルの愛撫を受けながら彼女はささやいた。

彼が低く響く声で笑った。「では、おれは彼のためにそうであることを願おう」

胸を愛撫しているほうの手がもてあそぶ動きに合わせ、もう一方の手が脚のあいだを巧みにさすり、ペネロペは目を閉じた。しばらくそんな愛撫が続き、ペネロペはその感触を楽しみ、できるだけぴったり彼に体を押しつけた。マイケルは彼女に合わせて腰を動かし、耳もとで荒い息をついた。「そんなことを続けていたら、じきに彼らを見ていられなくなるぞ」

「もうあの人たちを見ていたくないわ、マイケル」

「ほんとうに？」マイケルは彼女の肩を甘嚙みしながら言った。

ペネロペはうなずき、彼の愛撫をもっとよく受けられるように首を傾げた。「ええ。あなたを見たい」太腿のあいだの彼の手がすばらしいことをしてくれ、ペネロペは吐息をついた。

「お願い」

「そうか」ペネロペは彼がからかうように微笑んでいるのを感じた。「そんな風に丁寧に頼まれては……」

マイケルはペネロペをふり向かせた。彼女がいまも胸もとでしっかり押さえているドレスにちらりと目をやる。「ドレスから手を放すんだ、ペネロペ」かすれた声で命じられ、ペネロペはなおさらきつくドレスを握りしめた。

「だれかが――」

「だれにも見えない」

「でも……」

マイケルが頭をふった。「おれがほかの人間にきみを見せるはずがないだろう、おれの神々しい人。そんなことになったら、そいつを殺さずにはいられなくなる」

独占欲に満ちたことばを聞いて、ペネロペの胸にうれしさがこみ上げた。これまで神々しいなどとだれからも言われたことがなかった。だれも自分を独占することに少しの関心も持っていないようだった。

でも、いまこの瞬間、マイケルは彼女を欲している。ペネロペはじっくりと彼を見つめ、彼の目がすべてをさらしてくれと懇願しているようすを味わった。そしてドレスから手を放して床に落とした。

マイケルはじっとしたままペネロペの体中を眺め、それからその視線を顔に据えてうやうやしく言った。「きみほど美しいものは見たことがない」

マイケルはペネロペの足もとにひざまずいてブーツとパンタレットを脱がせ、ストッキングだけの姿にした。彼がストッキングに沿って脚をなで上げ、シルクと素肌の境目あたりでその手をやすませた。ペネロペがはっと息をのむと、彼が素肌に舌を這わせた。「おれはストッキングに弱いんだ、愛しい人。きみの体のなかでいちばんやわらかな部分のようになめらかなシルクの感触がたまらない」

ペネロペは頬を染めた。シルクが自分の肌にあたる感触が好きだとは言えなかった。結婚初夜以来、ストッキングを履くたびにそれが彼の手だと想像しているなど認めたくなかった。

「きみも好きみたいだな」マイケルがからかい、笑みの形になった彼の唇が太腿に触れるのを彼女は感じた。

「あなたが好きなの」ペネロペは小さな声で言い、片手を彼の頭の後ろにまわしてやわらかなくせ毛をなでた。

マイケルが立ち上がり、ストッキング姿のペネロペに荒々しくすばらしいキスをした。

「曲線は完璧だし、肌もやわらかい」片手をなで上げ、胸を下から支える。「こんなにもきれいで豊かだ」

マイケルのことばが彼女の正気を奪いつつあった。手による愛撫よりも破壊的だった。ペネロペは彼のほうへ体を反らしてキスを受けた。彼が唇と舌で攻めてペネロペが想像もしたことのない快楽を約束し、息もことばも思考すらも奪った。マイケルがキスをやめると彼女は抗うのも忘れて吐息をつき、彼がすばやくむだのない動きで服を脱ぐのを見つめた。こちらを向いて立つマイケルは、窓から射しこむ賭博室の照明を受けてまだら色に染まっていた。長い脚も、ぴんと張った筋肉も、引き締まった臀部も、広い肩も、それに……。

だめ。あそこを見てはいけない。

そうしたいと思っていても。信じられないほどの好奇心に駆られているとしても。

でも、ちらっと一度だけなら。

まあ。

ペネロペは急に気恥ずかしくなり、手で裸の体を隠した。「やっぱりだめ……わたしは……こんなことになるとは思ってもいなかったの」

マイケルが狼のように貪欲そうな笑みを浮かべた。「不安なのか?」

不安など感じていないふりをすべきだとペネロペにはわかっていた。マイケルはおおぜいの女性とこういうことをした経験があるだろうから。けれど、彼女はたしかに神経質になっているのだった。「少しだけ」

マイケルは彼女を抱き上げて隅に置かれた長椅子に座り、ひざの上に下ろして深く探るような口づけをした。ペネロペは息を奪われ、彼の自制心は吹き飛んだ。彼女がマイケルの下唇をなめ、やさしく吸うと、彼が荒い息とともにさっと離れた。

ペネロペの目が見開かれる。

「すまない……唇が。テンプルのジャブはあとあとまでも尾を引くんだ」

ペネロペは身を引き、片手で彼の髪を後ろになでつけてほかに傷はないかと探った。「彼に殴らせなければよかったのに」そうささやいて怪我の横にやさしくキスをした。

「家に帰ってもきみとベッドをともにできないという事実を忘れるためには、そうするしかなかったんだ」片手でペネロペの腕をゆっくりとなで下ろす。「きみはおれをおびやかす」

苦笑いを浮かべながらペネロペの手首、肘、肩のやわらかな肌をじらす。

「わたしが？」

「きみを少しだけ味わうなんてできないんだ、愛しい人。貪ってしまう。きみが欲しくてたまらない」ペネロペの肩に唇をつけ、舌で味わう。「きみはまるでさいころの転がる音だ。カードを切る音だ。おれに呼びかけ、きみへの欲望でたまらなくさせる」ペネロペの喉もとにかかる息のようなささやきだった。「簡単にきみに病みつきになってしまいそうだ」

それを聞いてペネロペの胸が高鳴った。「それは悪いこと？」

マイケルのふくみ笑いがペネロペの腹部と胸に響いた。「おれにとっては、そうだ。かなり悪いことだな」長くもの憂げにキスをする。「きみにとってもだ。きみは触るなとおれに言った。その望みを尊重したかった」

けれど、それはペネロペの望みではなかった。ほんとうは。

いつだって彼に触れてもらいたかった。触らないでと言ったときですらも。

いつだって彼が欲しかった。欲しくなんてないと自分に言い聞かせていたときですらも。

マイケルは彼女の弱点だった。

ペネロペはしゃべらずにすんだ。マイケルが胸の頂に指で戯れをかけてきたからだ。彼女はため息をつき、両手をマイケルの髪にもぐらせた。顔を離して彼の翳った美しい目を覗きこむ。「マイケル」そっとささやいた。

彼はペネロペを見つめたまま軽々と抱き上げ、片手を太腿に這わせて脚を開くようせっついた。

それだけでもじゅうぶん破廉恥なことだった。

夢のようだった。

ペネロペが躊躇したのはほんの一瞬だった。マイケルの無言の指示にしたがって彼にまたがった。

「おれの冒険好きな美人さん」そう言ったマイケルの声には誇らしさと喜びがにじんでいた。おおげさなことばだというのはペネロペにはわかっていた。自分は美人ではない。けれど、今夜は美人になった気がしたし、夫の頼みを無視するなど考えもしなかった。新たな体勢のおかげで隅々まで彼に触れられた。広くてがっしりした肩、呼吸とともに上下する分厚い胸。ペネロペは夫であるハンサムですばらしいこの男性に触れずにはいられなかった。

マイケルは彼女に触れられて思わず快感のうめきをもらし、胸が顔の前にくるまで彼女を持ち上げてふーっと長い息を両方の乳首に吹きかけた。ペネロペは一心に見つめている彼の視線を追い、自分の胸の先が左右とも耐えられないほど硬くなってうずくのを見つめた。

彼の口をそこに感じたい。

「触れて」そっと言った。

マイケルはすぐにそこに口をつけてなめたり吸ったりし、ペネロペはそのよこしまですばらしい快感のせいで死んでしまうのではないかと思った。やがて彼は放っておかれたもう一方の胸に移り、長々とすばらしい舌使いを披露したあと頂をくわえこみ、彼女が欲していたとおりのものをあたえてくれた。

彼に吸われ、なめられ、甘噛みされ、ペネロペは身もだえした。ああ。彼は巧みに快感を紡ぎ出す。ペネロペはこれがずっと終わらずにいてほしいと願った。

マイケルがついに顔を上げ、ペネロペをもっと高く持ち上げて自分に近づけると、腹部の柔肌に温かなキスをした。それから自分の体に沿って彼女を下ろしていき、ふたたび唇を重ねた。彼はひざを上げてペネロペを胸もとにしっかりと引き寄せ、髪に手を差し入れて頽廃的な部屋のあちこちにピンを飛ばした。

マイケルの唇が彼女の首へと移り、脈打っている場所の繊細な肌をなめた。快感にわれを忘れたペネロペは、ふたたびささやくように彼の名を呼んだ。

マイケルが現われる前は知りもしなかった快感だった。

マイケルが相手でなければ、ぜったいに知ることもなかった快感。

「マイケル」ペネロペが彼の名を吐息に乗せた。

彼が微笑んだ。独りよがりの、まさに男そのものの笑みだった。ペネロペの背後にまわしていた手をふたりのあいだにすべりこませた。

ペネロペはよこしまな手に目をやり、その動きに見入った。彼の指が彼女の中心をとても軽くかすめた。まるで、彼女の体を探索するための時間が無限にあるとばかりに。ペネロペはこれほどなにかを欲したことはなかった。

マイケルの指の愛撫を受けてペネロペは身もだえし、片手をとても気になってしかたない彼の体の部分におずおずと置いた。熱い鋼のようなそこに手を置かれた彼ははっと息を呑んだ。「ペネロペ……」ことばはうめき声になった。

ペネロペは彼に触れ、彼を知り、彼からあたえられた快感のすべてをお返ししたかった。

「どうすればいいのか教えて」

快感で黒く翳った目をしたマイケルは、空いているほうの手でどう触れればいいか、どうなでればいいかを示した。彼が長くすてきなうめき声を発すると、ペネロペは彼の頬にやさしくキスをしてささやいた。「玉突きよりもこっちのほうがうんと興味深いわ」

マイケルがざらついた声で笑った。「まったく同感だ」

「すごくなめらかなのね」彼の情熱の証をなでながら、その感触に驚嘆する。「とても硬いし」愛撫を受けて彼が目を閉じ、ペネロペはそんな彼の顔に悦びがよぎるのをうれしく思った。

先端を親指でなでると彼が息を呑み、細く目を開けた。「もう一度やってくれ」

ペネロペが言われたとおりにすると、マイケルが彼女を引き寄せて長く激しくキスをした。その間もペネロペはずっと探索を続け、重ねられた彼の手が動かし方やどこをたっぷり愛撫すればいいか、どれだけの力を入れればいいのかを教えた。マイケルは頭をのけぞらせ、苦しそうに息をあえがせていた。「これでいいの？」

マイケルがうめく。「完璧だ。やめないでくれ」ペネロペにはやめるつもりなどなかった。快感を得ている彼を見るのが好きだった。とうとうマイケルが乱暴に彼女を引き離した。

「もういい。まずはきみのなかに入りたい」それを聞いたペネロペの頬が赤くなり、マイケルが低く魅力的な笑い声をたてた。「おれがきみのなかに入りたがっているというのが恥ずかしいのか、美人さん？」

ペネロペは首を横にふった。「あなたになかに入ってきてほしいと思っているのが恥ずかしいの。淑女はそういうことを考えないものだから」

マイケルが荒々しい口づけをした。「みだらな考えを封じこめてもらいたくない。それどころか、そんな考えをひとつ残らず聞かせてほしい。全部かなえてやりたい」

マイケルの手が脚のつけ根ですばらしい動きをし、ペネロペはあえいだ。「マイケル、もっと」

「なにをもっとだ、美人さん？」ペネロペの望みの場所を彼の指先がすっとなでる。触れるというよりもじらしている感じだ。「ここをもっとなのか？」

その感覚にペネロペがあえぐと、彼が指を離した。マイケルの名を呼ぶ彼女の声には懇願がにじんでいた。「それとも、ここかな？」長い指が奥まですべりこみ、ペネロペはうめいた。

「どこもかしこも」

「おれの奥さんはとんでもなく貪欲だな」マイケルはからかい、キスをして舌を深く入れた。口を探索しているあいだ、彼の手が触れるか触れないかのところで円を描いた。マイケルが眉を上げ、二本めの指がゆっくりとくわわって歓喜を引き出す。「ここか？」

「ええ」ペネロペがあえぐ。彼はもうすぐ近くまで来ていた。

「ここ？」

あと少し。ペネロペは唇を噛んだ。目を閉じた。「ええ」

「ここ？」

あと。ほんの。少し。

ペネロペは身じろぎもしなかった。彼にやめてほしくなかった。

「きみのここに触れるのが好きだ、ペネロペ」マイケルは指で探索を続けながらささやいた。「きみの形や手触りを探り、おれのためにどれほど濡れているかを探るのが好きだ」指がまた動き、彼のささやきは続いた。マイケルが手をよじり、あのすばらしい場所に近づいた。

「きみを探索するのが好きだ」

「見つけて……」黙っていられず、ペネロペはささやいた。

「なにを見つけるんだ、愛しい人？」むじゃきに訊く。とんでもない嘘つきだ。

ペネロペはみなぎる力を感じて彼と目を合わせた。「わかっているでしょう」

「一緒に見つけよう」

すばらしいことばだ。ペネロペはふたりの体のあいだにある彼の手をつかみ、ついに、とうとう、自分の体に押しあてた。前のめりになってマイケルの目を覗き、よこしまな悦びときつく抑えこんだ欲求を見て取った。マイケルの指がやわらかな巻き毛をくぐって秘密のひだを分け、手首をつかんでいる彼女の手に導かれてねじれ、回転した。親指がゆったりと何度も円を描いたので、ペネロペは正気を失いそうになった。

マイケルは快感にもだえるペネロペを眺め、指だけでなくことばでもじらした。「ここか、愛しい人？　ここが気持ちよく感じる場所なのか？」

ペネロペはみだらにそそのかす彼のことばと指に夢中になり、返事をささやいて体を押しつけた。すると望みどおりに彼が触れ、ちょうどいい力加減で愛撫してくれた。彼のほうがペネロペよりも彼女の体を熟知しているかのようだった。ペネロペの体は彼のものであるかのようだった。

ほんとうにそうなのかもしれない。

長く美しい彼の指が一本なかに入ってきて、てのひらのつけ根が耐えられないほどの鋭い快感をもたらし、ペネロペは彼の名前を呼びながら体をすりつけた。なにかすばらしいことが起きそうなのを感じていた。

「マイケル」もっと欲しくて彼の名をささやいた。すべてが欲しくて。

欲望と貪欲さに満たされた彼女は、秘密の最奥の場所にずっと触れていてほしいと思った。いまや彼のものとなったその場所に。

「おれを待ってろ」マイケルが小声で言い、彼女の脚をさらに広げた。体を寄せ、手をどけてなめらかで大きな先端をこすりつける。ペネロペの耳もとで長い吐息をつき、ささやいた。「ああ、ペネロペ……。きみは炎だ。太陽だ。きみを欲しい気持ちを止められない。きみのなかに入って永遠に出たくない。きみはおれを堕落させる……これまでの悪習などかすんでしまうくらい危険なものだ」

マイケルは歯を食いしばり、ペネロペが空虚に感じている場所へ、彼を求めている場所へ身を少しだけすべりこませた。その感触がたまらなくて、ペネロペは身をすり寄せた。彼をもっと深くに感じたかった。

マイケルが動きを止めた。「ペネロペ」彼女は目を開け、マイケルの真剣な目を見つめた。彼が顔を寄せてきて、長くゆったりと約束に満ちたキスをした。「敬意を示されてないと感じさせたことをすまなく思っている。いまこのときは、きみをこのうえなくたいせつに思っている。それをわかってほしい」

驚愕の、そして真実に満ちたそのことばを聞いて、ペネロペの目に涙がこみ上げてきた。彼女はうなずいた。「わかっているわ」

マイケルは視線をはずそうとはしなかった。「ほんとうに？　おれがどれだけきみをたいせつに思っているか、わかっているか？　感じているか？」ペネロペがもう一度うなずくと、涙がひと粒こぼれて頬を伝い、すべらかな肩に落ちた。頬の涙のあとをマイケルが親指で拭った。「きみを崇めている」そっと言う。「きみにふさわしい男になれたらと思うよ」

ペネロペは頬を包む彼の手に自分の手を重ねた。「マイケル……あなたはそんな男性になれるのよ」

そのことばを聞いた彼は目を閉じ、ペネロペを抱き寄せて魂を揺るがすような深い口づけをし、それからふたりの体のあいだに手を入れて、快感が集まっているあの驚嘆すべき場所を見つけた。そして、耐えがたいほどの完璧な動きでたっぷりの愛撫をくわえた。ペネロペは快感が募っていくのを感じ、彼の手に体を押しつけた。けれど、頂点に達する前にマイケルが動きを止めて引き戻し、それからまた崖っぷちまで追い詰めてふたたび動きを止めた。ペネロペはいらだちの声をあげた。「マイケル……」

彼はペネロペの首の横にキスをし、耳もとでささやいた。「もう一度だ。もう一度だけしたら、絶頂を味わわせてやる。おれを受け入れさせてやる」

ペネロペがふたたび崖っぷちまで行って飛び降りかけたとき、マイケルがなめらかなひと突きで彼女を押し広げながら奥深くへとすべりこんできた。彼女を満たした。神々しいほどに。そして彼女は断崖から落ちた。彼の腕にしっかりと包まれて。ともに体を激しく動かしながら、ペネロペは彼の名前を叫び、もっとと懇願し、マイケルは何度も何度もそれに応え、ついにペネロペは息もできず、しゃべることもできなくなり、彼の腕のなかでぐったりとなった。

マイケルはきつく抱きしめたまま、やさしく辛抱強く背中をなでてくれた。

彼を愛するのをやめることはけっしてないだろう。

計り知れない悦びをあたえてくれたからではなく、いま、信じられないほどのやさしさを示してくれているから。まだ硬く満たされないままで根もとまで身を埋めた状態なのに、時間はたっぷりあるとばかりにそっとなでながら彼女の名前をささやいてくれているから。彼は自分が満たされるのをあとまわしにし、ペネロペが絶頂を味わうのを優先させてくれたのだ。

マイケルはそんな一面を懸命に隠そうとしているけれど、それはたしかにそこにあった。とてもやさしい一面が。

ペネロペはそんな一面を愛していた。

彼を愛していた。

でも、マイケルはけっしてその愛を受け入れてくれないだろう。

そう思ったとたん体がこわばり、ペネロペは顔を上げた。マイケルの目を見るのがこわかった。考えを読まれるかもしれないのがこわかった。マイケルがしっかりと彼女を抱きしめた。「きみを傷つけてしまった?」そんなことには耐えられないとばかりのざらついた声だった。

ペネロペは頭をふった。「いいえ……」

彼女の下にいるマイケルが身を引き抜こうとした。「ペネロペ……きみを傷つけたくないんだ」

「マイケル」

ペネロペはしゃべるのがこわかった。口を開いたら彼が聞きたがっていないことを言ってしまうのではないかとおそれた。だから自分の体を少しだけ持ち上げてから彼の体の上に沈みこませた。頭をのりぞらせ、目を細く開け、歯を食いしばり、懸命に自制しているせいで首筋がぴんと張っている彼を愛おしく思った。ペネロペは動きをくり返しながらささやいた。

「わたしに触れて」

マイケルは自制心を手放し、ついに、ついに、ついに動き出した。

ペネロペはほっと息をついた。彼がうっとりするほど深く身を沈め、完璧な快感をもたらした。マイケルは彼女の腰に手をあてて導き、彼女は両手をマイケルの肩に置き、ふたりはともに動いた。「もっとよ……」ペネロペはささやいた。彼からあたえられるものがもっとあると、どういうわけかはっきりとわかっていた。

そして、マイケルが長く深く抜き差しをくり返してそれをあたえてくれた。「きれいなペネロペ……こんなに熱くてやわらかくて神々しい」耳もとでささやく。「この腕のなかでできみが達するのを見たとき、うれしさのあまり死んでしまうかと思った。恍惚《こうこつ》としているときのきみは美しい。きみをまたそこへ連れていってやりたい……何度でも……何度でも」マイケルはそう言いながら腰を動かし、両手を背中から肩へとすべらせたあと彼女の尻をつかんで巧みに動き方を示した。

「マイケル、わたし……」その刹那《せつな》、彼がとても深く身を埋めたので、ペネロペは途中で話せなくなった。奇妙ですばらしいあの快感が目の前にまた迫ってきたからだ。ペネロペはほかのなにより、そこに到達したかった。

「言ってくれ」ざらついた声で言いながらより激しくより速く突いて、ペネロペが望んでいたことすら知らなかったすべてをあたえてくれた。ペネロペが必要としていたすべてを。

愛しているわ。

恍惚感に揺さぶられながらも、ペネロペはそのことばを口にするのをなんとかこらえた。マイケルが彼女とともに崖っぷちから落ち、薄暗い部屋のなかでペネロペの名前を叫んだ。

20

親愛なるMへ

今日は少し内省的な気分です。父の好む言い方を借りると〝レイトン大災害〟ということになる、例のあの日からちょうど六年が経ちました。あのあとわたしは三件の求婚——あとにいくほど、どんどん条件が悪くなっていきました——をお断りしました。

それでも母はあいかわらず、わたしを婦人服仕立屋やらお茶会やらに行かせます。まるで、シルクの生地やベルガモットの香りがあれば過去を消し去れると思っているかのようです。こんなことを永遠に続けるわけにはいきません。そうでしょう？

でも、それよりも悲惨なのは、わたしがいまだに亡霊に手紙を書き続けていて、いつの日か返事が来るかもしれないと思っていることです。

署名なし

一八二九年十一月　ドルビー・ハウスにて

投函されず。

「グーズベリー・フール」

ペネロペはマイケルの肩に置いた頭を上げなかった。ブロンドの髪が彼の肩の周囲に広がっている。「もう一度言ってくださる？」

マイケルが温かな手で彼女の背中をなで下ろし、快感で震えさせた。「ほんとうに礼儀正しいんだな」マイケルは長椅子の端に身を乗り出した。まだペネロペから離れたくなかったが、なにかしなければこの広い部屋で彼女の体が冷えてしまうのはわかっていた。一刻も早く妻と体を重ねたいと思うあまり床に脱ぎ捨てた服の山からフロックコートをつかみ取り、紺青色のウールのそれをふたりの体にかけた。

ペネロペがフロックコートの下で体をすり寄せてくると、やわらかでシルクのようなその感触にマイケルは息を呑んだ。「グーズベリー・フールだよ」彼はくり返した。

「奥さんをそんな風に呼ぶなんてあまり感心しないわね」ペネロペは目を開けもせずにかすかな笑みを浮かべて言った。「たったいましたことを考えたら、たしかに少しはばかみたい《フール》にあなたにぼうっとしているかもしれないけれど」

とんでもなくばかげたやりとりで、マイケルは思わず笑ってしまった。こんな他愛もないことで大笑いをしたのはいつ以来だろう？

久しくなかった。

「おもしろいことを言うね」マイケルは彼女を抱く腕に力をこめた。「好きなプディングのことを言ったんだよ」

ペネロペは身じろぎもしなくなり、胸毛をもてあそんでいた手も途中で止まった。マイケルは彼女の手を取って口もとへ運び、指にすばやくキスをした。「ラズベリー・フールも好きだ。ルバーブも」

ペネロペは顔を上げ、青い瞳でマイケルの顔を探った。まるで、彼が世界を揺るがすほどの告白をしたかのように。「グーズベリー・フール」

マイケルはなんだか大ばか者になった気分がしてきた。彼の好きなプディングなど、ペネロペが本気で知りたがっていたわけでもないだろうに。「そうだ」

すると、ペネロペが満面に美しい笑みを浮かべ、マイケルはもう大ばか者のようには感じなくなった。王になった気分だった。ペネロペが彼の胸に頭を戻した。彼にぴったりくっついた彼女の胸は誘惑するように上下していた。

やがて彼女がさらりと言った。「わたしは糖蜜が好き」マイケルはまた愛を交わしたくなった。

デザートの話題で欲情するとはいったいどういうことなのだろう？

彼はまたペネロペの背中をなで下ろし、尻の丸みに手を置いて自分のほうに引き寄せ、彼女の感触を楽しんだ。『おぼえている』じつを言うと彼女のことばを聞くまで忘れていたのだが、不意にファルコンウェルの厨房で丸い顔を糖蜜だらけにしている子ども時代のペネロペがはっきりと浮かんだのだった。その思い出に彼は微笑んだ。「いつもうちの料理人を丸めこんでボウルをなめさせてもらってたな」

ペネロペは恥ずかしくなって彼の胸に顔を埋めた。「そんなことはしていません」

「いや、してた」

ペネロペが頭をふると、ひげをあたっていないマイケルの頬にシルクのような髪が引っかかった。「スプーンはなめさせてもらったかもしれないけれど、ボウルだなんてぜったいにないわ。レディはボウルをなめたりしないもの」

こんなことで礼儀作法を気にするペネロペにマイケルは思わず笑ってしまい、その低く響く笑い声にふたりとも驚いた。ここに横になり、彼女と一緒に笑うのはすばらしくいい気分だった。こんな気分になるのはずいぶん久しぶりだった。だが、ふたりにあるのはこの瞬間だけだとわかっていた。大混乱が起き、ペネロペが自分に対して持ってくれているわずかばかりの好意が消え去ってしまう前の最後の静かなひとときだと。

マイケルはもう一方の腕も彼女にまわしてきつく抱きしめながら、思っていた。

いまだけはペネロペはおれのものだ。

「どうやらきみの冒険は成功だったようだな」

ペネロペは顔を上げ、重ねたてのひらに顎を乗せて青い瞳をからかいできらめかせながら彼を見た。「次の冒険が楽しみだわ」

マイケルは彼女の太腿に手を這わせ、シルクのストッキングの上端をもてあそんだ。「訊くのがこわい気がするのはどうしてなんだろうな？」

「ハザードをやってみたいの」

マイケルは、ペネロペが階下のハザードの部屋で象牙色のさいころにキスをしてから緑色のベーズに転がす場面を想像した。「ハザードは勝てないゲームだと知っているだろう」

ペネロペがにっこりする。「ルーレットも勝てないゲームだと言われているわ」

マイケルも負けじと微笑み返す。「たしかに。きみは運に恵まれただけなんだよ」

「23ね」

「あいにく、さいころの目は足しても十二までだ」

ペネロペが小さく肩をすくめたので、フロックコートが完璧な肩からずり落ちた。「なんとかするわ」

マイケルが前のめりになって彼女の素肌にキスを落とした。「ハザードの件はあとで考えよう。おれは今夜の冒険からだってまだ完全に回復してないんだから、色っぽい奥さん」そして明日になれば、きみはおれのそばにいたくない理由をすべて思い出すだろう。

ペネロペは目を閉じ、ふたりの行為を思い出して吐息をついた。それを聞いて欲情したマイケルは、ごまかそうと身じろぎした。

またペネロペが欲しかった。

だが、自分を抑えなければ。

もう起き上がらなければ。

マイケルはどうしても動けなかった。

「マイケル？」目を開けたペネロペの瞳は夏空の青色だった。こんな瞳になら男は永遠に溺れていられる。「どこへ行ったの？」

「どこへ行ったって、いつ？」

「あなたが……すべてを失ったあと」

嫌悪の震えが走った。マイケルは答えたくなかった。ふたりの結婚を後悔する理由を彼女にさらにあたえたくなかった。

「どこにも行かなかった。ロンドンにいた」

「なにがあったの？」

どういう質問だ。あまりにも多くのことがあった。あまりにも多くのことが変わった。ペネロペに知られたくないくらい多くのことが。彼女にその一部になどなってほしくなかった。自分だってその一部でいたくないくらいなのだ。

マイケルは大きく息を吸い、両手を彼女の腰にあててどかし、起き上がろうとした。「そんな話は聞きたくないと思うな」

ペネロペは彼の胸に両手をついて動きを止めさせた。「いいえ、聞きたいわ」彼を立ち上がらせまいという思いをこめて凝視する。

彼を引きこもらせまいとした。

マイケルは諦めて力を抜いた。「どこまで知っている？」

「運がものをいうゲームであなたがすべてを失ったのは知っているわ」

ペネロペがすぐ目の前にいて、青い瞳で一心に見つめてきた。マイケルは後悔の念に揺さぶられた。自分の過ちを彼女に知られているというのがいやだった。自分の恥を。彼女のためにも、自分がほかのだれかになれればいいのに。新たな人間に。彼女にふさわしい男に。

だが、真実を話せば、彼女が自分に近づきすぎないようにできるかもしれない。自分が彼女を気にかけすぎずにすむかもしれない。

もう手遅れだ。

マイケルはそんな思いを突き放し、ほとんど聞こえないくらいの小声で言った。「二十一《ヴァンテアン》だった」

ペネロペは目をそらさなかった。「あなたは若かったのよ」

「二十一だ。持っているものすべてを賭けるにはじゅうぶんな歳だった」

「若かったのよ」ペネロペはきっぱりとくり返した。

マイケルは反論しなかった。「おれはすべてを賭けた。限嗣相続分以外はすべて。一族に限定されていないものすべてを。愚か者のように」マイケルはペネロペが同意するのを待った。彼女が黙ったままだったので、マイケルは続けた。「ラングフォードはおれがどんどん賭けるように仕向け、すべてを賭けるまでそそのかし挑発した。おれはぜったいに勝てると思った」

それを聞いてペネロペが頭をふった。「どうしてそんなことがわかるの？」

「わかるわけがないんだ、そうだろう？　だが、あの晩のおれはすっかりのめりこんでいた。

次から次へと勝ち続けていたんだ。連勝は……気分を高揚させる。ある時点まで来るとすべてが変わり、判断力がなくなり、負けるのが不可能に思えてくる」長年閉じこめてきた記憶とともに、いまやことばはすらすらと出てきた。「賭博はある人間にとっては病気なんだ。おれもその病気にかかった。勝つことがその治療法だ。あの晩、おれは勝つのをやめられなかった。勝ちが止まってなにもかもを失うまで」ペネロペは一途に彼を見つめていた。「彼はおれを誘惑に陥れ、もっと賭けるよう説得し……」

「どうしてあなただったの？」彼女の眉間にはしわが寄り、声には怒りがこもっていた。マイケルは手を伸ばし、しわを伸ばした。「あなたはとても若かったのに！」

「全部を聞きもしないでおれを弁護するのか」マイケルは彼女の眉間から鼻梁《びりょう》をなでた。「彼が築き上げたんだ。領地も金《かね》もなにもかも。おれの父は善良な人間だったが、亡くなったとき領地はふさわしい繁栄をしていなかった。それでも、ラングフォードがそこを繁栄させようと手をつけるにはじゅうぶんで、彼はたしかに成功した。おれが相続するころには侯爵領は彼自身の領地よりも値打ちがあった。彼はそれを渡したくなかった」

「強欲は罪よ」

復讐も罪だ。マイケルはふとためらい、何百回、何千回と思い出してきた昔のゲームを思い返した。「彼は言ったんだ。すべてを奪った彼に、おれはいずれ感謝するだろうと」嘲笑のこもった口調になるのを止められなかった。

ペネロペは真剣な目をして長いあいだ黙ったままだった。「彼が正しかったのかもしれないわ」

「それはちがう」ラングフォードが空気を吸っていることに憤りを感じなかった日は一日もなかった。

「そうね、感謝というのは言い過ぎかもしれない。でも、彼にじゃまされたにもかかわらず再起したことを考えてみて。不利な状況に立ち向かったことを。それを打ち破ったことを」

ペネロペは切羽詰まったように息を切らしていて、マイケルはそれを崇めると同時にひどく嫌った。「おれを英雄視するなと言ったはずだ、ペネロペ。おれのしたことはなにひとつ……おれのどこを取っても……英雄的なものはない」

ペネロペは首を横にふった。「あなたはまちがっている。あなたは自分が思っている以上にりっぱな人よ」

マイケルはフロックコートのポケットに入っている手紙を思った。今朝始動させた計画を、何年も待ち続けてきた復讐を思った。彼が英雄などではないとペネロペはじきに知るだろう。

「それがほんとうだったらと思うよ」

きみのために。

その思いがマイケルに取り憑いて離れなかった。

ペネロペが真剣で揺るぎない表情をして顔を寄せてきた。「わからないの、マイケル？　自分が思っていた以上にりっぱな人間になっているのに気づかないの？　もっとたくましくなっているのに？　もっと強くなっているのに？　あなた自身や人生を変えたあの瞬間がなかったら……あなたはここにいなかったのよ」ペネロペの声が小さくなった。「そして、わたしもここにいなかった」

マイケルは彼女をきつく抱きしめた。「ふむ、それは考えものだな」

ふたりは長いあいだそれぞれの思いにふけった。とうとうペネロペが口を開いた。「ゲームのあとは？　そのあとはどうなったの？」

マイケルは天井を見上げ、記憶を探った。「彼はおれにギニー金貨を残していった」

ペネロペが顔を上げた。「それがあなたの誓いのしるし《マーカー》ね」

頭のいい妻だ。「それを使うつもりはない。彼からはなにも受け取るつもりがない。彼からすべてを奪うまでは」

彼女はマイケルを注意深く見ていた。「復讐ね」

「着の身着のままでポケットに少々の硬貨しか持っていなかったおれはテンプルと再会した。彼は学生時代の友人で、金さえ払ってくれればだれのためにでもボクシングをしていた。テンプルにボクシングの試合が入っていない夜には、ふたりしてテンプル・バーの路上でさいころ賭博をやった」

ペネロペが眉根を寄せた。「危険ではないの？」

彼女の目に心配の気持ちを読み取ったマイケルは、そのやさしさに心を打たれた。この話をしているときに彼女が腕のなかにいてくれるのが祝福だった。心配し、気にかけてくれるペネロペの存在が救いとなるかのようだった。

ただし、マイケルが救われるにはもう遅すぎたし、罪と悪徳に満ちたこの人生をペネロペが送らなくてはならないいわれはなかった。彼女にはもっと多くがあたえられるべきだ。もっとよい人生を送るべきだ。マイケルは片方の肩をすくめた。「戦うべきときと逃げるべきときをすぐに学んだ」

治りかけの唇にペネロペが手を触れた。「いまでも戦っているのね」

マイケルがにっと笑い、すごみのある声で言った。「だが、最後に逃げたのはずっと昔だ」

ペネロペがステンドグラスの窓をちらりと見た。その向こうでは夜も更け、シャンデリアのろうそくが短くなりつつあった。「〈堕ちた天使〉は？」

マイケルは長いブロンドの髪をひと房取り、指にまつわりついてくる感触を楽しんだ。「四年半後、テンプルとおれは完璧に商売をまわしていた。ある晩、二、三十人の客を相手にしていた……相手に合わせていた。おれは大金を手に入れていて、その金を盗まれたくなかったらそろそろ店じまいしなくてはならないとわかっていた」マイケルはペネロペの髪を放し、親指で彼女の頬をなでた。「おれはいつだってやめどきを判断できなかった。いつだってあとひとゲームしたい、さいころをあとひと転がししたいと思ってしまう」

「賭けたの？」

マイケルは彼女にしっかりと聞いてほしくて、そこに約束を聞き取ってほしくて、目を見ながら言った。「おれはもう十年賭けをしていない」

ペネロペの目に理解が宿った。誇りも。「ラングフォードに負けてからは」

「それでも、賭けテーブルがおれを呼ぶのに変わりはない。さいころに引かれる気持ちが変わるわけじゃない。ルーレットのホイールがまわると……おれはいつも玉がどこに止まるかと考える」

「でも、けっして賭けないのね」

「ああ。だが、他人が賭けるのを見るのは好きだ。あの晩、テンプルはそろそろ終わりにしようと何度か言っていた。旨《うま》みがなくなってきたと。だが、おれはあと一時間、いや二時間だって続けられると考え、ぐずぐずと引き延ばした。さいころをあとひと転がし。あともうひと勝負。もうひと予測」マイケルは記憶のなかに没頭していた。「あいつらはどこからともなくいきなり現われた。彼らが持っていたのが銃でなく棍棒《こんぼう》だったのを感謝すべきなんだろう。客たちは厄介ごとが起きそうだと察するや逃げ出したが、その場にとどまっていても困ったことにはならなかっただろう」

「彼らの狙いはあなただったのね」ペネロペが声をひそめて言った。

マイケルがうなずく。「あいつらはおれたちの上がりが欲しかったんだ。千ポンド。もっとあったかもしれない」

どんな人だって、そんな大金を持ってテンプル・バーの通りにいては危険だ。

「おれたちは精一杯戦ったが、こっちはふたりなのにあっちは六人で……でも、九人はいそうに感じたよ」マイケルはほとんど声にならない声で笑った。「いや、十九人という感じだったかな」

ペネロペは少しもおかしいと思わなかった。「お金を渡してしまえばよかったのよ。命には換えられないでしょう」

「おれの賢い奥さん。きみがあの場にいてくれたらな」マイケルはまっ青になっているペネロペの顔を引き寄せて短いキスをした。「おれはここにいるじゃないか。生きて元気で。きみにはあいにくだろうが」

ペネロペが頭をふった。その切羽詰まったようすに、マイケルの胃がよじれた。「冗談にしないで。それでどうなったの？」

「もうだめだと思ったとき、どこからともなく馬車がすごい勢いで走ってきて、テンプルと同じかそれよりも大きい男たちが降りてきた。彼らはおれたちの側について戦ってくれ、敵が退散するとテンプルとおれを馬車に放りこんで救世主と対面させた」

ペネロペが話の先を読んだ。「チェイスね」

「〈堕ちた天使〉の所有者の」

「彼の望みはなんだったの？」

「仕事を一緒にする仲間だ。賭博場の運営をする人間。警備を担当する人間。貴族社会の光り輝く面と暗部の両方を理解している人間」

ペネロペは長々と息を吐いた。「彼があなたを救ってくれたのね」

マイケルは彼とはじめて会ったときの記憶に入りこんでいた。失ったものすべてを取り戻す機会がめぐってきたのかもしれないと気づいたときの記憶に。「そうだ」

ペネロペが伸びをして、彼の腫れた唇をなめた。「彼はまちがっているわ」

マイケルははっとわれに返った。「チェイスがか？」

ペネロペがうなずく。「彼はわたしに借りがあると思っているの」

「そうらしいな」

「借りがあるのはわたしのほうなのに。彼はあなたを救ってくれたのだから。わたしのために」

ペネロペからまたキスを受け、マイケルは息を呑んだ。ほんとうは彼女のことばにどきりとしたのに、キスのせいだと自分に言い聞かせる。ペネロペの髪に手を差し入れ、彼女の感謝や安堵、それになにかわからないが……すばらしく心そそるものを味わった。

自分は受けるに値しないとわかっているなにかを。

彼はペネロペの髪を握り、ずっとこうしていられたらと思いながら唇を離した。だが、自分がどんな人間かを……どんな人間だったかをきちんと話しておかずにいるわけにはいかなかった。「おれはすべてを失ったんだ、ペネロペ。なにもかもだ。領地、金、おれの屋敷の……父の屋敷の調度類。そういうものを思い出させてくれるすべてを失った」長い沈黙が落ちた。それからそっと声が聞こえた。「きみを失った」

ペネロペは顔を傾けて彼の目を見つめた。「あなたはそれを立てなおしたわ。倍にした。それ以上に」

マイケルは首を横にふった。「いちばんたいせつなものは取り戻せていない」

ペネロペが身をこわばらせた。忘れていた彼の計画をふと思い出したかのように。ふたりの行く末を。「復讐ね」

「ちがう。尊敬だ。上流社会における立場だ。妻にあたえてやるべきもの。きみにあたえてやるべきもの」

「マイケル――」彼はペネロペの声のなかに非難を聞き取り、無視した。

「話をちゃんと聞いてくれ。おれはきみにふさわしい男じゃない。一度だってそうあったことはない。きみにはおれみたいな過ちを犯したことのない男がふさわしい。爵位とりっぱな体面と品位とちょっとした完璧さ以上のものできみを包んでくれる男が」腕のなかのペネロペがそのことばを聞いて、そこにこめられた真実に抗って体をこわばらせたのがいやだった。マイケルは無理にでも彼女と目を合わせ、残りを言ってしまえと自分に鞭打った。「おれがその男だったらと思わずにはいられないよ、六ペンスくん。だが、ちがうんだ。わからないのか？　おれにはそのどれもないんだ。きみに値するものをなにひとつ持っていないんだ。きみを幸せにしてやれるものをなにも持っていない」

ああ、どれだけきみに幸せになってもらいたいか。きみを幸せにしてやりたい。

「どうしてそんな風に思うの？」ペネロペがたずねた。「わたしが必要とするよりもずっと多くのものをあなたは持っているのに」

それではじゅうぶんではないんだ。

取り戻せる以上のものを失ったのだ。

屋敷を百軒持とうとも、二十倍の金を持とうとも、すべての富をかき集めようとも、じゅうぶんではないのだ。なぜなら、そんなもので過去を、無謀さを、失敗を消すことはできないからだ。

そんなものでは自分をペネロペにふさわしい男に生まれ変わらせてはくれないからだ。

「おれが結婚を無理強いしなければ――」言いかけたマイケルをペネロペがさえぎった。

「あなたはなにも無理強いしていないわ。わたしがあなたを選んだのよ」

まさかそんなことを信じているはずがない。マイケルは頭をふった。

「ほんとうにわかっていないのね？　自分がどれほどすばらしい人なのか」それを聞いてマイケルは顔を背けた。嘘っぱちだ。「だめ。わたしを見て」マイケルはきっぱりとしたことばに抗えなかった。彼女のとても青い瞳に抗えなかった。誠実な目に。「財産を失ったときに体面もすべて失ったと思っているんでしょう。でもね、その財産は何代ものほかの男の人たちが集めてきたお金と土地でしかないのよ。それはその人たちが成し遂げたものなの。その人たちの名誉なの。あなたのではないのよ。あなたは――」マイケルは彼女のことばに敬虔《けいけん》の念を聞き取った。その目に彼女の正直な気持ちを見て取った。「――あなたはあなた自身の財産を築き上げた。自力でりっぱな男性になったのよ」

ロマンティックなすばらしい感傷だが、まちがっている。「夜中に女性を引っさらい、無理やり結婚し、土地と復讐のために利用し、それから……今夜……ロンドン一悪名高い賭博場で裸にした男がりっぱだと言うのか？」自分の声に侮蔑を聞き取り、マイケルは顔を背けて天井の高い部屋の暗がりに目を向けた。自分はどぶにいるのがふさわしい《はずかし》。ペネロペには服を着て自分から遠く離れていてほしい。「くそっ。二度ときみを辱めはしないと誓ったのに。すまない、ペネロペ」

彼女にはすんなり引き下がるつもりなどなかった。片手でマイケルの顎をつかんでもう一度目を合わさせた。「汚らしいもののような言い方はやめて。わたしはそれを望んだの。楽しんだのよ。わたしは甘やかされなくてはならない子どもではないわ。生きるためにあなたと結婚したの。これは……あなたは……このすべては生きることだわ」ペネロペはことばを切って明るく美しく微笑んだ。そのたった一度の笑みがもたらした喜びと後悔を見て、マイケルは殴られたように感じた。「今夜のどの瞬間を取っても、辱められたとか利用されただなんて思わなかったわ。それどころか、とても……崇められていると感じたの」

それは、おれがきみを崇めたからだ。

「きみにはもっとふさわしいものがある」

ペネロペは眉根を寄せた。長椅子から不死鳥のごとく立ち上がり、マイケルのフロックコートで体を包んだ。「話を聞いていないのはあなたのほうよ。貴重品を飾る棚にわたしをしまいこもうとしないで。わたしはそんな名誉の場所など望んでいないわ。それどころか、大嫌い。傷つけるんじゃないかとおそれて、わたしをその棚に置いたままにしておこうとしないで。なんの力もない磁器の人形みたいにわたしが壊れるのをおそれるなんていやよ。なんの個性もないみたいに」

マイケルも立ち上がり、彼女のほうに向かった。ペネロペに個性がないなんて、一度たりとも考えたことはなかった。実際、いま以上に個性があったら、彼の頭はおかしくなってしまうだろう。それに力に関しては、ペネロペはギリシア神話の巨人神アトラスに引けを取らない。彼のフロックコートしか身につけていない、小柄で美しいアトラスだ。

マイケルが手を伸ばすと、彼女は一歩あとずさった。「だめ。やめて。話はまだ終わりじゃないの。わたしには個性があるのよ、マイケル」

「わかっている」

「かなりたくさん」

おれが想像していた以上だ。

「ああ」

「わたしは完璧じゃないの。同じように完璧な夫との寂しい結婚にしか結びつかないと気づいたときに、完璧でいるのをやめたのよ」ペネロペは怒りで震えていた。マイケルは抱き寄せようと手を伸ばしたが、ペネロペは彼に触れられるのを拒んで後ろに下がった。「それから、あなたが完璧じゃないという件についてだけれど、神さまに感謝するわ。わたしは一度、もう少しで完璧な人生を手に入れるところだったけれど、それはひどく退屈なものだったわ。完璧なんてきれいすぎる。簡単すぎる。わたしは完璧になどなりたくないし、完璧を求めてもいない。完璧じゃないものを求めているのよ。

森のなかでわたしを肩に担ぎ、冒険させてやるから結婚しようと説得してくれた人を望んでいる。冷酷で情熱的、両極端な人が欲しい。男性と女性用のクラブと賭博場とこのすばらしい場所が提供するほかのものも運営している人が。あなたは完璧じゃないけれど、わたしがそれをがまんして結婚したと思っているの？　わたしはね、あなたが完璧じゃないから結婚したのよ、おばかさん。みごとに、耐えがたいほどに、頭にくるほど完璧じゃないあなただからなのよ」

もちろん嘘に決まっている。彼女がおれと結婚したのは、そうするしかなかったからだ。それでも、ペネロペを手放すつもりはなかった。

この腕に彼女を抱くのがどれほどすばらしいかを知ってしまったいまとなっては。

「ペネロペ？」

ペネロペが両手を下ろすとフロックコートの前が開き、首からひざまでの肌が細長くあらわになった。「なに？」フロックコートとストッキングだけしか身につけていない彼女の姿に圧倒されていなかったら、不機嫌そうなその口調に笑っていたところだ。ペネロペが大きく息をすると、フロックコートがさらに開いてみごとな胸が見えそうになった。

「もう話は終わったか？」

「かもしれないわね」言いたいことがまた出てきたときのために彼女は慎重に返事をした。

「その気になったときのきみは、とても気むずかしくなるんだな」

美しいブロンドの眉が片方上がった。「あら、そう。あなたはわたしのことをそんな風に言える立場にないと思うけれど」

マイケルが手を伸ばすと、今度はペネロペも逃げなかった。彼に引き寄せられ、みごとな曲線美の体を預けた。「おれはきみには不完全すぎる」ペネロペのこめかみに向かって言う。

「あなたはわたしにとって完璧に不完全だわ」

ペネロペはまちがっているが、彼はそれについてはこれ以上考えたくなかった。だからこう言った。「きみは裸で賭博場にいるんだぞ、愛しい人」

マイケルの胸もとに顔を埋めている彼女の返事はくぐもっていて、彼はそれを聞いたというよりも感じた。「信じられない」

マイケルはフロックコートの上からペネロペの背中をなでた。彼女が自分の服を着ていると思ったら、思わず笑みがこぼれた。「おれは信じられるよ、冒険好きなかわいいマイ・レディ」彼はペネロペの頭頂部にキスをし、フロックコートの内側に手をすべりこませて美しい胸を包み、彼女が身震いしたのを感じて満足した。「きみには毎日裸の上におれの服を着てほしい」

ペネロペがにっこりした。「わたしが毎日裸の上に自分の服を着ているって知っているでしょう？」

マイケルがうめく。「そんなことを言うべきじゃなかったな。この先ずっと、きみの裸しか考えられなくなったじゃないか」

ペネロペは笑って離れ、ふたりは服を着はじめた。マイケルが手を伸ばすたび、彼女はその手をたたいた。

「手伝おうとしてるのに」

「あなたはじゃまをしているのよ」

ペネロペがクリーム色のリボンをドレスの前で結んでいるあいだ、マイケルは鏡も見ずにクラバットを結んだ。

この先永遠に、毎日彼女と一緒に楽しく服を着られそうだった。

だが、そうはならない。

おまえが嘘をついたと彼女が知ったら。そのささやきがマイケルの頭のなかでこだました。

「これはお水？」部屋の隅の洗面台の横にある水差しを指してペネロペが言った。

「ああ」

ペネロペはボウルに水を入れて両手を手首まで浸けた。洗うのではなく、ただ冷たい水に両手を浸したのだ。目を閉じて深呼吸する彼女をマイケルは見つめた。一度。二度。三度。

ペネロペが両手を出して手をふって水を切り、マイケルに向きなおった。「あなたに言っておくべきだと思うことがあるの」

さいころ、カード、ほかにもありとあらゆる賭博を運営してきたマイケルは、人の表情を読む技を身につけていた。不安、上機嫌、いかさま、嘘、怒り、その他の人間の感情なら正確にわかった。

ペネロペの目にたたえられた感情以外は。不安と喜びと興奮の下に隠れている感情は。

奇妙なことに、これまで目にしたことのない感情だったからこそ、マイケルにはそれがなんなのかはっきりとわかったのだった。

愛だ。

その思いに息を奪われ、彼は背筋を伸ばした。欲望と恐怖と考えたくもないないなにかの感情にいちどきに焼き尽くされた。認めたくもない感情に。

おれを信じるなとペネロペには言ってあった。

警告しておいた。

正気を保つためにも、愛していると彼女に言わせることはできなかった。

彼女の愛を望みすぎるほどに望んでいるから。

だから彼はいちばん得意なことをした。誘惑に抗い、ペネロペに近寄っていって抱きしめ、短いキスをした。ほんとうは長々としたかった。楽しみたかった。体を駆けめぐっている感情と同じくらい激しいものにしたかった。「もう時間も遅い。今夜は話はこのくらいにしておこう」

ペネロペの瞳のなかの愛は困惑に変わり、彼は自己嫌悪に襲われた。

悲しいかな、自己嫌悪もなじみとなりつつある感情だった。

ドアをノックする音がして、マイケルは救われた。時計に目をやる。朝の三時になろうとしているところで、訪問者が来るには遅すぎる時刻だ。となると、ただひとつしか考えられなかった。知らせだ。

マイケルはすばやく部屋を横切ってドアを開け、クロスが口を開く前にその表情を読み取った。

「来たんだな？」

クロスは奥にちらりと目をやってペネロペを見たあと、灰色の謎めいた目をマイケルに戻した。「ああ」

マイケルはペネロペを見られなかった。彼女はすぐそばにいて、その繊細な香りで彼を包んだ。それも、おそらくはこれが最後になるだろう。

「だれが来たの？」ペネロペが訊いてきた。彼女にも見当がついているはずだとは思ったが、それでもマイケルは答えたくなかった。答えてしまったら、彼女を永遠に失ってしまうだろう。

彼は精一杯の冷静さと落ち着きを保ちながらペネロペの目を見た。

十年前に定めたただひとつの目的を思い出す。

「ラングフォードだ」

そのことばが部屋にとどろき、ペネロペは体をこわばらせた。「一週間」ふたりの約束を思い出してそっと言ったあと、頭をふった。「マイケル。お願い。こんなことはやめて」

マイケルにはやめられなかった。それが望んできたすべてだったから。

ペネロペと再会するまでは。

「ここにいてくれ。クロスに家まで送らせる」マイケルは部屋を出た。ドアの閉まる音が暗くがらんとした廊下に銃声のように響いた。足を踏み出すごとにこれから起こることへの心がまえを固める。奇妙なことに、必死に心がまえを固めなければならなかったのは、人生を奪い取ったラングフォードと対決することに対してではなかった。

ペネロペを失うことに対してだった。

「マイケル！」ペネロペは彼を追って廊下に出てきており、名前を呼ばれたマイケルはそこににじむ苦悶《くもん》を無視できずにふり返った。なんとしてでも彼女を苦悶から守ってやりたいと、とっさに反応してしまったのだ。

ペネロペを彼自身から守ってやりたいと。

怒り狂った彼女が駆けてきて、マイケルはほかにどうすることもできずに受け止めて抱き上げた。ペネロペが彼の顔を両手で包んで目を覗きこんだ。「こんなことをする必要はないのよ」そうささやきながら親指で彼の頬をなで、苦しみの痕跡をつけた。「あなたにはファルコンウェルがあるじゃない……〈堕ちた天使〉も……それに、彼が夢見る以上のものも。怒りと復讐よりもうんとたくさんのものが。わたしがいるじゃない」ペネロペは彼の目を探り、最後に心がうずくほどそっと言った。「愛しているわ」

そんなことばはいらないと自分に言い聞かせていたが、実際に彼女の唇から出たそれを耳にすると、耐えられないほどの喜びが体中を駆けめぐった。マイケルは目を閉じ、魂を求める深い口づけをした。この瞬間の彼女の味を、感触を、香りを永遠に記憶にとどめておこうとした。キスを終え、ペネロペを下ろして立たせ、一歩下がると、マイケルは大きく息を吸った。自分が触れるとペネロペの美しい青い瞳がきらめくのが好きだった。

まだまだ彼女に触れ足りない。

もし時間を巻き戻せるのなら、もっと彼女に触れていたかった。

〝愛しているわ〟

心を引きつけるそのささやきがマイケルのなかでこだました。

彼は頭をふった。「おれみたいな人間を愛しちゃいけない」

マイケルは背を向けて彼女を暗い廊下に置き去りにし、過去との対面に向かった。ふり返るのを拒んだ。なにを捨てたのかを認めるのを拒んだ。

なにを失おうとしているのかを。

21

親愛なるMへ

だめね。もうやめておきます。

一八三〇年一月　ニーダム・マナーにて
署名なし

手紙は破り捨てられた。

マイケルはこの瞬間を何百回となく想像してきた。いや、何千回だろうか。その場面とはこうだ。カード・ゲーム用の個室に入っていく。そこには緊張気味のラングフォードがひとりで座っており、マイケルが支配する〈堕ちた天使〉という強大な王国のなかでちっぽけに見える。

十年という長きにわたる憤怒ともどかしさがついに決着を見る瞬間に感じるのは、勝利の喜びだけだとずっと思ってきた。ところが、クラブの賭博室から離れた場所にしつらえられた豪華な続き部屋のドアを開けて、なんの感情も浮かべていない長年の敵の目を見たときにマイケルが感じたのは、勝利の喜びではなかった。もどかしさだった。憤怒だった。

十年も経ったいまでさえ、この男はマイケルから奪っていた。今夜、彼はマイケルから妻との将来を奪った。

こんなことが続くのは許されない。

マイケルの記憶のなかでは、ラングフォードはいつものしかかるように大きかった。褐色の肌、白い歯、大きな拳――欲しいものを躊躇なく奪う類の男という印象だ。他人の生活を破壊しておきながら、ふり返りもしない男。

十年経ったいまもラングフォードは変わっていなかった。昔のままに健康で強壮で、髪にはちらほら白いものが混じるようになってはいたが、太い首も広い肩も同じだった。歳月はラングフォードに親切だったようだ。

マイケルは、緑色のベーズが張られたテーブルにてのひらを下にして置いているラングフォードの左手をちらりと見た。あの手を拳にしてテーブルをこつこつとやり、追加のカードを要求したり勝利を祝ったりした光景をマイケルはいまもおぼえていた。カード・ゲームをやりはじめたころ、若かったマイケルはあの手を見て絶対的な自制心をうらやましく思ったものだ。

マイケルはラングフォードの正面に座り、黙って待った。

ベーズの上のラングフォードの指がひくついた。「きみの手下から真夜中にこんなところに連れてこられるとは迷惑な話だ」

「招待しても来ていただけるとは思えなかったのでね」

「来なかっただろうな」マイケルがなにも言わずにいると、ラングフォードがため息をついた。「ファルコンウェルを自慢するために私を呼び出したのだろうな？」

「それもひとつだ」マイケルは上着のポケットからトミーの出生にまつわる証拠を取り出した。

「ファルコンウェルのためにマーベリー家の娘と結婚するまで身を落とすとは驚いたよ。彼女はすばらしい賞品というわけでもないのに」しばし間をおく。「だが、欲しかった地所は手に入ったわけだ。よくやった。目的は手段を正当化するということなのだろうな」

この旅をはじめたころ、ペネロペとの結婚について自分が考えていたこととあまりにも近いことばだったため、マイケルは歯がみした。自分もラングフォードのような獣と同じだと思い知らされたのがいやだった。

〝こんなことはやめて〟ペネロペの懇願を思い出し、彼は古い手紙の端を親指の腹に感じながら身をこわばらせた。〝あなたは自分が思っている以上にりっぱな人よ〟マイケルは手のなかで手紙をひっくり返しながら妻のことばを、もっとよい人間になってと懇願した彼女の青い瞳をじっくり考えた。りっぱな人間になってと。

〝愛しているわ〟復讐をやめさせようとする彼女の最後の武器。

無言のマイケルに業を煮やしたラングフォードが言った。「おい、坊主、なんなんだ？」

そのそっけないことばを聞いて、マイケルは二十一歳に戻った。相手の顔を見て、たたき潰してやりたいと思った。今回、マイケルはそうする力を持っていた。手首をさっと返して手紙をテーブルの狙いどおりの場所に飛ばした。

ラングフォードがそれをつかみ、広げて読んだ。彼は顔を上げなかった。「どこで手に入れた？」

「おれの領地を手に入れることはできても、あんたにはおれほどの力はない」

「これは私を破滅させる」

「それがおれの心からの願いだ」マイケルは勝利の瞬間を待った。驚きと後悔を浮かべたあと、ラングフォードが顔を上げて負けを認めるのを待った。だが、黄ばんだ羊皮紙越しにマイケルと目を合わせた男の目に輝いていたのは敗北ではなかった。

尊敬の念だった。「この瞬間をどれくらい待っていた？」

マイケルは驚きを隠すため、目を閉じて椅子に背を預けた。「あんたがおれからすべてを奪ってからずっとだ」

「すべてを賭けて私に負けてからだな」ラングフォードが言いなおす。

「あのときのおれはまだ若造で、ゲームの経験も数えるほどしかなかった」マイケルのなかで怒りがこみ上げてきた。「だが、もうちがう。いまはあんたがおれにゲームを強いたとわかっている。すべてを賭けた大勝負になるまでわざと負けておれに勝たせたのだと」

「私がいかさまをしたと思っているのかね？」

マイケルの視線は揺るがなかった。「思っているんじゃない。知っているんだ」

ラングフォードはかすかな笑み――マイケルが正しいと示すのにじゅうぶんな笑み――を唇に浮かべてから自身の破滅のもととなる手紙に注意を戻した。「では、もう知っているわけだ。トマスは地元の農民の娘に弟が産ませたガキだった。私の妻は役立たずだった。持参金はたっぷりあったが、子どもは産めなかった。だから娘に金を払って赤ん坊を自分のものにした。嘘の跡継ぎでもいないよりはましだからな」

トミーは昔からこの男とはちがって冷酷でも計算高くもなかった。いまになってやっと合点がいった。マイケルは、感情などないと思っていた心の奥深くのどこかで、かつては友人だった少年に同情した。この男の息子になろうと懸命に努力していた少年に。

ラングフォードが続けた。「妻が出産していないのに気づくほど親しかった人間はひと握りしかいない」手紙を持ち上げて小さく笑う。「どうやら彼らすら信頼してはいけなかったようだ」

「道義心に欠けているのはあんたのほうだと彼らは判断したのかもしれないだろう」

ラングフォードが片方の眉を吊り上げた。「私のせいだと言い続けるつもりかね？」

「あんたはそうされて当然だ」

「おい、おい」ラングフォードがあざけった。「まわりを見てみたらどうだ。きみはこの場所を築いた。人生を、財産を立てなおした。それを手放すよう強いられたらどうする？　それらを大きくするのになにもしてこなかっただれかに渡せと言われたら？　成功になんの貢献もしてこなかっただれかに？　私と同じようにしないと言えるかね？」彼は手紙をテーブルに置いた。「もし言えるというなら、それは嘘だ。きみには私と同じくらい良心というものがない。その証拠もある」

ラングフォードは椅子にもたれた。「きみではなくトマスを抱えこんだのが、私の不運だ。きみなら私のすばらしい息子になっただろうに。私が授けた教訓をこれほどしっかり学んだのだから」

マイケルは、自分がラングフォードとよく似た人間だとほのめかすそのことばにたじろぐまいとした。それが真実であるのがたまらなくいやだった。

テーブルの上の手紙にちらりと目をやると、ただの紙切れのとてつもない重みがすぐさま襲ってきた。自分のしたことの重大さに気づいたマイケルの耳もとで轟音《ごうおん》がした。いましているることの重大さに。

彼の思いなど知らないラングフォードが言った。「早いところ実務的な話に入ろうじゃないか。私はいまもファルコンウェル以外のものを持っている。父上がきみに遺したものをだ。きみの過去全部だ。きみがこういう行動に出るかもしれないと、私が予測しなかったとでも思っているのかね？」上着のポケットから書類の束を取り出した。「私ときみは似た者同士だ」そう言ってテーブルに置く。「いまも二十一《ヴァンテアン》がお気に入りのゲームかな？　おたがいの財産を賭けようじゃないか」

計算尽くで緑色のベーズの上に置かれた書類を見たとき、マイケルはすさまじい激しさで理解した。あの運命の夜を何百回、何千回となく頭のなかで再生してきた――表に返されたカードがテーブルを飛んできて止まり、十になり、十四になり、相続財産と青春期の終わりを告げる二十二になった場面を。

そしてその瞬間が、自分に関係するすべてのよいものの終わりを告げたと考えてきた。そうではなかった。いまこそがその瞬間なのだ。

腕のなかのペネロペがやわらかな唇でキスをし、ラングフォードとの対決を思いとどまらせようと声を詰まらせて懇願したときのことをマイケルは思った。こんなことはしないでと懇願したときのことを。ペネロペはまっすぐ彼の目を見つめ、りっぱな人間になる最後の機会を――善良さの最後の名残を――捨てないでと頼んだ。

復讐で愛を曇らせないでと。

マイケルは証書をつかみ、一枚一枚確認しながらテーブルの上に広げていった。ウェールズ、スコットランド、ニューカッスル、デヴォン。何代もの侯爵が蓄積していった屋敷の数々だ。かつてはマイケルにとってとても重要なものだったが……いまは煉瓦と漆喰《しっくい》の塊でしかなくなっていた。

過去でしかない。将来ではない。

ペネロペがいなければ無意味だ。

おれはなにをしてしまったのだ？

なんてことだ。おれはペネロペを愛している。

マイケルは殴られたように感じた。完全に的はずれで、ほかのどんなものよりも強力な一撃だった。ペネロペに告げなかった自分を憎んだ。

すると、彼の思いが呼び出したかのように、不意にペネロペの声がドアの向こうから聞こえてきた。「その沈黙と……大きな体でわたしを止めようとしてもかまわないけれど……わたしはこの部屋にぜったいに入りますからね！」

マイケルが立ち上がったときドアが勢いよく開き、まごついた顔のブルーノと、怒りに駆られたペネロペがいた。ドアマンのブルーノがどうしようもないとばかりに両手を上げた。ブルーノは十人、いや、二十人の男の強さに匹敵するこの小柄な女性をどう扱ったらいいのかわからないようだ。

ペネロペは彼を押しのけ、顎を上げ、肩をいからせ、美しい顔に怒りといらだちと決意をたぎらせて部屋に入ってきた。

マイケルはこれほどまでに彼女を欲したことはなかった。

だが、彼女にはラングフォードのそばにいてほしくなかった。マイケルはペネロペに近づいていき、脇に引っぱっていって小声で言った。「ここにいてはいけない」

「それはあなたも同じだわ」

マイケルは、戸口のブルーノの横に現われたクロスに目をやった。「彼女を家に連れて帰れと言っただろう」

クロスはやせて骨張った肩をすくめた。「このご婦人はなかなか……強情でね」

ペネロペは長身で赤褐色の髪のクロスを笑顔でふり向いた。「ありがとう。これまでいろいろ言われてきたけれど、いまのがいちばんすてきなことばだったかもしれないわ」

今夜のすべてが収拾がつかなくなりつつあるというはっきりした印象をマイケルは受けた。彼がなにか言う前にペネロペが部屋の奥へと進んだ。「ラングフォード卿」相手を見下す口調だった。

「ペネロペ」ラングフォードは目に浮かんだ驚きを隠せずにいた。

「レディ・ボーンと呼んでください」冷ややかで痛烈なことばで、マイケルはこれほど美しい彼女は見たことがないと思った。「考えてみたら、昔からレディだったのに、あなたは一度もわたしをそう呼びませんでしたわね」

ラングフォードがいらだちで目をすがめ、マイケルはそんな彼の顔に拳をのめりこませたいという激しい衝動に駆られた。

だが、その必要はなかった。妻は自分の面倒をみられるだけでなく、それ以上だった。「お気に召さないようですわね。では、こちらからも気に入らないことをお伝えしますわ。わたしは横柄さが嫌いです。残酷さも。なにより、あなたが大嫌い。あなたとわたしで片をつける潮時ですわ、ラングフォード。あなたはわたしの夫の領地と財産と評判を奪い取ったかもしれない。わたしの友人にとって心底とんでもない父親だったかもしれない。でも、これ以上わたしから奪い取るのは断じて許しませんから。あなたはほんとうに見下げ果てた老人だわ」

マイケルは妻のことばを聞いて両の眉を吊り上げた。彼女を止めるべきなのはわかっていた。

だが、止めたいとは思わなかった。

「こんな話に耳を傾けなければならない筋合いはない」怒りで顔をまだらに染めたラングフォードは、勢いよく立ち上がってマイケルを見た。「この女をなんとかしたまえ。きみがしないなら、私がするぞ」

脅し文句を聞いてかっとなり、マイケルは前に進み出た。だが、ラングフォードにたどり着く前にペネロペから鋼のように強い視線を向けられた。「やめて。これはあなたの戦いではないのよ」

マイケルは呆然とした。驚くほうがまちがいなのかもしれなかったが。彼女にはことばを失うほど呆然とさせられてばかりなのだから。ペネロペはいったいなにを言っているんだ？これはどう考えたっておれの戦いじゃないか。この瞬間を十年も待っていなかったとしても、ラングフォードはたったいまマイケルがたいせつに思っているただひとつのものを脅したのだ。

マイケルははっとした。自分がたいせつに思っているただひとつのもの。

まさに真実だった。ペネロペがすべてだった。地所も、金も、〈堕ちた天使〉も、復讐も……どれひとつ取ってもこの女性の何分の一の価値もない。

そのすばらしい女性がふたたびマイケルに背を向けた。

ペネロペは夫の敵と対峙《たいじ》し、重々しくおそろしげな顔をしたブルーノとクロスが立っている戸口を手ぶりで示した。「わたしが話し終えるのを待たずに逃げ出すおつもり？」

マイケルは思わずにやりとしてしまった。彼女は戦士の女王だ。

おれの女王。

「あなたはなんの咎《とが》も受けずに勝手な暮らしを長く続けすぎたのよ、ラングフォード。たいせつにしているものをあなたが一気に失うのを心から楽しめるとは思うけれど、わたしの愛する人たちまで大きな犠牲を払うのは喜べないわ」

ペネロペはテーブルに目をやり、そこに置かれていた書類を手に取り、状況を即座に把握した。「賭けをするつもりだったのね？　勝者がすべてを手に入れるのね？」マイケルを見た彼女の目にはなんらかの感情が垣間見えたが、彼女はすぐさま目を閉じた。それでも、マイケルにはそれがなんだったのかわかった。失望だ。「あなたは賭けをしようとしていたのね？」

マイケルはほんとうのことを言いたかった。ペネロペが入ってくる前に、そんな価値はないという結論に達したと……妻の幸せを、ふたりの将来を危険にさらすほどの価値はないと。

だが、ペネロペはすでにドアのほうに向きなおっていた。「ミスター・クロス？」

クロスが背筋を伸ばした。「マイ・レディ？」

「カードを持ってきてくださる？」

クロスがマイケルを見た。「それはいい考えとは――」

マイケルはきっぱりとうなずいた。「ご婦人がカードをご希望だ」

クロスは部屋のなかに足を進め、常に携帯しているカードを取り出してペネロペに差し出した。

彼女は頭をふった。「わたしはプレイするから、だれかにディーラーになってもらわなくては」

マイケルが弾かれたようにペネロペを見ると同時に、ラングフォードがせせら笑った。「私は女とカードはしない」

ペネロペはテーブルについた。「わたしだって、ふつうは子どもたちから相続財産を奪うような男性とカードなんてしませんけれど、今夜は例外です」

クロスがマイケルに目をやった。「奥方はすごい女性だな」

妻に視線を据えたまま椅子に座ったマイケルのなかで独占欲が燃え上がった。「彼女はおれのものだ」

ラングフォードが目に怒りをたたえてペネロペのほうに身を乗り出した。「私は女とはカードをしない。私が望んでいるものをなにも持っていない女とならなおさらだ」

ペネロペはボディスから一枚の紙を取り出してテーブルに置いた。「あら、とんでもない。喉から手が出るほどあなたが欲しがるものを持っていますわ」マイケルはもっとよく見ようと前のめりになったが、ペネロペが手で隠した。彼が顔を上げると、彼女の冷ややかな目はラングフォード子爵に向けられていた。「あなたの秘密はトミーだけではないでしょう？」

ラングフォードは怒りに駆られて目をすがめた。「なにを持っている？　どこで手に入れた？」

ペネロペは眉をくいっと上げた。「結局、あなたは女とカードをすることになりそうですわね」

「おまえの持っているものがなにかは知らんが、トミーも破滅させてしまうのだぞ」

「これが表沙汰になってもトミーは大丈夫だと思いますわ。でも、あなたはそうはいかない」ペネロペは間をおいた。「理由はおわかりだと思いますけど」

ラングフォードが眉根を寄せた。クロスに向きなおった彼の顔にいらだちと怒りが浮かんでいるのにマイケルは気づいた。「カードを配ってくれ」

クロスはマイケルを見た。その顔には、ことばにしたのと同じくらいはっきりと問いが浮かんでいた。マイケルは十年間賭けごとをしていない。ふたたびラングフォード相手に賭けをし……今度こそ勝つために今夜のこの瞬間をずっと待っていたかのように、一度としてカード・ゲームをしていなかった。

自分が憎み続けてきた男と対決しようとしている誇り高く神々しい妻を見ているうち、この十年、ラングフォードと彼に奪い取られた地所を思うたびに自分を蝕《むしば》んでいた邪悪な欲望が、復讐心とともに消えていることにマイケルは気づいた。

それらは過去のものだ。

ペネロペは彼の将来だ。

もしも彼女にふさわしい人間になれるのなら。

「妻がおれの代わりにプレイする」マイケルはトミーの出生の秘密が書かれた証拠を取り上げ、ペネロペの前に置いた。はっと彼を見たペネロペの瞳は青く澄んでいて、彼の動きの意味を理解した驚きに満ちていた。彼にはトミーを破滅させるつもりはないと。なにかがペネロペの顔をよぎった……幸福感と誇りとなにかほかのものが混ざった表情だった。その瞬間、マイケルは毎日何度でも彼女にそんな表情をしてもらおうと心に決めた。その表情はすぐに消え……いきなりおののきの顔つきになった。

「きみは望みのものを手に入れた、愛しい人。それはきみのものだ」片方の眉を吊り上げる。

「おれならそこでやめないぞ。きみには運が味方についているんだから」

ペネロペはラングフォードの賭け金――マイケルの過去――に目をやった。不安と欲望の表情が浮かんだ……勝ちたいという欲望だ。それを見たマイケルは、彼女にたっぷりキスをしたくなった。

マイケルのために勝ちたいという欲望だったからだ。

ペネロペがクロスに向かってうなずくと、彼はまとっている雰囲気をすっと変えてすばやくむだのない動きでカードを切った。「二十一《ヴァンテアン》の一回勝負です。勝者がすべてを手に入れます」

クロスがカードを配った。一枚は伏せ、一枚は表を上に向けて。このゲームは女性向きではないとマイケルはふと気づいた。ルールは一見簡単ではあるが、ペネロペはきっと一度もプレイした経験がないはずだ。よほどの幸運に恵まれないかぎり、ラングフォードのような老練な相手にひとたまりもなく潰されてしまうだろう。

長年かかってようやくラングフォードを破滅させ、侯爵領を再建できる目前までできたのに、結局敗北するかもしれない。その可能性を考えていたとき、マイケルは自分があまりにも長いあいだ、そういったものが贖《あがな》いになると思いこんできたのに気づいた。だが、いまは真実がわかっていた。

ペネロペが彼の贖いなのだと。

彼女の前にはクラブの4が置かれていた。マイケルが見ていると、ペネロペが伏せられたカードをたしかめようと端をめくった。たいしたカードではなさそうだった。彼はラングフォードに視線を移した。いつものように左手をぺたりとテーブルにつき、ハートの10を見つめていた。

クロスの視線を受け、ラングフォードが左手のてのひらでテーブルを一度だけたたいた。

「ホールド」なかなかいい手が来たらしい。

ラングフォードはマイケルと同じ結論に達したようだった。つまり、ペネロペは初心者だから、初心者にありがちな失敗をして二十一を超えるだろうと。

クロスがペネロペを見た。「マイ・レディ？」

ペネロペが下唇を嚙んだため、マイケルの注意がそこに向けられた。「もう一枚いただけます？」

マイケルの口角が上がり、かすかな笑みになった。ロンドン一高級な賭博場で百万ポンド相当の地所を賭けてゲームをしているときですら、礼儀を忘れないとは。

クロスがカードを配った。ハートの3だ。これで七になった。マイケルはホールドするよう念じた。もう一度ヒットしたら二十一を超える可能性が高いからだ。小さな数字二枚が手もとにあるときに犯しやすいまちがいだ。

「もう一枚お願いします」

確率をわかっているクロスは気に入らず、ためらった。

「彼女はもう一枚ご所望だ」勝ちを確信したラングフォードは乙に澄まして言った。彼がなにひとつ失わずにクラブをあとにすることになったとしても、思いきり拳をたたきこんでからだとマイケルは誓った。

ハートの6がほかのカードにくわわった。十三だ。

ペネロペは唇を嚙み、伏せてあるカードをもう一度たしかめた――彼女がこのゲームの初心者である証拠だ。もし二十一になっていたのなら、たしかめたりしなかっただろう。彼女は不安そうな目をしてクロスを、それからマイケルを見た。彼女のカードが二十一を超えたことに全財産を賭けてもいいと彼は思った。「これで終わりなの？」

「もう一枚欲しいのでないかぎり」

ペネロペが首を横にふる。「いりません」

「彼女は超えてしまったのだ。だれにだってわかる」ラングフォードはいやらしく笑いながら伏せてあったカードを返した。クイーンだった。彼の手札は二十になった。

ラングフォード子爵は今夜、ロンドン一幸運な男だった。

マイケルにはそんなことはどうでもよかった。

ただ今夜が終わり、妻を家に連れ帰って愛していると告げたかった。ついに。

「たしかに二十を超えましたわ」ペネロペはそう言って最後のカードを見せた。

マイケルは身を乗り出した。ぜったいに見まちがいだと思った。

ダイヤの8だった。

クロスが驚きを隠せない声で言った。「ご婦人のカードは二十一です」

「ありえない」ラングフォードが前のめりになった。「ありえない！」

マイケルはこらえきれずに大声で笑い、ペネロペの注意を引いた。「最高の奥さんだ」信じられないとばかりに頭をふる彼の声は誇らしげだった。

ペネロペの向こうで動きがあり、そこから大混乱になった。

「いかさまをしやがって、この女狐《めぎつね》め」ラングフォードがその大きな手をペネロペの肩にかけ、怒りに任せて椅子から引きずり下ろした。彼は悲鳴をあげて倒れたペネロペを引っぱり上げて激しく揺さぶった。「こんなのが賭けごとだと思っているのか？　ずるがしこい女狐めが！」

ペネロペのもとへ行くまではほんの一、二秒だったはずだが、マイケルには永遠にも思わ彼はラングフォードの手から妻を引き離し、駆け寄ってきたクロスに預けた。そしてラングフォードに向かっていった。「あんたを破滅させるのはやめた」うなるように言う。「殺してやる」相手の胸ぐらをつかんで思いきり壁に押しつけた。ペネロペに手を触れた彼を何度も何度も罰してやりたかった。

　図々しくも彼女を傷つけようとしてやったから。

　ラングフォードを殺してやりたかった。いますぐ。

「おれをいまでも若造だと思っているのか？」マイケルはラングフォードを壁からたたび壁にたたきつけた。「おれのクラブに来ておれの妻を脅しておいて、なにごともなく出ていけるとでも思っているのか？ あんたが彼女に触れるのを、おれが許すとでも思っているのか？ あんたなど、彼女と同じ空気を吸う資格もない」

「マイケル！」巻きこまれないように部屋の奥でクロスに押さえられているペネロペが叫んだ。「やめて！」ふり向いたマイケルは彼女が涙を流しているのを見て動かなくなった。ラングフォードを傷つけてやりたい気持ちと彼女を慰めてやりたい気持ちのあいだで引き裂かれそうだった。「彼にはそんな価値もないわ、マイケル」

「きみは土地を手に入れるために彼女と結婚したんじゃないか」ラングフォードはなんとか息を吸いこんで言った。「ロンドン中をだましたかもしれん。だが、私はだまされないぞ。この世のなによりファルコンウェルがだいじなんだろう。彼女はそれを得るための手段にすぎなかった。そんなことも私にわからないと思っているのか？」

目的を達成するための手段。結婚当初、何度もくり返されたそのことばは鋭い一撃だった。それが真実だからでもあるが、それよりもそれが偽りだったからだ。「ろくでなし野郎。おれという人間を知った気でいるのか？」マイケルはふたたびラングフォードを壁にたたきつけた。ますます怒り狂っていた。「彼女を愛しているんだ。たいせつなのは彼女だけなんだ。その彼女に図々しくも触れやがって」

ラングフォードはなにか言おうと口を開いたが、マイケルがさえぎった。「あんたに慈悲などかけるのはもったいない。父親としても後見人としても人間としてもずっと恥さらしな存在だった。歩ける状態で解放してもらえるのは妻が寛大だからだぞ。だが、彼女の一マイル以内に近づいたら、あるいはあんたが彼女を悪く言っているのを耳にしたら、体をばらばらに引き裂いてやるからな。わかったか？」

ラングフォードは唾をごくりと飲み、すばやくうなずいた。「ああ」

「おれが脅しを実行に移さないと思うか？」

「いいや」

マイケルはラングフォードをブルーノのほうに押しやった。「こいつを追い出せ。それからトマス・アレスを呼んでこい」指示はたしかに遂行されると信じきっている彼は、早くも部屋を横切って妻をひしと抱きしめた。

ペネロペは彼の首筋に顔を埋めた。「なんて言ったの？」背中に置かれたマイケルの手でぴたりと引き寄せられ、震える声で彼の首にささやいた。顔を上げ、青い瞳を涙でうるませながらくり返した。「なんて言ったの？」

　こんな風に伝えるつもりはなかったのだが、ふたりの結婚生活にはありきたりなものはなにもなく、この瞬間もそういった場面のひとつなのだろうとマイケルは観念した。だから、めちゃくちゃになったカード室のまん中で、妻の目を見つめて言った。「愛している」

　ペネロペは頭をふった。「でも、あなたは彼を選んだわ。復讐を選んだじゃないの」

「ちがう」マイケルはカード・テーブルに寄りかかり、脚のあいだにペネロペを引き寄せて両手を取った。「ちがうんだ。おれはきみを選んだ。愛を選んだんだよ」

　彼女は首を傾げてマイケルの目を探った。「ほんとうなの？」

　突然、思いもよらないほど真実が重要になった。「ああ、そうだ。ほんとうだ」ペネロペの顔を両手で包む。「おれはきみを選んだんだ、ペネロペ。復讐よりも愛を選んだんだ。過去よりも将来を選んだ。ほかのものすべてよりもきみの幸せを選んだ」

　ペネロペがあまりにも長いあいだ黙っているので、マイケルは不安になった。「六ペンスくん？」不意に恐怖に襲われる。「おれを信じてくれるか？」

「わたし――」ペネロペが言いかけたことばを呑みこみ、マイケルは彼女がなんと言おうとしたかを悟った。

　彼女に先を続けさせたくないと思った。

「わからないわ」

22

その晩、ペネロペは眠らなかった。眠ろうという努力すらしなかった。だから、翌朝トミーが来たとき、訪問には早すぎる時間だったが少しもかまわなかった。ペネロペが応接間に入っていったとき、彼は厚地の外套を着たまま帽子とステッキを手に暖炉の前に立っていた。

トミーはふり向き、ペネロペの赤い目を見、思ったままを言った。「なんてことだ。彼と同じくらいひどい顔じゃないか」

それがとどめとなった。ペネロペはわっと泣き出した。

トミーが寄ってきた。「ああ、ペニー。だめだ。くそっ。泣かないでくれ。悪かったよ。全然ひどい顔じゃないから」

「嘘つき」涙を拭いながらペネロペは言った。

トミーの口角が片方持ち上がった。「嘘なんかじゃないさ。きみは完全に申し分なく見えるよ。にやにやしているようには少しも見えない」

ペネロペはばかみたいに感じた。「だって、どうしようもないんですもの」

「彼を愛しているんだね」

ペネロペは息を大きく吸った。「ものすごく」

「彼もきみを愛している」

また涙がこみ上げてきた。「そう言っているわ」

「彼を信じてないの？」

ペネロペはマイケルを信じたかった。すがるような思いだった。「信じられないの……なぜなのかわからないんですもの。わたしのなにが彼を変えたのか、理解できないんですもの。わたしのなにが彼の心を揺さぶったのか。わたしのなにが彼に愛されているのか」ペネロペは片方の肩をすくめ、足もとに視線を落とした。緑色の上靴のつま先がドレスの裾から覗いていた。

「ああ、ペニー……」トミーは吐息をつき、兄が妹にするように彼女を温かく抱いた。「ぼくはばかだったよ。レイトンもだ。ほかの男たちみんなも。きみはぼくたちのだれよりもすばらしい人だ。ぼくたちみんなを合わせたよりも」彼は少し離れ、ペネロペの肩をしっかりつかんでまっすぐにその目を見つめた。「それに、マイケルよりも」

ペネロペは深呼吸をし、トミーの外套の襟をなでつけた。「わたしはそんなすばらしい人間じゃないわ」

トミーが苦笑いになった。「だから、きみは彼にはもったいないんだ。なぜなら、彼は正真正銘のまぬけ野郎だから。でも、それでもきみは彼を愛しているんだよね」

「ええ」ペネロペがそっと言う。

「知っているだろうけど、ゆうべ彼に会ったよ。きみが去ったあとに」ペネロペが顔を上げた。「彼はぼくの醜聞の証拠を渡してくれた。きみが彼からそれを勝ち取ったと言って」

「彼がくれたのよ」ペネロペは正した。「わたしはそれを勝ち取るために賭けをする必要もなかったの。彼にはあなたを破滅させるつもりはなかったのよ、トミー。彼は思いとどまったの」

トミーが頭をふった。「きみが彼を思いとどまらせたんだよ。彼を愛しているきみだからこそ、人生には復讐よりもたいせつなものがあると彼に示せたんだ。きみが彼を変えたんだよ。冷酷で無情なボーンではなく、ぼくたちの知っているマイケルに戻る機会をきみが彼にあたえたんだ。きみは山をも動かしたんだ」彼はペネロペの頰をぽんぽんとたたいた。「彼はきみを崇めている。だれにだってわかるよ」

〝おれはきみを選んだ。愛を選んだんだよ〟

ひと晩中くり返し思い出していたそのことばが不意に意味をなした。そして、まるでろうそくに火が灯ったかのように、そのことばが真実であるとはっきりとわかった。マイケルは自分を愛してくれていると。

ペネロペは舞い上がった。「彼はわたしを愛している」そっと試すように言い、自分のなかでそのことばがこだまするのを味わった。「彼はわたしを愛しているのね」今度は笑いながらトミーに向かって言った。「ほんとうに愛してくれているんだわ」

「あたりまえだろう、おばかさん」彼が笑顔で言う。「ボーンみたいな男は愛してもいないのに愛してるなんて言わないよ」なにかを企むように声を落とす。「そういう柄じゃないんだから」

たしかにそうだった。冷酷で残酷、賭博場を経営し、真夜中に女性を拉致《らち》し、復讐のために生きる偉大なる危険な男ボーンは、妻と恋に落ちるような人間ではない。

けれど、どういうわけかそうなった。

そしてペネロペは、どうやってとかなぜと考えてこれ以上時間をむだにしたくはなかった。この先一生彼に愛を返し続けて生きていけるというのに。

ペネロペはトミーを見上げて微笑んだ。「彼のところへ行かなくては。信じていると言わなくては」

トミーが満足げにうなずき、外套を整えた。「すばらしい計画だね。でも、結婚生活を救おうと急いで出かける前に、幼なじみにお別れを言ってくれないかい？」

一刻も早くマイケルのもとへ行きたかったペネロペは、すぐにはトミーのことばを理解できなかった。「ええ、もちろんよ」しばしの間。「待って。お別れって？」

「インドに行くんだ。出航は今日だ」

「インドにですって？　なぜ？」ペネロペは眉を寄せた。「トミー、もう行かなくてもよくなったのよ。あなたの秘密は……守られたのだから」

「そのことでは永遠に感謝している。でも、もう金《かね》を払ってあったんだ。むだにするのはもったいないじゃないか」

ペネロペは注意深く彼を見た。「ほんとうにそれを望んでいるの？」

トミーが眉を吊り上げた。「きみはほんとうにマイケルを望んでいるかい?」

ええ、そうよ！　ペネロペはにっこりした。「そういうことなら、わたしたちふたりとも冒険に出るのね」

トミーが笑った。「ぼくの冒険よりもきみの冒険のほうがおもしろそうだな」

「寂しくなるわ」

トミーが小さくうなずいた。「ぼくもだ。遠くの国からきみの子どもたちにすばらしいものを送るよ」

子どもたち。ペネロペはマイケルに会いたかった。いますぐに。

「ぜひそうして。わたしはトミーおじさんの話で子どもたちを楽しませるわ」

「きっとマイケルもそれを気に入るだろうな」トミーは朗らかに笑った。「子どもたちはぼくの跡を継いで、すぐれた漁師とそこそこの詩人になってくれそうだ。さあ、ご主人のところへ行くといいよ」

ペネロペはにっと笑った。「そうするわ」


マイケルは早く妻のもとへ行きたくて、ヘル・ハウスの外階段を一段飛ばしに上がった。前夜、彼が愛しているのを信じるまで、ペネロペをクラブの一室に閉じこめておくべきだったのだ。

どうして彼女はおれを信じられないんだ？　おれの心と体に大混乱を引き起こしているの

が彼女だとなぜわからない？　おれの冷静さを粉々にし、彼女の愛で圧倒しているのだと？　彼女が欲しくてたまらない気持ちをどうしてわからないんだ？

階段を上がりきったところで玄関が開き、マイケルの想いの対象が勢いよく飛び出してきて彼を突き飛ばしそうになった。ペネロペがいきなり立ち止まったので緑色のマントがふわりと舞い、マイケルの脚をかすめた。ふたりはそのままじっと見つめ合った。

ペネロペの姿を見てマイケルは息を呑んだ。なぜ彼女を地味だなどと思ったりしたのだろう？　二月半ばの寒くてどんよりしたみぞれ混じりの空の下、薔薇色の頬と青い瞳とかわいらしいピンク色の唇の彼女は宝石のようで、マイケルは彼女をベッドへ連れていきたくてたまらなくなった。ふたりのベッドへ。そろそろふたりのベッドを持つころ合いだ。いまいましいドアを二度と凝視せずにすむように、たがいの寝室を隔てる壁をたたき壊そう。

ペネロペが彼のもの思いを破った。「マイケル――」

「待て」マイケルはさえぎった。ペネロペの言おうとしていたことばを聞きたくなかった。こちらの言い分を先に聞いてもらわなければ。「すまない。なかに入らないか？　頼む」

ペネロペは彼についてなかに戻り、オーク材のドアの閉まる音が大理石の玄関広間に響いた。彼女はマイケルの持っている包みにちらりと目をやった。「それはなに？」

マイケルは包みを持っているのをすっかり忘れていた。彼の武器だ。

「一緒に来てくれ」マイケルは彼女の手を取った。素肌に直接触れられればいいのにとたがいの手袋をじゃまに思いながら階段を上がって二階へ行き、食堂に入って羊皮紙で包まれたものをマホガニー材の長テーブルに置いた。

「きみに」

ペネロペは笑顔を浮かべた。好奇心を刺激されたようだ。マイケルはキスしたい気持ちをこらえた。急かしたくなかった。彼女をこわがらせたくなかった。ペネロペは慎重に包みをほどき、少しだけ開けてなかを覗きこんだ。困惑に眉を寄せて顔を上げ、羊皮紙を取った。

「これは……」

「待って」マイケルはマッチを取り、それに火をつけた。

ペネロペが笑い、彼は少しだけ力を抜いた。彼女の笑い声は大きな部屋に音楽のように響いた。「無花果のプディングね」

「嘘にするのはいやなんだ、六ペンスくん。無花果のプディングでふたりが恋に落ちたという話を真実にしたいんだよ」マイケルは喉を詰まらせながら言った。「きみのなかにおれの心が見える、おれの希望が見える……おれの魂が見えるんだ」

彼がはじめてそのことばを口にしたときのことをペネロペが思い出しているあいだ、完全なる沈黙が落ちた。マイケルはふと、遅すぎたのかもしれないと思った。こんなつまらないプディングなどではなにも変わらないのかもしれないと。

だが、そのときペネロペがマイケルの腕のなかに入ってきてキスをした。彼は愛とすべての感情を愛撫にこめた。彼女の手にうなじの髪をもてあそばれるのがたまらなくうれしかった。下唇を軽く嚙まれた彼女のあえぐ声がたまらなく愛おしかった。ペネロペが身を引いて彼を見つめたが、マイケルはまだ彼女を放す気にはなれず、さっとキスを盗んだ。「おれはきみのものだ、愛しい人……きみの好きなようにしてくれ。真夜中にきみをさらっておれのものにすると宣言したとき、いま――今夜――永遠に――とらわれるのがおれのほうになるなんて想像もつかなかったよ。おれの心が盗まれるなんて。

自分がきみにふさわしくないのはわかっている。破滅させたものを生涯をかけて償わなくてはならないのはわかっている。だが、誓うよ。おれはどんなことをしてでもきみを幸せにする。きみにふさわしい男になるために毎日努力する。きみの愛にふさわしい男になるために。頼む……お願いだからおれにその機会をあたえてくれ」

頼むからおれを信じてくれ。

ペネロペの目は涙できらめいていた。彼女が頭をふると、マイケルは息をするのも忘れた。ペネロペに拒絶されるかもしれない、信じてもらえないかもしれないという可能性には耐えられなかった。ふたりのあいだで沈黙が長引き、マイケルはなにか言ってくれと絶望的な気持ちだった。

「ずっと憧れを抱いていたわ」ペネロペは小さな声で言いながら、マイケルがほんとうに目の前にいるのをたしかめようとしているのか、彼の顔をなでた。「もっと多くに憧れていた。愛を夢見ていた。この瞬間を待っていた。あなたを待っていた」涙がひと粒こぼれ、ペネロペの美しい頬を伝い、マイケルはそれを拭った。「きっと子どものころからあなたを愛していたのね。いつだってあなただったの」

マイケルは彼女のそばにいたくて抱き寄せ、額を合わせた。「おれはここにいる。おれはきみのものだ。ペネロペ、おれもきみが欲しくてたまらなかった。ものすごく」

ペネロペがとても美しく微笑んだ。「ありえないわ」

「ありえなくなんてないよ」こみ上げる感情でざらついた声になっていた。「九年間、おれは自分を救ってくれるものは復讐だと思って過ごしてきた。そして、きみのおかげで――強くて美しい妻のおかげで――それがまちがいで、おれを救ってくれるのは愛だと教わった。きみはおれの贖いなんだ」マイケルはささやいた。「きみはおれの祝福だ」

ペネロペは本格的に泣きはじめていた。マイケルは彼女の涙を吸い取り、それから唇を重ね、すべての愛をその口づけに注ぎこんだ。ふたりとも息が続かなくなると、マイケルは顔を上げた。「おれを信じると言ってくれ」

「あなたを信じるわ」

安堵の波がどっと襲ってきて、マイケルは目を閉じた。「もう一度言ってくれ」

「あなたを信じるわ、マイケル」

「愛している」

ペネロペがにっこりした。「わかっているわ」

マイケルがすばやくしっかりとキスをした。「同じことばを返すのが礼儀だぞ」

ペネロペが笑う。「そうなの？」

マイケルは渋面になった。「おれを愛していると言ってくれ、レディ・ペネロペ」

「レディ・ボーンよ」マイケルの肩に腕を乗せ、指を髪にもぐりこませた。「愛しているわ、マイケル。あなたにとっても夢中よ。あなたが愛を返す気になってくれてすごくうれしい」

「そうせずにいられるわけがないじゃないか？　きみはおれの戦士だ。ブルーノともラングフォードとも堂々と渡り合ったんだからな」

ペネロペは恥ずかしそうに微笑んだ。「立ち去れなかったの。あなたの堕天使になるつもりはなかった。地獄へだって追っていくつもりだった……あなたを連れ戻すために」

それを聞いたマイケルは謙虚な気持ちになった。「きみはおれにはもったいない。それでも、悪いがきみを手放すことはできないよ」

ペネロペはきまじめな青い瞳を揺るがすことなくたずねた。「約束してくれる？」

全身全霊をこめて。「約束する」マイケルはペネロペを抱きしめ、彼女の頭に顎を乗せた。そのとき、彼女のためにもうひとつ持ってきたものがあったのを思い出した。「きみの勝ち金を持ってきたよ、愛しい人」前夜のカード・ゲームで賭けられた証書を取り出してプディングの横に置いた。

「あなたのものだわ」

マイケルはペネロペの首にキスをし、彼女が吐息をつくと微笑んだ。「おれのものではない。きみのだ」

ペネロペは首を横にふった。「ゆうべの勝ちのなかでわたしが欲しいものはひとつしかないわ」

「なんだい？」

ペネロペが背伸びをしてたっぷりキスをし、マイケルの息を奪った。「あなたよ」

「いずれその勝ちを後悔するかもしれないぞ、六ペンスくん」

ペネロペは真剣な表情で首を横にふった。「ぜったいに後悔しないわ」

ふたりはまたキスをし、たがいに夢中になった。ずいぶん経ってから、ふと好奇心に駆られてマイケルは顔を上げた。「ラングフォードのどんな弱みを握っていたんだい？」

ペネロペは小さく笑い、マイケルの背後に手を伸ばして証書の束をめくっていき、小さな紙片を抜き出した。「不埒者の鉄則でいちばん重要なものを教えてくれるのを忘れたでしょう」

「それはなんだい？」

ペネロペは慎重に紙片を広げて彼に渡した。「迷ったときははったりをかけろ、よ」

それは、彼女宛ての〈堕ちた天使〉への招待状だった。

驚きが笑いに変わり、ついで誇らしい気持ちになった。「邪悪で賭博師の奥さん。きみにはとんでもない面があると思っていたんだ」

ペネロペが大胆で明るい笑みを浮かべると、マイケルはおしゃべりはもうたっぷりしたと思った。

彼は食堂の床に妻を横たえて裸にし、さらした肌を隅々まで崇めた。ペネロペの笑い声が吐息に変わると、マイケルはどれだけ彼女を愛しているかを何度も何度もくり返し示した。

長年にわたり子どもたちや孫たちがヘル・ハウスの食堂のテーブルについた丸い焦げ跡についてたずねると、ボーン侯爵夫人は無花果のプディングにまちがいが生じたのだと語り……侯爵が口をはさんで、自分としては完璧な展開だったと語るのだった。

エピローグ

親愛なる六ペンスくん

全部取ってあるんだ。きみからの手紙は、おれが返事をしなかった分まで一通残らず。きみに謝りたいことが山ほどあるよ、愛しい人。きみを置き去りにしたこと。故郷に戻らなかったこと。おれにとってはきみこそが故郷で、きみが隣りにいてくれればほかのことなどどうでもいいと気づくのにあまりにも長い時間がかかったこと。

だが、すべてを失ったもっとも寒い夜のもっとも暗い時間でも、おれにはきみからの手紙があった。そして、その手紙を通して、ほんのわずかでもきみを感じられた。

あの当時もおれは想像もおよばないほどきみを愛していたんだ、愛しいペネロペ。そして、いまもきみの想像もおよばないほど愛している。

マイケル

一八三一年二月　ヘル・ハウスにて

一週間後。

クロスはいつものように〈堕ちた天使〉の事務室で目覚めた。間に合わせで作った寝床は本のあふれている書棚と巨大な地球儀のあいだに押しこまれ、書類に囲まれていた。

いつもどおりでなかったのは、彼の机に女性が座っていることだった。

訂正。ただの女性ではない。レディだ。若くて、ブロンドで、眼鏡をかけたレディ。

彼女は帳簿を調べていた。

彼は起き上がった。シャツを着ていないことも、紳士は半裸で淑女に挨拶などしないことも無視した。慣習などくそ食らえだ。半裸の男を見たくなかったら、彼女は夜にこの事務室に勝手に入りこむべきではなかったのだ。

ふつうの男は事務室で寝る習慣がないことは、この際重要ではない。

「なにかご用かな?」

彼女は顔を上げなかった。「Fの欄に計算まちがいがあるわ」

なんだって?「計算まちがいなどしていない」

彼女は帳簿に集中したまま眼鏡を押し上げ、ほつれた髪を耳にかけた。「しています。正しくは一一二、三四六ポンド一七ペンスよ」

ありえない。

クロスは立ち上がり、彼女の肩越しに帳簿を見た。「そう書いてあるじゃないか」

彼女は頭をふり、一本の長い指を合計欄に置いた。その指先がほんの少しだけ右側に曲がっているのにクロスは気づいた。「一一二、三四五ポンド一七ペンスと書かれているわ。あなたは――」彼女が顔を上げ、クロスの背の高さと裸の胸に気づいて眼鏡の奥の目をフクロウのように丸くした。「あなたは――あなたは一ポンド失ったのよ」

クロスは彼女の背後から帳簿に顔を近づけた。わざとのしかかるようにして彼女の息が浅くなるのを楽しんだ。「これは六だ」

彼女は咳払いをして見なおした。「あら」前傾姿勢になってもう一度数字をたしかめる。「じゃあ、失ったのは読みやすい筆跡ということになるわね」彼女が淡々と言い、鉛筆を手に取って数字を書きなおすのを見て、クロスはくすりと笑った。

彼の視線は彼女の中指にできたたこに釘づけになった。クロスは彼女の耳もとで低くささやいた。「きみは私の計算が合っているかどうかたしかめるために、真夜中に送りこまれた経理の妖精なのかい？」

彼女は体を傾けてクロスから逃れ、ふり向いた。「いまは午後の一時です」事務的な口調で言われ、クロスは激しい欲望を感じた。彼女の眼鏡をはずしてわけがわからなくなるまでキスしてやったら、この奇妙な若い女性はなんと言うだろう。

クロスはそんな欲望をたたき潰した。

そして、にっこり微笑んだ。「では、まっ昼間に送りこまれた、かな？」

彼女が目を瞬いた。「わたし、フィリッパ・マーベリーです」

クロスは目を丸くし、大きくあとずさって帽子掛けにぶつかり、くるりとふり返って倒さないように支えた。そのあとで、賭博場の自分の事務室で、シャツも着ていない姿でボーンの義理の妹と一緒にいるのは非常にまずいと気づいた。ボーンの、婚約者のいる義理の妹。

クロスはシャツに手を伸ばした。シャツは一度着てしわくちゃになっていたが、かまわないだろう。シャツの開きを探してもたもたしながら、さらにあとずさった。もっと遠くへ。

フィリッパが立ち上がり、机をまわってクロスに近づいた。「動揺させてしまいました？　どうしてシャツの開きが見つからない？　切羽詰まった彼はシャツを盾のようにして、すべてを見通すような大きな目から体を隠した。「いや、全然。とはいえ、共同経営者の妹と半裸で密会する習慣は私にはないが」

彼女はいまのことばをじっくり考えたあと、小首を傾げて言った。「あなたは眠っていたんですもの、どうしようもなかったと思うわ」

「ボーンがそれで納得するとは思えないんだが」

「少なくとも話を聞いてください。そのためにはるばるここまで来たんですから」

断るべきだとクロスにはわかっていた。賭博師としての長い経験で培った鋭い感覚から、このゲームを続けるべきではないとわかっていた。ぜったいに勝てないゲームだと。だが、この若い女性のなにかが、断ろうとする彼を押しとどめた。「ふむ、せっかくはるばるここまで来たのなら……私になんの用かな、レディ・フィリッパ？」

彼女は大きく息を吸った。そして吐いた。「破滅する必要があるんです。あなたはその道の達人だとうかがっています」

訳者あとがき

〈ラブ・バイ・ナンバーズ〉三部作で華々しいデビューを飾ったサラ・マクリーンが放つ次なるシリーズの一作め、『偽りのあなたに真実の誓いを』をお届けします。

前述の〈ラブ・バイ・ナンバーズ〉シリーズの最終作、『公爵を振り向かせるための11の誘惑』でヒーローのレイトン公爵と婚約するものの、わけあってその婚約が解消されるというさんざんな目に遭ってしまったのが本書のヒロイン、ペネロペ・マーベリーです。そんなかわいそうなペネロペを見捨てず、新たなシリーズの第一弾で新たな恋をプレゼントした著者の粋《いき》な計らいに訳者は思わず拍手を送りたい気持ちになりました。同じように感じてくださる読者もきっとおおぜいいるはず、と思っています。とはいえ、そこはマクリーンの描くラブ・ストーリー。ペネロペの恋の道はなかなか険しいものでした。

〝レイトン大災害〟から八年、二十八歳になったペネロペはいまも未婚のままだ。上流社会のお気に入りだった彼女は少しずつ隅に追いやられていき、いまや求婚者の数もめっきり減っていた。

そんなとき、幼なじみのトミーから求婚される。トミーはいずれ子爵になる身であるし、なにより気心の知れた相手だ。これが最後のチャンスだろうから受けるべきだ。頭ではそうわかっていたのに、なぜかペネロペはイエスと言えなかったのだった。

その直後、賭《か》けで勝ち取った地所を結婚持参金の一部につけくわえたと父から聞かされる。それは、もうひとりの幼なじみのマイケルが十年前に失《うしな》った領地、ファルコンウェルだった。マイケルは両親亡きあと後見人となったラングフォード子爵の策略にはまり、限嗣《げんし》相続財産以外のすべてをカード・ゲームで賭け、失い、姿を消したのだった。そういう事情があったとはいえ、ファルコンウェルはマイケルのものとペネロペはずっと思ってきた。それが自分の持参金の一部となり、将来の夫のものになるだなんてまちがっているとしか思えなかった。

そんな思いを抱え、ペネロペは夜中にファルコンウェルを見にいく。

ラングフォードにすべてを奪われたマイケルは闇の世界へ転落し、いまではロンドン一の賭博場〈堕《お》ちた天使〉の共同経営者となっていた。しかし、彼を駆《か》り立《た》て、生きるよすがをあたえてくれた目的はいまだ果たせていなかった。それは、ファルコンウェルを取り戻すこと。そして、ラングフォードに復讐《ふくしゅう》すること。

そのファルコンウェルがラングフォードの手を離れ、幼なじみのペネロペの結婚持参金の一部となったと知ったマイケルは、領地を取り戻すために彼女と結婚しようと決意する。

すべてを失って以来、マイケルは復讐に取《と》り憑《つ》かれて生きてきました。それまで属していた世界から着の身着のままで放り出されましたが、いまでは〈堕ちた天使〉の共同経営者となり、大金持ちになっていました。けれど、領地を取り戻し、憎きラングフォードに復讐を果たすまでは贖《あがな》いは終わらない。そう思いこんで目的に向かって邁進《まいしん》する彼は、冷酷で無情な男になってしまったのです。

だから、領地を取り戻すためなら幼なじみのペネロペを利用することにも良心の呵責《かしゃく》を感じません。いえ、感じないようにしていました。ところが、いつの間にか心のなかにペネロペが入りこんでいて、完璧な彼女にふさわしい男になりたい、だが復讐を諦めることはできない、と葛藤しはじめるのです。

一方のペネロペは上流社会の規範にしたがって生きてきたのに、これまでの結果は芳《かんば》しくなく、ついに完璧であることをやめ、マイケルとの再会を機に冒険に乗り出します。当時、二十八歳といえばかなりの行き遅れ。それでも、人生にはもっとなにかよいものがあるのではと希望を捨てず、家族を思いやり、マイケルの凍《い》てついた心を溶かして闇世界から連れ戻そうとする芯の強さを発揮するその姿は凜《りん》としています。

ペネロペの両親や妹たち、それに〈堕ちた天使〉の共同経営者たちといった脇役陣も個性豊か。くすりと笑わせたり、はらはらさせたり、しんみりさせたりと、読者を飽きさせません。

シリーズの二作めは、本書にも登場したふたり、〈堕ちた天使〉の共同経営者で経理を担当しているクロスとペネロペの妹フィリッパの物語で、本国で来年一月刊行予定となっているようです。訳者としても早くこのふたりの物語を読みたくて待ち遠しい気持ちです。マクリーンはすでにテンプルを主人公とした二作めを執筆中だとか。引き続きラズベリーブックスからご紹介できるよう願っています。

二〇一二年十月　辻　早苗

偽りのあなたに真実の誓いを

2012年11月16日　初版第一刷発行

著……………………………サラ・マクリーン
訳…………………………………………辻早苗
カバーデザイン………………………小関加奈子
編集協力 ……………………アトリエ・ロマンス

発行人………………………………………伊藤明博
発行所 ……………………………株式会社竹書房
〒102-0072 東京都千代田区飯田橋2-7-3
電話：03-3264-1576(代表)
03-3234-6383(編集)
http://www.takeshobo.co.jp
振替：00170-2-179210
印刷所 ……………………凸版印刷株式会社

定価はカバーに表示してあります。
乱丁・落丁の場合には当社にてお取り替え致します。
ISBN978-4-8124-9188-1 C0197
Printed in Japan

ラズベリーブックス

甘く、激しく――こんな恋がしてみたい

大好評発売中

「珊瑚礁のキス」

ジェイン・アン・クレンツ 著　村山美雪 訳

定価 860円（税込）

楽園に眠る秘密とは…？

「ぼくを助けてほしい……」突如エイミーを呼び出したのは、友達以上恋人未満の謎の男、ジェド。ある秘密を抱え、夜ごと悪夢にうなされていたエイミーは、ジェドとともに原因となった事件の起きた珊瑚礁の島へ向かう。

ジェイン・A・クレンツのロマンティック・サスペンス！

「はじまりは愛の契約」

アメシスト・エイムス 著　林ひろえ 訳

定価 860円（税込）

人気作家の愛人は、秘密のボディガード

女ボディガード、ケイトは突拍子もない依頼を受けた。有名作家が警護を拒むので、金で雇われた愛人のふりをしてほしいというのだ。即座に断ったが気持ちは揺らいだ。作家マクラウドは、ケイトが密かに思う男性だったから……。

セクシーでせつない、大人のロマンス！

「湖水の甘い誘惑」

エリザベス・スチュワート 著　小林令子 訳

定価 860円（税込）

狙われた人気作家。事件の真相は……？

小説家エルギンの周りで不穏な事件が次々に発生し、平和を求めたエルギンは、湖畔の別荘地「ムーンズ・エンド」でバカンスを過ごそうとする。ところがボディガードのハームも一緒に暮らすことになり……。

甘く危険なロマンティック・サスペンス！